Guinevere Glasfurd

Worte in meiner Hand

GUINEVERE
GLASFURD

Worte in meiner Hand

ROMAN

Aus dem Englischen von
Marion Balkenhol

List

Die Originalausgabe erschien
unter dem Titel *The Words in my Hand*
bei Two Roads, Hodder & Stoughton, London

MIX
Papier aus verantwortungsvollen Quellen
FSC® C083411
FSC
www.fsc.org

List ist ein Verlag
der Ullstein Buchverlage GmbH

ISBN: 978-3-471-35123-9

Gesetzt aus der Albertina
Satz: Pinkuin Satz und Datentechnik, Berlin
Druck und Bindearbeiten: CPI books GmbH, Leck
Printed in Germany

für
Saskia

Inhalt

»Um gut zu leben, muss man unsichtbar leben.«

René Descartes, Brief an Mersenne, April 1634

AMSTERDAM 1635

Eis

ICH DREHTE MICH im Raum um mich selbst, vollzog den kleinsten Kreis. Was ich wollte, war nicht da. Seine Uhr, seine Papiere, sein Glas für die Schreibfeder – leer, aufgeräumt, verschwunden. Ich hatte dieses Zimmer vorher schon leer gesehen, und es hatte mir nichts ausgemacht; jetzt vergrößerte es nur meinen Verlust. Ich wollte keine Münze, kein Andenken, keine Erinnerung. Ich wollte Wörter, eine Notiz – aber es gab keine. Er war gegangen, ohne sich zu verabschieden. Er hatte alles, was ihm gehörte, mitgenommen.

Ich zog die Laken zurück, die er mit den Füßen vom Bett geschoben hatte, die Matratze war kalt unter meiner Hand. *Sogar das Nichts hat eine Gestalt,* dachte ich, *es ist das, was war, was hätte sein können.*

»Helena?«, rief Mr. Sergeant von unten herauf mit einer Schärfe, die ich noch nie gehört hatte. »Helena?«

Ich hob die Hand und krümmte meine Finger in die Handfläche.

»Helena!« Lauter diesmal. Er hatte etwas Sprödes an sich, etwas, das nahe daran war zu zerbrechen.

Ich griff ans Geländer, um mich abzustützen, und ging die Treppe hinunter. Blinzelnd unterdrückte ich meine Tränen und wischte mir mit der Handkante über die Augen. Die Haustür stand offen. Die Wärme war vollständig aus dem Haus gewichen. Ich ging über die Fliesen, die ich am Tag zuvor geputzt hatte. Ich machte, was ich immer machte – ging auf Zehenspitzen, um keine Spur zu hinterlassen. Dann blieb ich stehen. Ich sah den Limousin draußen neben Mr. Sergeant warten. Ich drückte die Füße flach auf den Boden, hob den Kopf und ging weiter, ohne den Blick zu senken. Als sie mich sahen, traten sie auseinander. Keiner sagte ein Wort. Das war nicht nötig – ich wusste, was sie dachten.

Der Fahrer schaute mich an, während er den Zügel justierte, dann warf er mein Bündel auf das Kutschdach. »Bloß Federn drin?«, scherzte er und sah mich dabei nur an, zwinkerte nicht.

Die Pferde scharrten mit den Hufen und kauten auf ihren Gebissen. Ich neigte den Kopf, stieg ein und schloss die Tür mit leisem Klicken hinter mir. Auf beiden Sitzen lag eine gefaltete Decke, und auf dem Boden stand ein Weidenkorb mit Essen. Ich hob die Abdeckung: Äpfel, zwei große Brotlaibe, ein Käse, ein wenig Sülze – es reichte für zwei oder drei Tage, vielleicht länger. Zu viel. Allein vom Anblick wurde mir übel.

Der Kutscher wandte sich an den Limousin. »Wir werden zuerst Amersfoort anfahren, dann Apeldoorn. Bis Deventer ist es dann nur noch ein Tag, wenn die Straße frei ist. Die Ijssel ist zugefroren. Bei dem Winter …« Er schüttelte den Kopf. »Es wäre besser, wenn Sie noch warten …«

Der Limousin schnaubte. »Manche Dinge wollen nicht warten.«

Ich schaute auf, als der Limousin in die Kutsche stieg und mir gegenüber Platz nahm. Er roch nach Tabak und Wein; ein säuerlicher, ungewaschener Geruch vom Abend zuvor.

»Deventer?« Ich versuchte, mir meine Panik nicht anmerken zu lassen.

Er nahm eine Decke, legte sie sich über die Knie und bedeutete mir, es ihm gleichzutun. Ich nahm die andere Decke, Kälte breitete sich auf meinem Schoß aus und drang durch meine Röcke in meine Beine. Ich drehte mich um und schaute zurück, als die Kutsche einen Satz nach vorn machte, aber Mr. Sergeant war verschwunden. Da wurde mir klar, es war vorbei. Es gab kein Zurück. Der Verlust raubte mir den Atem. Der Limousin verschränkte die Arme und drehte den Kopf zur Seite, wobei das graue Licht direkt auf seine Wange fiel. Er musste meinen Blick gespürt haben, denn er wandte sich ruckartig mir zu.

»Was ist?«

»Fahren wir denn nicht nach Leiden?«

»Leiden?« Sein Lachen war wissend, sein Mund beinahe zu einem Lächeln verzogen.

»Ich habe niemanden in Deventer. Der Monsieur weiß das.«

Er betrachtete seine Fingernägel, womöglich auch seine Knöchel. Er schüttelte den Kopf über einen Gedanken, den er für sich behielt.

»Limousin, bitte, da liegt ein Irrtum vor.«

»Kein Irrtum. Der Monsieur hat Leiden nicht erwähnt. Wir fahren nach Deventer.« Er sah mich an, und sein Blick sagte: *Ich weiß, was es zu wissen gibt*. In dieser Kutsche war er Inhaber, Herr, Meister. Dann wurde sein Blick härter und glitt auf meinen Bauch.

Unflätig spreizte er die Beine. Ich drückte meine Beine fest an den Sitz, doch seine Knie schlugen gegen meine, während die Kutsche durch gewundene Straßen aus der Stadt fuhr. *Deventer* – ich versuchte, es gedanklich zu orten, aber die Karte, die ich im Kopf hatte, löste sich an den Rändern auf, die Straßen und Kanäle führten ins Nichts. Übelkeit stieg in mir auf und brannte in meiner Kehle. Ich beugte mich vor und packte die Tür.

»Lass mich raus!«

Der Limousin zog meine Finger vom Griff. »Setz dich zurück. Zurück.« Er stieß mit der flachen Hand gegen meine Schulter. Er war stärker, als er aussah. Die Haut um seinen

Mund war weiß geworden; rote Flecken verteilten sich auf seinen Wangen. »Du musst nur da sitzen und still sein.«

Ich rieb mir die Schulter, gegen die er gestoßen hatte. Die Prinsengracht zog vorüber, ihr Anblick in ein kleines Fensterquadrat gezwängt. Ein blasses graues Licht fiel auf die Häuser, deren Fensterläden geschlossen waren; ein Fenster nach dem anderen, leer und kalt, blind für mich. Die Kutsche fuhr allmählich schneller. Jedes Haus, an dem wir vorbeikamen, war weiter vom Westermarkt entfernt. Ich konnte es kaum ertragen, die Stadt so davonhuschen zu sehen. Deventer, Deventer, Deventer, Deventer – das Wort hämmerte sich mit dem Klappern der Pferdehufe in meinen Kopf.

»Was soll ich bloß meiner Mutter sagen!« Die Wörter waren ausgesprochen, bevor ich sie zurückhalten konnte. Ich bedeckte mein Gesicht mit beiden Händen, und die Tränen, die ich den ganzen Morgen unterdrückt hatte, tropften aus meinen Augen. Ich schluchzte.

Der Limousin starrte ungerührt aus dem Fenster, als wären meine Tränen und mein Weinkrampf eine Qual für ihn. »Wir werden um Vergebung beten, Helena.«

Ich kniff die Augen fest zu und faltete die Hände, als er zu beten begann. Aber das Gebet kannte ich nicht. Ich bewegte die Lippen und versuchte, Wörter zu formen, die ich nicht kannte, Laute zu formulieren, die ich nie gehört hatte.

»*Ô Vierge des vierges, ma mère, à toi ce que je viens; devant toi je suis le pécheur repentant … ne méprisez pas mes prières, mais ta miséricorde entends et réponds-moi …*«

Herr, vergib mir, Herr, vergib mir, Herr, vergib mir …

Als ich wieder aufblickte, lag die Stadt hinter uns. Ich schlang die Arme um meinen Bauch.

O Gott, *Monsieur*, was soll nur aus uns werden?

AMSTERDAM 1634

Bücher

ICH ERFORSCHTE IHN aus dem Augenwinkel – die dicken Schnürsenkel an seinen Schuhen, die Rundung seiner Schultern, die tiefschwarzen Wimpern. Mir fielen seine Hände auf, zart und glatt, seine Finger voller Tintenflecken. Die Hände eines Schriftstellers, kleiner als meine. Bleiche Hände, vor denen ich meine rauen am liebsten versteckt hätte.

Er hatte die Angewohnheit, seinen Mund zu berühren, einen Finger auf die Lippen zu legen, wenn er nachdachte; er hatte es nicht eilig zu sprechen. Ich musste aufpassen, ihn nicht anzustarren, seine Aufmerksamkeit nicht auf mich zu ziehen. Ich hütete mich, ihn zu stören. Ich hatte gehört, wie er seinen Diener, den Limousin, angeschrien hatte, als dieser den Raum betrat, ohne anzuklopfen. Ich wollte nicht angeschrien werden. Aber wie sollte man leise sein und alles lautlos erledigen, wenn die Wasserpumpe quietschte und die Fenster klapperten? Selbst ein sauberes Laken, wenn ich es über dem Bett ausschüttelte, klatschte entsetzlich. Ich fuhr dabei zusammen. Je mehr ich zuckte, desto lauter schien es, dieses schreckliche Geleier. Ich schlich nur auf Zehenspitzen herum und hatte Angst, über meinen Schatten zu stolpern.

Betje wollte alles über ihn wissen, *den Monsieur*. Er ist Franzose, erzählte ich ihr. Sie riss die Augen auf, kniff sie dann zusammen, und als sie nicht mehr aus mir herausbekam, kniff sie mich. *Monsieur*, sagte sie in einer Art und Weise, dass wir beide uns vor Lachen bogen.

In den zwei Jahren, in denen ich bei Mr. Sergeant arbeitete, war ich niemandem wie ihm begegnet. Er war anders, noch bevor er eintraf. Logiergäste wohnten immer in einem der Zimmer auf der Rückseite, die nach Norden gingen. Selbst an sehr hellen Tagen war das Licht wie verhärmt. Von dort aus war es, als spähte man unter einer Decke hervor auf den Tag.

Ein paar Wochen vor seiner Ankunft, um sicherzugehen, dass der Monsieur richtig untergebracht würde, war Mr. Sergeant mit mir gekommen, um sich die Zimmer anzusehen – darum kümmerte er sich sonst nie. Das war der erste Hinweis für mich, dass der Monsieur mehr verdiente, etwas Besseres als vorige Gäste, dass Mr. Sergeants Ruf an diesen Mann gebunden war.

Er keuchte die Treppe hinauf, denn so viele Stufen auf einmal war er nicht gewohnt. »Unser französischer Gast ist ein denkender Mann, Helena. Er braucht Ruhe, einen Ort, an dem er arbeiten kann. Darauf hat er besonderen Wert gelegt, *une chambre tranquille* oder *tranquette* oder *trompette* oder so. Dann ist da noch dieser Diener – sein *valet* –, auch der benötigt ein Zimmer.«

Ein Diener? Wer hatte so etwas schon gehört? Ich wusste nicht, ob es an der anstrengenden Treppe oder an den vielen französischen Wörtern lag, jedenfalls musste Mr. Sergeant stehen bleiben, um zu verschnaufen. Bevor der Tag zu Ende war, sollte es noch mehr Keuchen und Schnaufen geben.

Er machte die Tür auf und ging hinein. »Ach du liebe Zeit«, sagte er bei dem Anblick, der sich ihm bot. »O-oh.« Er sah aus, als hätte er in eine Zitrone gebissen, die er für einen Pfirsich gehalten hatte.

Ich zog mir den Schal um die Schultern. Das Zimmer war monatelang nicht benutzt worden.

Ich wusste nicht, was er sich erhofft hatte – dass der Raum wie durch ein Wunder mit Samt und Seide ausgestattet war und ein halbes Dutzend Daunenkissen – Kissen, die er nicht besaß – auf dem Bett aufgeschichtet waren? Ich konnte mir nicht vorstellen, dass jemand da drinnen andere als finstere Gedanken hegte. Die Dunkelheit zog wie Nebel herein. Ich war mir sicher, dass es auch in Frankreich neblig war, aber das war kein Grund, ihn diese Erfahrung täglich durchleben zu lassen.

Vater war gereist. Er hatte mir erzählt, wie es in Frankreich war. Er war wochenlang fort, auf einem Handelsschiff nach Bordeaux. Er brachte meiner Mutter einen gelben Schal mit – sagte, er habe ihn aus Sonnenschein weben lassen, den er auf einem französischen Feld gefunden habe. Das war ihr Lieblingsschal, und sie trug ihn bis zu dem Tag, an dem Vater nicht zurückkehrte. Dann faltete sie ihn zusammen, und damit schien sich auch die Sonne zu verziehen.

Mr. Sergeant drehte sich auf dem Absatz um und ging voraus in den größeren Raum auf der Vorderseite des Hauses, in dem er seine Bücher aufbewahrte. Er hatte sehr viele Bücher – so viele, dass ich sie nicht zählen konnte. Bücher lagen in Truhen und Körben, Bücher waren zusammengeschnürt, Bücher ergossen sich aus Kisten – manche standen sogar auf Regalen, aber die reichten nicht für alle.

Ich kniff die Augen vor dem grellen Licht zusammen. Mr. Sergeant blies die Wangen auf, wippte auf seinen Absätzen nach hinten und fing sich wieder. Seine finstere Miene hellte sich auf, als ihm ein Gedanke kam, und er tippte mit seinen Fingerknöcheln an meine Stirn. »Finsternis ist gutem Denken nicht zuträglich, Helena. Monsieur Descartes soll dieses Zimmer haben, Diener und Bücher kommen nach hinten.«

Ich nickte, zu überrascht, um etwas zu sagen. Als ich schon einmal vorgeschlagen hatte, die Bücher zu verlegen, hatte er immer widersprochen. Die Bücher hatten dieses Zimmer verdient.

»Jetzt müssen die nur noch mit der Kirche fertig werden, damit der Lärm aufhört.«

Draußen schlugen Hämmer auf Stein, als wollten sie seinen Standpunkt unterstreichen. Gebrüll erhob sich, als eine Planke von einem Gerüst fiel.

Er schnalzte mit der Zunge. »Wer hätte gedacht, dass Gottes Werk so laut sein könnte? An der Herengracht hätte ich das nicht.«

Mr. Sergeants Wunsch nach einem Haus an der Herengracht war, als wünschte ich mir eine Tulpe zum Geburtstag. Kaufleute wohnten in der Herengracht. Buchhändler wohnten dort, wo sie es sich leisten konnten. Aber mir gefiel Mr. Sergeants Haus, es lag versteckt in einer Seitenstraße an einem offenen Platz. Dort hatte es einen Markt gegeben, bis man verkündet hatte, dass eine Kirche errichtet werde. *Westerkerk*. Sie war die schönste Kirche von Holland. Die Arbeiten an der Außenfassade und auf dem Platz dauerten noch an.

Ich konnte noch immer nicht genau sagen, ob Mr. Sergeants Haus sich nach links neigte oder ob die Fenster schräg nach rechts standen. Kurz nach meiner Ankunft hatte ich mich auf den Bürgersteig gestellt und den Kopf erst auf die eine, dann auf die andere Seite gelegt, als würde das helfen, es gerade aufzurichten. Mr. Sergeant lachte, als er mich sah. Er hatte Gicht und hinkte. Was für ein komisches Paar sie abgaben – dieses hohe, schiefe holländische Haus und dieser runde, humpelnde Engländer – an beiden war nichts gerade.

Sobald die Bücher aus dem vorderen Zimmer ausgeräumt waren und das Datum der Ankunft bestätigt war, verlor Mr. Sergeant keine Zeit, seine Neuigkeiten zu verbreiten. Herr Veldman kam vorbei, und er war kaum zur Tür herein, als Mr. Sergeant ihn schon überfiel. Sie waren Konkurrenten auf dem Büchermarkt, was aber beide niemals zugegeben hätten.

Herr Veldman war spezialisiert auf Reisebücher und Landkarten, *Bücher von der Welt,* wie er sie nannte, und Mr. Sergeant auf Dichtkunst und moralische Abhandlungen *erbaulicher Art.* Aber als Herr Veldman einmal eine neueste Errungenschaft als *eine geschwätzige Erzählung von zweifelhaftem literarischem Wert* bezeichnet hatte, weigerte sich Mr. Sergeant, ihn noch einmal zu bewirten, bis eine gewisse Menge Kognak bereitgestellt wurde, um die Verletzung abzumildern und die Kränkung auszulöschen. *Wir werden sehen, wer hier geschwätzig ist,* sagte er und nahm einen großen Schluck. Am Ende war der Krug geleert, Mr. Sergeant war in seinem Sessel fest eingeschlafen und schnarchte.

Herr Veldman streifte sein Cape ab, während er Mr. Sergeants Neuigkeiten verdaute. »Descartes, *der* Descartes? Sind Sie verrückt?«

Mr. Sergeant überging ihn. »Zugegeben, ich fühle mich geschmeichelt.«

»Haben Sie von seinen bisherigen Unterkünften gehört? Wenn er nicht gerade im Schlachthaus war, verbrachte er seine Zeit damit, Tiere aufzuschneiden – in seinem Zimmer. Manche waren nicht einmal tot.«

Mr. Sergeant schluckte. »Helena, etwas zu trinken für Herrn Veldman.« Er sah aus, als könnte er auch etwas gebrauchen.

Ich legte Herrn Veldmans Cape über meinen Arm und ging an den Schrank, um das Tablett aus der Anrichte zu holen.

»Ja, nun …«, fuhr Herr Veldman fort und hatte sichtlich Spaß daran, »Sie können sich vorstellen …«

Ich hielt die Gläser auf dem Tablett fest. Mr. Sergeant war blass geworden.

»Und«, fügte er hinzu und schüttelte den Kopf, als erzählte er ein abschreckendes Beispiel, »er wirft Tiere aus dem Fenster – das heißt lebendige Tiere. Alles im Namen seiner *Methode.*«

»Na ja …«, sagte Mr. Sergeant. »Lord Huygens hält ihn für genial. Das genügt mir.«

Herr Veldman bedeckte die Augen, als wollte er sie abschirmen, und ließ die Hand dann sinken. »Verblüffend. Vielleicht könnten wir eine Soiree mit dem genialen Descartes arrangieren?«

»Eine Soiree?« Mr. Sergeant trat von einem Fuß auf den anderen. »Ich gehe davon aus, dass Monsieur Descartes zu tun haben wird. Ganz bestimmt sogar. Sehr viel.«

Herr Veldman zog angesichts der Ablehnung die Augenbrauen hoch. Er nahm ein Glas vom Tablett. »Er ist erklärter Katholik, wissen Sie …«

Mr. Sergeant tat die Bemerkung mit einer Handbewegung ab. »Toleranz ist alles. Wir beide sollten das wissen. Was er mit seiner Zeit anfängt, ist seine Sache.«

»Ich wüsste zu gern, was er von Galileo hält … aber wie auch immer. Ich bezweifle, dass er veröffentlicht, noch nicht.«

»Geduld, Veldman, Geduld. Hinter dem Mann steckt mehr, glaube ich.«

Herr Veldman lachte. »Ungeduld wohl eher, und Arroganz, Ehrgeiz … auch Launen, wie ich hörte.«

Mr. Sergeant trank einen Schluck und räusperte sich. »Es wird mir eine Ehre sein, ihn hier zu haben. Bei mir.«

»Ich füge mich Ihrem Urteil darüber – wie immer.« Veldman verneigte sich leicht.

»Ich glaube, Sie sind eifersüchtig, Veldman«, hänselte Mr. Sergeant ihn.

Herr Veldman lachte noch einmal. »Sie müssen einem alternden Mann hin und wieder seine kleinen Eifersüchteleien lassen.« Er hielt das Glas ans Licht. »Sehr hübsch«, sagte er und schaute durch das Glas auf mich.

»Kommen Sie, Herr Veldman, wenn Eifersüchteleien Ihnen gefallen, dann will ich Ihnen zeigen, was ich aus Utrecht mitgebracht habe.« Mr. Sergeant führte Herrn Veldman in sein Arbeitszimmer. Als die Tür zu war, nahm ich die Gläser mit, um sie zu spülen. Herrn Veldmans Glas spülte ich zweimal.

Blumen

DER PASTOR IN Noorderkerk hatte schreckliche Sachen über die Franzosen gesagt – ihre Rüschen und Halskrausen, Seide und Satin, Bänder und Spitze. Schwer vorstellbar, dass ein Mann so etwas tragen sollte. Ob unser französischer Gast wohl eine Perückensammlung hatte? Und nach dem Aufstehen Wein und zum Frühstück Kognak trinken würde?

An dem Morgen, an dem er eintreffen sollte, schickte Mr. Sergeant mich zum Markt, um Blumen für das Haus zu kaufen.

»Sieh zu, dass du französische Blumen kaufst«, sagte er und schloss sich dann wortlos in seinem Arbeitszimmer ein.

Auf dem Markt schaute ich mir an, was es gab – Pfingstrosen, Gänseblümchen, Geißblatt und Rosen –, zu leuchtenden Sträußen gebunden. Aber was davon war französisch? Wenn Betje da wäre, wüsste sie es, auch wenn sie es nicht wusste.

Pfingstrosen vielleicht? An der gesamten Herengracht gab es anscheinend kein einziges Haus ohne Pfingstrosen im Fenster. *Schaut uns an*, schienen sie zu sagen. Ich mochte solche Blumen nicht, Blumen, die nie aufgingen, die zu festen Fäusten geballt blieben. Sie konnten innen verfault sein, und man würde es nicht merken. Manche warfen ihre Blütenblätter bei der leisesten Berührung ab, als wären sie nur aus Welken und Traurigkeit gemacht.

»Verzeihung.« Ich hob eine Hand, um die Blumenfrau auf

mich aufmerksam zu machen. »Haben Sie etwas Französisches?«

Die Frau wischte sich die Hände an der Schürze ab und betrachtete mich. »Das ist das, was ich habe.«

Sie zeigte auf einen Korb mit Geißblatt, aber war das nicht so englisch wie eine Rose? Sie schaute auf, und hätte ich nicht auf meinen Geldbeutel geklopft, um sie daran zu erinnern, dass ich kaufen wollte, dann hätte sie mich bestimmt weggeschickt. Sie ging hinter ihren Stand und kam mit einem kleineren Korb zurück, der mit Lavendel gefüllt war.

»Der ist zum Trocknen, um Fliegen zu verscheuchen. Du könntest ihn zuerst in Wasser stellen, wenn du unbedingt französische Blumen haben willst.«

Ich suchte einen Strauß aus und atmete den Duft ein. Als ich die Augen schloss, sah ich einen lila Hügel, einen weiten, blauen Himmel, die Sonne, rosa und rot wie ein Pfirsich.

Die Blumenverkäuferin rümpfte die Nase. »Ich mag die nicht, weil ich davon niesen muss.«

Als ich erneut daran roch, schaute sie mich an, als hätte ich den Blumen den letzten Duft genommen. »Gekauft?«, fragte sie und verschränkte die Arme.

Ich nickte. Ja, ich wollte kaufen. Sollte ich nicht *bouquets des fleurs* machen?

»*Bockct?*«, hatte ich gefragt, als Mr. Sergeant seine Wünsche geäußert hatte.

Er hatte mich angeschaut, und ich hatte seinen Blick erwidert und für uns beide gezwinkert.

»*Buu-kee,* Helena. *Buu-kee.*«

Also brachte ich ein *Buukee* aus Rosen in Mr. Sergeants Arbeitszimmer. Dann ging ich mit einem Strauß aus Lavendel und Geißblatt zwei Treppen hinauf, wobei ich unterwegs die Tropfen vom Boden aufwischte.

Ich stellte die Blumen auf den Tisch und klappte die Fensterläden auf, um Wärme in den Raum zu lassen. Dann rückte ich den Schreibtisch ins Licht. Ich drehte den Stuhl so, dass man von dort einen Blick über den Platz zur Westerkerk hatte. Ich schob den Stuhl nach rechts und nach links. *Westerkerk.* Das war der Anblick. Aber ich wusste, wie man noch mehr sah. Ich stellte mich neben das Fenster mit der Wange an der Wand, schloss ein Auge und blinzelte – ein silbernes Rechteck aus Licht tanzte in Sichtweite: *Prinsengracht.* Kein Wasser mehr, sondern ein Juwel.

Ich drehte mich um und betrachtete den Tisch, die Blumen, den leeren Stuhl. Hier also würde er sitzen und denken. Denken sei die Arbeit des Monsieurs, hatte Mr. Sergeant gesagt. Arbeit, von der ich noch nie gehört hatte.

Ich ging zum Bett hinüber und schlug die Decke zurück, um es zu lüften. Ich holte den Besen und fegte. Dann war ich fertig.

Ich schaute auf den Stuhl, dann zur Tür, dann wieder auf den Stuhl. Ich würde mich nur so lange hinsetzen, wie ich brauchte, um die Treppe hinunter und wieder hinauf zu gehen. Sobald ich Platz genommen hatte, schloss ich die Augen und wartete darauf, dass mir ein fremdartiger oder phantastischer Gedanke kam. Etwas Französisches. Irgendetwas. Aber mir fiel nur ein, was ich bereits wusste – Mr. Sergeants Strümpfe der letzten zwei Wochen, die in einem Eimer in der Küche einweichten und zu waschen waren. Und jetzt, da ich daran dachte, wurde mir klar, dass ich schon bald die Strümpfe von zwei weiteren Männern waschen musste! Der Eimer wurde bis zum Überlaufen voll. Ich stemmte mich vom Stuhl hoch. Viel lieber würde ich im Stehen denken.

Am späten Vormittag roch das Haus nach Lavendel, Rosen und nach dem Lammeintopf, den ich vor dem Frühstück aufgesetzt hatte. Mr. Sergeant lugte in den Topf, schlug die Hände zusammen und strahlte. »Hervorragend, Helena. Genau, wie es sich gehört. Jetzt müssen wir nur noch warten.«

Ich nahm einen Wassereimer vom Haken über dem Feuer und trug ihn zum Küchentisch hinüber. Mr. Sergeant trat höflich beiseite, um mich vorbeizulassen. Ich brauchte keinen Spiegel, der mir sagte, wie rot ich geworden war; meine Füße wären noch roter, wenn ich das Wasser über sie schwappen ließe.

Mr. Sergeant betrachtete die Reihe Töpfe auf dem Tisch. Auf der einen Seite Zwiebeln, Butter, Zitrone und Estragon, auf der anderen zwei dürre Hühner, die ich noch rupfen musste. Er zwirbelte seinen Bart zu einer Spitze.

»Eingelegtes Huhn«, erklärte ich.

»Aha!« Seine Miene heiterte sich auf, als das Gemisch aus Zutaten sich zu einer Mahlzeit zusammenfügte, die er kannte – noch dazu eins seiner Lieblingsgerichte. Ich schob die Butter mit dem Daumen in eine Pfanne. Wenn ich das jetzt erledigte, könnte ich morgen früh sofort aus dem Haus und Betje treffen.

Ich warf ein Huhn ins Wasser, um es abzubrühen, und tunkte es mit einem Stock unter. Das Wasser wurde grau und schäumte. Der Geruch nach Kot aus dem Korb hing noch immer an dem Huhn, doch das durfte mich nicht stören. Ich tauchte es noch einmal unter und schwenkte es herum, damit das Wasser in die Federn drang. Dann zählte ich. Bei dreißig fing ich von vorn an. Viermal dreißig war die für ein Huhn dieser Größe richtige Zeit. Danach würde es anfangen zu kochen.

Mr. Sergeant verzog das Gesicht, als der Geruch ihn erreichte. Er trat rasch zwei Schritte zurück. »Nun, ich überlasse es dir«, sagte er und drehte sich so schnell um, dass der Dampf hinter ihm herzog.

Siebzehn, achtzehn, neunzehn, zwanzig, zählte ich, *neunund-*

zwanzig, dreißig. Ich riss das Huhn heraus und wandte mich angewidert ab.

Als es klopfte, war die Sonne schon am Kirchturm vorbeigewandert. Ein leises Klopfen. Ich öffnete die Tür, und vor mir stand ein schlanker, bleicher Mann, nicht größer als ich, der ein schlichtes schwarzes Cape trug, über das oben ein Kragen geschlagen war. Weder Seide noch Satin, keine Spitzenmanschetten. Kein Gehstock mit silberner Spitze. Keine Perücke.

Sein lockiges Haar fiel ihm bis auf die Schultern. Es war schwarz, mit Grau durchsetzt, ebenso wie sein ordentlicher Bart. Ein Pony säumte sein Gesicht und lenkte die Aufmerksamkeit auf seine Augen. Sie waren dunkel wie sein Haar und standen weit auseinander. Seine schweren Lider verliehen ihm den Anschein, als wäre er noch nicht ausgeschlafen. Er blinzelte im hellen Licht.

»Bonjour«, sagte er, dann auf Holländisch »Hallo«. Ein Mundwinkel hob sich zu einem zögernden Lächeln. Das war der Mann, der Tiere aus Fenstern warf? Ich schluckte und senkte den Blick. Dann öffnete ich die Tür, so weit es ging, und versteckte mich dahinter. Das war die einzige Erwiderung, die ich zustande brachte.

Ich hörte, wie Mr. Sergeant aus seinem Arbeitszimmer kam. »Monsieur Descartes! Treten Sie ein, bitte.« Er streckte die Hand aus, um ihn zu begrüßen, und wandte sich dann an mich. »Seine Sachen, Helena, schnell.«

Ich lugte hinter der Tür hervor.

»Nein, nein. Mein Diener, *mein Limousin*, wird sich darum kümmern.« Der Monsieur winkte einen Mann herbei, der gerade eine Pfeife reinigte und ein paar Schritte entfernt auf dem Bürgersteig stand. Er war zu groß für seine Kleidung – Knöchel, Handgelenke und Hals schauten hervor. Als er seinen Namen hörte, blickte er auf, klopfte den Tabak in seine

Handfläche und ließ ihn durch die Finger auf den Boden rieseln. Er steckte die Pfeife in eine Jackentasche und verneigte sich, zuerst vor dem Monsieur, dann vor Mr. Sergeant. Neben ihm standen zwei kleine Koffer, ein paar mit Lederriemen zusammengebundene Bücher, ein eingerollter Teppich und eine Holzkiste, nicht größer als ein Fußwärmer. Sie war schön gefertigt mit einer Messingplatte obenauf. Als ich sie aufheben wollte, schob sich der Mann an mir vorbei. *»Pas ça!«*

»Meine Uhr«, erklärte der Monsieur. »Ich glaube, Limousin hält sie für seine.«

»C'est précieux.« Er zog die Kiste zu sich. »Man muss vorsichtig damit umgehen.«

Ich wurde rot. Glaubte er denn, ich könnte keine Kiste tragen?

Mr. Sergeant führte den Monsieur ins Haus. »Wir wollen Sie zunächst einmal unterbringen, und dann können wir uns ein Gläschen genehmigen. Später werde ich Ihnen zeigen, was auf dem Platz zu finden ist. Da ist zum einen Westerkerk. Die erfordert einen bestimmten Blick, eine Sichtweise. Nichts im Vergleich zu den Kathedralen von Paris, natürlich! Aber ich bin mir sicher, dass ich Sie von ihrer Pracht überzeugen kann. Ah, Paris – ja, das ist eine Stadt …«

Mr. Sergeant führte den Monsieur hinein, und ich folgte hinter dem Limousin. Er schaute sich gelangweilt im *voorhuis* um. Er war älter als der Monsieur, das konnte ich jetzt erkennen. Seine Wangen waren eingefallen. Entweder aß er nicht gern oder nicht genug von dem, was er mochte.

»Ich bin Helena. Mr. Sergeants Magd.« Ich hielt ihm meine Hand hin in der Hoffnung, er würde die Geste verstehen.

Er zupfte eine Fluse von seinem Ärmel und zog dann an seinen zu kurzen Manschetten, während er mich musterte.

Ich ließ den Arm wieder sinken. »Und wie heißt du, bitte?«

»Li-mou-sin.«

Gerade so, als hätte er mir drei kleine *poffertjes* angeboten, hoch auf einem Tablett – schön der Reihe nach zu genießen.

»Li-mo-sa?«

Seine Miene wurde länger mit jedem Laut, den ich von mir gab. Der Name schien am Ende wie ein Kaninchen in einem Loch zu verschwinden, und als ich hinkam, war mir sein Schwanz entglitten.

Er schaute gequält auf, sah er sich doch zu einer Erklärung gezwungen. »*Limousin*. Das ist das Gebiet in Frankreich, woher ich stamme. Ein paar grundlegende Kenntnisse über französische Geographie reichen dafür schon.«

»Limousin ist dein Name?«

»Es ist meine *préférence*.«

Ich runzelte die Stirn.

»*Voorkeur*«, erklärte er.

Er konnte mehr Holländisch, als ich gedacht hatte. Was für eine eigenartige *préférence*. Nannte ich mich etwa Leiden? Oder Amsterdam? Amsterdam! Ich bemühte mich um ein nichtssagendes Lächeln.

Ich brachte den Limousin nach oben, damit er sich die Zimmer ansehen konnte. Er nickte zustimmend, als er das Zimmer des Monsieurs sah, war aber anscheinend weniger zufrieden, als ich ihm das seine zeigte. Er trat ans Fenster und spähte hinunter in den Innenhof. Was immer er dachte, behielt er für sich. Letzten Endes waren wir nicht so verschieden. »Ich überlasse es dir, eure Sachen einzuräumen«, sagte ich und drehte mich um.

»Moment noch. Wenn du eine Frage hast, die Monsieur Descartes betrifft, musst du zuerst zu mir kommen – verstanden? Ich bin sein *conduit*. Ich verwalte seine Angelegenheiten.«

»Ja. Ja, natürlich.«

»Gut.« Seine Schultern entspannten sich, und er brachte ein schwaches Lächeln zustande. Ich wartete noch einen Augenblick, falls er noch etwas zu sagen hatte, aber er drehte sich wieder zum Bett um und klopfte mit finsterer Resignation auf die Matratze. *Limousin, was er nicht sagt,* dachte ich, als ich hinausging. *Monsieur saure Zitrone* träfe es wohl eher.

Während Mr. Sergeant und der Monsieur zusammen aßen, leistete mir der Limousin in der Küche Gesellschaft. Er nahm ein wenig Lammeintopf, den ich gekocht hatte. Er sei fast so gut wie das Ragout seiner Mutter, sagte er und nahm noch einen zweiten Löffel voll. »Mein Monsieur würde es natürlich nicht anrühren. Er meidet Fleisch.«

Bestürzt schaute ich auf meinen Teller, dann auf das Huhn, das ich eingelegt hatte. Ich musste etwas anderes machen. Nun konnte ich doch nicht am nächsten Morgen in aller Frühe hinausgehen.

Er streifte unter dem Tisch seine Stiefel ab, schnitt mit seinem Taschenmesser ein Stück Apfel ab und aß es von der Klinge. Als er damit fertig war, blies er die Wangen auf und begann lautlos zu pfeifen, wobei er mit den Fingern auf den Tisch tippte.

Mr. Sergeant hatte gesagt, sie würden den Sommer über hierbleiben, mindestens. Ich schaute auf seine Finger, das unablässige Tapp-tapp, das Pfeifen, ein langer Atemzug nach dem anderen. Ich rollte meine Zehen ein. »Ist das dein erster Besuch in Amsterdam?«

Er schüttelte den Kopf. Wenn er überrascht war, dann nicht über meine Frage, sondern darüber, dass ich es nicht wusste. »Du liebe Güte, nein, überhaupt nicht!«

Woher sollte ich denn über jeden ihrer Umzüge Bescheid wissen? »Ich hoffe, es gefällt dir hier.«

»*Merveilleux.* Unsere vorigen Zimmer waren nicht im Geringsten komfortabel.«

»Mr. Sergeants Gäste sind bei ihrer Abreise immer voll des Lobes.«

Auf diese Worte reagierte er mit einer gequälten Miene. Ach, wie entzückend war doch dieser Mann, dachte ich. Er kann noch so viel Zucker essen, es wird ihm nie zu süß.

»Seid ihr den Sommer über hier? Bis zum Ende?« Ich lächelte. Er sollte nicht annehmen, dass ich sie loswerden wollte.

Er zuckte mit den Schultern. »*Sais pas.* Der Monsieur hat einen gewissen … einen gewissen Lebensstil, eine *habitude.* Zuerst Dordrecht, dann Franeker …« Beim Sprechen bewegte er die Hände zuerst nach links, dann nach rechts. »Dann Amsterdam, dann Deventer. Und davor …« Er wedelte mit der Hand in der Luft, als versuchte er dort die Erinnerung einzufangen. »Davor Italien, Polen, Deutschland … Wir ziehen immer um. Oft. Ich habe den Überblick verloren.«

Polen, Italien, Deutschland? Die Namen leuchteten hell wie Spiegel. Ich versuchte mich zu erinnern, ob ich diese Länder auf Karten bei Herrn Veldman gesehen hatte. »Da würde ich auch den Überblick verlieren!«

Er betrachtete mich mit kaltem Blick, und ich wusste sofort, dass ich die Linie überschritten hatte, die uns trennte. Diese Trennlinien verliefen überall und führten schnell dazu, mich zu Fall zu bringen. Ich schaute auf meine Hände. Wie sollten wir uns denn sonst unterhalten, wenn wir nicht miteinander *sprachen*? Er war ein Diener, kein Buchhändler, nicht mein Dienstherr. Aber ich war nur eine Magd, noch dazu eine holländische, nicht einmal eine französische. Ich war ganz bestimmt kein *conduit*. Die Linien, die da waren, die er gezogen hatte, hielten mich so weit wie möglich von ihm fern. Er war ein *Knecht*. Dieses Wort würde ich ihm eines Tages beibringen, wenn er es nicht kannte.

Er zuckte mit den Schultern. »Es geht nicht um den Überblick, kann ich dir versichern. Der Monsieur braucht Frieden. Keine Überraschungen. Keine Besucher. Wir gehen, wir ziehen um, wohin auch immer, bis wir ihn finden. Ruhe – eine Seltenheit.« Er hörte auf zu trommeln und schaute mich an, als forderte er mich heraus, einen Laut von mir zu geben.

Wir? Er hält sich für den Gefährten des Monsieurs. Amsterdam war bestimmt weder leise noch ohne Überraschung. Ich fragte mich, ob ihm klar war, welche Massen Westerkerk anzog – nicht nur an Sonntagen. Aber das erwähnte ich lieber nicht. Ich schenkte ihm ein Glas Wein ein. Er hielt es ans Licht, schwenkte es langsam und kniff ein Auge zu, während er es betrachtete. Er schaute mich an und nickte, hielt dann den Kopf über das Glas und schnüffelte. Überrascht riss er die Augen auf. *»C'est bon!«*

Ich lächelte. Mr. Sergeant hatte auf der Suche danach keine Mühen gescheut. Zwei Gläser für den Diener, hatte man mir gesagt. Nicht einen Tropfen mehr.

Er trank einen kleinen Schluck, behielt ihn eine Weile im Mund und nahm dann einen größeren. »Sehr gut. Und ausgerechnet hier … an einem so kalten Ort.« Er starrte in das Glas, als hätte er eine Spiegelung Frankreichs darin gesehen. Nachdenklich fuhr er mit einem Finger über den Rand. »Die Kälte in diesem Land ist ein Alptraum … *un cauchemar* …«

Cauchemar? Noch nie hatte ich ein Wort gehört, das sich weniger alptraumhaft anhörte. Es klang wie Baumwolle. Wie Wolle. Ich fragte mich, ob er wohl Familie hatte und wie oft er sie sah, oder ob er sie überhaupt sah. Mir war klar, wie sein Leben sein musste, dem Monsieur von einem Ort zum anderen folgen, ohne zu fragen oder zu klagen, zumindest keine Beschwerden, die dem Monsieur zu Ohren kamen. Ich bot ihm das zweite Glas Wein an. Er nickte und bedeutete mir, noch mehr einzuschenken, als ich auf halbem Wege innehielt. Es war die richtige Entscheidung gewesen, den Monsieur im vorderen Zimmer unterzubringen. Doch ich machte mir Sorgen um den Limousin in dem kalten, dunklen Raum auf der Rückseite des Hauses. Ich würde dafür sorgen, dass er noch eine Decke bekam.

Sobald er seinen Wein ausgetrunken hatte, verschränkte er die Arme vor der Brust und schloss die Augen. Ich glaubte nicht, dass er schlief, verhielt mich aber ruhig. Ich wollte ihn nicht stören. Vielleicht wollte er noch mehr Wein, und ich durfte keinen mehr hergeben.

Nach dem Mittagessen ging Mr. Sergeant mit dem Monsieur hinaus. Ich beobachtete, wie sie den Platz überquerten. Als sie an die Kirche kamen, zeigte Mr. Sergeant auf ein Fenster, wobei er mit einer weit ausholenden Handbewegung einen Bogen beschrieb. Er war ein großer Redner. Mehr als einmal hatte ich gesehen, dass seine Gäste ungeduldig von einem Fuß auf den anderen traten, wie der Monsieur in diesem Augenblick, und nach einem Vorwand suchten, gehen zu können, ohne unhöflich zu sein.

Ich setzte meine Hausarbeiten fort, schloss die Fensterläden vor dem nachlassenden Licht. Das Fenster im Zimmer des Monsieurs stand offen, und auf dem Boden lag Papier verstreut. Als ich die Blätter wieder auf den Tisch legte, sah ich, was er gemacht hatte: die Blumen, die ich so sorgfältig zusammengestellt hatte, waren als feuchter Klumpen weggeworfen worden, und nur ein einziger Stängel Lavendel war noch übrig, den er ausgerechnet in sein Trinkglas gestellt hatte! Neben dem Glas, beschwert mit einem Tintenfass, lag eine einfache Skizze mit ein paar Notizen. Was für ein merkwürdiges Bild. Er hatte nicht die Blüte, sondern nur den Stängel im Glas gezeichnet. Aber der Stängel war nicht gerade. An der Stelle, an der er das Wasser berührte, brach er und fuhr dann etwas weiter seitlich im Wasser fort. Ich runzelte die Stirn, ging in die Hocke, damit meine Nase auf gleicher Höhe mit dem Glas war, und kniff die Augen zusammen. Wo der Stängel ins Wasser traf, sah es aus, als wäre er halbiert worden. Ich hob den Stängel aus dem Wasser und tauchte ihn dann wieder ein.

»Ha!«, sagte ich und legte eine Hand vor den Mund. Wie oft hatte ich Blumen ins Wasser gestellt und es nicht bemerkt. Ich würde ihm eine Blume mit einem dickeren Stängel mitbringen, damit er sie zeichnen konnte, nur eine. Eine Rose von Mr. Sergeant würde reichen.

Obwohl ich nicht viel von ihm sah, war der Monsieur überall, wohin ich schaute – als wäre er ein paar Schritte vor mir, gerade eben außer Sichtweite. Nach knapp einer Woche gingen uns die Kerzen aus, dann das Salz. Im Schrank fehlten Gläser. Ich fand sie fein säuberlich aufgereiht auf der Fensterbank in seinem Zimmer, gefüllt mit grauem Wasser. Er holte einen alten Zinnteller aus der Küche und stapelte Kerzenstummel darauf. Auf einen anderen Teller tröpfelte er Wachspfützen. Ich konnte darin genau den Abdruck seines Daumens erkennen. Aber ich ließ alles so, wie ich es vorfand. Ich hütete mich, etwas anzurühren.

Er kam nie vor Mittag aus seinem Zimmer, ging dann hinaus und schickte den Limousin in die entgegengesetzte Richtung, um Besorgungen zu machen. Falls Mr. Sergeant sich auf die Gesellschaft des Monsieurs bei den Mahlzeiten gefreut hatte, wurde er enttäuscht, da der Monsieur es vorzog, in seinem Zimmer zu essen. Häufig kam er erst nach dem Abendessen zurück, und ich hörte, wie er bis spät in die Nacht auf und ab schritt. Ich legte etwas zu essen für ihn unter eine Schüssel und ließ es auf einem Tablett neben seiner Tür stehen. So erfuhr ich, was er mochte und was nicht. Ich fand heraus, dass er ein Schleckermaul war. Ich machte Apfelkuchen mit Zimt, drückte Buttermilch durch Mull und würzte sie mit Vanille, um *hangop* herzustellen. Die Teller kamen immer leer zurück.

An manchen Tagen ging der Monsieur nicht aus, und ich

musste sein Zimmer putzen, wenn er darin war. Ich wartete dann bis nach dem Mittagessen, um sicherzugehen, dass er wach und angezogen war. Wenn ich hineinging, zog ich meine Pantoffeln aus, um ihn nicht zu stören. Oft saß er mit geschlossenen Augen in einem Sessel, den er ans Fenster gezogen hatte. Er erinnerte mich an eine Katze, die sich sonnte, weder wach noch schlafend. Er nahm nie Notiz von mir.

Jeden Tag schlug ich die Decke zurück, um sein Bett zu lüften, strich die Laken mit der Handfläche glatt, um die noch immer warme Matratze zu kühlen. Einmal alle vierzehn Tage wusch ich die Bettbezüge und seine Kleidung.

Ein Monat verging, und ich hatte sein Nachtgewand noch nicht gehabt. Es regnete, was bedeutete, dass er in seinem Zimmer sein würde. Ich schlüpfte hinein, kniete nieder und spähte unter das Bett, falls das Hemd versehentlich dorthin geraten sein sollte.

»Suchst du etwas?«

Ich fuhr zusammen und strich mir über die Schürze, als ich mich aufrichtete. »Ich …«

»Ja?«

»Haben Sie etwas zu waschen für mich, Monsieur?«

»Sicher, aber Limousin hat dir alles gebracht.«

Ich knetete meine Schürze zwischen den Fingern.

»Stimmt etwas nicht?«

»Ich hatte Ihr Nachtgewand noch nicht, Monsieur.« Die Wörter überschlugen sich förmlich.

»Nachtgewand?«

Meine Wangen brannten.

Er klatschte in die Hände, warf den Kopf in den Nacken und lachte. »Was für ein Nachtgewand?«

Mein Herz raste, als wäre ich zehn Treppen hinaufgelaufen. Ich floh aus dem Raum, sein Lachen auf den Fersen. In meiner Hast wurde mir bewusst, dass ich meine Pantoffeln vergessen hatte. Aber ich wagte nicht, dafür wieder zurückzugehen, und lief den Rest des Tages barfuß. Als ich schließlich den Mut aufbrachte, sie zu holen, fand ich sie ordentlich nebeneinanderstehend vor seiner Tür. Unter einem Pantoffel befand sich eine Notiz. Ich faltete das Papier auseinander und las: *DEINE PANTOFFELN – deine Füße werden kalt ohne sie.* Darunter eine kleine Zeichnung.

Ich blinzelte. Nichts war gerade. Nicht einmal ein Rosenstängel im Wasser.

AMSTERDAM 1632–1633

Glas

WESTERKERK WAR NICHT für meinesgleichen. Meine Kirche war Noorderkerk. Ich musste durch den ganzen Jordaan gehen, um hinzukommen, aber das machte mir nichts aus. Ich gehörte dorthin.

Sonntags stand ich eine Stunde früher auf als sonst. Feuerstellen, die am Abend zuvor aufgeschichtet worden waren, mussten angezündet und das Frühstück vorbereitet werden, bevor ich ging. Ich musste Zeit gewinnen für den Weg vom Westermarkt zum Jordaan, wenn ich früh eintreffen wollte, noch vor sechs. Der Spaziergang war zu schaffen – ich wollte möglichst früh ankommen, aber nicht hetzen. Ich stand in der Kirche gern immer an derselben Stelle, weiter hinten auf einer Seite, wohin das Licht aus einem hohen Fenster fiel, gerade und kühl. Dort stand ich vor Gott und versuchte nicht hinzusehen, wenn die Gemeinde kam. Manche kannte ich – Händler vom Jordaan und Mägde wie ich, die munter plauderten, bis sie über die Schwelle traten. Sie sammelten sich in Gruppen, flatterten wie Tauben, bevor sie sich setzten und still wurden. Auch weniger bedeutende Kaufleute waren dort, ihre Kragen zu Halskrausen gefaltet, die so groß waren, dass ihre Köpfe wie von den Schultern abgeschnitten wirkten. Je größer die Krause, desto größer war das Nicken, stellte ich fest, wenn der Pastor seine Predigt hielt. Je größer die Halskrause, desto mehr Aufmerksamkeit schenkte der Pastor nach der Predigt.

Ich wollte keine Halskrause und war froh, dass der Pastor mich nicht bemerkte. Ich bedeckte meinen Kopf mit einem Musselintuch, das ich mir in die Stirn zog, damit meine Haare darunter verschwanden. Mutter hatte es mir geschenkt. Das war alles, was von einem Schrank voller Wäsche noch übrig war, die sie für den Tag gesammelt hatte, an dem ich heiraten würde. Nachdem Vater vermisst war, verkaufte sie ein Teil, dann das nächste, und ich wusste noch, dass ich dachte: *Soll ich nicht heiraten*? Aber diese Frage konnte ich nicht stellen, denn wir mussten essen. Am Ende waren nur noch Lumpen und Fäden von dem Ehemann übrig, für den sie gespart hatte.

»Gott allein kann uns helfen«, sagte sie und riss ein Tuch in kleinere Stücke, um daraus Taschentücher zu nähen, die sie verkaufen wollte.

Sie schaffte Wolle an, um zu spinnen, wie sie es vor ihrer Eheschließung gemacht hatte, und brachte es auch mir bei. Zusammen verdienten wir beide weniger als ein halber Mann, weniger als ein Mann mit einer Hand. Mit Leinen und Wolle wurden wir nicht satt. Thomas, mein Bruder, fuhr zur See. Mutter hörte, dass in Amsterdam viele Mägde gesucht wurden. Ich saß ruhig da, als sie es mir erzählte, ich musste nicht einmal aufblicken.

Am Tag meines Aufbruchs straffte ich die Schultern. Mutters dünne Finger kniffen mich, als sie meinen Schal mit ihrer Brosche feststeckte. Sie umarmte mich, ihre Wärme umgab mich, weich und fest, und ich spürte eine Kraft in ihr, die ich nie wahrgenommen hatte, und die Hoffnung keimte in mir, dass wir trotzdem zusammenbleiben könnten. Ich schmiegte meine Wange an sie, doch etwas in ihr schien sich zu versteifen, als ich mich noch enger an sie drückte, als hätte der Gedanke des Scheidens, meines Weggangs, sich wie kalte Finger zwischen uns gezwängt.

Sie schob mich sanft auf eine Armeslänge von sich. »Sieh

zu, dass etwas aus dir wird. Schon bald wirst du arbeiten, und wenn du bezahlt wirst …«

Ich wusste, sie versuchte mich aufzuheitern, aber ich hatte gehört, dass Mägde nur einmal im Jahr bezahlt wurden. Wer konnte schon sagen, was ich bekommen oder wann ich sie wiedersehen würde? Ich schluckte. »Und du, Ma? Was ist mit dir?«

»Na, na.« Sie hob mein Kinn mit einer Hand. »Ich komme schon zurecht. Ich werde zum Pastor gehen, wenn es sein muss.« Sie rückte die Brosche gerade, doch als ich diesmal die Arme nach ihr ausstreckte, hielt sie mich auf Abstand und schüttelte den Kopf. »Die Welt ist in Amsterdam – stell es dir vor. Arbeite hart. Gott wird mit dir sein – ich weiß es, Helena.«

Ich wusste nur, was ich empfand, und das war die Last all meiner Einwände gegen diesen Vorschlag, die sich an meinen Fußgelenken angesammelt hatten und mich am Boden festhielten. Mutter reichte mir mein Bündel und meine Bibel, und mir blieb nichts anderes übrig, als beides an mich zu nehmen.

Wir gingen zur wartenden Kutsche. Während Mutter mir nachsah, schlang sie beide Arme fest um sich. In der Welt gab es alle möglichen Formen des Abschieds, lernte ich. Ich wäre eine Sorge weniger für sie, sobald ich fort war.

Ich schaute über die Schulter zurück und winkte, aber sie hob daraufhin nur ihre Finger.

Ich hatte Papiere bei mir, die mich Herrn Slootmaekers vorstellten, einem Agenten, der Mädchen an Kaufmannsfamilien vermittelte. Ich konnte lesen und schreiben. Ich kannte meine Gebete. Ich konnte kochen, Wasser aus einem Brunnen holen und Feuer machen. Mit der Zeit würde ich alles lernen, was ich wissen musste. Jemand würde ein Mädchen wie mich schon brauchen.

Aber niemand bedurfte einer Magd, die schreiben konnte. Sie mussten es gar nicht sagen – ich las es von ihren Gesichtern ab. Ein Kopfschütteln, herabgezogene Mundwinkel, Schulterzucken, der lange, kühle Blick am Nasenrücken entlang, zusammengekniffene Augen – ich sah alles, während Herr Slootmaekers mit mir den ganzen Singel entlangging, dann weiter zur Amstel, bevor er im Stadtviertel Jordaan mit mir hausieren ging und wieder zurück. Es war ein trüber, kalter Tag, und wir waren am Ende angekommen. In der Dunkelheit standen die Häuser Schulter an Schulter, wie Männer in grauen Mänteln. Dann gingen auf Herrn Slootmaekers Klopfen hin Türen auf und gaben den Blick auf alle möglichen Wunder frei, Momente in Rot und Orange und Gold, die vorbei waren, sobald ich sie gesehen hatte. Aus einem Haus kam eine Dame heraus und stellte sich auf die oberste Stufe, hörte Herrn Slootmaekers zu, der seine Anfrage vom Bürgersteig aus vorbrachte. Sie war wie eine Königin auf einem Thron, die Hände zusammengelegt. Sie trug einen Ring mit blauem Stein, der locker an einem Finger saß, verblüffend wie das Auge Gottes. Doch es war nicht gut, so auf Schmuck zu starren, was Herr Slootmaekers auch sagte, weshalb wir unseren Weg fortsetzten.

Als wir zum Westermarkt kamen, war es dunkel. Herr Slootmaekers hatte gehört, dass ein ihm bekannter Buchhändler eine Magd suchte. Ein Buchhändler? Wie spärlich das Entgelt von ihm wohl sein mochte, murmelte er vor sich hin, als er an die Tür klopfte.

»Tritt zurück, Mädchen«, sagte er und schob mich hinter sich in den Schatten, als würde mein Anblick alles verderben. Wir warteten. Schwaches Licht flackerte in einem Fenster, aber von drinnen war nichts zu hören. Herr Slootmaekers klopfte noch einmal, ein fester Schlag mit dem Ende seines Gehstocks.

»Moment, Moment …« Schlüssel rasselten, man hörte, wie

sie zu Boden fielen, dann wurde ein Riegel zurückgeschoben. Ein älterer Mann mit Stoppelbart und weißen Haarbüscheln auf beiden Seiten seines glänzenden Kopfes beäugte uns.

»Ja? Was ist? Ah, Slootmaekers. Ich habe mit Ihnen gerechnet. Ich habe so lange gewartet und bin darüber eingeschlafen.« Er wischte Krumen von seinem Wams und räusperte sich. Er sprach mit einem merkwürdigen Akzent, als hätte er einen Obstkern im Mund.

»Mr. Sergeant.« Herr Slootmaekers verneigte sich. »Verzeihen Sie die späte Störung.«

»Haben Sie jemanden?«, fragte Mr. Sergeant. »Ich war furchtbar in der Klemme, nachdem das letzte Mädchen, das Sie mir brachten, Gerarda, gehen musste.«

Herr Slootmaekers zog mich hinter sich hervor und schob mich ins Licht. Er griff in seine Tasche und zog meine zerknüllten Papiere heraus. Ich brachte es nicht über mich, aufzuschauen. »Stell dich gerade hin!«, bellte er.

Ich hob den Kopf. Mehr konnte ich nicht tun, um überhaupt aufrecht zu stehen.

Mr. Sergeant nahm die Papiere, ohne sie anzuschauen, und steckte sie in seine Westentasche. »Kannst du kochen?«

Ich nickte.

Er rieb sich die Hände. »Dann komm rein!«

»Wollen Sie denn nicht einen Blick auf ihre Referenzen werfen?«

»Bei der Beleuchtung? Wir wollen sehen, was für einen Pfannkuchen das Mädchen macht. Das ist die beste Referenz überhaupt.« Mr. Sergeant führte uns durch einen dunklen Raum, dann durch einen weiteren, dann tasteten wir uns über eine Reihe Stufen hinab. Das Haus roch wie kein anderes – nicht richtig schmutzig, aber auch nicht ganz sauber – ein Tiergeruch, dachte ich, aber weder Katz noch Hund noch ein anderes Tier, das man in einem solchen Haus erwarten könnte, lief uns über den Weg. Als wir in die Küche kamen, warf er eine Handvoll Stöcke ins Feuer, das so klein und schwächlich war, dass es in meine hohlen Hände gepasst hätte.

»Das kommt bald in Gang.« Er klang hoffnungsvoller, als er aussah.

Er nahm einen Stapel Bücher vom Tisch, wusste dann aber nicht, wohin damit, und legte sie wieder ab. Ich fachte das Feuer an, stellte eine Pfanne darüber, und als alles heiß war, machte ich Pfannkuchen. Als ich fertig war, schnitt ich etwas Zucker von einem Zuckerhut, mahlte ihn und streute ihn darüber. Er sah mir dabei zu, die ganze Zeit mit einem Löffel in der Hand, und aß alles im Stehen, noch in der Küche. Dem Geräusch nach zu urteilen, das er dabei machte, hatte er anscheinend eine Woche nichts zu essen bekommen. Später stellte ich fest, dass Gerarda vor drei Tagen gegangen war und Mr. Sergeant sich mit Äpfeln und Pflaumen über Wasser gehalten hatte sowie einem Käse, den er bis auf die Rinde aufgegessen hatte. Es war erbärmlich. Offenbar gab es keine Mrs. Sergeant.

»Slootmaekers sagt mir, du kannst schreiben. Meine Augen sind nicht mehr die besten«, sagte er zwischen zwei Happen.

Ich suchte nach einem Stirnrunzeln, aber er hob die Hände und den Teller hoch in die Luft, als wollte er Gott danken. Einen furchtbaren Augenblick lang dachte ich schon, er würde mich umarmen. »Wunderbar!« Er reichte mir den leeren Teller.

Kurz darauf hörte ich, wie Herr Slootmaekers sich verabschiedete, dann Mr. Sergeants Schritte auf der Treppe nach oben. Es wurde still im Haus. Die Schatten wurden länger. Das einzige verbleibende Licht war das meiner Kerze. Mehr Kerzen fand ich nicht, nur heruntergebrannte Stummel. Jeder Topf, in den ich schaute, war leer, bis auf einen, in dem eine Zwiebel war – ich hob einen Deckel nach dem anderen und fand große, gähnende Mäuler aus Schatten. Ich hatte nicht gewagt zu fragen, aber war ich die einzige Magd? Und eine Mistress gab es auch nicht? Niemand, der mir etwas zeigen oder mir helfen konnte? Mein Magen verkrampfte sich bei dem Gedanken, dass ich alles allein machen musste. *Amsterdam. Die ganze Welt ist hier.* Was für eine Vorstellung, zu wissen, dass sie da draußen war und auf mich wartete. Aber das alles musste warten. Ich war zu müde, um weiter darüber nachzudenken. Ich schlief dort ein, wo ich saß, den Kopf auf dem Tisch, meine Hände noch staubig vom Mehl.

Am Morgen fand ich mein Bett versteckt in einem Alkoven neben dem Küchenschornstein. Über dem Bett war ein Regal. Den Musselinstoff von meiner Mutter legte ich dort ab, zusammen mit der Brosche für meinen Schal. Ich schlug meine Bibel auf und suchte nach dem Stück Papier, von dem ich wusste, dass es zwischen den Seiten klemmte. Ich faltete die Notiz auf und starrte auf das Wort, das darauf stand – *Aemilia* –, der Name von Thomas' Schiff. Er war schon ein Jahr fort, und ich musste noch ein weiteres Jahr warten. Obwohl er am anderen Ende der Welt war, fühlte ich mich ihm näher, einfach weil ich hier war. Aber ich musste geduldig sein. Ich verschloss die Notiz wieder in der Bibel und legte das Buch neben meine anderen Sachen. Unter dem Bett befand sich eine Schublade mit einer Decke. Daneben fand meine Kleidung Platz. Ich hatte gehört, dass manche Mägde in Kellern schliefen, manche nur wenig mehr als ein mit Stroh gefülltes Loch im Boden hatten. Ich klopfte auf die Matratze und stellte erleichtert fest, dass sie nicht feucht war. Sie gab unter meiner Hand leicht nach.

Später kam Mr. Sergeant vorbei und führte mich durch das Haus. Zuerst gingen wir in den Hinterhof hinaus.

»Die Wasserpumpe, Helena«, sagte er und trat einen Schritt zurück, als stellte er mich einer fernen Verwandten vor. Eine rotbraune Katze beäugte mich von einer hohen Mauer herab. Ich war fast versucht, einen Knicks zu machen. Ich hob den Schwengel und förderte einen ächzenden, gurgelnden Wasserstrahl herauf.

Am anderen Ende des Hofes befand sich ein Torflager mit einem Hackklotz, um Kleinholz zu machen. Der Hof führte in einen Gemeinschaftsbereich, über dem Wäscheleinen gespannt waren. Flatternde Laken blähten sich daran im Wind. In den Bäumen zankten sich Krähen, die dann unter wütendem Krächzen aufstoben. Ich sah zwei Mägde, die aus einem der Häuser gegenüber kamen. Die eine reichte der anderen kaum bis an die Schulter, sie war nicht älter als zwölf, vermutete ich. Sie blieben stehen, als sie mich sahen.

»Hallo«, grüßte ich sie.

Die Jüngere wandte sich an die andere, flüsterte ihr etwas zu und kicherte.

»Albernheiten«, sagte Mr. Sergeant und begab sich wieder ins Haus.

Ich warf einen Blick über die Schulter auf die beiden, während ich ihm folgte. Das jüngere Mädchen drehte sich im Kreis, bis die Ältere es anschrie, damit aufzuhören. Ich hatte mich auch immer so im Kreis gedreht, jetzt musste ich stattdessen geradeaus gehen.

Als wir wieder im Haus waren, nahm Mr. Sergeant mich mit in sein Arbeitszimmer auf der Vorderseite des Hauses. Unter der Staubschicht schimmerte der Boden wie Glas. Ich sah mein Spiegelbild zu meinen Füßen, als wäre ich in eine Pfütze getreten, als hätte der Boden mich an den Fußgelenken gepackt und in sich hineingezogen. Ich trat einen Schritt zurück, um sicherzugehen, dass meine Füße noch mir gehörten.

»Fabelhaft, nicht wahr?«, fragte Mr. Sergeant. »Ein bisschen Wachs wird ihn tipptopp erhalten.«

Ein *bisschen* Wachs? Ich konnte mir vorstellen, dass ganze Bienenstöcke geleert würden und immer noch nicht genug vorhanden wäre. Ich sah schon die Tage vor mir, an denen ich auf den Knien liegen und endlos wienern würde. Allein bei dem Gedanken zuckte tödlicher Schmerz durch meinen Arm.

An der gegenüberliegenden Wand stand ein hohes Regal, voll mit in Leder gebundenen Büchern. Jetzt erkannte ich den Geruch vom Abend zuvor: *Bücher* – oder zumindest die Häute, mit denen sie gebunden waren. Daneben waren zwei Glasvitrinen am Fenster aufgestellt – in beiden befand sich jeweils ein Blatt Papier, bedruckt mit einem Titel und einem Namen. Auf dem einen waren Bilder von Insekten, Vögeln und Bäumen zu sehen. Ich kannte die Buchstaben, nicht aber die Wörter, die sich aus ihnen ergaben.

»Titelbilder«, erläuterte Mr. Sergeant. »Wenn Interesse besteht, wird das Buch gedruckt. Die hier sind auf Latein. Heutzutage wird immer mehr auf Holländisch gedruckt, auch auf Englisch und Französisch – ganz Amsterdam wird schon bald Bücher kaufen – und wenn jeder Amsterdamer auch nur ein Buch kauft … tja, wenn der Tag kommt, werde ich mein Haus an der Herengracht haben.« Er fuhr mit der Hand über das Regal, aber nicht um zu prüfen, ob es staubig war. »Ein Buch ist nicht genug. Niemals. Man braucht eine Bibliothek. Eine Bibliothek ist eine Investition in die Zukunft, Helena.«

Anschließend nahm er mich mit hinauf in seine Zimmer – ein sonniges Schlafzimmer und ein kleiner Ankleideraum, dessen Inhalt anscheinend in das erstere entleert worden war. Beide Zimmer lagen nach vorn hinaus, direkt über dem Arbeitszimmer. Das Schlafzimmer war schlicht möbliert mit einer Eichenkommode und zwei hochlehnigen Stühlen. Die Türen der Kommode standen offen, auf beiden Stühlen häuften sich Kleidungsstücke – Arbeit, die auf mich wartete. Man konnte unmöglich sagen, was sauber und was schmutzig war. Alles musste gewaschen werden. Zwischen den Stühlen standen auf einem kleinen Tisch zwei kleine Bilder. Das eine zeigte das Porträt einer Frau, deren Gesicht mit Malven und Rosen gerahmt war. Daneben das Porträt eines viel jüngeren Mr. Sergeant mit rosa Wangen.

»Gemalt«, sagte er, als er meinen Blick bemerkte. »In meinem Garten in Oxford. Das war ein schöner Garten …«

Ein Garten erschien mir bemerkenswert, als hätte man einen Blumenmarkt für sich allein direkt vor der Tür. Zu Hause hatten wir einen kleinen Hof, der aber nie die Sonne sah. Dort wuchs nicht viel.

Über seinem Zimmer und noch eine weitere kurze Treppe hinauf befand sich ein Raum mit niedriger Decke, der Papier, Hauptbücher und eine Unzahl von Büchern enthielt. Im Vergleich dazu sah sein Arbeitszimmer ordentlich aus. Anschließend führte er mich durch zwei kleinere Zimmer auf der Rückseite des Hauses, die für Logiergäste bestimmt waren. »Logiergäste«, erklärte er, »sorgen dafür, dass ich mir Tee leisten kann.«

Tee?, wollte ich schon fragen, aber er ging bereits wieder die Treppe hinunter. Auf halber Höhe drehte er sich um. »Das ist mein Zuhause. Nicht das, was ich einmal hatte, aber was ich jetzt habe.«

»Ja, Mr. Sergeant.«

»Dieses Haus hat in letzter Zeit nicht gut funktioniert. Es war nicht so, wie es sich gehört.«

Ich nickte, obwohl ich nichts begriff. Das Haus war groß für eine Person. Es gab so viel Leere, Raum für nichts, ein großer Abstand zwischen Gegenständen – Stühle, die anscheinend nur deshalb auseinandergerückt waren, damit man sie besser sehen und bewundern konnte. Mir war nie in den Sinn gekommen, dass ein Stuhl nicht nur dazu diente, darauf zu sitzen, dass man sich stattdessen davorstellen und ihn anschauen konnte. Ich dachte an die Seiten hinter Glas in seinem Büro. Wie war es möglich, dass man sich mit den geschriebenen Wörtern darauf ein Haus wie dieses mit allem darin leisten konnte und mit Säcken voll Wolle zu Hause nur so wenig?

»In deiner Empfehlung heißt es, dein Vater sei verschollen. Wir beide sind in gewisser Weise Flüchtlinge, Helena«, sagte er mit weicher Stimme. »Die Umstände bringen uns an unvermutete Orte. Wir leben in interessanten Zeiten. Jede Menge Umstände. Doch Amsterdam ist ein guter Ort für Buchhändler. Wir haben unsere Hoffnung und unsere Gebete. Darin liegt Trost. Und natürlich in einem guten Buch!«

»Ja«, flüsterte ich. Mir wurde bewusst, wie weit ich von zu Hause entfernt war.

»Gut!«, sagte er, seine Miene hellte sich auf. »Jetzt werde ich, da ich einen Grund zum Feiern habe, Tee trinken – hast du schon einmal Tee zubereitet?«

Ich schüttelte den Kopf. Davon hatte ich noch nie gehört.

»Dann werde ich es dir vorführen. Nur dieses eine Mal.«

Mr. Sergeant stand neben mir, während er seine Vorführung mit vielen Wörtern begleitete. Sie umfasste mehrere Schritte, die man sich in der richtigen Reihenfolge merken musste. Danach wurde mir klar, dass dazu nur Wasser und eine geringe Menge verschrumpelter Blätter nötig waren. Zunächst musste das Wasser erhitzt werden, bis im Topf Blasen aufstiegen, es durfte aber nicht zu lange kochen, sonst wäre es verdorben. Dass man Wasser auf diese Weise verderben konnte, war mir neu.

»Wenn das Wasser nicht richtig heiß ist, zieht der Tee nicht, dann ist er am Ende schal – furchtbar – und muss weggeschüttet werden. Eine solche Verschwendung ist gräulich, nicht auszudenken.«

Ziehen? Schal? Gräulich? Mir gefielen diese Wörter. Dabei juckte es mir in den Fingern.

Er bewahrte den Tee in einer verschlossenen Dose in seinem Arbeitszimmer auf. Er streute einen halben Teelöffel getrockneter Blätter in eine merkwürdig geformte Kanne.

»Nicht mehr als so viel, Helena, sonst gehe ich bankrott. Jetzt das Wasser, schnell.«

Ich goss das Wasser in die Kanne.

»Das reicht! Genug!«

Ich spähte in die Kanne. In waberndem Dampf verwandelte sich das Wasser in eine helle Erdfarbe, der Geruch war so deutlich und frisch wie der Boden nach einem Regenguss.

»Perfekt.« Er holte seine Taschenuhr hervor. »Jetzt wird auf die Zeit geachtet.«

Ich schaute auf die Uhr, dann auf den Tee, der die dunkle Farbe eines alten Schuhs angenommen hatte. Ich war froh, ihn nicht trinken zu müssen.

Mr. Sergeants Haus war für mich wie ein Palast, aber im Vergleich zu den neuen Häusern, die an der Herengracht standen, war es wie ein schmaler Finger. Sie erhoben sich mit immer größeren Fenstern, als wetteiferten sie, welches zuerst den Himmel erreichte, um Gott auf sich aufmerksam zu machen. Manche waren mit so wenigen Backsteinen gebaut, dass sie aus der Ferne aussahen, als wären sie aus Luft. Andere wiederum waren so konstruiert, dass sie sich in die Straße lehnten, als balancierten sie auf Zehenspitzen. Diese Häuser erweckten den Anschein, als schauten sie auf mich herab. Ich hatte das Gefühl, knicksen zu müssen, wenn ich daran vorbeiging, unterließ es aber. Nachts, bevor die Fensterläden geschlossen wurden und wenn alle Kerzen drinnen schon brannten, leuchteten ganze Räume wie Laternen. Im blauen Morgenlicht, bevor die Sonne über die Dächer lugte, konnte ich nicht erkennen, wo das Glas aufhörte und der Himmel begann. Gerade so, als stünde man in einer riesigen Kathedrale, die sich dem Himmel und Gottes Umarmung öffnete.

Eines Tages blieb ich auf dem Rückweg vom Botermarkt stehen, um Arbeiter zu beobachten. Sie brachten neue Fensterflügel an, die doppelt so groß waren wie ich, wenn nicht noch größer. Das Mädchen, das sie putzen musste, tat mir leid. So etwas hatte ich noch nie gesehen – von oben bis unten Schnitzereien, Putten und Rosen und Kirschen, breite, hölzerne Bänder, zu Schleifen gebunden. Sonnenlicht fiel schräg auf die Scheibe. Ich sah Vögel, die herabschossen, auch mein eigenes Spiegelbild und Wolken, die hinter mir vorbeizogen. War ich in den Himmel gefallen? War der Himmel auf die Straße gestürzt? Ich kniff die Augen fest zu und öffnete sie dann wieder blinzelnd.

Über mir hörte ich ein Knacken, als ein Fenster aufgedrückt wurde.

Eine Frau lehnte sich heraus und zeigte auf mich. »Du da.«

»Ich?«

»Ja, du.« Sie wedelte mit einem Handtuch in meine Richtung. »Fasst du mein Glas an?«

Verblüfft trat ich zurück.

»Weg von der Treppe! Husch! Wie kannst du es wagen, mein Glas zu berühren!«

Ich trat noch einen Schritt zurück und stand jetzt auf der Straße. »Nein, ich …«

»Grässliches Mädchen! Du hast mein Glas angefasst!«

»Ich habe Ihr Glas nicht berührt!«

»Lügnerin. Gott möge deine Zunge verknoten.«

»Ich habe es nicht berührt!«, protestierte ich. »Gott hat Ihnen Augen gegeben, um zu sehen!«

»So was!«, zischte sie. Ich wollte nichts mehr hören. Ich lief, bis ich zwei Brücken überquert und die halbe Prinsengracht hinter mich gebracht hatte. Mein Herz schien mit jedem Schlag größer zu werden, bis kein Platz mehr in mir war, um zu atmen. Ich konnte keinen Schritt mehr laufen, blieb stehen, lehnte mich an einen Baum und tastete mich um ihn herum, bis ich den Kanal vor mir hatte. Ich krümmte die Zehen über die Steinkante, und obwohl ich lachte, musste ich auch weinen.

Striemen

AN DEN MEISTEN Tagen empfing Mr. Sergeant Besucher – manche reisten aus den Provinzen an und blieben eine Woche oder länger im Haus. Ich erfuhr, dass Besucher aus dem Westen gern das Wort ergriffen und die aus dem Norden gar nicht verlangten, dass ich den Mund aufmachte. Ich sollte mich weder nach ihren Reisen erkundigen noch nach ihrem Wohlbefinden und ihnen niemals zur Begrüßung die Hand reichen. Ich sollte Capes abnehmen, bei den Stiefeln zur Hand gehen, Getränke auf einem Tablett bringen, wenn sie verlangt wurden. Die Mägde aus dem Haus gegenüber sah ich selten, aber eines Tages kam die Ältere der beiden zu mir, als ich Laken von der Wäscheleine nahm.

»Woher kommst du?«, fragte sie, ohne mir ihre Hilfe anzubieten. Sie verschränkte die Arme und streckte eine Hüfte vor.

»Aus Leiden«, antwortete ich. War es nicht höflich, sich zuerst zu begrüßen? Sie wirkte älter, als ich zunächst gedacht hatte, fünfundzwanzig vielleicht, älter als ich. Sie trat zurück und betrachtete mich. »Besser hier als in einer Pestgrube, nehme ich an.« Sie scharrte mit dem Zeh über den Boden. Bevor ich etwas sagen konnte, fuhr sie fort: »Die haben sie weggeschickt, verstehst du.«

»Wen?«

»Gerarda. Die Magd vor dir.«

»Weggeschickt?«

»Bin froh, dass ich nicht in dem Haus da bin – so schicke Bücherleute. Arme Gerarda.«

»Was soll das heißen? Was ist passiert?«

»Sieh dich doch an.« Sie umkreiste mich, zog an meinen Sachen und drückte meine Arme. »Ein bisschen dürr. Ein bisschen jung. Aber ein ziemlich hübsches kleines Fräulein aus Leiden. Was glaubst du eigentlich, wer du bist, dass du ihren Platz einnimmst?«

Ich ging auf Abstand. »Lass mich los!«

»Hat man es schon von dir verlangt?« Sie schob die Hüfte vor und wackelte mit dem Daumen im Mund. Als ich die Stirn runzelte, lachte sie und kam näher. »Weißt du es nicht?«

Ich straffte die Schultern. Ich hatte nicht vor, ihr zu sagen, was ich wusste und was nicht.

Sie hielt meinem Blick stand, ließ sich nicht eine Sekunde täuschen. »Ich werde ein Auge auf dich haben müssen.« Wieder dieser Blick, und ich wusste nicht genau, ob ich ihr leidtat oder ob sie in Gelächter ausbrechen würde. Ich raffte das Laken zusammen und wandte mich ab.

Sie schob eine Hand unter meinen Ellbogen und drehte mich zu sich, ihr Lächeln war verschwunden. »Nicht vor dem alten Mann musst du dich in Acht nehmen …«

»Mr. Sergeant?«

»Wir alle spielen keine Rolle, nicht für ihresgleichen. Je eher dir das klar ist, desto besser.«

Sie ließ mich los, aber diesmal schaute sie weg. Ich fragte mich, was passiert war, was sie wusste. Keine Dienstherrin zu haben war seltsam, das war mir bewusst – aber es gab keine Mrs. Sergeant, schon seit Jahren nicht mehr. Ich musste nicht nach denselben Regeln wie andere Mägde leben, vom Markt nach Hause eilen, wie ihrer Herrin es beliebte. Mr. Sergeant beachtete mich kaum. Solange die Gerichte, die ich kochte, frisch und schmackhaft waren und rechtzeitig auf den Tisch kamen, solange alles so war, *wie es sich gehörte* – seine einzige Regel, wie ein Haus zu führen war –, durfte ich meinen Tag nach Belieben einteilen.

»Kennst du dich hier schon aus? Warst du schon über Jordaan hinaus?«

Ich zuckte mit den Schultern, was sollte das? »Ich bin an der Herengracht entlanggegangen. Auf beiden Seiten.«

Ihr Lächeln blitzte auf wie Zunder. »*Beide Seiten*? Und dann alles gesehen – das glaube ich nicht.« Sie stieß mich an die Schulter, aber nicht so fest, wie sie mich gekniffen hatte.

Auf ihren Wangen waren Sommersprossen. Sie hatte derart hellblaue Augen, wie ich sie noch nie zuvor gesehen hatte – wie die Farbe des Tages, bevor er anfängt, des Morgens, der gerade aus dem Bett geschlüpft ist.

Sie ergriff meine Hand und schüttelte sie. »Ich bin Betje. Komm morgen wieder her. Ich werde dir Amsterdam zeigen – *beide Seiten*.«

»Ich werde nicht …«

»… nach dem Frühstück. Ich weiß, dass du kannst. Du wirst ohnehin auf den Markt gehen, oder?«

Ich machte den Mund auf, um zu antworten, doch sie hatte bereits auf dem Absatz kehrtgemacht, denn sie musste nicht hören, was ich zu sagen hatte. Sie ging quer über den Hof zu dem Haus, in dem sie arbeitete. Dann war sie zwischen der Wäsche an den Leinen verschwunden – ein abgewetzter Fleck auf dem Boden war alles, was darauf hindeutete, dass sie überhaupt da gewesen war. Sie hatte mich nicht einmal nach meinem Namen gefragt. Ob sie immer so herrisch war? *Daraus wird nichts Gutes – aus jemandem, der Entscheidungen für dich trifft*. Ich ließ diesen Gedanken an die Oberfläche steigen wie einen springenden Fisch, dessen Bauch silbern in der Sonne aufblitzt. Dann schob ich ihn wieder möglichst weit nach unten, verjagte ihn in die Tiefe. Ich konnte gehen, wenn ich wollte. Ich holte den Rest der Wäsche von der Leine, steckte mir alles unter die Arme und lief eilig wieder ins Haus.

Am nächsten Morgen jedoch, als ich sie suchte, war sie nicht da. Ich war aufgebrochen, sobald ich konnte, wie sie gesagt hatte. Ich hatte das Frühstücksgeschirr vom Tisch geräumt und Mr. Sergeant allein gelassen, das Messer mitten in der Luft und noch auf dem letzten Heringsbissen kauend.

»Ich war noch nicht ganz …«, sagte er und drehte sich halb um, während ich rasch den Teller wegzog.

Ich sprang förmlich aus dem Raum in der Hoffnung, dass er glaubte, ich hätte ihn nicht gehört, in der Hoffnung, dass er mich nicht zurückrief. Sobald ich draußen war, blieb ich stehen und lehnte den Kopf zurück – zählte bis drei – *noch immer nichts.* Ich schoss in die Küche, tauchte seinen Teller in einen Eimer, packte meine Haube und lief los.

Ich fand den abgewetzten Fleck auf dem Boden, an dem sie tags zuvor gestanden hatte, und wartete. Keine Betje. Ich wartete noch etwas länger. Vielleicht war ich zu früh dran. Ich zählte Bäume. Ich zählte die Nester in den Bäumen. Sie kam nicht. Ich ging auf die Vorderseite von Mr. Sergeants Haus, falls sie dort sein sollte, aber da war sie auch nicht. Schließlich überquerte ich den Hof und begab mich zu dem Haus, in dem sie meines Wissens arbeitete, suchte mir einen Weg durch die Wäsche: Laken, dünne Unterröcke und viele Strümpfe, die wie leere Beine baumelten und sich tropfend in die Länge zogen. War sie ohne mich gegangen? Hatte sie doch ihre Meinung geändert? Mir wurde schwer ums Herz, als ich erkannte, dass die Antwort auf beide Fragen Ja lautete.

Das Haus war viel größer als Mr. Sergeants und wurde noch größer, je näher ich kam. Ich konnte nicht einfach hineingehen, daher wartete ich an der Hauswand. Ich wollte nicht allein auf den Markt gehen. Ich wollte mit Betje gehen.

Während ich wartete, versuchte ich die Zweifel zu zerstreuen, die mir kamen. Sie würde doch kommen – oder?

Die Hintertür hatte man offen gelassen, und die Küchentür dahinter war angelehnt. Dort war dann Betje, aber nicht so angezogen, als wollte sie ausgehen, das konnte ich erkennen. Sie trug noch ihre Arbeitsschürze. Sie war verschwunden, sobald ich sie sah, Teller bis unter das Kinn gestapelt. Dann kam die jüngere Magd und trug anscheinend ebenso viele Teller wie Betje. Sie folgte ihr, unter dem Gewicht nach vorn gebeugt wie der Zweig eines Schösslings. Eine viel ältere Frau, die Haushälterin, trampelte durch die Türöffnung, ohne etwas zu tragen. Mit der Schulter schob sie die Tür weiter auf. Ich zog mich zurück, damit sie mich nicht sah. Sie schaute zum Himmel und hielt eine Hand ins Freie, um den Tag zu fühlen – schon warm, seit Wochen zum ersten Mal gutes Wetter zum Trocknen. Mürrisch ließ sie die Hand wieder sinken.

»Betje!«, rief sie und ging wieder ins Haus. »Komm her.«

Plötzlich polterte es, Geschirr zersplitterte auf Fliesen, danach setzte lautes Gezeter ein, Wörter, die nicht auszusprechen, nicht einmal zu denken waren.

»Du ungeschicktes Stück Dreck! Hat Gott dir Maden statt Finger gegeben?«

Dann klang es, als würde etwas fallen gelassen, wie Teig, der auf einen Tisch geschlagen wird. Anschließend ertönte ein Schrei. Brot schrie nicht. Dann wieder ein dumpfer Laut, wieder ein Schrei. Und ein Wimmern, das zu einem Klagelaut anschwoll. Ich hörte, wie Scherben zusammengefegt wurden und klappernd in einem Abfalleimer landeten.

»Haltet den Mund, ihr beiden! Dafür wirst du bezahlen, Betje.«

Ich warf einen Blick um die Ecke und sah Betje im Türrahmen stehen, wie sie sich mit beiden Händen die Tränen abwischte. Die Haushälterin tauchte im Türspalt auf und riss sie am Arm herum, damit Betje sie ansah. »Meinst du, ich dulde noch mehr davon? Wirklich? Zehn Stuiver! Zehn mehr, als du wert bist! Beweg deinen Arsch, verschwinde! Raus!« Sie versetzte Betje einen Stoß zwischen die Schultern, schob sie noch zweimal, bis sie aus dem Haus war.

»Betje!«, sagte ich, als sie an mir vorbeistürmte. Sie zerrte an den Bändern ihrer Schürze, Haare lösten sich unter ihrer Haube, die Augen waren rot umrandet und glänzten.

»Komm mit«, sagte sie, ohne mich anzuschauen oder stehen zu bleiben. Ich folgte ihr, denn der Pfad war nicht breit genug, um nebeneinanderzugehen. »Ich habe den Teller nicht kaputtgemacht«, sagte sie, den Blick starr nach vorn gerichtet. »Arsch? Selber Arsch! Speckarsch. Und ein Gesicht wie ranziges Fett.«

»Warum hast du … Wieso hat sie dir die Schuld gegeben?« Mühsam stieß ich die Wörter aus, während sie voranlief.

»Ich habe gesagt, ich wäre es gewesen. Damit Antje nicht geschlagen wird …«

Antje? Die jüngere Magd? Betje zerknitterte ihre Schürze in der Faust, anscheinend machte es ihr nichts aus, dass die Bänder über den Boden schleiften. Ich schaute auf ihre Arme, rot geschlagen. Außerdem waren sie mit grauen Flecken übersät, wie Ruß vom Kaminrost. Keine Flecken, sondern Striemen, merkte ich, als ich alles in mich aufnahm. Ein, zwei, drei, vier Striemen … Finger? – Ein Handabdruck. *Ein Handabdruck?* Ich sah die Hand der Haushälterin an Betjes Arm.

»Betje! Wer war das? Hat sie das getan? Ja?« Mr. Sergeant würde mir so etwas nie antun.

Sie zog an ihren Ärmeln, die noch immer aufgekrempelt waren. »Ach, nichts.« Sie zog noch einmal, zerrte die Ärmel herunter und knöpfte die Manschetten zu.

Wir gingen an der Prinsengracht entlang, und die einzigen Wörter, die ich hörte, waren die von anderen Passanten. Ich versuchte zu reden, aber Betje wollte nicht. Sie hielt den Mund, als hätte sie beschlossen, nie wieder zu sprechen.

Federn

ICH WAR SEIT vier Monaten im Dienst, und es war Herbst geworden. Grau kroch der Morgen von der Ijssel herüber. Die Kanäle füllten sich mit Nebel. An einem Nachmittag rief Mr. Sergeant mich in sein Arbeitszimmer. Er hatte ein Blatt Papier auf seinen Schreibtisch gelegt, daneben stand ein Tintenfass. Er holte ein Taschenmesser hervor und spitzte eine Feder. Er blies darauf, kniff die Augen zusammen und hielt sie mir hin.

»Zeig mir, wie gut du schreiben kannst.«

Schreiben? Mit einer Feder? Mein Herz tat einen Sprung. Ich nahm sie entgegen und packte sie fest.

»Gute Güte! Nicht so! Dann zerbrichst du sie.«

Als ich über den Schreibtisch nach der Tinte griff, schlug er meine Hand weg. »Nein! Nein! Setz dich. Hierher …« Er stand auf und bedeutete mir, um den Schreibtisch herumzukommen und auf seinem Stuhl Platz zu nehmen.

Ich setzte mich. Die Sitzfläche war noch warm. Ich war mir meiner Gestalt zuvor nie bewusst gewesen, der Stuhl war mir nie so groß vorgekommen, nicht, wenn Mr. Sergeant darauf saß. Wie dünn meine Arme auf den Lehnen wirkten. Als ich mich zurücklehnte, bog sich meine Wirbelsäule unangenehm durch, da hinter mir so viel Raum war, den mein Körper nicht auszufüllen vermochte. Ich rutschte nach vorn, tauchte die Feder in die Tinte und wartete auf seine Anweisungen.

Er wedelte mit einer Hand, als läge es doch auf der Hand, was er wollte. »Dein Name. Schreib deinen Namen.«

Helena Jans van der Strom.

Ich schaute mir an, was ich geschrieben hatte – ich vermutete, es war mein Name, aber ich hätte ihn ebenso gut mit geschlossenen Augen schreiben können. Ich hob das Blatt, damit er es sehen konnte. Er betrachtete es, dann mich, als sähe er nicht, was uns verband, und schnalzte mit der Zunge. Er ließ das Blatt wieder auf den Schreibtisch fallen. Ich wusste, die Wörter waren nicht richtig, zusammengeschustert aus Buchstaben, die sich nach links und nach rechts neigten, manche größer als andere, aber trotzdem spürte ich den Stich seiner Enttäuschung.

»Noch einmal«, sagte er. »Mach es noch einmal.« Er trat ans Fenster und schaute hinaus, dachte eine Weile nach. Er wippte auf den Absätzen vor und zurück, die Hände hinter dem Rücken verschränkt. »Versuchen wir es mit Poesie, vielleicht regt dich das ja an: *Siet alderhande jongen. Die pijpen even soo gelijck de moeders songen …*«

Ich beugte mich tiefer über die Seite, als würde mir das helfen, die Wörter zu verankern, aber ich konnte mit den Wörtern, die nacheinander aus seinem Mund purzelten, nicht mithalten. Die Feder kratzte über das Papier, während ich schrieb. Als ich fertig war, überzogen Tintenflecke das Blatt, die Hälfte der Wörter war anscheinend getürmt, bevor ich die Chance hatte, sie aufzuschreiben, und die anderen waren durch Tintenpfützen geplatscht.

»Nein, halt! Mach langsamer. Leg die Feder leicht zwischen die Finger, die Wörter schreiben sich von selbst. Noch einmal.«

Ich gab mir die größte Mühe, konnte die Tinte aber nicht davon abhalten zu tropfen, wenn ich die Spitze auf das Papier brachte. Wie sollte je ein Wort geschrieben werden? Es ging nicht. Ich betrachtete das Hauptbuch auf Mr. Sergeants Schreibtisch. Es listete Buchtitel und ihren Preis auf. Da waren keine Flecken zu sehen, die Tinte war gleichmäßig und glatt aufgetragen, ohne den leisesten Hinweis auf den Zorn, der in mir aufwallte. Ich starrte auf meine Seite, von Tintenflecken überzogen. Mr. Sergeant schien in seine Rezitation versunken. Ein Klecks glich einem Apfel. Ich zeichnete einen Stiel und ein kleines Blatt, zog den Umriss stärker nach und füllte die Fläche darin aus. Ich suchte einen anderen Klecks aus, den ich diesmal aber nur halb ausfüllte, und zog ein paar kleine Linien. Den dritten zeichnete ich mit einem Federstrich. Federstrich! Ha! Jetzt begriff ich. *Aple*, schrieb ich daneben.

»Was ist das?«, fragte Mr. Sergeant, als er sah, was ich gemacht hatte.

»Äpfel.« Mir war klar, was sie waren.

»Das sehe ich. Tintenäpfel, so schön sie auch anzusehen sind, haben für einen Buchhändler keinen Wert. Ich brauche Wörter, Helena, kein Obst.« Er ließ die Schultern hängen. »Es ist an der Zeit, die Fensterläden zu schließen, glaube ich.« Mit diesen Worten entließ er mich.

Sobald ich sein Zimmer verlassen hatte, rieb ich die Hände aneinander. Ich verabscheute sie. »Dumme Hände«, sagte ich, »dumme, dumme Hände.«

Ich hätte ihm sagen sollen, dass ich noch nie eine Schreibfeder benutzt hatte. Jetzt würde er annehmen, ich könnte nicht schreiben.

Später saß ich im Bett, die Knie an die Brust gezogen. Warum hatten die Wörter nicht funktioniert? Waren sie verschwunden? Ich schrieb meinen Namen mit dem Finger in die andere Handfläche. Diesmal strömten die Buchstaben problemlos heraus und übereinander. Ich zog die Decke über mich wie an dem ersten Abend, als Thomas sich geweigert hatte, mir die Buchstaben zu zeigen, die man ihm in der Schule beigebracht hatte. Ich hatte ihn angefleht. Mich an seinen Arm geklammert, dann an sein Bein, dann an den Saum seines Nachthemds, bis es riss, er sich umdrehte und mit der

Faust nach mir schlug. Er konnte mich nicht aufhalten. In der Nacht hatte ich zuerst den Buchstaben »I« in die Handfläche gezeichnet. Damit fing es an – mit drei Buchstaben, mit einem Wort: *ich* – mit mir. *Ich.* Immer und immer wieder, bis die Buchstaben fest saßen, erst einer, dann der nächste und noch einer. Dann waren die Worte eines Gebets aus der Dunkelheit emporgekommen. *Oh, Vater im Himmel,* schrieb ich, mein Finger verfolgte den Umriss der Wörter. Am Ende jenes Sommers, in meinem zehnten Lebensjahr, konnte ich das ganze Gebet in meine Hand schreiben.

Jetzt schrieb ich das Gebet in meine Hand, um mich zu vergewissern, dass es noch in mir war. Die Wörter waren da. Sie waren in meinem Kopf und in meiner Hand, ein Teil meiner selbst. Ich brauchte nur Übung.

Am nächsten Morgen, sobald ich Mr. Sergeant in seinem Arbeitszimmer hörte, klopfte ich an die Tür. »Mr. Sergeant?«

»Ja, Helena?«

Ich spähte zur Tür hinein. »Kann ich wieder für Sie schreiben?«

Er blickte von seinen Papieren auf und schüttelte den Kopf. »Nein, ich glaube nicht. Später vielleicht.«

Aber er rief mich auch später nicht, weder an dem noch am nächsten Tag. Nach dem dritten Tag hörte ich auf zu fragen. Ich erwähnte es nicht mehr. Die ganze Woche verfolgte mich meine Enttäuschung wie mein Schatten. Jedes Buch, das ich abstaubte, jedes Blatt Papier, das ich aufräumte, fühlte sich dreimal so schwer an, als wäre es durch meine eigene Dummheit belastet. Jedes ordentliche Wort auf jeder sauberen Seite schien mich auszulachen.

Stattdessen sollte ich Schreibfedern vorbereiten. Wenn ich dafür gut genug war, dann war ich fest entschlossen, mich zu bewähren. Ich streifte die Feder zurück, so wie man es mir gezeigt hatte, und säuberte sie, damit keine Stoppeln übrig blieben. Er rieb seinen Daumen und Zeigefinger zusammen. »Sie muss glatt sein«, sagte er, »damit ein Gedanke sich nirgendwo festhaken kann … keinerlei Ausrede, kein Grund, zu zögern, zu stolpern oder aufzuhören.«

Die ersten Federn, die ich anfertigte, hätten ganze Absätze von Wörtern verhakt. Ich warf sie direkt ins Feuer.

»Eine Schreibfeder muss Anmut haben. Eine Feder ohne Anmut ist eine Ente«, sagte Mr. Sergeant und lachte über seinen eigenen Witz. Er machte viel Aufhebens davon, die Federn, die ich vorbereitet hatte, auf die ausgestreckte Hand zu legen, als wollte er ein Messer balancieren. Er brauchte weder Tinte noch Papier, um zu wissen, ob sie falsch geraten war.

»Ente!«, sagte er und warf sie über die Schulter. »Noch eine! Diesmal bringst du mir einen Schwan!«

So erfuhr ich, so lernte ich, was eine Schreibfeder benötigte, was sie sein sollte. Und das alles musste passieren, bevor sie angespitzt wurde – scharf oder stumpf, eine Entscheidung, die auch alles veränderte. Anscheinend war eine von zwanzig Federn gut genug, der Rest landete im Feuer oder auf dem Boden zu seinen Füßen. Manchmal sah der Boden um seinen Stuhl herum aus, als hätte Mr. Sergeant sich das Gefieder geputzt, an manchen Tagen so, als wäre er gerupft worden.

Ich fegte die Federn zusammen, die nicht erwünscht waren. Eine Schande, sie zu vergeuden, dachte ich.

Ich fragte mich, welche zu meiner Hand passen würde.

Ich hatte Schreibfedern, aber weder Tinte noch Papier und auch kein Geld dafür. Ich mahlte Holzkohle mit einem Stein auf der Hintertreppe und hatte dann den Rest des Nachmittags damit zu tun, den Dreck aufzuwischen. Aber Holzkohle ergab keine gute Tinte. Ruß ebenso wenig. Blut gerann und verklebte die Spitze, Kakao würde sich in kaltem Wasser nicht auflösen. Rote Bete machte schöne rosa Tinte, aber ich musste die Flüssigkeit beinahe vollständig verkochen, und Mr. Sergeant beschwerte sich über den Gestank. Ich wagte nicht, seinen Tee zu nehmen, tauchte aber meine Feder in den Rest in seiner Tasse – diese Wörter leuchteten wie Bernstein, verblassten dann aber, während sie trockneten, bis nur noch ihre Geister übrig blieben.

Von allem, was ich ausprobierte, war Rote Bete das Beste. Ich hatte Schreibfedern, und jetzt hatte ich Tinte, aber kein Papier. Mr. Sergeant hatte welches, aber wenn man mich damit erwischte, würde ich entlassen. Ich konnte es nicht nehmen, ohne zu fragen. Und wenn ich darum bäte, würde er wissen wollen, warum, wofür ich es brauchte. Was sollte ich sagen? *Ich möchte schreiben, Mr. Sergeant – ich weiß, Sie haben entschieden, dass ich es nicht kann, aber ich habe beschlossen, dass ich es kann.* Was würde er dazu sagen? Ich musste etwas anderes finden, worauf ich schreiben konnte. Aber im Vergleich zu der Suche nach einem Ersatz für Papier war das Anspitzen von Schreibfedern simpel und die Herstellung von rosa Tinte ein ganz gewöhnliches Unterfangen.

Ich probierte alles, was mir zur Verfügung stand und weder vermisst noch gefunden würde. Ich schrieb auf alten Leintüchern, auf den Tisch, auf einen Teller. Die Leintücher, auch wenn man sie flach wie eine Leinwand anklammerte, saugten die Tinte auf, die Wörter flossen ineinander und vermischten sich zu rosa Klecksen – sie sahen aus wie aufgereihte Ferkel, aber ich weigerte mich, an dem Gedanken Gefallen zu finden. Ich musste die Tinte verwässern, wenn ich auf den Tisch schrieb, und die Wörter wieder abwischen, bevor sie trockneten. Ein Teller war die beste Lösung – aber diese Wörter wollten nicht trocknen, ich verlor die Geduld und spülte alles in einem Eimer ab. Ich backte eine dünne Teigkruste, hart wie ein Brett, und hätte darauf geschrieben, wenn Mr. Sergeant nicht zuerst versucht hätte, es zu essen. Dann krempelte ich eines Abends, nachdem Mr. Sergeant zu Bett gegangen war und ich nichts hatte, worauf ich schreiben konnte, meinen Ärmel hoch. Diese ersten Wörter – die Wörter, die von der Innenseite meines Ellbogens bis an mein Handgelenk liefen, waren die kitzligsten. Als ich keinen Platz mehr hatte, hob ich meinen Rock und schrieb auf meinem Knie, dann auf meinem Schenkel.

Ich schrieb immer weiter.

Betje konnte grob sein, wie ich erfuhr – sowohl mit ihren Worten als auch mit ihren Händen. Ich glaubte nicht, dass sie es so meinte. Die Striemen mussten irgendwie herausgelassen werden.

Eines Tages hängten wir die Wäsche auf, die Wintersonne schien schwach und milchig.

»Was ist das?«, fragte sie, hielt meinen Arm fest, beugte ihn nach hinten und zog ihn näher zu sich. Mir war nicht aufgefallen, dass der Knopf an meiner Manschette abgegangen war und der Ärmel an meinem Handgelenk offen stand. Betje starrte mit offenem Mund hin. Obwohl die Wörter verblasst und nicht die ordentlichsten waren, die ich geschrieben hatte, waren es zweifellos Wörter.

»Aua!« Ich versuchte, mich ihrem Griff zu entziehen, aber sie packte nur fester zu.

»Was hast du da auf dem Arm?«

»Nichts«, sagte ich.

»Das ist nicht nichts!« Sie schob meinen Ärmel hoch. »Schrift? Du hast Wörter an dir. *Überall*!«

Sie schüttelte den Kopf, als versuchte sie, meinem eigenartigen Hautausschlag einen Sinn abzugewinnen, und rieb dann mit dem Daumen über ein Wort. »Wie sind die da hingekommen?«

»Die habe ich geschrieben.« Ich konnte ihr nichts anderes sagen, denn sie würde erst dann Ruhe geben, wenn sie es wusste.

»Geschrieben?« Sie legte den Kopf schief, um besser sehen zu können. »*Du* hast das hier geschrieben?«

»Ja …«

»Was steht da?«

Ich kannte die Wörter auswendig. »*Nordakirk. Godt. Betiye …*«

»*Godt*! Du hast Gottes Namen geschrieben?« Dann: »Betje! Das bin ich. Lass mal sehen.« Als ich ihr das Wort zeigte, stupste sie es an, als wollte sie prüfen, ob es sich bewegte oder biss. »Weiter. Lies den Rest.«

Das wollte ich nicht. Sie griff fester zu und zeigte auf ein anderes Wort. »Was heißt das?«

»*Hinterhältiges Zeug …*«

»*Hinterhältiges Zeug*? – Das sind meine Wörter! Ich habe nie gesagt, dass du sie aufschreiben sollst! Du hast mir nie erzählt, dass du schreiben kannst.«

»Ich schreibe bloß Wörter … Wörter, die mir gefallen.«

Verblüfft trat sie zurück. »*Mein Name?*«

»Ja.«

Sie zeigte auf einen Baum. »Kannst du den schreiben?«

Ich nickte.

Sie deutete auf einen Gegenstand nach dem anderen. »Und der Stein? Und die Mauer? Und das Haus da? Und der Himmel? Amsterdam?« Sie machte eine ausladende Handbewegung. »*Holland?*«

Ich rieb über die Wörter auf meinem Arm. Ich wollte nicht, dass sie mich für stolz oder überheblich hielt. Sie schaute mich an und versuchte herauszufinden, was all diese Wörter in der Summe wohl zu bedeuten hatten. »Wozu ist das gut? Schreibst du eins von Mr. Sergeants Büchern?«

»Nein!« Das war es ganz und gar nicht.

»Du bist komisch.« Sie fuhr mit einem Finger über ihren Namen. »Wie machst du das? Kann ich das auch lernen?«

Damit hatte ich nicht gerechnet! »Ich lerne noch, Betje.«

»Du hast meinen Namen geschrieben. Das ist mehr, als ich kann.« Sie stampfte mit dem Absatz auf. »Die gehören nicht nur dir, verstehst du.«

Ich dachte an die Federn, die ich wütend umgeknickt hatte, an die Rote Bete, die ich verdorben hatte und mit den Fäkalien wegschütten musste, um den Geruch zu übertünchen. Ich dachte einen Augenblick nach. »Kannst du lesen?«

Sie schüttelte den Kopf.

»Du musst lesen, Betje. Das werde ich dir zuerst beibringen.« Ihr beibringen? *Zuerst?* Was sagte ich da? Ich hatte keine Ahnung, wie ich ihr überhaupt etwas beibringen sollte. Doch nachdem der Gedanke mir einmal gekommen war, bekam er Flügel und wollte nicht wieder herunterkommen.

Betjes Augen wurden weit, als sie alles verarbeitete. »Machst du das? Versprochen?«

Ich dachte an Thomas, als ich ihr die Hand reichte. Vielleicht wäre dieses Versprechen leichter einzuhalten, aber ich bezweifelte es. »Versprochen.«

Dann machte sie etwas, was sie nie wiederholte. Sie zog mich an sich und drückte mich fest.

Tafel

DER HERBST WICH dem Winter, und das Jahr drehte sich in den Frühling. Ich war seit einem Jahr Mr. Sergeants Magd, und als er mich bezahlte, schenkte er mir eine Tafel und etwas Kreide.

»Das ist für dich. Ich hatte eine großartige Idee, Helena. Für die Dokumentation, in der Küche. Ich kann alles aufschreiben, was ich brauche, wenn du gerade unterwegs bist.«

Die Tafel hätte auch aus Silber sein können. »Danke!«, sagte ich und drückte sie an mich. Die Küche war jedoch das Letzte, woran ich dabei dachte. Ohne es zu merken, hatte er mir die Mittel gegeben, Betje zu unterrichten.

Betje und ich sahen uns inzwischen fast täglich. Wir gingen gemeinsam auf den Markt, und als die Tage zum Sommer hin länger wurden, verbrachten wir immer mehr Zeit draußen. Drinnen gab es nicht weniger zu tun, doch Besorgungen im Sommer zogen sich bis in die Abende, die der Winter so verkürzte. Ich mochte Betjes Gesellschaft, obwohl sie für mich redete und mir Wörter aus dem Mund nahm, noch bevor ich die Chance hatte zu sprechen. Ihre Wörter wischten meine weg. Sie gab sich große Mühe, für mich mit zu denken. Aber meine Gedanken stimmten nicht immer mit ihren überein.

»Nein«, sagte sie und trat zwischen mich und den Metzger, der eine Scheibe Schweinebauch in die Höhe hielt, die Betje nicht gut genug war. Sie verzog das Gesicht und schob seine Hand beiseite. »Davon will sie nichts haben.«

Das Fleisch war nicht das beste, das ich je gesehen hatte, aber besser als alles, was an dem Tag zur Auswahl stand. Betje führte mich fort und flüsterte mir ins Ohr. »Wir kommen später wieder, dann wird er es loswerden wollen.« Aber als wir zurückkamen, hatte er eingepackt und war verschwunden, und ich musste mich mit Schweinefleisch mit grauer Schwarte abfinden. Ich verschränkte die Arme, überhaupt nicht zufrieden. Das erste Stück Schweinefleisch, das ich hatte haben wollen, war rosa gewesen.

Ich zeigte Betje die Tafel und wie sie die Kreide halten sollte. »A«, sagte ich und schrieb den Buchstaben auf. »Jetzt du.«

Sie nahm die Kreide und hielt die Tafel so angewinkelt, dass ich nichts sehen konnte. Als sie fertig war, drehte sie die Tafel wieder zurück – mein Blick fiel auf einen Buchstaben in der Größe eines Brötchens.

»Gut«, sagte ich, erkannte aber an ihrer Schulterhaltung ihren Unmut. Ich glaube, sie ging davon aus, dass sie einfach schreiben könnte. Wenn ich nur fest daran glaubte und sie es ebenso sehr wollte, dann würden die Wörter irgendwie zwischen uns auf die Tafel springen.

Ich schrieb gern mit Kreide. Die war leichter in der Hand zu halten als eine Feder. Sie kleckerte nicht, machte keine Flecken, und wenn mir ein Fehler unterlief, konnte ich die Tafel abwischen und von vorn anfangen. Dabei machte ich eine Menge Staub und musste achtgeben, ihn nicht auf eine schwarze Oberfläche zu wischen. Dann dachte ich an Mr. Sergeants Papier. Kreide war besser als nichts, aber nicht der Stoff, mit dem Hauptbücher und Bücher geschrieben wurden.

Zeit zu finden, in der wir weder vermisst noch erwischt wurden, war schwierig. Wir konnten uns nicht im Trockenbereich aufhalten, denn andere Mägde nutzten ihn auch.

Wenn ich nicht aufpasste, würde ich eine Freiluftschule für alle Mägde im Westermarkt führen.

»Ich könnte in die Küche kommen, wenn Mr. Sergeant unterwegs ist.«

Die Vorstellung gefiel mir nicht. Mr. Sergeant hatte keinen festen Tagesablauf und behandelte die Küche wie sein zweites Arbeitszimmer – er ließ Papier und Bücher herumliegen, während er auf der Suche nach einem Leckerbissen aus und ein ging, der ihn zwischen den Mahlzeiten aufrecht hielt. Es gab ein noch einfacheres Problem, an das wir beide nicht gedacht hatten. »Wie soll ich dir Bescheid geben, dass er fortgegangen ist?« Ich konnte nicht einfach in Betjes Haus gehen und nach ihr fragen.

Betje machte ein langes Gesicht. Ich dachte an ihre Haushälterin. Dort konnten wir uns auf keinen Fall treffen. Nein, wir mussten uns etwas anderes suchen, einen Platz, an dem zwei Mägde nicht auffielen, an dem es nicht ungewöhnlich wäre, zu jeder Tageszeit kleine Zeitspannen dort zu verbringen.

»Noorderkerk!«, sagte ich und sprach den Gedanken laut aus, sobald er mir kam.

Betje schaute mich an, als hätte ich sie aufgefordert, in der Kirche zu tanzen. »Das können wir nicht machen!«

»Wir beten trotzdem«, erklärte ich, »bloß werde ich die Wörter auf die Tafel schreiben, bevor wir gehen, und du kannst sie lesen.«

So fingen wir an, jeweils ein Gebet. Wir versteckten uns und verbargen die Tafel, die zwischen uns hin und her wanderte. Ihre Gebete stotterten vielleicht, die Wörter verschmierten, die sie mit dem Finger verfolgte, aber Gott würde sie dennoch hören. Ich betete mit Betje gleichzeitig. Ich betete für Mutter und für Thomas. Ich betete für Vater. Ich betete für Mr. Sergeant, für Betje auch. Ich betete darum, dass die Wörter sie fänden und umgekehrt.

Nachts las ich meine Bibel und versuchte, mir Schreibweisen einzuprägen, flüsterte die Wörter immer wieder vor mich hin. Ich lernte ebenso viel wie Betje. Es dauerte Wochen. Monate.

Aber bei diesem Tempo würde es Jahre dauern. Mich wunderte, warum Betje lernen wollte. Als ich sie fragte, warf sie mir erneut vor, alles für mich in Anspruch nehmen zu wollen.

»Die Jungen beanspruchen es für sich, Betje«, protestierte ich. Ich wusste noch, wie Thomas sich geweigert hatte, mich zu unterrichten, da er der Meinung war, ich könnte es nicht.

»Frau Hoek schimpft nur und sortiert Blumen, mehr nicht«, sagte Betje. »Meinst du, sie hätte Schiffe haben können wie Herr Hoek, wenn sie dieselbe Ausbildung bekommen hätte?«

Die Frage verblüffte uns. Wir schauten uns an, unsere Hände. Ich glaube, an dem Tag konzentrierte Betje sich am meisten.

In der Kirche konnten wir nicht auf der Tafel schreiben. Dafür brauchten wir einen lärmenden Hintergrund, einen Platz, an dem man das Kratzen der Kreide nicht hörte. Wir beschlossen, uns auf eine Treppe an der Lindengracht zu setzen – niemand achtete auf zwei Mägde, die dort eine kurze Rast einlegten. Aber der beste Platz war es nicht, wie mir bald klar wurde. Betje warf mehr als ein Stück Kreide im Zorn weg und zielte direkt auf den Kanal. Sie hörte erst damit auf, als ich ihr androhte, sie sonst nicht weiter zu unterrichten.

Sie stampfte auf die Treppenstufe. »Was nützt das überhaupt? Was kann man damit anfangen? Listen schreiben?«

»Was man gelernt hat, bleibt, Betje. Du wirst es nicht vergessen.«

»Listen!«

Ich griff nach ihrer Hand und drehte die Handfläche nach

oben. Ich begann, ihren Namen mit meinem Finger zu schreiben. Betje entriss mir ihre Hand. »Das kitzelt!«

»Es kitzelt nicht. Es ist keine Liste. Es ist dein Name, siehst du? – *Bet-i-ye.*« Ich schloss ihre Finger. Ihr Name. Er gehörte ihr. »Das ist ein Teil von dir, Betje, mehr nicht.«

»Wenn Gott wollte, dass wir schreiben, würde er uns in die Schule schicken. Es ist falsch, bestimmt.«

Darauf hatte ich keine Antwort. »Vielleicht sind wir die Ersten, Betje. Vielleicht ändert er seine Meinung.«

Betje verstummte. *Was habe ich gesagt?,* dachte ich auf dem Rückweg, diese Wörter verändern alles, selbst das, was ich denke.

Als ich Betje das nächste Mal traf, wollte sie nicht schreiben. Sie kramte in den Tiefen ihres Korbes und zog einen Brief heraus. Das Wachssiegel war rissig und aufgebrochen, das Papier vergilbt und fleckig. Sie reichte ihn mir mit zitternder Hand und starrte unentwegt darauf, ohne zu mir aufzuschauen.

»Hier«, sagte sie.

Als ich ihn nahm, legte sich ihr Gesicht vor Kummer in Falten, ein Schluchzen schüttelte sie. Als ich sie trösten wollte, hob sie eine Hand, um mir Einhalt zu gebieten. Ich öffnete den Brief, warf einen Blick darauf, dann auf sie. Ich brauchte eine Weile, um mir einen Reim darauf zu machen. Er fing nicht mit *Liebe Betje* oder *Verehrter Herr Hoek* oder *Verehrter Irgendwer* an. Dort standen ein paar Zeilen in ordentlicher Handschrift, und an der Seite klemmte eine Notiz.

»Was steht da? Ich habe versucht, es zu lesen, aber ich verstehe es nicht. Ich weiß, es geht um mich. Habe meinen Namen auf der Vorderseite gesehen. Es geht um meine Mutter, nicht wahr? Sag es mir, Helena, sag es mir!«

»Es …« Ich hatte Mühe zu begreifen, was ich gelesen hatte. Die Sonne auf dem Papier, auch wenn sie nur schwach schien, tat mir in den Augen weh, der Schmerz der Worte wurde zum Schmerz in meinen Augen. »Oh, Betje.« Ich ließ meine Hand sinken. Sie hatte mir nie etwas über sich erzählt, und jetzt wusste ich zu viel.

»Lies es vor!«

Also sagte ich ihr, was da stand. Ich zeigte ihr den Absender – *Kinderheim und Waisenhaus Amsterdam* – und das Datum – *16. Februar 1605.* Die ganze Zeit starrte sie auf einen Punkt hinter mir, als blickte sie in die Vergangenheit.

»Das ist der Tag, an dem du ins Waisenhaus gekommen bist. Du warst zwei.«

»Zwei?« Erneut stiegen Tränen in Betjes Augen.

»Ja. Schau hier, der Name deiner Mutter, genau hier.«

Betje hielt die Luft an. Ich hörte auf zu lesen und sah sie an. Mein Finger hielt unter der Zeile inne, die ich gerade vorlesen wollte.

»Sag es mir, Helena.«

»… Dieses Kind wurde von Elisabeth Andringa in unsere Obhut gebracht, der Mutter.« Der Name war schwer zu erkennen, da das Papier an der Stelle vom Falten durchgescheuert war.

»Von meiner Mutter?«

»Ja. Sie hat dich aus Alkmaar hergebracht.«

»Alkmaar?« Sie riss mir den Brief aus der Hand. »Alkmaar! Wo steht das?«

Ich zeigte auf das Wort, damit sie es wusste.

»Ein Vater ist nicht genannt, oder? So viel habe ich begriffen.«

»Nein. Kein Vater.«

Sie reichte mir den Brief zurück und zeigte auf eine kurze Notiz, die mit einer kleinen, rostigen Nadel angeheftet war. »Was steht da?«

Die Notiz war nicht unterschrieben. Ein krummes X fand sich darunter – das Zeichen von Elisabeth Andringa, Betjes

Mutter. Ich las die Notiz laut vor: »*Liebste Betje, ich wollte dich nie weggeben. Du konntest nicht versteckt werden, nicht mein Kind sein. Verzeih mir.*« Ich faltete den Brief wieder zusammen.

»Sie hat mich aufgegeben.« Betje verbarg den Kopf in ihrem Arm. Auch ich war betroffen, als hätte mich jedes Wort gekniffen, das ich vorgelesen hatte.

»Wo hast du den gefunden, Betje?«

»Die haben ihn aufgehoben, die Hoeks. Sie haben ihn vor mir versteckt.« Betje ging dabei auf und ab, gefährlich nah am Rand des Kanals, doch das schien ihr nicht aufzufallen oder nichts auszumachen. »Die durften ihn nicht aufheben, er gehört mir!« Sie schlug sich mit der Hand auf die Brust. »Alkmaar? Warum hat sie mich hierhergebracht? Hierher?«

Ich wusste es nicht. Das alles spielte keine Rolle, nicht in diesem Augenblick. »Betje, Betje. Du musst diesen Brief zurücklegen. Dorthin, wo du ihn gefunden hast. Sie werden dich rauswerfen, wenn sie glauben, du hast sie bestohlen.«

»Sie hätten ihn nicht unterschlagen dürfen. Haben behauptet, ich wäre ein Waisenkind, genau wie Antje. Ich war nie eine Waise! Sie hat mich hergebracht – eigenhändig!«

»Betje, hör zu!« Ich packte sie an den Schultern, damit sie aufhörte. »Das ist Jahre her. Bring den Brief zurück. Den Hoeks ist es egal, Betje. Aber sie sind deine Arbeitsstelle. Was wärst du ohne sie? Wohin würdest du gehen?« Ich verabscheute mich für meine Worte – Betje brauchte freundlichere –, aber es stimmte. »Wo hast du ihn gefunden?«

»Im Schreibtisch von Herrn Hoek.«

Ich holte tief Luft und schaute den Brief an, als könnte er mich verbrennen. »Was hattest du an seinem Schreibtisch zu suchen?«

»Ich wollte Papier haben, um zu schreiben.«

Ich hielt ihr den Brief hin. »Du wirst ihn zurücklegen, Betje. Sofort. Was vergangen ist, ist vergangen.«

Sie drehte sich zu mir um und riss mir den Brief aus der Hand. »Ich wünschte, du hättest mich nie unterrichtet!«

Plötzlich flammte heiße Wut in mir auf. »Und ich wünschte, du hättest mich nie darum gebeten!«

Wir starrten uns an, uns war elend zumute, der Schock durch unsere Worte brachte uns zum Schweigen.

»O Betje, es tut mir leid.«

Sie wischte sich die Augen am Ärmel ab, ihr Atem kam wieder stockend und verwandelte sich dann in ein kurzes Lachen. »Alkmaar. Ich habe es nie gewusst. Ich hätte es nie erfahren, könnte ich nicht lesen, wenn du nicht lesen könntest …«

Kai

BETJE ERWÄHNTE DEN Brief nicht mehr. Als ich fragte, antwortete sie nur, es sei erledigt.

Eines Tages waren wir auf dem Rückweg vom Fischmarkt, allein mit unseren Gedanken. Betje blieb stehen und streifte Samen von Gräsern am Wegesrand. Sie blies sie von der Handfläche in den Kanal. »Du hast Familie. Das sehe ich dir an.« So wie sie es sagte, klang es fast wie eine Anklage.

»Einen Bruder – Thomas.«

»Nur einen?«

Ich nickte. »Er ist älter. Seemann.«

»Ein Seemann? Du hast mir nie erzählt, dass du einen Bruder hast, der zur See fährt!«

»Ist auch egal. Er ist in Ostindien …«

»Ostindien!« Sie drehte sich nach links und rechts, die Hände auf der Hüfte.

»Seitdem er fortgegangen ist, habe ich ihn nicht mehr gesehen. Die Hinfahrt dauert ein Jahr, die Rückfahrt ein weiteres. Er war schon ein paar Monate unterwegs, als ich Leiden verließ. Ich glaube nicht, dass er zurückkommt …«

»Das weißt du doch nicht!« Betje strahlte Zuversicht aus. Sie hatte eigene Verluste, über die sie nachdenken musste.

»Ich bin am Kai gewesen …«

»Du warst am Kai?«

Ich sah, wie überrascht sie war. Ich hatte etwas gemacht, was sie mir nie zugetraut hätte, nicht auf eigene Faust.

»Wen hast du gefragt?«

Ich zupfte an einem Kratzer auf meiner Hand, woraufhin er anfing zu bluten. Ich wollte nicht mehr darüber reden.

»Du kannst nicht einfach hingehen und fragen, davon ausgehen, dass die Leute Bescheid wissen …«

»Niemand hat etwas von ihm gehört …«

»Das überrascht mich nicht, bei den vielen Schiffen dort! Du kennst den Kai, nicht wahr?«

»Ja …« Ich klang bereits weniger selbstsicher.

»Also weißt du, dass die Schiffe, die reinkommen, sich beim Zollhaus melden müssen?«

Als ich nicht antwortete, klatschte sie in die Hände. »Ha! Wusste ich es doch!«

Bevor ich etwas sagen oder einwenden konnte, drehte Betje mich in die entgegengesetzte Richtung, zum Westermarkt, und machte sich auf den Weg zur Ijssel und zum Kai. »Komm mit!«

»Wohin?«

»Zum Kai! Wir sind schon auf halbem Wege. Es sei denn, du willst lieber alleine gehen? Wir werden das Zollhaus finden. Die können uns sagen, ob das Schiff eingelaufen ist. Komm schon, kleiner Fisch – er war vielleicht schon hier und ist wieder weg!«

Sie blieb stehen und streckte die Hand aus. Aber was wäre, wenn er noch immer nicht da war? Was, wenn die einzige Nachricht wäre, dass er vermisst war? Die Sorge legte sich schwer auf mich. Ich war von uns beiden diejenige, die trödelte.

»Jetzt komm. Es kommen mehr Schiffe zurück als verlorengehen. Würde ich für Herrn Hoek arbeiten, wenn das nicht so wäre? Er hätte mich nicht oder Frau Hoek oder sein feines Haus und alles, wenn seine Schiffe immerfort das Heck zum Himmel recken würden.« Sie tätschelte ihren Hintern, um sich deutlich zu machen.

Wir hatten Zeit. Mr. Sergeant würde mich nicht vermissen – nur seinen Teller, wenn der nicht rechtzeitig zum Abendessen auf dem Tisch stand. Daher ließ ich mich von Betje an die Hand nehmen, und während wir gingen, sang sie – ein mir unbekanntes Lied über eine Frau, die auf ihren Geliebten wartet. Ein langes, trauriges Lied, und sie kannte alle Strophen. Ich konnte nur mitsummen, ein wenig schief.

Ich wusste nicht, ob es an Betjes Lied lag oder daran, dass Thomas mir so fehlte, aber ich fasste dort den Entschluss, niemals einen Seemann zu heiraten. Ich erinnerte mich noch, wie Mutter und Vater waren, wenn er zur See ging, wie still sie wurden, wenn sie einander fest umschlungen hielten. Damals hatte ich mir keine Gedanken darüber gemacht. Aber wie Mutter damit hatte leben können, dass sie nicht wusste, ob dieser Abschied ihr letzter sein würde, wusste ich nicht.

Der Tag schien aus Paaren zu bestehen. Manche gingen Arm in Arm oder Hand in Hand vorbei und lächelten. Ihr Glück gab mir zu denken. Andere, fiel mir auf, waren wie versteinert, als hätten sie die Wörter, die sie füreinander hatten, restlos verbraucht. Ich vermutete, dass ich eines Tages heiraten würde. Der Gedanke an einen Ehemann war eigenartig, so merkwürdig wie das Tragen einer Hose.

Ich hielt nach Thomas Ausschau. Teils hoffte ich, ihn zu sehen, wusste andererseits aber, dass es nicht der Fall sein würde.

An dem Tag, als er sagte, er habe sich auf einem Handelsschiff eingeschrieben, das nach Ostindien fahren würde, hatte ich das Gefühl, auch ich wäre ins Meer geworfen worden. »Du kannst nicht fortgehen!«, sagte ich. Ich schaute zu Mutter hinüber, ob sie ihn zu Hause halten könnte. Aber wie sollte sie Thomas davon abhalten, wozu er seiner Meinung nach geboren war? »Vater wäre stolz auf mich, oder?«, fragte er, legte einen Arm um ihre Schultern und presste ein schwaches Lächeln aus ihr heraus.

»Wann brichst du auf?«

»Sobald ich eingetragen bin. Das heißt, ich bin vor dir in Amsterdam!« Er nahm den Salzstreuer in die Hand und einen Apfel von einem Teller. »Schau her – das hier ist Holland.« Er stellte den Salzstreuer mitten auf den Tisch, legte dann den Apfel in die Nähe. »Und das hier ist Frankreich.« Er holte eine Münze aus der Tasche und schob sie in eine Ecke des Tisches. »Und Ostindien – da liegt das Geld.« Er tippte mit dem Finger auf die Münze. »Dort.«

Wie klein die Welt doch schien, wenn sie so auf der Tischplatte ausgelegt wurde. Doch Vater war wochenlang am Stück fort gewesen, und dann auch nur bis Frankreich. Wenn das Salz Holland war und die Münze Ostindien, dann würde die Strecke, die Thomas zwischen den beiden zurücklegte, Monate dauern.

»Mach dir keine Sorgen! Ich komme zurück!« Er kniff mir in die Wange und legte seine ganze Zuversicht in ein breites Lächeln. »Halte in Amsterdam nach mir Ausschau, wenn du dort bist. Versprochen? Ich fahre auf der *Aemilia*.«

Er schrieb den Namen mit Holzkohle auf ein Stück Papier und gab es mir. Sobald ich es berührte, verschmierte die Schrift. Noch am selben Abend schrieb ich den Namen immer wieder auf meine Handfläche, damit ich ihn sicher hatte und bestimmt nie vergaß.

Mein lieber Bruder, dieser Tunichtgut. Wie seine Augen geglänzt hatten, als spiegelte sich bereits das Meer darin. Aber als ich seine Hand ergriff, wusste ich es. Ich wusste es, weil ich es spürte. Sein Griff hatte etwas an sich, die Art, wie er meinem Blick auswich, die mir sagte, dass er vielleicht nicht zurückkommen würde. Ich hätte mich fest an ihn klammern sollen, aber der Augenblick ging vorüber, und ich ließ ihn los.

Er schob die Münze an den Rand des Tisches, schlug sie hoch in die Luft und fing sie grinsend auf.

Versprechen glänzen, ähnlich wie Münzen, am hellsten, wenn sie neu sind. Ein Jahr hin, ein Jahr zurück, hatte er gesagt – im übernächsten Frühjahr wäre er wieder da. Ich ging an den Kai, erfuhr aber nichts. Manche schauten mich an, als wäre ich verrückt, danach zu fragen. »Zwei Jahre? Und noch Zeit obendrauf!«, sagte ein Seemann, als ich erklärt hatte, wohin Thomas gesegelt war. Dann wurde mir klar, das Versprechen, das er gegeben hatte, war nicht mehr als eine Hoffnung, ein Talisman gegen den Sturm, ein Stück Seil, das auf dem Wasser treibt, dort hinterlassen, damit er sich eines Tages daran entlanghangeln und seinen Heimweg finden konnte.

Betje hörte auf zu singen. Wir hatten die Nieuwe Brug erreicht und bogen links zum Kai ab. Es war dasselbe wie beim letzten Mal. Ich konnte ihn riechen und hören, noch bevor ich ihn sah. Schwerer Pechgeruch lag in der Luft – es wurde in Fässern gekocht, um Schiffsplanken zu kalfatern. An jenem warmen Tag war ein Eimer nach dem anderen an Deck gebracht worden. Erstaunt beobachtete ich Männer, die schrubbten und scheuerten. Es war noch mehr los als bei meinem letzten Besuch hier – wenn das überhaupt möglich war. Selbst die Mastspitzen waren voll mit Vögeln, die sich um die besten Aussichtsplätze balgten. Noch nie hatte ich so viele Schiffe gesehen, Schiffe in jeder Größe, aus aller Welt zusammengepfercht. Im Gerangel zwischen dem Abschaum hatte ich das Gefühl, immer dünner zu werden, als würde ich zusammengefaltet. Mein Kleid hatte keine Taschen, aus denen man etwas klauben konnte, doch das war kein Hindernis für Hände, zu zwicken und zu tasten, während sie versuchten, einen an mir verborgenen Gegenstand zu finden, und sei er noch so kärglich.

»Du weißt, welche Frauen kommen …«, sagte Betje.

Es dauerte nicht lange, bis ich es herausfand. »Ganz hübsch«, sagte ein Mann, der mich anrempelte und mit einer Reihe schwarzer Zähne angrinste. »Hab ein schönes Stück Dorsch hier für dich«, sagte ein anderer und wackelte mit den Händen zwischen seinen Beinen. »Oh, Verzeihung!«, sagte einer, der mich packte und herumwirbelte. Entschuldigend zog er seinen Hut, während er mich mit der anderen Hand begrapschte.

»Ich glaube, das ist es«, sagte Betje, als wir aus der Menge auf einen freien Platz traten. Sie *glaubte*? Ich dachte, sie wüsste es. Sie zeigte auf ein rechteckiges Backsteingebäude, das sich von den anderen abhob. Sie musste die Frage in meinen Augen gelesen haben, die Frage, die ich stellen wollte, denn sie fügte hinzu: »Herr Hoek sagt, alle Schiffe müssen sich im Zollhaus melden. Er glaubt, ich kann nicht hören, wenn ich das Abendessen serviere. Aber ich kann.« Sie schielte und streckte die Zunge raus.

Herr Hoek war Schiffsbauer und hatte eine eigene kleine Flotte. Mr. Sergeant wollte ihn auf sich aufmerksam machen, ein paar Gulden aus seinem Geldbeutel, und er würde sein Haus mit Büchern füllen. Und das wusste ich, weil Mr. Sergeant zuweilen sprach, als wären auch meine Ohren nicht zum Mithören gedacht.

Betje zeigte auf einen Wald aus Masten. »Da. Ostindienschiffe, da drüben.«

Ich schaute in die Richtung, in die ihr Finger wies. Dort waren so viele Schiffe, dass es hoffnungslos war, herausfinden zu wollen, welche es waren. Betje zog mich an ihre Seite, packte meine Hand, und wir gingen weiter. Sie schlüpfte durch die Menge und zerrte mich hinter sich her. Wenn ein Mann versuchte, sie zu küssen, stieß sie ihn mit dem Ellbogen von sich. Sie war wie ein Aal, der sich durchs Wasser schlängelt, nichts vermochte sie aufzuhalten. Ich hielt den Kopf gesenkt und klammerte mich an sie – besser, man war der Schwanz eines Aals als ein junger Aal.

Nach viel Schieben und Stoßen und dem Einsatz der Ellbogen schafften wir es am Kai entlang bis zum roten Backsteingebäude. Betje wollte die Treppe hinaufgehen.

»Nein, warte.«

Sie drehte sich um. »Komm schon …«

Ich schaute auf das schmiedeeiserne Wappen über der Tür, auf dem Anker und Seile zu sehen waren. Darunter, eingemeißelt in einen Steinsockel, stand der Name des Gebäudes.

»Das ist nicht das Zollhaus, Betje.« Ich zeigte auf das Wappen und las es vor. *»Meistergilde der Schiffsbauer, Amsterdam.«*

»Ich kenne die Wörter noch nicht.« Das war keine Entschuldigung – nur eine schlichte Wahrheit. Sie zuckte mit den Schultern. »Und, was ist damit? Ist es das?«

Ich schaute in die Richtung, in die sie zeigte – *Die Gilde der Seiler.* Auf diese Weise hätte Betje uns in jedes Haus von Amsterdam hinein- und wieder hinausgebracht. Wir setzten unseren Weg an einer Reihe von Firmenhäusern fort. Ich las Betje dabei die Namen vor, aber das Zollhaus war nicht darunter. Wir folgten der Straße, die sich vom Kai entfernte und zu einem Platz führte.

»Schau mal, Betje! Das Haus der Westindienkompanie!« Mir blieb das Herz stehen. Hier musste es sein, irgendwo. In dem Augenblick trat ein Mann in rotem Wollmantel aus dem Haus und kam auf uns zu. Sein Mantel saß akkurat an seinen Schultern, quer über der Brust hing ein Band aus Goldbrokat. Der Mantel knickte an der Hüfte ein, an der Stelle, an der sein Schwert saß. Polierte Messingknöpfe blitzten in der Sonne auf. Als er näher kam, war das Klimpern von Messing und Schnallen das Erste, was man von ihm hörte.

»Bitte, mein Herr!«, rief ich, aber als er sich mit Schwung

umdrehte, ging sein Blick über meinen Kopf hinweg. Dann senkte er den Blick und traf auf meinen.

Betje zupfte an meinem Ärmel. »Komm hier weg!«, zischte sie.

Falls er es hörte, achtete er nicht darauf. Er lächelte. »Hallo. Habt ihr euch verlaufen?«

»Nein«, sagte Betje.

»Ja«, erwiderte ich, »ein wenig.«

Er schaute von Betje zu mir, sein Lächeln eher ein Ausdruck der Belustigung, so schien es mir. Sein Daumen umkreiste den Griff des Schwerts. Er schaute noch immer. Betje bohrte einen Fingerknöchel in meinen Rücken.

»Seid ihr jungen Damen auf dem Weg irgendwohin?«

»Ja«, sagte ich, »sozusagen.«

»Sozusagen!« Er lachte laut, noch nie hatte ich einen Mund weiter offen gesehen.

»Wir kommen schon klar, danke«, sagte Betje.

Ich funkelte sie wütend an. »Wir suchen die Ostindienkompanie. Kennen Sie die?«

»Aha, *Spione*! Ich wusste es, sobald ich euch sah.« Er kniff die Augen zusammen, in denen jedoch Schabernack glitzerte.

Ich spürte die Wärme der Sonne auf meinem Gesicht und konnte mich nicht zurückhalten. »Ja. Ein männlicher Spion würde doch auffallen, meinen Sie nicht?« Mein Herz hämmerte schnell – diese Wörter, obwohl ich sie aussprach, hatten nichts mit mir zu tun. Betje zog fest an meinem Kleid. Sie war die Einzige, die nicht lächelte.

»In der Tat«, sagte er und lachte weiter, »aber manchmal meine ich es nicht …«

Er leckte an einem Finger und glättete seinen Schnurrbart. »Nun ja, meine Damen …«

»Wir müssen gehen«, sagte Betje, was eher nach mir klang.

Er betrachtete sie wie ein Kind, dem man gesagt hatte, es solle ruhig sein, dann wandte er sich wieder an mich. »Ihr seid nicht einmal annähernd an der richtigen Stelle. Die *Vereenigde Oost-Indische Compagnie* ist am Kloveniersburgwal.«

Kloveniersburgwal, natürlich! Ich hatte ihn sofort vor Augen, und obwohl ich keine Wegbeschreibung brauchte, hörte ich ihm zu und wiederholte sie, stammelte ein wenig, nickte und lächelte, wenn er mich korrigierte.

»Wir wissen, wo das ist«, sagte Betje. Sie hatte aufgehört, an meinem Kleid zu ziehen, hielt jetzt meinen Arm fest und zog mich fort.

»Jederzeit, meine Damen … Schaut nach dem VOC! Ist nicht zu verfehlen! Aber lasst mich mitkommen. Es ist ein angenehmer Spaziergang. Wir könnten einander kennenlernen. Ich …«

Mehr hörte ich nicht, denn wir hatten die Straße bereits überquert. *Vielleicht heirate ich doch einen Seemann,* dachte ich. Kein Mann hatte mich jemals so angelächelt.

»Hör auf damit«, sagte Betje und trennte den Gedanken in der Mitte durch. »Du fängst dir Ärger ein, ganz bestimmt.« Sie legte die Hände zusammen, flatterte mit den Augenlidern und zeigte mir eine schreckliche Imitation meiner selbst. »*Ein männlicher Spion würde doch auffallen* … Ich habe gemerkt, worauf der hinauswollte!«

Ich wurde rot. So war es nicht gewesen. Während die Geräusche des Kais abebbten und vom höflichen Geplauder der Herengracht abgelöst wurden, fühlten sich meine Füße mit jedem Schritt flacher an. Der rote Wollmantel, die glänzenden Messingschnallen wurden zu einem bunten Konfetti, vom Wind hoch in die Luft geweht.

Die *Vereenigde Oost-Indische Compagnie* war nicht zu verwechseln. Betje deutete auf die Buchstaben über der Tür: »VOC!«, las sie ohne Schwierigkeiten vor. Sie lächelte breit und errötete, als ich zurückgrinste.

Drinnen spähte ein Mann in schwarzem Überzieher von einem hohen Schreibtisch auf uns herab. Seine Weste spannte sich über seinem Bauch, der hart und rund wie eine Kohlrübe war. Ich konnte mir den Mann nicht in einem feinen roten Wollmantel vorstellen.

Als wir uns nach der *Aemilia* erkundigten, rümpfte er die Nase. »Die Information ist nicht für euresgleichen.« Er hustete und spie das Ergebnis in eine Schale auf seinem Tisch. Er holte ein Taschentuch hervor und putzte sich die Nase, wobei er sein Gesicht bedeckte.

Betje beugte sich zu mir. »Wohin?«

Ich schaute mich um. Wir befanden uns in einem großen Eingangsbereich, von dem mehrere Korridore abgingen. In der Mitte war ein Anwerbestand aufgebaut, um den sich eine Gruppe Männer gesammelt hatte, die sich schubsten und drängten und um die Aufmerksamkeit des Offiziers buhlten. Hier musste Thomas sich eingeschrieben haben, aber ich hatte keine Zeit, darüber nachzudenken. Ich schaute auf die Schilder, reich geschnitzt und vergoldet. Eins zeigte in die Richtung *Kartenraum*, andere zur *Bibliothek*, zum *Speiseraum* und zur *Registratur*.

»Die Registratur?« Ich zeigte Betje das Schild. Der Mann hinter dem Schreibtisch nieste so, dass seine Perücke verrutschte. Ob er vom Stuhl gefallen war, sahen wir nicht, denn wir waren schon im Korridor verschwunden.

Die Registratur war nicht so groß, wie ich erwartet hatte, mit einem kleinen Tisch, an dem nur vier Stühle Platz hatten. Eine Wand war mit Regalen vollgestellt, in denen sich die Register befanden – die größten Bücher, die ich je gesehen hatte, gebunden in dem gleichen rosa Schweinsleder, das ich von Mr. Sergeants Büchern kannte.

»Schau, Betje, sie sind alphabetisch geordnet: A–E, F–H, I–M, N–R, S–Z.« Außerdem waren sie nach Jahren geordnet, je älter das Buch, desto schäbiger der Einband.

»Zu zweit geht es schneller.« Sie zog ein Register aus dem Regal und blätterte darin, klappte es aber schnell wieder zu.

Das Buch, das sie ausgewählt hatte, war von 1622, Jahre bevor Thomas zur See gegangen war. »Lass mich das machen«, sagte ich. »Du siehst nach, ob jemand kommt.«

Sie schmollte, stieß sich aber vom Tisch ab. Als ich das nächste Mal aufschaute, war sie wieder im Raum und betrachtete eine Karte an der Wand.

»Schau mal hier, Helena.«

Ich warf einen Blick auf die Karte. Mr. Sergeant hatte die gleiche, und ich wusste, was Betje daran anzog. Die Karte war am Rand mit Bildern von Männern in sehr weiten Hosen oder in langen, fließenden Gewändern gesäumt sowie von Frauen mit Schleiern und spitzen Hüten, unter denen sie nur halb so groß wirkten. Ich sah, was Betje daran so anzog.

Sie legte den Kopf schief, als sie las. »EV-RO-PA. Europa? Soll es das heißen?«

»Ja.«

Ich schlug ein Register für 1632 auf. Es führte die Schiffe auf, ihre Reisen mit den Daten für ABFAHRT und RÜCKKEHR. Ich fuhr mit dem Finger über die Seite: mitgeführte Ladung, die Anzahl der Seeleute und ihr Rang. LADUNG – Ausfuhr: Backsteine, Glas, Wolle, Leinen – LADUNG – Einfuhr: Sandelholz, Rosenholz, Teak, Pfeffer, brauner Kardamom und Nelken. Die armen Seelen, die umgekommen waren, wurden ganz zum Schluss unter DIE VERSTORBENEN aufgelistet.

Ich blätterte Seite für Seite um, fand aber nichts über die *Aemilia.*

Ich zog das Register für 1633 heraus, dessen Einband noch hell und sauber war. Ich blätterte bis ans Ende, bis zu den neuesten Einträgen, drehte die Seiten rasch um, und da war es – AEMILIA – Thomas' Schiff!

»Ich habe es gefunden!«

Betje war wieder an der Tür. Erschrocken riss sie die Augen auf. »Beeil dich!«

Ich fuhr mit dem Finger an der Liste entlang, wobei meine Augen versuchten mitzuhalten. Wenn doch bloß mein Finger stattdessen lesen könnte.

»Schnell, Helena ...«

Immer weiter fuhr ich an der Liste entlang, dann hatte ich es: am 7. August 1633 – vorigen Monat! – hatte sein Schiff in Amsterdam angelegt. Dann blieb mein Blick an einer Notiz ganz unten hängen. So eine hatte ich bisher nicht gesehen. Es war die kürzeste Liste, auf die ich gestoßen war, und sie enthielt nur drei Namen. Jede Freude, die ich spürte, verflog in dem Moment.

– FLÜCHTIG –
Henk Klaum
Isaak de Vriet
Thomas van der Strom

Thomas? Flüchtig? Wörter purzelten in Panik übereinander, aber Betje zog mich auf die Beine. »Komm mit!«, zischte sie. Sie klappte das Register zu, dann waren wir aus dem Raum und gingen, liefen beinahe, auf Zehenspitzen, ohne auf den verdutzten Blick eines Beamten zu achten, der auf uns zukam.

Er drehte sich um, als wir an ihm vorbeigingen. »He, ihr beiden ...«, rief er hinter uns her, aber wir blieben nicht stehen. Als wir das Ende des Korridors erreichten und um die Ecke bogen, nahmen wir die Beine in die Hand und rannten los.

Landkarte

MR. SERGEANT RIEF mich in sein Arbeitszimmer, sobald ich zurückkehrte.

»Ich frage mich, ob du dafür eine Erklärung hast?« In der einen Hand hielt er ein Bündel Schreibfedern. »Und das hier?« In der anderen einen Becher, der so übel angeschlagen war, dass es aussah, als wäre der Rand ringsum angeknabbert. »Das habe ich gefunden, als ich auf der Suche nach Brot war. Im Brotkasten. Ich suche nach einer einfachen Kruste und finde stattdessen Beweise für Schandtaten. Da ich diese Gegenstände nicht in den Brotkasten gestellt habe, nehme ich an, du warst es, wenn du nicht das Gegenteil beweisen kannst.«

Ich erkannte sie sofort – die Schreibfedern mit den rosa gefärbten Spitzen, den Becher, in dem sich die inzwischen eingetrocknete Tinte befand. Ich war so beschäftigt gewesen, schreiben zu lernen, dass ich sie wochenlang nicht benutzt hatte. Jetzt starrte ich darauf, beinahe ebenso überrascht wie er. Brot hob ich in ein Tuch gewickelt auf, nicht in einem Kasten, aber das wusste er wohl nicht. Ich sah die Töpfe, die er durchsucht hatte, Zwiebeln auf dem Boden, aufgehäufte Pastinaken und Karotten. Anscheinend hatte er in die meisten hineingeschaut und war leer ausgegangen.

»Oh.«

»Hast du geschrieben, ohne …« – er suchte nach dem richtigen Wort – »ohne meine *Erlaubnis*?«

»Ich …«

»Streck die Hände aus. Streck sie aus. Lass mich sehen.«

Ich hielt ihm beide Hände hin. Er betrachtete sie. »Hm. Die andere Seite.«

Beide Seiten waren sauber.

»Ich habe dir eine Tafel gegeben. Und Kreide. Für Küchennotizen und Ähnliches.«

»Ja, Mr. Sergeant.«

»Ich nehme sie wieder an mich, wenn du keine Verwendung dafür hast.«

»Nein, Mr. Sergeant.«

»Ja, Mr. Sergeant, nein, Mr. Sergeant«, murmelte er. »Ich bin nicht besonders erfreut, Helena, wie du siehst. Ganz und gar nicht.«

»Es tut mir leid, Mr. Sergeant.«

»Das sollte es auch. Deine Funktion besteht darin, zu kochen und zu putzen. Du machst deine Sache gut, das bestätige ich gern. Ich bezahle dich nicht dafür …«, er spähte in den Becher, »… dich von Tinte ablenken zu lassen.«

Er setzte zu einer Lektion darüber an, wie wichtig es sei, nicht abgelenkt zu werden. Er zum Beispiel müsse Arbeiten von minderer, ja sogar anzüglicher Art aussortieren. Und so verführerisch sie auch sein mochten, wären ganze Tage mit ihrer Lektüre vergeudet, und da am Tag nur begrenzte Zeit und geistige Fähigkeit zur Verfügung stünden, aufzunehmen, zu verarbeiten und zu reflektieren … Dabei gestikulierte er wild mit beiden Händen. Er hielt die Federn noch immer fest, und es sah aus, als hätte er einen rosaroten Vogel in der Hand, einen Vogel, der vom Rand einer Landkarte bei Herrn Veldman weggeflogen war. Ein Vogel aus weiter Ferne. Ein Paradiesvogel.

»Ich muss sie konfiszieren, Helena. Du hast deine Tafel und die Kreide. Federn und Tinte – die sind für …«

Ich brauchte eine Weile, bis mir klarwurde, dass ich seinen

Satz vollenden sollte. »Richtiges Schreiben, Mr. Sergeant«, sagte ich. *Männer schreiben richtig.*

»Das stimmt. Für richtiges Schreiben, ja.« Er zog die Schultern zurück. »Genau so.«

Er hielt den Becher mit der eingetrockneten Tinte hoch, schnüffelte daran und verzog das Gesicht. »Was ist das?«

»Rote Bete.«

»Ich muss deine Erfindungsgabe bewundern.« Er goss etwas Wasser in den Becher, und da er keinen Löffel zur Verfügung hatte, rührte er mit dem Finger um und wischte ihn an der Hose ab, tauchte eine Schreibfeder in die Tinte, nahm ein neues Blatt Papier und begann zu schreiben. Als er fertig war, schien er zufrieden. »Ein ziemlich verblüffender Effekt …«

Ich schaute auf die Seite, die Wörter standen auf dem Kopf. Die Farbe schien im Becher gestorben zu sein, als sie eintrocknete, die Leuchtkraft war verlorengegangen. »Sie ist heller, wenn sie frisch ist.«

»Das bezweifle ich nicht. Doch zum Zwecke der Illustration unseres kleinen Experiments glaube ich, dass sie rosa genug ist.«

Tiefer konnte ich nicht in Schwierigkeiten geraten. »Mr. Sergeant?«

»Ja, Helena?«

»Was bedeutet *flüchtig*?«

»Fortgelaufen aus Angst vor Arrest. Warum? Hast du so etwas im Sinn?«

»Nein, Mr. Sergeant.«

»Gut. Das möchte ich auch nicht. Rote Bete hin oder her.« Er hielt mir den Becher hin. »Schaff ihn fort, spüle ihn.«

Ich wollte schon hinausgehen, da rief er mich zurück. »Ich würde mich freuen, wenn du deine Tafel und die Kreide benutzt. In deiner freien Zeit, natürlich.«

»Ja, Mr. Sergeant.«

Ich konnte ihm nicht sagen, dass meine Kreide aufgebraucht war – die eine Hälfte hatte Betje in die Lindengracht geworfen. Nun hatte ich keine Kreide, keine Tinte, keine Schreibfedern. Doch nie zuvor hatte mir das Schreiben ferner gelegen. Thomas war nicht nur fortgelaufen. Er war *flüchtig*. Er steckte in furchtbaren Schwierigkeiten.

Betje ging mit mir zu den Veldmans. Donnerstag war Veldman-Tag. Wäschetag. Der Tag, an dem ich mir auf die Zunge biss und nichts sagte.

»Was ist los mit dir? Machst du dir Sorgen um Thomas?«

Ich nickte. »Ich weiß nicht, was ich machen soll. Wo könnte er sein?«

Sie blies die Wangen auf. »Bestimmt nicht in der Nähe des Kais, das steht fest.«

Ich überlegte, wohin er wohl gehen könnte. Er würde nicht nach Hause gehen, das wusste ich. Ich konnte mir nicht vorstellen, was Mutter sagen würde. Die Blamage, jetzt nur noch verschlimmert, da Vater verschollen war. Ich wusste nicht, unter welch schwierigen Bedingungen Thomas hatte leben müssen, aber Vater musste sie auch erduldet haben. Er war nicht geflüchtet.

Flüchtig. Zum ersten Mal im Leben verabscheute ich ein Wort. Ich wollte es aus dem Kopf haben, wünschte, ich hätte es nie gesehen.

»Was hat er noch über die Tinte zu dir gesagt?«

Ich hatte Betje die Geschichte immer wieder erzählt, aber aus irgendeinem Grund fand sie Mr. Sergeants Kommentare äußerst witzig.

»Er sagte, sie habe einen ziemlich verblüffenden Effekt.« Dabei ahmte ich Mr. Sergeants Stimme nach, war an diesem Tag aber nur mit halbem Herzen bei der Sache.

Dennoch musste Betje lachen. Die Geschichte hatte nichts von ihrem Reiz verloren.

Als wir uns Veldmans Haus näherten, wurde ich langsamer.

»Es wird bald vorbei sein.« Betje lächelte freundlich. Sie kannte meine Einstellung zu diesem Ort.

Ich verzog das Gesicht. Ein Tag Waschen und Auswringen und Aufhängen und Zusammenfalten lag vor mir. Ich mochte Besorgungen, ja, Besorgungen für Mr. Sergeant, die mich durch ganz Amsterdam führten. Wäsche mochte ich am wenigsten. Ich hatte nicht lange gebraucht, um zu lernen, alleine ein Laken glatt zu falten – aber sobald ich das geschafft hatte, gab es keine Möglichkeit, es noch glatter zu falten. Aber Amsterdam, *Amsterdam*. Es hatte allem Anschein nach keine Grenzen, so vieles war noch zu entdecken.

Ich kam inzwischen seit Monaten jede Woche zu Veldmans Haus, um bei der Wäsche zu helfen. Das war eine Vereinbarung, die Mr. Sergeant einen halben Krug Kognak einbrachte. Den musste ich am Ende des Tages mitnehmen – musste aufpassen, keinen Tropfen zu verschütten, obwohl ich mich selbst kaum noch auf den Beinen halten konnte. War der Stand im Krug etwas niedrig, pflegte Mr. Sergeant mich streng zu beäugen, da er mir unterstellte, dass ich den Kognak unterwegs entweder verschüttet oder irgendwie getrödelt hatte, woraufhin Herr Veldman mit dem Maß gegeizt hatte.

Ich fürchtete mich vor den Donnerstagen, denn ich hatte trotzdem die ganze Arbeit für Mr. Sergeant zu tun, musste sie hineinzwängen, und der Tag fühlte sich an wie zwei.

Ich verabschiedete mich von Betje und bummelte die Stufen vor Veldmans Haus hinauf. Ich tippte an die Tür in der Hoffnung, dass Jette, die Magd, es hören und mich einlassen würde. Manchmal musste ich wiederholt antippen, um sie auf mich aufmerksam zu machen – es klang wie ein Spatz in der Dachrinne, der seinen Schnabel putzt. Aber ich konnte nicht klopfen, nicht zu dieser Tageszeit, wenn die Fensterläden geschlossen waren und die Veldmans noch im Bett lagen.

Sie waren bestenfalls finstere Gesellen. *Gesellen?* An ihnen war nichts Geselliges. Herr Veldman, seine Frau, sein Sohn Bartels und seine beiden Töchter Sofia und Cokkie, spindeldürr, deren Launen unter dem weißen Leinen anscheinend aus Klauen und Zähnen bestanden. *Kapriziös,* beschrieb Mr. Sergeant sie, und sobald ich wusste, was das Wort bedeutete, fand ich, dass er untertrieb.

Herr Veldman handelte mit Landkarten. Er hatte Karten von Paris, London, Edinburgh, Berlin. Karten von Orten und Ländern, von denen ich noch nie gehört hatte – Orte, die aus Träumen zu bestehen schienen, die eher in der Vorstellung existierten als in der Wirklichkeit. Er hatte eine Weltkarte an der Wand mit Fischen, so groß wie Boote, und Bäumen mit Kronen aus Federn und Katzen in der Größe von Schafen, die sich im Schlaf eingerollt hatten. Ich dachte an den Fisch, der ein Boot verschlucken konnte, und an die Menschen, die an solchen Orten lebten und wie ich auf festem Boden standen. Auf der Karte waren Linien gezogen, mit denen die Routen nach Osten markiert waren. Ich stellte mir vor, die Linien zusammenzuziehen und damit die Welt zu einer Kugel in meiner Hand zu machen.

Jette öffnete die Tür und ließ mich ein. Sie gähnte und verknotete ihre Haare zu einem Dutt. Sie hatte ihre Schürze noch nicht angezogen. Ich auch nicht. Was die Veldmans nicht sahen, würde sie nicht beunruhigen. Wir nickten uns zur Begrüßung zu. Jette hatte höchstens drei oder vier Wörter in sich. Mir war rasch klargeworden, dass es ihre Art war. Vielleicht war das Mädchen, das damals vor der Haustür stand, voll Geschnatter gewesen. Dann war, Tag für Tag, Wort für Wort, alles verschwunden.

Jette hatte unter dem Kessel Feuer gemacht, um das Wasser

für die Wäsche zu kochen. Ich bedankte mich bei ihr mit einem Lächeln, und sie lächelte matt zurück.

Sofia und Cokkie gingen nie aus dem Haus. Zumindest nicht an Donnerstagen. Immer wenn ich sie sah, waren sie ein Abbild der Langeweile: angefangene Stickarbeiten, Bücher, mit dem Fuß unter Stühle geschoben, ihre Bibel auf dem Leseständer, immer auf derselben Seite aufgeschlagen. Ein Virginal wurde gekauft, auf dem ein, zwei Wochen lang herumgeklimpert wurde. Danach wurde es ein nettes Pult. Sie banden Blumen in mürrischem Schweigen, brachen Stängel, schnitten Blüten ab, Blätter bedeckten den Boden. An manchen Nachmittagen brach plötzlich lauter Zank aus, und Jette und ich hielten dann immer inne, blickten auf, erkannten, was los war, und machten dann mit unserer Arbeit weiter. Das war normal.

Betje sagte einmal, wir hätten Glück, und ich hatte sie nicht verstanden. Erst als ich zu den Veldmans ging, lernte ich, dass ich eine Freiheit hatte, die seine Töchter nicht hatten. Sie erinnerten mich an die Hühner, die ich in Körbe eingepfercht auf dem Markt gesehen hatte, die Augen in Panik weit aufgerissen. Wer wollte schon so leben wie Herrn Veldmans Töchter? Eingesperrt? Beengt? *Gefangen?*

Ich nicht.

Während die Wäsche kochte, musste ich Herrn Veldmans Arbeitszimmer ausfegen. Das war nicht leicht, weil er den Raum im Dunkeln hielt. An meinem ersten Tag hatte ich Schelte bekommen, weil ich die Fensterläden aufgerissen hatte.

»Du dummes Mädchen!«, hatte Frau Veldman gekreischt und mir eine Ohrfeige verpasst. »Die Tinten! Die Tinten!«

Die Tinten, die sie meinte, waren die, mit denen die Karten an den Wänden im Arbeitszimmer bunt bemalt wurden. Ein paar Farben konnten unter Lichteinwirkung verblassen – besonders Rot. Ich fand es eigenartig, eine Karte anzufertigen, die man nur mit zusammengekniffenen Augen im Dunkeln betrachten konnte.

Meistens hing etwas Neues an der Wand. Als ich diesmal hereinkam, konnte ich nicht glauben, was ich dort sah. Selbst in dem düsteren Halbdunkel wusste ich, was es war: eine Straßenkarte von Amsterdam! Oh, hätte ich doch nur eine solche Karte gehabt, als ich herkam! Damals fand ich mich nur zurecht, wenn ich den Hauptkanälen folgte, Wege, die mich auf langen, geraden Linien führten, mit Briefen und Einladungen, in denen Mr. Sergeant dazu aufforderte, seine neuesten Errungenschaften anzusehen – Werke von Jacob Cats, van Goudhoeven und Scriverius sowie Bücher, die aus England und Deutschland importiert waren.

Ich lehnte den Besen an die Wand und ging näher heran. Wer immer sie gezeichnet hatte, schien im Himmel zu leben und von dort oben auf die Stadt herabzuschauen. Er hatte nicht nur Straßen gezeichnet, sondern jedes Haus, jeden Garten, jeden Markt und jede Kirche, auch Armenhäuser und Denkmäler der Stadt. Am Kai lagen Schiffe, vor Noorderkerk standen winzige Menschen in einer Schlange, Vieh auf den Feldern jenseits der Stadtmauer. Jedes Haus schien auf dem Papier zu stehen. Ich berührte die Karte mit dem Finger, um sicherzugehen, dass sie flach war. Mein Blick wurde von kleineren Details angezogen: winzige Äpfel an den Bäumen, Leinenhemden, die zum Trocknen in der Sonne hingen, Windmühlen, nicht größer als mein Fingernagel. Ich fuhr an der Prinsengracht entlang, bis ich Westerkerk fand, und zählte die Häuser in der Straße. Mein Finger hielt am Haus von Mr. Sergeant inne. *Mr. Sergeants Haus!*

»Blaeu«, ertönte eine Stimme hinter mir. Herr Veldman! Ich fuhr zusammen, als hätte er *buh!* gesagt.

»Blaeus bestes Werk, meiner Meinung nach. Fesselnd, nicht wahr?«, fragte er und schaute nicht auf die Karte, sondern auf mich. Sein Schnurrbart zitterte. »Unbedingt, schau mal.« Er reichte mir einladend eine Hand, aber ich wich zurück. Der Besen stand noch an der Wand, der Boden, übersät mit Papier, war nicht gefegt.

Er kam näher, so nah, dass ich die Ränder seiner Wörter an meiner Wange spürte. »Hast du nichts zu tun, Helena? Willst du zu Mr. Sergeant zurückkehren mit einem Krug, der nur zu einem Viertel gefüllt ist?«

»Nein, Herr Veldman, ja«, sagte ich. Ich machte einen Knicks, nahm den Besen und machte mich ans Fegen, während er mir zusah.

Auf dem Heimweg wünschte ich mir, ich hätte Betje zum Reden bei mir gehabt. Ich musste mit meiner eigenen Gesellschaft vorliebnehmen. Wenigstens war ich daran gewöhnt, kannte die Fragen, die ich gern hören wollte, und die Antworten, die zu umgehen waren.

– *Wie war dein Tag, Helena?*

– Oh, danke der Nachfrage, er war erträglich. Das Wort verwendete Mr. Sergeant, wenn er eigentlich meinte, es war *grauenvoll*.

– *Und ist das ein voller Krug Kognak, den ich da sehe?*

– Das wäre er, aber ich wurde zurechtgestutzt.

– *Zurechtgestutzt?*

– Zurechtgestutzt.

– *Und warum?*

– Weil ich mir Landkarten angesehen habe.

– *Helena, Helena, wann wirst du es nur lernen?*

– *(mich selbst überhörend)* Zufällig eine Karte von Amsterdam.

Ich blies beide Wangen auf. Dann sah ich ihn. *Thomas!* Ungefähr zwanzig Schritte vor mir, die Hände in den Taschen, nach vorn gebeugt.

»Thomas!«, rief ich. »Thomas!« Kognak schwappte aus dem Krug, als ich anfing zu laufen. Er hatte mich noch nicht gehört. »Thomas, bleib stehen!«

»Thomas!« Die Kratzer auf meiner Hand brannten. Ich saugte an meinen Knöcheln, woraufhin auch mein Mund in Flammen stand.

»Thomas!«

Endlich hörte er mich und blieb stehen. Auch ich hielt an, obwohl ich ihn noch nicht eingeholt hatte. War er gewachsen? Und hatte die meisten Haare verloren? Als er einen Blick über die Schulter warf, sah ich einen Mann, der gut zwanzig Jahre älter war. Ein Mann, der mich nicht kannte, der im Leben noch keinen Blick auf mich geworfen hatte. »Oh, Verzeihung«, sagte ich und trat rasch drei, vier Schritte zurück.

Ich drehte mich um, den Krug an mich gedrückt, der Inhalt zum größten Teil verschüttet. Der Geruch nach Kognak stieg aus meinem Rock.

Alle Karten, die ich bei Herrn Veldman gesehen hatte, tauchten auf einmal in meinen Gedanken auf, eine nach der anderen, und vereinten sich zu einem unerreichbaren Ort.

Thomas könnte überallhin gegangen sein. Er war verschwunden.

Ich schüttete den Rest Kognak in die Gosse und warf den Krug hinterher.

AMSTERDAM 1634

Wachs

DAS KLOPFEN WAR fest und übellaunig und sollte heißen »Komm rasch zur Tür«. Es wollte erneut klopfen, gerade als ich nach der Klinke griff, und ging daher in Luft auf, sobald ich die Tür aufriss. Der Mann auf der Treppe hielt ein in ein Tuch gewickeltes Buch in den Händen. Er sah aus, als wäre er die ganze Prinsengracht entlanggerannt.

»Monsieur Descartes' Unterkunft?«

»Ja.« Ich klemmte mir eine Haarsträhne hinter das Ohr.

»Ich habe ein Buch für ihn.«

»Tut mir leid, er ist nicht da.«

Seine Schultern sackten nach vorn. »Oh …«

»Er kommt erst heute Abend wieder. Erwartet der Monsieur Sie? Ich kann ihm das Buch geben, wenn Sie möchten.«

Er drückte das Buch fester an sich. »Das kann ich nicht. Es ist für Monsieur Descartes.«

»Aber Monsieur Descartes ist nicht hier.«

»Dann warte ich, bis er zurückkommt.«

»Das Buch ist hier in Sicherheit.« Ich streckte die Hand aus, machte die Tür aber nicht weiter auf.

Beim Geräusch einer Kutsche fuhr er herum. Er kratzte sich die Stirn, dann den Nacken, ein Nervenbündel. »Ich kam, so schnell ich konnte. Ich kenne ihn, schon seit Jahren. *Bitte …«* Er schaute mich an, dann auf seine Füße. *Bitte,* hatte er gesagt. Ich versuchte mich zu erinnern, ob das einmal jemand zu mir gesagt hatte – kein Mann, der mir je begegnet war. Sein

Anblick machte mich nervös, aber er hatte ganz offensichtlich nicht vor zu gehen.

»Sie kommen dann lieber herein, Herr …«

»Beeckman. Danke, ja.«

Sobald er drinnen war, trat er ans Fenster und schaute nach rechts und nach links. Er zuckte zusammen, als ich sein Cape nehmen wollte.

»Verzeih«, sagte er und hielt es mir hin. »Kann ich mich irgendwo hinsetzen?«

Da Mr. Sergeant in Utrecht war, konnte ich Herrn Beeckman nicht allein im Arbeitszimmer lassen. Ich führte ihn hinüber ins Esszimmer, doch als ich mich umdrehte und ging, folgte er mir in die Küche. Er legte das Buch vor sich auf den Tisch und ließ die Hände darauf ruhen. Selbst nachdem er sich gesetzt hatte, wirkte er, als wollte er jederzeit wieder aufspringen.

»Kommen Sie von weit her, Herr Beeckman?«

»Aus Dordrecht«, antwortete er. »Über Haarlem.« Sein Blick schweifte durch die Küche und blieb an den Resten eines Brotlaibs hängen.

»Haben Sie Hunger?«

Er nickte. »Ich sterbe vor Hunger.«

Ich bot ihm Salat und Käse zum Brot an. Während des Essens ließ er einen Ellbogen auf dem Buch.

»Hast du Wein?«, fragte er.

Ich schenkte ihm ein halbes Glas aus dem Krug ein. Er bedeutete mir, den Krug auf dem Tisch zu lassen.

»Wird Descartes lange bleiben?« Er nahm einen tiefen Schluck aus dem Glas, wobei er ein wenig auf sein Hemd verschüttete.

»Das weiß ich nicht, mein Herr.«

»*Mein Herr*, ach wirklich?« Er lachte, nahm sich noch eine Scheibe Käse und brach ein Stück Brot ab, ließ die Kruste zurück. Er schenkte sich nach und füllte sein Glas erneut auf. Wenn der Monsieur nicht bald käme, wäre nichts mehr übrig. Aber der Alkohol entspannte ihn sichtlich, zumindest so weit, dass er den Arm vom Buch nahm. Als er meinen Blick einfing, schaute ich zur Seite. Meine Aufmerksamkeit blieb nicht unbemerkt.

»Ich habe erwartet, dass er hier ist. Er wusste, dass ich fällig war. Ich bin so weit angereist. Und jetzt muss ich deine Gastfreundschaft in Anspruch nehmen.« Er schüttelte den Kopf, als wären die drei Gläser, die er rasch hintereinander getrunken hatte, die Schuld des Monsieurs. Das Buch war jetzt voller Krümel, doch er merkte es anscheinend nicht, noch machte es ihm etwas aus. »Ich vermute, er hat andere Besucher …?«

Ich schüttelte den Kopf. Genau genommen war Herr Beeckman der erste.

»Das überrascht mich nicht!«

Er starrte das Buch an, ohne mit der Wimper zu zucken. Ich dachte, er wollte das Thema wechseln, doch dann sagte er: »Ich hätte nicht gedacht, dass ich noch einmal Gelegenheit haben würde, ihn wiederzusehen. Ich kenne ihn seit Jahren, habe ihn einst unterrichtet – vor langer Zeit. Aber er würde sagen, es seien nichts weiter als *müßige Gedankenspiele* gewesen.« Er tippte sich mit zwei Fingern an den Kopf. »Alles gehört ihm, verstehst du. Wenn er etwas von mir hätte, dann ist das Zufall – typisch Descartes!« Er leerte sein Glas erneut und füllte es wieder bis zum Rand. »Durst, Verzeihung.«

»Nein, nein, bitte …«

»Wir alle fangen irgendwo an. Ich. Er. Selbst du.« Er zog mit dem Finger eine Linie über den Tisch. »Ein Anstoß, eine zufällige Begegnung, eine Unterhaltung – so viele Möglichkeiten, um ein Leben in Bewegung zu setzen. Und da ist es – und jetzt bin ich verheiratet und habe sieben Kinder. Dann hält dich eines Tages etwas auf – vielleicht das Licht an dem Morgen, an dem einen Morgen, der nicht wie alle anderen unbemerkt vorbeigeht, und du denkst, ist das mein Leben? Habe ich das vorgehabt?« Er stieß mit dem Finger auf den Tisch. »Tut mir leid. Sieben Kinder, eine gute Frau, ich bin glücklich.«

Er war ein wenig betrunken, dachte ich.

Er musterte mich. »Wie heißt du?«

»Helena, mein Herr.«

»Gut, Helena.« Er klopfte auf das Buch und schlug das Tuch zurück. »Du weißt nicht, was du in deiner Küche hast. Das hier ist ein außergewöhnliches Buch.«

Ich schaute es an. Ein Buch eben.

»Sehr, sehr außergewöhnlich.«

Der Wein machte ihn langsamer, aber er war in Plauderstimmung, also konnte ich eine Frage riskieren. »Ist es ein holländisches Buch, mein Herr?«

»Holländisch? Oh, nein, nein!«

»Französisch?«

Er lachte. »Gott bewahre! Nein. Italienisch. Von einem der klügsten Köpfe unter den Lebenden – Galileo Galilei.«

Galileo? Den Namen hatte ich schon einmal gehört, wusste aber nicht mehr, wo.

»Euer französischer Gast verblasst ein wenig neben ihm.« Dann sah er mich mit der Gewissheit eines Menschen an, der jemandem wie mir gegenüber an dieser Stelle kein Blatt vor den Mund nehmen musste.

»Er ist furchterregend, findest du nicht?«

»Wer?«

»Descartes natürlich!« Er lehnte sich auf seinem Stuhl zurück.

»Na ja …« Der Monsieur hatte den Limousin an den meisten Tagen angeschrien, das stimmte.

»Dachte ich mir. Und trotzdem tanzen wir nach seiner Pfeife …« Nachdenklich strich er über das Buch. »Ich habe ihn seit

Jahren nicht gesehen, habe nichts als Beleidigungen von ihm gehört, dennoch bin ich hier mit dem, was er braucht. Bemerkenswert, wirklich. Was meinst du, wie stehe ich nun da?«

Ich schüttelte den Kopf.

»Entweder wie ein außergewöhnlich treuer Freund oder wie ein völliger Trottel.« Er leerte sein Glas in drei Zügen und wischte sich dann mit dem Handrücken über den Mund. Er streifte die Stiefel ab.

»Ich kenne einfach nicht den Unterschied zwischen den beiden, verdammt. Ich mache jetzt die Augen zu. Der Haarlem-Kahn erschöpft mich immer.«

Ich machte die Küchentür zu. Was blieb mir anderes übrig, als ihn schlafen zu lassen? Ich konnte nicht kochen, wenn ein Mann in der Küche war. Das Essen musste warten.

Der Limousin kehrte vor dem Monsieur zurück.

»Mon Dieu«, sagte er, als ich ihm mitteilte, wer wartete. Er lugte um die Tür, die er dann leise schloss. *»Mon Dieu.«*

»Hätte ich ihn wegschicken sollen?« Mr. Sergeant vertraute mir in seiner Abwesenheit die Leitung des Hauses an. Den Monsieur würde er nicht ermahnen, aber ich sah ihn jetzt vor mir, mit erhobenem Zeigefinger – *nicht alles ist so, wie es sich gehört, Helena.*

Der Limousin schritt auf und ab, eine Hand an der Stirn. »Da ist nichts zu machen.« Er lugte noch einmal um die Tür. *»Mon Dieu.«*

Nichts zu machen? Ich könnte ihn bitten zu gehen. Herrn Beeckman ebenfalls.

Der Limousin wartete im *voorhuis*, bis der Monsieur zurückkam, und überfiel ihn, sobald er zur Tür herein war. Er machte viel Getue um ihn, nahm sein Cape und seinen Hut und bürstete über Monsieurs Schultern. »Monsieur, Monsieur, *avez-vous passé une bonne promenade?«*

Der Monsieur schüttelte ihn ab. »*Arrête!*«

Als ich anhob zu sprechen, trat der Limousin mit gewölbter Brust vor. »Sie haben einen Besucher, Monsieur. Beeckman ist hier. Ich habe nicht gesagt, er könne bleiben.« Er warf mir einen vorwurfsvollen Blick zu.

Der Monsieur legte den Kopf schief, als hätte er nicht richtig gehört. Er drehte sich im Kreis. »Beeckman! Dieser Halunke. Dann ist er also gekommen. Ha! Wo hast du ihn versteckt?«

»Tut mir leid, Monsieur …« Dann verstummte ich. Zu meiner Verwunderung lächelte er.

Er öffnete die Tür zu Mr. Sergeants Arbeitszimmer. »Hier nicht.« Mit drei oder vier Schritten war er am Esszimmer. »Hier auch nicht.« Offensichtlich machte es ihm Spaß. Dann fiel mir Beeckmans Schreckhaftigkeit ein. Was war zwischen den beiden vorgefallen?

»Ah«, sagte er und ging die Treppe hinunter zur Küche. »Ich hätte wissen sollen, dass er hier drinnen ist. Beeckman!« Er knallte die Tür hinter sich zu. Der Limousin und ich schauten zunächst die Tür, dann uns an. Wir blieben eine Weile schweigend stehen, als warteten wir auf einen Ruf oder einen Schrei oder darauf, dass uns das Haus auf den Kopf fallen würde.

Als der Monsieur wieder herauskam, hatte er einen Arm um Herrn Beeckmans Schultern gelegt, das Buch unter den anderen geklemmt. Herr Beeckman schien geschrumpft.

»Der Wein, Beeckman, hat Ihnen das Hirn vernebelt …«

Herr Beeckman schüttelte den Monsieur ab. Seine nächsten Wörter kamen heraus, als hätte er jedes einzelne abgewogen.

»Ich gebe Ihnen bis Montagmorgen, bei Tagesanbruch. Damit haben Sie jede Menge Zeit, sich aus dem Werk zu nehmen, was Sie brauchen. Wir alle fangen irgendwo an, denken Sie daran. Manche von uns besitzen die Höflichkeit, das anzuerkennen.« Dann verbeugte er sich und ging hinaus, ließ die Tür hinter sich offen stehen, gaffend wie ein offener Mund. Niemand rührte sich, um sie zu schließen.

Der Monsieur lachte, schüttelte dabei aber den Kopf. »Er hat nichts von seinem Charme verloren, seitdem wir uns zuletzt begegnet sind. *Wir alle fangen irgendwo an?* Hast du das gehört, Limousin? Und viele bleiben dort stehen, wo sie angefangen haben!«

Er drehte sich um und ging hinauf, Limousin eilte ihm zwei Schritte hinterher. Als ich die Haustür schloss, fragte ich mich, was einen Mann so weit bringen konnte, bei so wenig Aussicht auf Belohnung.

In jener Nacht schien kein Mond, das Haus war so dunkel, dass es bis an die Dachbalken mit Ruß angefüllt schien. Ein schreckliches Geklapper weckte mich, riss mich aus dem Schlaf. Ich hörte schlurfende Geräusche, dann ein scharfes Knacken, als ein Topf auf dem Boden zersplitterte.

»Merde!«

Der Monsieur! Ich ließ den Holzschuh fallen, den ich in der Hand hatte, und stieg aus dem Bett. Eine Kerze, fast bis auf den Stummel heruntergebrannt, spendete das einzige Licht. Ich erkannte ihn gerade eben auf der anderen Seite der Küche, in der Hocke, auf der Suche nach etwas auf dem Boden.

»Monsieur?«

Er stand auf, Tonscherben in beiden Händen, die Beine nackt bis an die Knie. Er hatte ein Laken um sich geschlungen, um die Taille mit einem Riemen befestigt. Einer von Mr. Sergeants Gürteln, wenn ich mich nicht irrte.

»Ich brauche eine Kerze, eine einzige Kerze, mehr nicht. Ich kann ohne nicht lesen. Die sind auch nicht mehr da, wo sie sonst immer waren.« Mit der Fußkante schob er Tonscherben unter den Tisch. »Hast du sie woanders hingelegt?«

»Vorsicht«, sagte ich und griff nach dem Besen, »Sie werden sich noch schneiden.«

Er machte nicht den Versuch, sich zu bedecken oder zur Seite zu gehen, als ich um seine Füße herumfegte. Ich griff nach einem großen Topf auf dem Kaminsims. »Wie viele, Monsieur?«

»Vier oder fünf. Sechs würden reichen.«

Ich zählte sechs Kerzen ab. Sechs waren erheblich mehr als eine. »Hier«, sagte ich und hielt sie ihm hin. Mir fiel der Zinnteller ein, bedeckt mit Daumenabdrücken im Wachs. Kerzen waren nicht nur zum Lesen da.

Er zündete eine Kerze am Stummel der alten an und drehte das Ende in das geschmolzene Wachs, bis die beiden verbunden waren. »Ich habe heute Abend eine Entdeckung gemacht. Die Wirkung kann man nur im Dunkeln sehen.«

Eine *Entdeckung*? Das Wort schien aus Funken zu bestehen.

Er stellte die Kerze auf den Tisch und ging auf die andere Seite. »Siehst du, da …?« Er deutete auf die Flamme und hielt den Finger so nah daran, dass ich schon dachte, er würde sich verbrennen. »Schau. Kannst du es sehen?«

Ich ging in die Hocke und blinzelte in die Flamme, nicht sicher, was ich sehen sollte. Ich starrte in die Flamme und sah ihn auf der anderen Seite des Tisches. Seine Lippen teilten sich, als er sich konzentrierte.

»Die Flamme ist in der Mitte am hellsten. Du musst genau hinsehen und lange. Sieh genau hin, aber entspanne gleichzeitig deinen Blick. Es gibt zwei ganz unterschiedliche Lichtkränze – blau und rot, dann gelb – ah, *c'est belle*. Schön, nicht wahr?«

Lichtkranz – ich flüsterte das Wort vor mich hin, um sicher zu sein, dass ich es hatte. Die Nacht würde mir das Wort nicht nehmen, so wie sie mir meine Träume nahm. Ich starrte in die Flamme, bis meine Augen brannten, konnte aber die Farben nicht erkennen, auf die er hingewiesen hatte. Ich sah ihn, die Flamme zwischen uns, blau, schimmernd. Dann merkte ich, dass sie nicht nur blau war, sondern klar in der Mitte, über dem rotglühenden Docht. Mir gefiel, wie Kerzenlicht den Raum verkleinerte, wie ein Raum in einem Raum. Die Flamme schwankte. Ein Atemzug würde sie auslöschen.

»Es ist nicht dasselbe wie die Farben, die wir um Sterne herum sehen, tatsächlich ist es umgekehrt …«

Da schaute ich ihn an. Ich fragte mich, woher er so etwas wusste, über das Sternenlicht – er fand sich im Dunkeln in der Küche nicht zurecht.

»Kerzen können uns vieles sagen.« Er nahm eine Kerze aus dem Bündel und tippte damit gegen den Tisch. »Fest«, sagte er. »Was passiert, wenn ich sie anzünde?«

»Sie erhellt einen Raum.« Dabei kam ich mir vor wie ein Dummkopf.

»Ja, in der Tat!«

Jeder, der eine Kerze anzündete, wusste das, dennoch schien er erfreut, dass ich es gesagt hatte. Er strich sich über das Kinn und wartete darauf, dass ich fortfuhr. »Noch etwas?«

»Sie schmilzt ein bisschen.« Es tat weh, etwas so Offensichtliches auszusprechen.

»*Oui!*«

Er nickte leicht, als versuchte er, die Antworten aus mir herauszuziehen. Bisher hatte ich zwei einfache Dinge gesagt.

Er hielt eine Hand über die Flamme und zog sie wieder fort.

»Sie wird heiß!«

»Ja. *Und …*«

Ich schüttelte den Kopf. Es war mitten in der Nacht. Mein Kopf fühlte sich an, als wäre er voller Motten. Motten mit angesengten Flügeln.

»Wachs ist fest wie das hier«, er tippte erneut mit der Kerze auf, »oder es kann schmelzen – wie du gesagt hast. Wenn

Wachs schmilzt, die Farbe, der Geruch …«, er schnüffelte daran, ließ sie der Länge nach unter seiner Nase entlanggleiten, »all das – diese *Eigenschaften* – verändern sich auch. Die Eigenschaften sind anders und doch …«

Ich dachte darüber nach – darüber, was offensichtlich und einfach war –, rollte das Licht und die Hitze zurück in die Kerze, bevor sie angezündet wurde. Dann kam mir der zündende Gedanke, hell wie die Flamme vor mir. »Es ist noch immer eine Kerze!«

»Es ist immer noch Wachs … das ist wichtig.« Er beugte sich ein wenig vor und ließ den Gedanken aufgehen.

»Ja«, sagte ich, ohne zu wissen, warum. Ich zweifelte noch immer, dass ich etwas Sinnvolles von mir gegeben hatte. Er schaute mich unentwegt an. Ich blinzelte und senkte den Blick.

»Genug von Kerzen. Ich muss jetzt lesen, wenn ich das Buch rechtzeitig zu Beeckman zurückbringen will.« Dann nahm er die Kerze, die er angezündet hatte, ging hinaus und nahm sowohl die Entdeckung als auch das Licht mit, woraufhin ich im Dunkeln herumtasten musste.

Als ich wieder im Bett lag, dachte ich an all die Kerzen, die vor meinen Augen zu Stummeln heruntergebrannt waren. Entdeckungen mussten überall sein und warteten nur darauf, gefunden zu werden, an den gewöhnlichsten Stellen – selbst in Kerzen und Flammen. Ich riss die Augen weit auf. *Selbst diese Dunkelheit muss etwas sein,* dachte ich. Und bei dem Gedanken musste ich laut auflachen.

Ich gähnte, schließlich war ich müde. Doch als ich die Augen schloss, sah ich noch immer die Kerze brennen. Ich konnte es kaum erwarten, Betje davon zu erzählen.

Am nächsten Morgen war von dem Monsieur nichts zu sehen, und er war auch am späten Nachmittag noch in seinem

Zimmer, sein Mittagessen unberührt auf dem Tablett neben seiner Tür. Als der Limousin anklopfte, wurde er angeschrien, wieder nach unten zu gehen.

»Er sagt, er habe nicht geschlafen. Ich dachte, ich hätte in der Nacht Schritte gehört.« Der Limousin blickte finster drein, gelangweilt, ohne Anweisungen für den Tag. Er ging hinaus in den Hof, kam dann aber wieder herein. Sobald er sich setzte, war er schon wieder auf den Beinen. Er stocherte im Feuer, woraufhin Rußpartikel über den Boden flogen. Er ließ sich am Küchentisch nieder und sah mir zu, wie ich Zwiebeln für eine Suppe hackte.

Er nahm einen Löffel zur Hand, polierte ihn an seinem Ärmel und betrachtete sein Spiegelbild. »Habe ich dir schon gesagt, dass ich die Prinzipien der Mathematik kenne?«

Ich beachtete ihn nicht weiter, halbierte eine Zwiebel und zerteilte sie in Viertel.

»Ja, der Monsieur bringt mir seine *Methode* bei.« Er grinste, lehnte sich zurück und verschränkte die Arme hinter dem Kopf.

Ich hörte mit der Zwiebel auf und wischte mir die Hände an einem Tuch ab. »Willst du sie weitergeben? Oder hast du es vergessen? Na, mach dir nichts draus.«

Das Grinsen fiel ihm aus dem Gesicht. »Das habe ich ganz bestimmt nicht!« Er griff nach einer Schüssel mit Eiern, räumte eine Stelle auf dem Tisch frei und legte vier Eier in einem Quadrat aus. Er nahm eine Schöpfkelle und legte sie quer durch die Mitte des Quadrats von der oberen Ecke in die untere, wobei er es in zwei Hälften teilte. Als er damit fertig war, trat er zurück und bewunderte sein Werk.

»Dreiecke«, sagte er. »Sie sind nicht nur gleich, sie sind wirklich identisch.«

»Oh«, sagte ich so enttäuscht wie möglich. Ich schaute mir an, was er ausgelegt hatte. Die Zeichnungen hatte ich im Zimmer des Monsieurs gesehen – Linien, die Kreise durchschnitten, Linien, die mit Buchstaben gekennzeichnet waren, Dreiecke innerhalb von Quadraten, alles ordentlich beschriftet. »Da steckt doch noch mehr dahinter, oder?«

Er kratzte sich am Kopf. Wenn mehr dran war als an der Herstellung eines Omelettes, dann wusste er es nicht.

Ich nahm eine Handvoll Mehl und streute es in einer dünnen Linie aus, halbierte damit jedes Dreieck noch einmal, dann noch einmal. »Das Muster wiederholt sich.«

»Bei dem Tempo wird die Suppe verderben.« Er wischte das Mehl weg, wobei eine Wolke aufstieg, und stieß ein Ei vom Tisch. Ich hatte große Lust, ihn aufzufordern, den Dreck wegzumachen, konnte aber nicht riskieren, dass es Mr. Sergeant zu Ohren kam. Besser, man hatte gar keine Magd als eine, die debattierte und Schreibfedern einheimste und aus guter roter Bete Tinte machte. Er hatte Gerarda fortgeschickt.

Der Limousin trug die Korrespondenz des Monsieurs aus. Er musste die Papiere vom Monsieur gesehen haben, als er in dessen Zimmer war. Ich fragte mich, was er von der Arbeit des Monsieurs begriff. Anscheinend sehr wenig, wenn man bedachte, was er mir gerade gezeigt hatte.

»Ich kenne den Monsieur schon seit seiner frühesten Jugend. Ich kenne sein Temperament, seine Launen, seine Marotten … In dieser Hinsicht ist er ein Mann wie jeder andere. Aber er ist anders. Außergewöhnlich. Ich bin mit ihm durch ganz …«

Nun kam wieder eine der Armeegeschichten oder vielleicht die merkwürdige Erzählung über einen Traum, den der Monsieur einst hatte, was eher nach einem Fieberanfall klang. Aber als ich meine Vermutung äußerte, schlug der Limousin mit der Hand auf den Tisch und bekreuzigte sich. »Eher ein Wendepunkt! Beinahe schon eine Offenbarung!«

Ich ging hinüber ans Feuer und rührte die Zwiebeln, Brühe und Gemüse in eine Pfanne. Da ich mit dem Rücken zu ihm stand, musste ich nicht sprechen, und er konnte die Geschichte erzählen, ohne unterbrochen zu werden. Er hätte auch mit einem Baum geredet, wenn er glaubte, in ihm einen Zuhörer gefunden zu haben. Nun gut, ich konnte ein Baum sein. Ein Baum war vielleicht in der Erde verwurzelt, aber kamen nicht der Wind, der hindurchwehte, und die Vögel, die darin nisteten, von weit her? Ich würde nie nach Frankreich kommen oder an Orte, die er erwähnte. Aber ich hatte Augen und Ohren – ich hatte Landkarten gesehen und Mr. Sergeants Titelblätter gelesen. Nach und nach konnte ich diese Orte zu mir holen.

Aber ich musste achtgeben, ihn nicht zu unterbrechen, durfte keinen Gedanken beitragen oder meine Meinung äußern, denn dann würde er dichtmachen wie eine Muschel, die man an eine Pfanne schlägt. Daher hörte ich zu, wie er mir von Polen erzählte. Erneut. Manchmal muss ein Baum einen grauen Tag überstehen.

Als die Suppe fertig war, schüttete ich einen Teil davon in eine Schüssel. »Ich bringe ihm die hier nach oben.«

»Das mache ich«, sagte er und war schon auf den Beinen.

»Ja, Limousin.« Wenn er die Suppe auf einem Tablett zwei Treppen hinaufbalancieren wollte, bitte.

Ich wusste nicht, was in dem Buch stand, aber etwas stimmte nicht. Der Monsieur blieb zwei Tage lang in seinem Zimmer und wollte Herrn Beeckman nicht sehen, als dieser kam, um es abzuholen. Der Limousin musste das Buch für den Monsieur abliefern und sich für ihn entschuldigen. Nein, Monsieur Descartes könne ihn nicht sehen und wolle nicht diskutieren – er solle einen Brief schreiben, falls er noch etwas hinzuzufügen habe. Beeckman klemmte sich das Buch unter den Arm und runzelte die Stirn.

»Man nennt das auch Plagiat!«, rief er vom Bürgersteig zu Monsieurs Fenster hinauf.

»Er war Ihnen schon vor Jahren überlegen, und das wissen Sie!«, rief der Limousin zurück.

»Dann schreibe ich!«

»Schreiben? *Allez-vous faire foutre!*« Mit diesen Worten schlug der Limousin die Tür zu. Er ging an mir vorbei, ohne mich zu beachten. Ein solches Verhalten war mir noch nie untergekommen, selbst Herrn Veldmans Töchter benahmen sich nicht so.

Als der Limousin mit Essen für den Monsieur nach oben kam, wurde er erneut hinausgejagt. Es klang, als würde ein Kerzenhalter geworfen, und die Tür zum Zimmer des Monsieurs knallte zu. Dann Schweigen. Ich hatte schon leiseren Donner gehört.

Ich traf ihn auf der Treppe, als ich einen Nachttopf nach oben brachte. Der Monsieur sah aus, als hätte er eine ganze Woche nicht geschlafen, ein Ärmel war hochgekrempelt, der andere nicht, und sein Hemd hing vorn aus der Hose. Er hatte nichts an den Füßen. Polternd kam er herunter, so schnell, dass ich schon dachte, er hätte mich nicht gesehen und ich müsste mich an die Wand drücken. Doch als er neben mir war, blieb er stehen. »Wo ist dieser Dummkopf Limousin? Ist er im Haus?«

»Non, Monsieur«, erwiderte ich und legte sofort die Hand auf den Mund.

Er sah mich erstaunt an. »Non, Monsieur? *Non?*«

Mein Herz tat einen Sprung, und hundert weitere Herzen hüpften darin. »Non, Monsieur.«

Ich schluckte. Sein Hemd war von einer Schulter gerutscht. Er versuchte noch immer, Atem zu holen.

»Tu es certain?«

Ich nickte.

Er schaute mich an, dann auf das Nachtgeschirr. »Ah«, sagte er. »*C'est mon pissoir?*«

Ich nickte erneut und hielt ihm den Topf hin, wobei ich mir wie eine Närrin vorkam. Er nahm ihn entgegen, drehte sich um und hüpfte die Treppe wieder hinauf. »*Merci!*«, rief er über die Schulter und nuschelte etwas über den Limousin vor sich hin. Diese Wörter kannte ich auch, ein paar.

»Wo warst du?«, fragte Betje.

»Oh«, erwiderte ich. Ich hob beide Arme und ließ sie wieder fallen.

»Oh? Was soll *oh* heißen?« Sie hob ihre Arme, höher als ich, und ließ sie auch fallen. »Ich habe heute gewartet, ich habe gestern gewartet …«

»Nun, manchmal«, sagte ich, »*manchmal* werde ich für andere Dinge gebraucht.«

»Verstehe.«

»Ja.« Ich verschränkte die Arme und wandte mich ab. Ich hatte ihr von Kerzen und Wachs und dem eigenartigen Herrn Beeckman erzählen wollen, aber die Lust dazu war mir vergangen.

»Kommst du morgen mit auf den Markt?«

»Ja«, erwiderte ich. Sie wirkte plötzlich sehr niedergeschlagen. Ich schluckte und drückte sanft ihren Arm, um ihr zu zeigen, dass es mir leidtat, aber sie rührte sich nicht, kein bisschen. Einlenken gab es bei ihr nicht.

»Bis denn dann«, sagte ich.

»Bis denn dann.«

So verabschiedeten wir uns. Wir mussten immer lachen, wenn wir es sagten, dann wieder, weil wir lachten.

Jetzt klang es so, als hätten wir beide genug – voneinander und von den Wörtern.

Einladungen

MR. SERGEANT SCHMIEDETE Pläne für eine Party. Eine *Soiree*. Er hatte sich seit der Ankunft des Monsieurs verzweifelt gewünscht, mit ihm prahlen zu können, aber bisher war der Monsieur unter dem Vorwand ausgewichen, er sei verhindert.

»Ich habe eine neue Strategie! Ein *fait accompli*, Helena – ich stelle ihn vor vollendete Tatsachen.« Er reichte mir einen Stapel Einladungen, die er vorbereitet hatte. »Dann kann er nicht ablehnen.«

Rasch sortierte ich die Einladungen, machte mir ein Bild, wohin ich gehen musste. Ich trat hinaus auf die Treppe und holte tief Luft. Mr. Sergeants Party würde mich durch die halbe Stadt führen.

»Halt, halt!«

Ich drehte mich um, als ich die Stimme hinter mir hörte, und sah den Monsieur die Treppe herunterkommen, das Cape schief umgelegt. Er hatte Mühe, einen Handschuh zu schließen – ein Wunder, dass er nicht stolperte.

»Ich brauche einen Spaziergang. Lass mich mitgehen.«

Ich schaute auf die Einladungen, so viele waren auszuliefern. Ich presste sie zwischen die Hände.

»Was hast du da?«

Er sprach für uns beide, wurde mir klar. »Einladungen zu einer Party, Monsieur.« Es hatte keinen Zweck, sie hinter dem Rücken zu verstecken, nachdem er sie gesehen hatte.

Er lächelte. »Aha. *Die Party*. Macht ihr Pläne ohne mich?«

»Ja, Monsieur.« Ich betrachtete das halb gebundene Band an seinem Cape und war überrascht, dass er so ausging. Als ich zu ihm aufschaute, nahm ich den Spott in seinen Augen wahr.

»Nun. *Allons-y*. Nach dir.« Er streckte einen Arm aus, die Handfläche nach oben, und wartete darauf, dass ich die Führung übernahm.

Wir traten hinaus auf die Straße. Sobald wir Westerkerks Schatten hinter uns hatten, kamen wir in den Sonnenschein. Wir blieben stehen, um alles in uns aufzunehmen: Prinsengracht, hell und glitzernd – nichts stand still in der warmen Brise. Lastkähne, zu Flößen verbunden, hüpften und scheuerten an ihren Anlegern, Seile hingen durch, wurden straff, wetzten sich ab. Frauen in leichter Leinenkleidung kamen vorbei, Ärmel und Hauben so fein, als wären sie aus Nebel. Ich schüttelte meinen Schal ab, der mir plötzlich zu warm wurde.

Schwalben flogen dicht über der Wasseroberfläche, drehten und wendeten sich, kippten ab und tauchten, bevor sie wieder in den Himmel emporstiegen. Ich folgte einer mit dem Blick, bis sie verschwunden war. Ich beneidete sie um die Weite des blauen Himmels.

»Dieser Sonnenschein … nach so langer Zeit drinnen …«

Oh, ich weiß. Ich wusste, wie es war, wenn ein Tag verging und ich die Sonne nicht gesehen hatte. Ich streckte die Arme aus und genoss die Wärme.

Ich hörte, wie er ausatmete.

Wir blieben eine Weile dort stehen. Ich schaute auf die Einladungen in meiner Hand – wozu die Eile? Wenn ich sie ausgeliefert hatte, war ich noch nicht am Ende. Immer, immer wartete Arbeit auf mich, ganz gleich, wie schnell ich ging oder wie schnell ich zurückkehrte.

»Sollten wir nicht gehen?«, fragte er mit einem Blick auf die Einladungen. »Wir sollten.« Aber obwohl er es sagte, rührten wir uns beide nicht vom Fleck.

»Schau, dort! Hast du das gesehen?« Er zeigte auf eine Schwalbe, die herabstieß, und drehte sich, um ihrem Flug über den Kanal zu folgen. Er lachte, und ich stimmte unwillkürlich ein.

Die Perlenknöpfe an seinem Hals fingen das Licht ein. Ich wusste, dass die Knöpfe dort waren, da ich seine Kragen wusch. Darunter war sein Hemd mit drei weiteren Knöpfen verschlossen, die jedoch verborgen waren. Auch das war mir bekannt. Das zu wissen gab mir ein komisches Gefühl. Ich schaute an seinen Armen entlang, auf seine Hände, eine auf der anderen, entspannt. Die Ärmel wurden in Falten an den Ellbogen schmaler und waren an jeder Manschette gebunden. Ich hatte die Falten erst am Tag zuvor gebügelt. Als ich aufblickte, schaute er rasch zur Seite. Vielleicht lag es nur an der Sonne, aber ich glaubte mehr Farbe auf seinen Wangen zu sehen als vorher.

Seine Hüfte berührte meine, als er sein Gewicht verlagerte. Ich rührte mich nicht, obwohl die Stelle wild zu prickeln begann.

»Die Schwalben fliegen niedrig heute.«

Er hatte seine volle Aufmerksamkeit auf mich gerichtet und wartete darauf, dass ich etwas sagte.

»Sie fressen, Monsieur.«

»Nun ja, natürlich, fressen.« Er schaute hinauf zum Himmel, suchend, als hätte ich den Sinn vollkommen verfehlt. »Aber hast du gesehen, wie sie heruntergekommen sind?«

Ich nickte. Das war etwas, das ich wusste, ohne es gesagt zu bekommen. Dann wurde mir klar – *aber er weiß nicht, warum die Schwalben heruntergekommen sind.*

»Das tun sie, Monsieur.«

Er drehte sich zu mir, seine Augen strahlten. »Das tun sie?«, fragte er.

Wir waren anscheinend einer so überrascht wie der andere.

Ich dachte, jeder wüsste so viel über Schwalben, aber er wartete offensichtlich darauf, dass ich es ihm erklärte. »Es wird Regen geben, Monsieur. Zuerst bringt der Wind die Fliegen nach unten, und dann folgen die Schwalben ihnen, und dann kommt Regen.« Ich ließ meine Hand wieder sinken, als mir klarwurde, dass ich mit den Fingern wackelte, um zu zeigen, wie es regnete.

Er hob die Hand, um den Wind zu spüren. »*Un, deux, trois.* Das wusste ich nicht. *Fascinant.*«

»Monsieur?«

»*Fascinant? Fascinerend* – faszinierend.«

Er zog seine Handschuhe aus. Er faltete die Hände, während er nachdachte, dann zog er sie auseinander, ballte die Fäuste und machte sie wieder auf.

Der Wind war stärker geworden, und das Wasser im Kanal bildete kleine Kämme. Noch keine einzige Einladung von Mr. Sergeant war ausgeliefert.

»Monsieur …«

»*Bien.* Gehen wir. Mal sehen, welches Wetter diese Schwalben bringen.«

Schon bald gingen wir im Gleichschritt. *Fascinant, faszinierend, fascinerend; fascinant, faszinierend, fascinerend.* Mir gefiel, wie unterschiedlich und doch gleich die Wörter waren – wie Brüder und Schwestern in einer Familie. Als wir an die Ecke Leliegracht kamen, war er ein wenig außer Atem, und ich musste langsamer gehen. Er verbrachte zu viel Zeit im Haus.

»Warum so still? Du musst aufpassen. Willst du denn enden wie ich, allein Gedanken als Gesellschaft?«

»Nein, Monsieur … ja«, sagte ich, unsicher, ob ich nicht das Gegenteil von dem gesagt hatte, was ich meinte. Verblüfft wurde mir klar, dass er über mich nachgedacht hatte. Bis auf die Zeiten, in denen ich mit Betje zusammen war, hatte auch ich nur meine Gedanken als Gesellschaft. Dann fiel mir ein – *Betje*! O nein. Wieder hatte ich sie warten lassen. Aber jetzt konnte ich nichts machen. Die Einladungen fest in der Hand, zeigte ich auf die Stelle, an der wir die Straße zur Herengracht überqueren mussten. Sobald wir auf der anderen Straßenseite waren, kürzten wir durch eine schmale Gasse ab zur Langestraat und kamen wieder in hellen Sonnenschein. Zwei Türen weiter blieb ich vor einem kleinen Stadthaus stehen, auf dessen Tür der Name *Lemmens* gemalt war, *Buchhändler*. Das war die erste Einladung, die ausgeliefert wurde.

»Du kennst dich aus.« Er klang beeindruckt, auch ein wenig überrascht.

»Ja.« Ich drehte mich halb im Kreis, und mein Rock wippte. »Stimmt.«

»Bist du aus Amsterdam?«

»Aus Leiden, Monsieur.«

»Aus Leiden?« Er strahlte. »Das kenne ich gut.« Er warf einen Blick auf Lemmens' Tür, dann wieder auf mich und lächelte. »Aber dir ist klar, was du gemacht hast. Jetzt kann ich mich nicht mehr herausziehen.«

Herausziehen? Einen Moment lang überlegte ich, was es bedeuten könnte. *War mir klar, was ich gemacht hatte? Wirklich?* Dann kam ich darauf, auf die Bedeutung. Sie war die ganze Zeit da, in den Wörtern drum herum.

»Nein«, erwiderte ich, und mir war, als würde mich das Wort von den Füßen reißen. »Ich glaube, dass Sie das nicht mehr können.«

Er streckte wieder die Hand aus, damit ich voranging. Ich brauchte keine weitere Aufforderung, ich hatte Mühe, nicht zu hüpfen. Ich nahm ihn mit durch die Brouwersgracht, wo wir zum Stadtteil Jordaan hinübergingen.

»Lies mir die Namen vor, damit ich weiß, ob ich sie richtig ausspreche.«

»Noorderkerk«, sagte ich, als wir zu meiner Kirche kamen.

»Noorderkerk«, wiederholte er.

Ich fand, er sprach das Wort gut aus. Mir gefiel, wie er das »r« rollte – ich wollte es nicht glätten. Ich wollte, dass mein »r« auch so klang.

»Anjeliersstraat.«

»Anjeliersstraat«, kam es als Echo von ihm.

»Tuinstraat.«

»Tuinstraat. Gebe ich einen guten Schüler ab?«

»Holländisch ist nicht leicht, Monsieur.«

Er deutete eine Verbeugung an. Ich hatte das Gefühl, er versuchte, nicht zu lachen. »Das nehme ich als Kompliment.«

»Ja, ja, tun Sie das.« Ich wurde rot.

Er schaute mich an und streckte eine Hand nach meiner Wange aus, berührte sie aber nicht. »*Et en dessous?* Was ist darunter? Was bringt so ein Rosa zustande? So viele Emotionen – Verlegenheit, Schüchternheit, Glück …«, er hielt einen Moment lang inne, »Wonne.«

Mir wurde noch heißer. Er schenkte mir ein Lächeln. Auch seine Augen hatten so eine Art zu lächeln. Ich hatte ihn für sehr ernsthaft gehalten, aber vielleicht hielt er etwas in sich verborgen, so wie ich. Der Gedanke überraschte mich – waren wir in gewisser Weise einander ähnlich?

»Egelantiersstraat«, flüsterte ich.

»Eg-el-ant-iers-straat«, wiederholte er, ebenfalls flüsternd.

Der Streit über das Buch trieb mich noch immer um. »Das mit Herrn Beeckman tut mir sehr leid, Monsieur.«

»*Pourquoi?* Du bist nicht für sein Verhalten verantwortlich. Er war damals schon unangenehm und ist es heute noch.«

»Ich hätte ihn auffordern sollen, das Buch dazulassen.«

»Dieses Buch! Das Buch war das Geringste. Vielleicht braucht er nur ein bisschen weniger Wein.«

»Er hat einen ganzen Krug leer getrunken!«

»Manchmal muss man *les idiots* tolerieren, um zu bekommen, was man will.«

Idiot? Auf Holländisch war es dasselbe wie auf Französisch. Er musste wissen, dass ich es verstand.

Wir hatten den Blumenmarkt erreicht. Blütenblätter lagen auf dem Boden verstreut wie buntes Konfetti auf einem düsteren Pflaster. Ich fand es hübsch und ging kreuz und quer, damit wir nicht darauf traten. Manche Standbesitzer hatten gerade angefangen einzupacken, andere verkauften die letzten Blumen für ein paar Stuiver. Einer drückte dem Monsieur eine gelbe Rose an die Brust, doch er hob eine Hand und schüttelte den Kopf. Ein Mann jagte an uns vorbei hinter seinem Hut her, den ihm der auffrischende Wind vom Kopf geweht hatte.

»Bloemgracht.«

Er antwortete nicht.

»Bloemgracht, Monsieur.«

Er schaute sich um. »Weißt du, was mich an dieser Stadt anzieht, Helena?«

Helena? Mein Name. Er hatte mich beim Namen genannt. So ausgesprochen hatte ich ihn noch nie gehört. Helena. Einen Moment lang war ich mir nicht sicher, ob er mich meinte.

»Monsieur?«

»… niemand kümmert sich.«

Oh, ich hatte nicht damit gerechnet, dass er das sagen würde. Vielleicht sah er meine Miene, denn er schüttelte den Kopf und lachte. »Nein, das hast du missverstanden. Was ich mache, *wer ich bin*, ist nicht von Belang – weder für die Blumenverkäuferin da drüben noch für den Kaufmann auf seiner Treppe. Ich bin ein Niemand, in der Menge verloren – sicher in meinem Bett, wenn ich schlafe.«

Er ging zu einem Mann, der die letzten seiner unverkauften Blumen auf einen kleinen Karren lud, und tippte ihm auf die

Schulter. Der Mann erschrak und wirbelte herum. Der Monsieur hatte Glück, nicht aus dem Weg geschoben zu werden, dachte ich.

»Verzeihen Sie. Wissen Sie, wer ich bin?«

Der Mann trat zurück und betrachtete den Monsieur. »Wissen *Sie*, wer Sie sind?«

»Ha! Gute Antwort. Ja, das weiß ich.«

Der Blumenverkäufer schüttelte den Kopf und widmete sich wieder seinen Blumen.

»Und was wäre, wenn ich Ihnen sagte, dass die Erde sich bewegt? Dass sie nicht der Mittelpunkt des Universums ist? Was würden Sie dazu sagen?«

Die Art und Weise, wie er es sagte – eine Herausforderung, ohne Zweifel –, beunruhigte mich. Der Mann kniff die Augen zusammen, schaute vom Monsieur auf mich und nahm jetzt Einzelheiten in sich auf.

»Meinen Sie das ernst?«

»Ja.«

Er überlegte einen Augenblick, beugte sich dann vor und schnüffelte am Atem des Monsieurs. »Ich würde Ihnen raten, mittags nicht so viel zu trinken.«

»Das ist alles?«

Er zuckte mit den Schultern. »Ja.«

Der Monsieur wandte sich zu mir um in der Gewissheit, seinen Standpunkt dargelegt zu haben. Er hakte sich bei mir unter, wirbelte mich herum und führte mich fort, und jeder Einwand meinerseits, jedes Wort oder jeder Gedanke wurde damit fortgewirbelt.

»Wörter, Helena, Wörter sind eine andere Sache. Wörter heften mich an ein Blatt Papier.« Er schaute mich an und versuchte anscheinend zu entscheiden, was oder ob er es sagen sollte. Sein Blick wanderte über meine Augen. *Bitte, sprechen Sie weiter*, sollten meine Augen ihm sagen. *Bitte, hören Sie nicht auf.* Dann warf er ohne Vorwarnung beide Arme in die Luft. Was immer er dachte, schien ihm vorauszueilen – und hatte ihn wild gemacht.

»Was ist ein Buch? Gedanken in meinem Kopf. *Les mots* – mit Tinte geschrieben, gedruckt. Seiten werden zusammengestellt und gebunden. Verhökert von Mr. Sergeant und seinesgleichen … aber sobald es in die Welt hinausgelassen wird, ist ein Buch *incroyable,* Helena, eine unglaubliche Sache – es hat Macht, Folgen. Es kann alte Dogmen auf den Kopf schlagen, die beleibtesten Geistlichen umhauen, Gedanken spalten … Ein Buch – es kann, es muss *in Erstaunen versetzen.*«

Ich hatte nie ein Buch wie das unsichtbare gekannt, über das er sich ausließ. So etwas verkaufte Mr. Sergeant nicht.

Er ließ die Arme wieder sinken, als wäre er plötzlich erschöpft von dem Gewicht.

Ich dachte an die auf seinem Schreibtisch verstreuten Seiten. »Schreiben Sie ein Buch, Monsieur?«

Er lachte, aber es klang hohl. »Das habe ich. Vier Jahre Arbeit, aber ich kann nicht veröffentlichen, jetzt nicht. Das habe ich im letzten Jahr vermutet, jetzt weiß ich es.«

Was redete er da? Schrecklich, wenn man sich vorstellte, dass nichts aus dieser ganzen Arbeit werden sollte. Dann kam mir ein furchtbarer Gedanke: Es war meine Schuld. »Liegt das an Herrn Beeckman? Das tut mir so leid, Monsieur …«

»Es hat nichts mit Herrn Beeckman zu tun.«

Wenn es nicht Herr Beeckman war, dann musste es das Buch sein, das er gebracht hatte – warum hatte ich es ins Haus gelassen? Ich scharrte mit dem Fuß über den Boden, während ich versuchte, mich daran zu erinnern, was Herr Beeckman gesagt hatte. Dann fiel es mir wieder ein, und nicht nur, wer es geschrieben hatte, sondern auch, wann ich den Namen zum ersten Mal gehört hatte. Herr Veldman hatte ihn Mr. Sergeant gegenüber vor vielen Wochen erwähnt, bevor der Monsieur und der Limousin eintrafen.

»Galileo!«, sagte ich ein wenig zu laut, da ich selbst überrascht war, den Namen zu kennen.

»Galileo? Was weißt du von Galileo?«

Ich schwankte. Ich wusste nichts über Galileo, erzählte dem Monsieur aber, was Herr Veldman gesagt hatte.

»Herr Veldman interessiert sich für Galileo?«

»Er wollte wissen, was Sie darüber denken.«

»Dessen bin ich mir sicher! Noch etwas?«

Ich schaute zu Boden. Ich hatte schon zu viel gesagt.

»Hmm?«

»Er hat sich gefragt, ob Sie wohl veröffentlichen, Monsieur.«

»Hat er eine Meinung dazu gehabt?«

Ich schüttelte den Kopf, denn ich wollte es nicht sagen.

»Nun, er hat recht gehabt! Das Elend erleiden, das Galileo erwartet? Ich glaube nicht.«

»Monsieur?«

»Er steht unter Arrest. Alle Abschriften des Buches wurden auf Befehl verbrannt. Ich kann meine Wörter nicht neben seine setzen. Wenn, dann müsste ich mein Werk vor der Autorität der Kirche verteidigen. Dem Blumenhändler da drüben ist das vielleicht gleichgültig, aber wenn ich ein Wort schreibe, das der Kirche missfällt …« Er schüttelte den Kopf, als seine Gedanken überhandnahmen.

Ich konnte ihm kaum folgen. Ich dachte an die mit Wasser gefüllten Gläser in seinem Zimmer, an die Kerzenstummel, seine Papiere. Ich konnte mir nicht vorstellen, dass jemand den Monsieur verletzen wollte, weil er über Wachs schrieb. Und was war mit den Skizzen, die ich auf seinem Schreibtisch gesehen hatte, Linien und Kreise – was konnten die schon schaden? Ich fragte mich, was wohl in Galileis Buch stand, weshalb man ihn unter Arrest gestellt und das Buch verbrannt hatte. Kein Wunder, dass Beeckman nervös gewirkt hatte – und ich hatte zugelassen, dass das Buch ins Haus kam! Ich schaute den Monsieur an. Seine Welt war nicht meine. Sie ging über Amsterdam und Holland hinaus. Dennoch drang sie auch ein. Sie konnte ihren Arm ausstrecken und ihn berühren, hier auf der Straße, während Blumenhändler einpackten und ihren Abfall in den Kanal fegten.

Er hob die Hände und zuckte mit den Schultern. »Ich werde es verbrennen müssen.«

»Oh, Monsieur! Nein!« Ich wusste nichts über die Bedeutung seiner Arbeit. Wenn die Kirche dagegen war, womit beschäftigte er sich dann? Plötzlich erschienen mir die Warnungen von Herrn Veldman an Mr. Sergeant vor vielen Monaten nicht mehr so weit hergeholt.

»Oder die verletzenden Passagen herausschneiden, das Werk verschandeln, um die Gegner zufriedenzustellen. Dazu bin ich nicht bereit.«

»Dann behalten Sie es doch eine Weile, legen Sie es beiseite, Monsieur.«

»Und welches Versteck schlägst du vor?«

»Eine Kiste.« Wo sonst?

»Eine Kiste?«

»Ja.«

»Die Sonne in eine Kiste stecken? Das geht nicht!«

»Doch, wenn der Deckel geschlossen bleibt.« Mehr konnte ich nicht sagen.

Wir hatten Herrn Veldmans Haus erreicht – seine Einladung war die letzte, die noch auszuliefern war. Ich vernahm die unmissverständlichen Geräusche einer Auseinandersetzung, die Schreie waren bis auf die Straße zu hören. Ich schob die Einladung unter der Tür durch und schoss die Treppe hinab.

Auf dem Rückweg begann es zu regnen – ein kleiner

Schauer, nicht viel, dann kam die Sonne wieder, heller denn je. Die Schwalben über dem Wasser waren verschwunden.

»Sehen Sie«, sagte ich, als wir Mr. Sergeants Eingang erreichten, »jetzt, nachdem der Regen fort ist, sind die Schwalben wieder hoch am Himmel.«

Wir standen auf der Schwelle. Auf der einen Seite, hinter uns, unser Spaziergang, und auf der anderen der bevorstehende Tag und die Arbeit, die ich noch zu tun hatte. Hier zu stehen war, als hätte ich einen Ausblick auf mein Leben von allen Seiten gleichzeitig. Noch ein Schritt und ich wäre wieder im Haus und auf mich allein gestellt. Aber diesmal wäre es anders. Ich hätte alles, was wir an diesem Nachmittag gesagt hatten, bei mir, solange ich mich daran erinnern konnte.

Er schaute zurück auf den Kanal, in die Ferne – auf nichts Bestimmtes, oder vielleicht auf alles. Auch er wollte anscheinend nicht hineingehen. »Diesen Spaziergang habe ich gebraucht. Er hat mir gutgetan. Ich habe heute etwas gelernt – über Schwalben und Kisten. Danke, Helena.«

Ich schaute dabei auf seinen Mund. Er hatte meinen Namen wieder ausgesprochen.

Er wandte sich zu mir und lächelte. Mein ganzes Inneres lächelte zurück.

Krähe

MITTEN IN DER Nacht wurde ich wach und zog mir die Decke bis ans Kinn. Dann wurde es mir zu warm, ich schob mich mit dem Kissen an den Bettrand, wo es kühler war. Ich rollte mich auf die Seite, ließ den Arm aus dem Bett baumeln, dann meine Füße und sah zu, wie das Mondlicht eine Bahn über den Boden warf und allmählich verblasste, als das erste Licht des Tages einen grauen, düsteren Morgen vor dem Fenster heraufbeschwor. Das war nicht gut. Ich konnte nicht mehr schlafen. Ich trat die Decke von mir, schwang die Beine über die Bettkante und stand auf.

In der Feuerstelle glühten noch Holzscheite vom Abend zuvor. Ich legte Zündholz darauf, aus dem dünne Rauchfahnen und Funken aufstiegen. Bis auf das Knacken der Scheite war es still im Haus. Die Männer würden noch stundenlang schlafen. Mr. Sergeant, der Limousin …

»Monsieur …« Ich schlang beide Arme um mich. Mir war schwindelig, ich war unruhig, so wie bei meiner Ankunft in Amsterdam. Ich legte mir eine Hand auf die Stirn, aber meine Haut war kühl. Ich war nicht krank.

Das Licht reichte nicht, um zu lesen, doch als Trost hielt ich meine Bibel im Schoß und schloss die Augen. Und dann war er da, vor mir – *der Monsieur*. Ich zog die Erinnerung näher an mich – und hielt sie in dem Augenblick an, als er aufschaute, der Moment, bevor er lächelte, als seine Augen ernsthaft waren und dann weicher wurden und … *und was?*

Hör auf, dachte ich und setzte mich wieder gerade. Leute lächeln nun mal. Sie lächeln, wenn sie glücklich sind. Manche auch dann, wenn sie es nicht sind. War der Monsieur anders? Er hatte ein Lächeln für den schrecklichen Herrn Beeckman zustande gebracht, obwohl dieser Mann ihm offensichtlich Qualen bereitete. Der Monsieur hatte mir ein Lächeln geschenkt, und nun verhielt ich mich, als hätte ich einen Gulden auf dem Boden gefunden.

Ich stand auf. Aber sobald ich stand, wollte ich mich wieder setzen. Er ging mir nicht aus dem Kopf.

Ich ging barfuß hinaus und sammelte Torf auf, den ich auf dem Arm stapelte. Auf diese Weise konnte ich zwölf Blöcke auf einmal tragen, genug, um das Feuer bis nach dem Frühstück in Gang zu halten. Heute würde ich mehr brauchen – viel mehr als das. Heute war Mr. Sergeants Party. Ich warf die Torfstücke neben dem Feuer auf einen Haufen und ging dann wieder hinaus, um noch mehr zu holen.

Sosehr ich es auch versuchte, obwohl ich die Torfblöcke laut zählte, noch dazu sehr laut, bekam ich das, was der Monsieur gesagt hatte, nicht aus dem Sinn. Bücher haben Macht, hatte er gesagt. Bücher haben Folgen. Manche Bücher wurden verbrannt und die, die sie geschrieben hatten, unter Arrest gestellt oder Schlimmeres. Ich hätte nie gedacht, er könnte zu Schaden kommen.

Es war keine einfache Mahlzeit, sondern ein Bankett, und zur Vorbereitung war Hilfe eingestellt worden. Diese Hilfe kam in Form einer stämmigen Köchin und ihrer Tochter, blass und dünn wie eine Opferkerze. Sie brachten ihre eigenen Pfannen und Schöpfkellen sowie einen mit Fleisch, Obst und Gemüse beladenen Karren mit. Jegliche Erleichterung, die ich empfand, verflüchtigte sich mit dem Dampf aus dem Suppentopf durch den Schornstein. Mich setzte man ans Schälen und

Zerkleinern: Äpfel, Karotten, Pastinaken, Rüben, Zwiebeln und Knoblauch. Alles wurde in Wassereimer geworfen. Als ich damit fertig war, waren meine Hände spröde und rot. Nicht einmal das Saugen an meinen Fingerknöcheln wärmte sie auf. Die Köchin hatte an allem etwas auszusetzen und schlug mit der Schöpfkelle zu, doch früh am Abend waren die Gerichte zubereitet und standen auf dem Küchentisch. Ich starrte auf meine Hände, auf die hitzige, böse Köchin und ihre geschlagene, missmutige Tochter. Kaum zu glauben, dass unsere unglückliche Kombination diese Gerichte hergestellt hatte: mit Pflaumen gefülltes Schweinefleisch, gehackte Ochsenzunge mit grüner Apfelsoße, Hühnereintopf, Austern auf einem Zinnteller, eine Porzellanplatte mit fetten blutroten Granatäpfeln und rosa Pfirsichen. Schüsseln mit gebutterten Karotten und goldenen Pastinaken, mit Nüssen und kandiertem Ingwer zum Abschluss des Abends. Es sah so aus, als wäre es uns gelungen, eine Zutat von jedem der an der Ijssel angedockten Schiffe zu bekommen – und die ganze Welt auf einem Teller zu servieren.

Die Köchin und ihre Tochter packten ihre Sachen und gingen. Ich war froh, meine Küche wieder für mich zu haben, obwohl ich die einzige Bedienung sein würde und danach alles spülen und wegräumen musste.

Mr. Sergeants Gäste sammelten sich bereits im *voorhuis*. Sie brachten den Geruch von Tabak, feuchtem Leder und modrigem Pferdemist an ihren Stiefeln mit herein. Mr. Sergeants Gelächter hörte man aus allen anderen heraus, wie eine Standarte auf dem Dachfirst des Hauses.

Das Essen begann mit einem Salat, gefolgt vom Fleisch und den Gemüsegerichten. Ich trug auf, räumte ab und füllte die Gläser mit Wein nach.

»Monsieur?« Ich bot ihm das Obst an, aber er war in eine Unterhaltung vertieft. Er wählte einen Granatapfel, ohne ihn anzusehen. Er wollte ihn neben sich legen und verfehlte den Tisch.

Als ich zu Herrn Veldman trat, nahm er sich Zeit und entschied sich dann für einen Pfirsich. Er biss hinein und lutschte den Saft anschließend von seinem Handgelenk ab. »Bücher sind unser Geschäft. Uns kommt es auf Wörter an«, sagte er als Antwort auf die Frage eines krähenhaften Mannes neben ihm. *Herr Krähe* verscheuchte mich mit einer Handbewegung, ohne das Obst anzuschauen. Seine knochigen Hände hielten sich an der Tischkante fest wie ein Vogel an einem Ast. Er runzelte die Stirn. »Ohne das von uns geliehene Geld in den Taschen würden Sie feststellen, dass die Hälfte Ihrer Kunden sich kaum Bücher leisten könnte.«

»Ohne meine Karten, nach denen sie navigieren, hätten die Kapitäne nichts Wertvolles bei Ihnen zu deponieren.«

»Was war zuerst da, die Karten oder das Geld?«, schaltete Mr. Sergeant sich ein und verzog die Mundwinkel zu einem Lächeln, als die Gesichter der Männer lang wurden. Er lachte. »Keins von beiden, meine Herren, weder noch! Die Dichtkunst kam zuerst, und das ist eine unumstößliche Wahrheit!«

Ein Geistlicher, der sich während des Essens die meiste Zeit Notizen gemacht hatte und sie dann wieder durchlas, hob eine Hand und hustete. Er hustete noch einmal und wartete, bis die Gespräche zu beiden Seiten verstummten und Raum gaben für das, was er zu sagen hatte. Er schaute auf seine Notizen und begann zu lesen.

»Sagen Sie mir, habe ich es richtig verstanden – dass Sie daran glauben –, dass alles in Frage gestellt werden muss, Monsieur Descartes?«

»Ja.«

Er schaute von seinem Papier auf, als hätte er sich verhört. »*Alles?*«

»Ja.«

Ein Raunen erhob sich rings um den Tisch. Jemand scherzte: »Jeder Narr kann Fragen stellen.«

»In der Tat«, erwiderte der Monsieur. »Aber alle, die offen dafür sind, etwas zu lernen, die alles in Frage stellen, können ein besseres Urteil fällen. Sie stellen nicht einfach Vermutungen an.«

»Ihre Arbeit ist für Narren?«, hakte der Spaßvogel nach.

»Nein. Ich schreibe so, dass selbst Menschen, die nicht studiert haben, meine Methode verstehen. Sie können ihr Verständnis nach und nach, schrittweise, erlangen, beginnend mit den einfachsten Elementen.«

»Aha, Ihre *Methode*. Die Methode des *Zweifelns* …« Herr Veldman füllte sein Glas. Er nahm einen Schluck Wein und spülte damit seinen Mund. »Wenn alles angezweifelt wird, was kann man dann noch glauben?«

»Wahrheit – das, was bewiesen werden kann. Gott lenkt unseren Verstand auf die Wahrheit. Wissen ist ungenügend. Wissen ist nichts, wenn man es nicht begreift. Das Zweifeln befreit uns von unseren Zweifeln und bringt uns weiter, als Sie glauben. Von diesem universellen Zweifel aus, wie von einem feststehenden, unbeweglichen Punkt, ist es möglich, Kenntnis über Gott, über Sie selbst, über alles in der Welt abzuleiten.«

Herr Veldman trommelte mit den Fingern auf den Tisch – was er gehört hatte oder was er sagen wollte, machte ihn ungeduldig. »Welch bescheidene Behauptungen, Monsieur Descartes.«

Jemand kicherte.

Herr Veldman zog die Augenbrauen hoch und lächelte. »Kann jeder von Ihrer bewundernswerten Methode lernen?«

Der Monsieur faltete seine Serviette und legte sie auf den Tisch. »Ja. Jeder. Gewiss.«

»Jeder?«

»Ja.«

»Sogar Frauen?«

»Ja, sogar Frauen.«

Brüllendes Gelächter brach am Tisch aus. Ein Glas wurde umgestoßen, Rotwein lief wie eine Schnittwunde über das Tischtuch.

»Wie, sogar diese Magd?« Herr Veldman zog mich am Ärmel dicht an den Tisch. Er packte fester zu. »Komm her, sag uns, was du weißt. Du bist ein Experte für Landkarten, glaube ich.«

Wieder schallendes Gelächter. Ich blickte auf, alle Gesichter schienen ineinander überzugehen, alle lachten, bis auf den Monsieur und Mr. Sergeant, der über die Wendung der Ereignisse verblüfft war. Manche klopften sich auf die Schenkel, andere schlugen mit der Hand auf den Tisch. Ich versank in Scham. Der Raum drang auf mich ein. Es roch nach Wein und Rauch, nach angebissenem Obst. Es roch nach Männern und nach allem, was ihnen zu eigen war.

»Herr Veldman, bitte …«, sagte Mr. Sergeant, der sich bemühte, den allgemeinen Lärm zu übertönen.

»Ja, sogar eine Magd«, sagte der Monsieur mit erhobener Stimme.

Herr Veldman schnaubte, ließ mich aber los. »Ah, Frauen«, sagte er. »Wie finden Sie denn unsere Frauen, Monsieur? Schneiden sie gut ab? Schlicht, bescheiden und ehrlich oder für Ihren Geschmack zu kaltblütig und feucht durch unser nördliches Klima, was würden Sie sagen?«

»*Pour qui vous prenez-vous?*« Der Monsieur schob seinen Stuhl nach hinten.

Mr. Sergeant stand auf und versuchte, die Gemüter zu beschwichtigen. »Meine Herren«, sagte er, »in dieser Welt gibt es viele Fragen, auf die wir keine Antworten haben. Am wenigsten auf die Frage der Frauen.« Als erneut Gelächter ausbrach, war Mr. Sergeant sichtlich erleichtert. »Nun, Messieurs, bitte schließen Sie sich mir an, wenn ich unserem verehrten Gast, Monsieur Descartes, danke.« Er hob die Hände über den Kopf und klatschte. Alle am Tisch taten es ihm gleich, der Monsieur stand auf und verneigte sich. Ich verließ den Raum und war draußen, bevor der Applaus verebbte.

Dann war der Abend vorbei. In dem Raum wurde ich nicht mehr gebraucht, worüber ich froh war. Ich hörte, wie einer nach dem anderen ging, manchmal zu zweit oder zu dritt. Schließlich gingen Mr. Sergeant und der Monsieur nach oben in ihre Betten. Ich musste die Töpfe scheuern, bevor ich mich schlafen legen konnte. Das Feuer war auf eine dunkle, bernsteinfarbene Glut heruntergebrannt. Ich unterdrückte ein Gähnen, riss einen Sack Stroh auf, nahm eine Handvoll heraus und schrubbte die größte Pfanne.

»Hier bist du also.«

Ich schrak auf, drehte mich um und sah die Silhouette eines Mannes an der Hoftür – *die Krähe*. Er zog einen Stuhl heran und setzte sich rittlings darauf. Die Silberknöpfe an seinem Cape glitzerten im Kerzenlicht – eine Reihe von Augen, die mich beobachteten.

»Haben Sie etwas vergessen, mein Herr?« Meine Kehle war so trocken wie das Stroh in meiner Hand.

Er zupfte an seinen Fingernägeln und streckte dann die Hand aus, um sie zu betrachten. »Wie war doch noch dein Name, Magd …«

Ich schrubbte weiter und schaute nicht auf.

»Lass mich raten. Maria, Catharina, Hagar? Ah, jetzt fällt es mir ein. *Helena.* Was für einen Ehrgeiz muss deine Mutter gehabt haben, dir einen solchen Namen zu geben. Eine Schande, ihn hier zu vergeuden. Ich habe dich beobachtet, Helena. Lass dich ansehen.« Sein starrer Blick war unverblümt, niederschmetternd. Ich schlang die Arme um mich, verkroch mich in mir. »Du bist nicht das, was ich in einer Magd suchen würde.«

Er schob den Stuhl zu mir und hob mein Kinn mit einem Finger an. Ruckartig drehte ich den Kopf zur Seite.

»Nun denn«, sagte er, packte meinen Rock und riss daran, ich verlor das Gleichgewicht. »So behandelt man keinen Gast.« Er klemmte mein Gesicht fest zwischen Daumen und Zeigefinger und schob einen feuchten Kuss über meine Wange, sein Mund wie eine Schnecke.

»Nein!« Ich wandte den Kopf ab, aber er machte einen Satz nach vorn, sein Stuhl knallte auf den Boden. Er packte meine Hände und schob mich, bis mein Kopf gegen die Wand prallte. Er drehte seinen Handballen auf meiner Brust. Ich knickte unter seinem Gewicht ein.

Er griff an die Verschlüsse seiner Hose, schob dann meine Hand hinein und drückte meine Finger um den Klumpen.

»Halt fest«, sagte er. »Halt fest, verdammt.« Er legte seine Hand über meine, damit ich sie nicht fortziehen konnte.

»Qu'est-ce que vous faites?«

Jetzt war es an der Krähe, sich zu erschrecken. Er hielt seine Hose fest. Als er zurücktrat, taumelte ich zur Seite.

»Helena?«, sagte der Monsieur. Er kam auf mich zu, die Stirn in Sorgenfalten gelegt, aber ich schüttelte den Kopf und verzog mich in den Schatten. Was hatte er gesehen? Was mochte er denken?

»*Helena* also? Sie waren wohl schon vor mir hier, nicht wahr?«, spottete die Krähe.

Der Monsieur drehte sich auf dem Absatz zu ihm um. »Hüten Sie Ihre Zunge!«

»Verpissen Sie sich, Descartes. Wie sind hier nicht in Frankreich.«

Ich zog an meinem zerrissenen Ärmel. Ununterbrochen

rieb ich meine Hand am Rock ab, um das Gefühl von ihm loszuwerden.

»Morceau de merde!« Der Monsieur trat beiseite, als die Krähe sich auf ihn stürzte.

»Bitte«, sagte ich verängstigt. »Mr. Sergeant wird es hören.« Wenn er hereinkäme und das hier sähe, würde er mich vor die Tür setzen.

Der Monsieur!

Die Krähe zog sich zurück und steckte das Hemd in die Hose. »Monsieur Descartes«, sagte er, während er an seinen Knöpfen herumfummelte.

Der Monsieur riss die Hintertür zum Hof auf. »Gehen Sie nach Hause, Sie Narr.«

Die Krähe blickte auf. »Ich, ein Narr? Sehen Sie sich doch an. Sie beide. Eine Magd, die alles weiß, und der französische Zweifler. Die Welt ist verrückt geworden.« Mit diesen Worten packte er sein Cape, schob sich am Monsieur vorbei und ging hinaus.

Der Monsieur hob meinen Schal vom Boden und reichte ihn mir. Als ich auf ihn zutrat, legte er ihn mir um die Schultern und ließ mich erst nach einer Weile los.

»Sie sagen doch nichts, Monsieur? Bitte, Monsieur.«

Er schüttelte den Kopf. »Nein, nichts.«

Dann ging er wieder in sein Zimmer, und erst danach kamen mir Fragen. Die Tür war geschlossen gewesen. Von ganz oben hatte er wohl nicht gehört, was vor sich ging. Warum war er in die Küche gekommen?

Mein Schatten war mehr als ich, als wäre mein Geist an meiner statt an die Arbeit gegangen.

Ich schlich durch das Haus, als alle anderen zu tun hatten, damit mich niemand sah. Als Mr. Sergeant in seinem Arbeitszimmer war, räumte ich sein Schlafzimmer auf. Als der

Limousin und der Monsieur ausgingen, fand ich die schmutzigen Sachen und wusch sie. Ich bereitete ein Mittagessen vor, das auf dem Tisch bleiben konnte – ein Büfett –, und räumte erst auf, sobald ich gehört hatte, dass der letzte Stuhl an seinen Platz geschoben wurde. Ich ordnete Capes und Stiefel im *voorhuis* an, sie mussten sie dann ohne meine Hilfe anziehen. Ich verabscheute meine Hände. Ich schrubbte sie immer wieder, aber sie wollten nicht sauber werden. Ich dachte an den Monsieur. Dann fragte ich mich, ob ein Mann, der liebenswürdig ist, auch unfreundlich sein kann? Waren nicht alle Männer aus Gut und Böse zusammengesetzt? Aber Eva hatte gesündigt, das ganze Leid kam von ihr. Waren Frauen nicht der Inbegriff des Bösen?

Und als der Sonntag kam, ging ich in die Kirche und stellte mich ins kühle, direkte Licht. Es ging über mich hinweg, als wäre ich nicht vorhanden.

Als ich Betje das nächste Mal sah, wollte sie alles über die Party erfahren. Ich erzählte ihr, ein solches Essen habe es noch nie gegeben – das Obst müsse mehr gekostet haben als mein Jahreslohn. Sie lachte, als wir meinen Wert in Granatäpfeln abschätzten. Aber Betje wusste, dass etwas nicht stimmte. Ich hatte Tränen in den Augen, ohne auch nur ein Wort über die Krähe oder Herrn Veldmans Unfreundlichkeit verloren zu haben.

»Was ist passiert, Helena?«

Ich schüttelte den Kopf, meine Hand am Kinn, damit es nicht zitterte.

»Helena, Helena«, sagte sie, doch das brachte mich nur zum Weinen.

Als ich ihr erzählte, was geschehen war, sagte sie nur: »Du bist glimpflich davongekommen.«

Davongekommen? Ich dachte an Gerarda und schauderte.

»Ob er es Mr. Sergeant sagt?«

Ich schüttelte den Kopf. »Nein.«

Nein. Das Wort brachte uns zum Schweigen.

Betje drückte mir die Hand und ließ los. »Er klingt sehr …«

»Nett«, beendete ich den Satz für sie.

»Ich wollte *galant* sagen.«

Woher hatte sie so ein Wort? Wir lachten, und ich weinte noch ein bisschen. Ich erzählte ihr nicht, dass der Monsieur mich festgehalten hatte. Ich erzählte ihr nicht, dass ich seinen Herzschlag gehört hatte.

Wörter

ICH DÜRFE NICHT mehr zu den Veldmans gehen, sagte Mr. Sergeant. Wie ich in Erfahrung brachte, war es nicht die Art und Weise, wie er mich behandelt hatte, die Anlass zu Ärger gegeben hatte, sondern seine Weigerung, es zu unterlassen, als man ihn darum bat. »Ich kann es nicht ausstehen, wenn ich mich gezwungen sehe, derart zu brüllen … Er hat mich ziemlich heiser gemacht.« Mr. Sergeant hüstelte leicht in hohem Ton und klopfte sich auf die Brust. »Hörst du das?«

Als der Donnerstag kam, ging ich hinaus, um Betje zu treffen. Ich wollte sie nicht warten lassen.

»Wie will er es denn ohne seinen Kognak schaffen?«, fragte sie.

»Der Monsieur hat eine andere Bezugsquelle aufgetan.«

»Der Monsieur, der Monsieur …« Sie zwinkerte mir zu.

»Betje!« Ich war schockiert, dass sie so etwas denken konnte.

Sie stieß mich mit dem Ellbogen an. »Du bist rot geworden.«

»Bin ich nicht!«

Sie hüpfte voraus, drehte sich um und hüpfte rückwärts. »Wohl!«

»Nein!« Ich stürmte auf sie los, aber sie rannte davon, ihr Gelächter war alles, was ich zu fassen bekam.

Mr. Sergeant werde zwei Wochen fort sein, teilte er mir mit. Er werde mit dem Limousin nach Leiden reisen. Er habe dort

Herausgeber zu treffen, und der Limousin werde sich um Angelegenheiten des Monsieurs kümmern. Mr. Sergeant werde anschließend nach Utrecht gehen, während der Limousin in Leiden bleibe.

Leiden? Mein Herz tat einen Sprung. Ich hatte Leiden von mir abgleiten lassen und nichts unternommen, es wieder zu mir zu ziehen. Herr Slootmaekers hatte keine Neuigkeiten mitgebracht, als er vorbeikam, um seine Gebühr abzuholen. »Du wirst rechtzeitig erfahren, wenn es ein Problem gibt«, sagte er.

Ich dachte an alles, was ich Mutter sagen musste. Es gab so viel zu erzählen – und ebenso viel wollte ich für mich behalten. Wenigstens sollte sie erfahren, dass es mir gutging. Ich wollte auch wissen, was sie machte.

»Verzeih, Limousin.« Ich tippte ihm auf die Schulter. »Limousin?«

Er schüttelte meine Hand ab. »Was ist?«

»Kannst du meine Mutter benachrichtigen, wie es mir geht? Und mir Nachrichten von ihr zurückbringen?«

Er runzelte die Stirn.

»Bitte, Limousin.«

Ich bat ihn nicht gern um etwas. Er musste alles ausgleichen – wenn nicht am Ende eines jeden Tages, so doch am Ende jeder Woche –, als trüge er eine Waage im Kopf, um Buch zu führen.

»Hast du eine Notiz geschrieben?«

Ich hatte kein Papier. Ich schüttelte den Kopf. »Sie kann nicht lesen, nicht ohne Hilfe.«

»Dann kann ich es wohl nicht machen.«

»Sie wohnt in der Hooigracht, an der Ecke zur Lange Nieuwstraat …«

»Der Zeitplan des Monsieurs erlaubt keine Abweichungen. Eine Notiz kann ich ausliefern. Eine Unterhaltung – besonders mit einer Fremden, in einer anderen Sprache – ist schwierig. Das erfordert Zeit.«

»Bitte, wenn es geht … Hooigracht«, wiederholte ich in der Hoffnung, er würde es behalten.

»Limousin?« Der Monsieur kam mit einem Bündel Briefe die Treppe herunter. »Hier«, sagte er und reichte es ihm.

Verbittert und neidisch schaute ich auf die Briefe, die der Limousin in seinen Ranzen gleiten ließ. Wenn meine Botschaft doch auch nur dort hineinschlüpfen könnte. Wie leicht ihre Wörter von einem Ort zum anderen kamen. Meine steckten in mir, klebten an meiner Zunge.

Der Monsieur umarmte ihn. *»Bon voyage. Portez-vous bien et à bientôt!«*

Dann waren der Limousin und Mr. Sergeant verschwunden, sobald die Pferde gewendet waren. Ich ging wieder in die Küche. Meine Stimmung wurde düster, schwarz und schwer legte sie sich auf mich. Ich zerbrach einen Teller und zog mir einen Schnitt quer über die Handfläche zu. Die Wasserpumpe klemmte mehr denn je, ich durchnässte meine Füße und beschmutzte meinen Saum mit Schlamm. Ich leerte die Nachtgeschirre. Das war mein Leben: Blut, Scheiße, Schlamm – und es gab kein Entrinnen. Ich schlug die Kupferpfannen über dem Feuer aneinander. Es donnerte im Haus, obwohl der Himmel hell und makellos wie an einem strahlenden Sommermorgen war.

Ich deckte den Platz des Monsieurs im Esszimmer mit Messer und Löffel ein, und zwar am Kopfende des Tisches, wo Mr. Sergeant für gewöhnlich saß. Zum Abendessen brachte ich ihm Suppe, dann einen Teller mit Klößen in Sahnesoße und Pastinaken mit Pilzen.

»Duftet köstlich. Und du? Isst du nichts, Helena?« Er deutete auf den Platz neben sich.

»Ich esse später, Monsieur.«

»Aber ich bestehe darauf. Hol deinen Teller«, sagte er, ohne die Hand zu senken.

Ich schüttelte den Kopf. »Mr. Sergeant hat Regeln.«

»Mr. Sergeants englische Regeln! Welcher andere holländische Haushalt benimmt sich so? Ich möchte nicht alleine speisen. Komm, Helena. Ein Teller Essen. Die Welt wird deswegen nicht aufhören, sich zu drehen. Und wenn doch, dann werde ich es Mr. Sergeant nicht sagen.«

Oh! Sagte er das, um mich zu provozieren? Was für eine Sicht der Welt er hatte. Mr. Sergeant konnte ich nicht fragen. Er hatte nie gesagt: Helena, du darfst niemals an diesem Tisch essen. Aber er hatte mich auch nicht dazu aufgefordert. Wer hatte dann die Regel aufgestellt? Er oder ich?

Noch immer streckte der Monsieur seine Hand aus. Er schaute mich an, nicht vorwurfsvoll, ganz geduldig, während ich hin und her überlegte.

Ich nickte und holte meinen Teller, setzte mich aber nicht auf den Platz, den er mir gezeigt hatte, sondern einen weiter. Wenn ich rasch aß, könnte ich es hinter mich bringen und verschwinden. Ich hockte auf der Stuhlkante, die Füße flach auf dem Boden, um sicherzugehen, dass ich nicht vom Stuhl fiel, falls der Boden plötzlich nachgeben sollte. Ich blickte zu ihm hoch, auf das Bild an der Wand dahinter. Beides hatte sich nicht bewegt, kein bisschen. Er war noch immer da, wo er zu Beginn der Mahlzeit war. Die Welt drehte sich nicht!

Jedes Mal wenn ich prüfend aufschaute, sah ich, dass er mich beobachtete. »Du schaust finster drein«, sagte er schließlich.

Ich widmete mich wieder meinem Teller, teilte einen Kloß in zwei Hälften und löffelte ihn auf.

»Du wirst einen Schluckauf bekommen. Mach langsamer.«

Und jetzt wollte er mir auch noch sagen, wie ich essen sollte! Ich veränderte meine Sitzhaltung, streckte meine Beine ein wenig, kippte den Inhalt meines Löffels ab und nahm stattdessen ein wenig Soße zu mir.

»Ha!« Er machte viel Getue um eine Scheibe Pilz, die er wie einen Leckerbissen aß. Danach brach er ein Stück Brot ab und wischte damit über seinen Teller, nahm Soße auf und Pilze und den Rest eines Kloßes. Nacheinander leckte er seine Finger ab. So etwas hatte ich noch nie gesehen, nicht bei einem Logiergast.

»Siehst du, ich bin nicht so pingelig wie Mr. Sergeant.« Er lehnte sich zurück und schob den leeren Teller von sich.

Ich blinzelte. Der Teller glänzte. »Monsieur?«

Er nahm sein Messer zur Hand und tat, als würde er etwas immer kleiner schneiden, bis nur noch ein winziges Stück übrig blieb. Er beäugte es, hielt es dann von sich, als hätte er den letzten Hering unten aus einem Fass geangelt.

»Kieskeurig!«

»Exactement!«

»Ping-e-lig!« Das Wort schien aus Stacheln zu bestehen. Was er über Mr. Sergeant gesagt hatte, stimmte. Der ließ immer etwas am Tellerrand liegen. Das war seine Art zu kommentieren.

Doch jetzt war die Mahlzeit vorbei, alles war gegessen, und ich saß da und er saß da. Die Wörter waren uns ebenso ausgegangen wie unseren Tellern das Essen. Ich sollte den Tisch abräumen.

Ich würde den Tisch abräumen.

Räum den Tisch ab, sagte ich mir, der Monsieur würde es von mir erwarten.

Ich stand auf und griff nach seinem Teller.

»Bitte, kein Grund zur Eile.«

Ich schüttelte den Kopf und setzte mich. Er hatte mir nicht gesagt, dass ich wieder Platz nehmen sollte.

»Ich …«

»Hast du dich erholt, Helena?«

Erholt? Ich musste nachdenken. Dann fiel mir ein: die Krähe.

»Ja, Monsieur«, flüsterte ich.

»Gut, gut.« Er schaute mich eine Weile an. Ich hoffte nur, er würde nicht an den Abend denken. Vielleicht überlegte er, was er als Nächstes sagen sollte. Dachte er zuerst auf Französisch? Dann Holländisch? »Stimmt es, dass du schreiben kannst?«

Ich fuhr zurück. »Nein, das kann ich nicht.«

»Nicht? Mr. Sergeant hat mir allerdings eine ganz schöne Geschichte aufgetischt, als ich ihn nach den Federn in seinem Zimmer fragte.«

Oh. Nach dem ganzen Theater hatte Mr. Sergeant sie zu schön gefunden, um sie wegzuwerfen. Sie standen in einem Glas auf seinem Schreibtisch, damit die Geschichte nicht in Vergessenheit geriet. Er hatte halb Amsterdam davon erzählt, nach allem, was ich mitbekommen hatte. Und jetzt auch noch dem Monsieur.

»Ich kann es nicht. Nicht richtig.«

»Nicht richtig? Entweder du kannst es, oder du kannst es nicht.«

Ich dachte an die Papiere im Zimmer des Monsieurs, die über den ganzen Tisch verteilt waren. Seine sorgfältige Handschrift, wichtige Wörter, die Wachs benötigten, um sie zu besiegeln.

»Nur so.« Ich schrieb ein Wort mit dem Finger auf meine Handfläche. War das Schreiben? Ein Nichts, mehr war es nicht. Unsichtbar. War auch nur ein Buch von Mr. Sergeant mit unsichtbarer Tinte geschrieben? Nein. Ich schloss die Hand darüber.

Er nahm den Salzstreuer, kippte den Inhalt auf den Tisch

zwischen uns und verteilte das Salz rasch mit der Hand. *Helena,* schrieb er mit der Fingerspitze, dann strich er das Salz wieder glatt. »Hier«, sagte er und forderte mich auf, es ihm gleichzutun. Ich war froh, dass Mr. Sergeant nicht da war und zusah. »Zeig es mir.«

Dekart, schrieb ich. Ich wusste nicht, wie man *Monsieur* schrieb.

Er lächelte. »Siehst du, du kannst schreiben.«

Mit der Handkante schob ich das Salz zu einem kleinen Haufen zusammen. »Das ist nicht dasselbe.«

»Nicht?«

»Ich habe kein Papier … nichts, auf dem ich schreiben kann.« Wut überkam mich, als ich an die Schreibfedern dachte, die Mr. Sergeant mir abgenommen hatte.

»Wo hast du es gelernt? In der Schule?«

Ich schüttelte den Kopf. »Mädchen wird das nicht beigebracht.«

»Wie dann?«

Ich schaute auf meine Hand und das darin eingeschlossene Wort. »Ich habe es mir selbst beigebracht, Monsieur.«

»Nun, du bist außergewöhnlich«, sagte er.

Niemand hatte jemals so etwas zu mir gesagt. Ich schob meinen Stuhl zurück und stand auf, stapelte Teller und Schüsseln wahllos übereinander. »Ich habe zu tun.« Das hatte nicht so abrupt klingen sollen, aber mir war, als hätte ich einen Vogel in mir, der jetzt darauf bestand, die Flucht zu ergreifen.

In der Küche steckte ich alles in einen Eimer und setzte mich dann auf mein Bett. Auf dem Regal waren meine Bibel, die Brosche und die Zeichnung des Rosenstängels im Glas. Ich griff nach der Zeichnung und schaute sie noch einmal an. Er hatte sie mir gegeben und noch etwas – ein Gefühl, das ich nicht erklären konnte. Ich stellte mir vor, wie es wohl wäre, den ganzen Tag zu schreiben, wenn der Tag mit Wörtern angefüllt wäre. Unglaublich, seine Tage so zu verbringen. Kein Wasser holen zu müssen oder Feuer machen oder kochen oder polieren oder fegen oder schrubben.

Erschrocken fuhr ich auf, als der Monsieur in die Küche kam. Er hatte Papier, Tinte und Schreibfedern mitgebracht und legte alles auf den Küchentisch.

»Hier«, sagte er, ohne mich anzuschauen.

»Monsieur?«

»Hier. Komm her.«

Ich ging an den Tisch und setzte mich vor ein leeres Blatt Papier.

»Prenez!« Er hielt mir eine Schreibfeder hin. »Nimm.«

Ich ließ sie zwischen meinen Fingern ruhen und erfreute mich an ihrer Leichtigkeit.

»Du wirst lernen«, sagte er. »Schreib.«

Ich tauchte die Feder in die Tinte, damit sie einen schwarzen Kopf aus Flüssigkeit annahm, glänzend wie ein Vogelauge. Ich schrieb meinen Namen. Meine Schrift war nicht so ungeschickt und hässlich wie früher, aber trotzdem nicht so, wie ich sie haben wollte, wie sie sein konnte, das wusste ich. Die Spitze blieb noch immer am Papier hängen. Ich sackte über der Seite zusammen. »Ich kann es nicht …«

Er schlug mit der flachen Hand auf den Tisch, woraufhin ich zusammenfuhr. »Das will ich nicht hören! Schreib!«

Ich schloss die Augen und dachte nach. Wie hatte ich vorher geschrieben? Ich dachte an jeden Buchstaben, kramte ihre Umrisse aus meinem Gedächtnis. Ich musste die Feder zu meinem Finger machen, das Papier zu meiner Handfläche. Ich schlug die Augen auf und fing von vorn an.

»Schon besser«, sagte er, als er es sah, obwohl er noch immer nicht zufrieden klang. »Aber du kannst es besser. Du kannst mehr lesen als nur Straßennamen, wie ich annehme?«

»Ja, Monsieur.«

Er ging an mein Bett und holte die Bibel vom Regal. Er schlug sie in der Mitte auf und zeigte auf die Seite. »Morgen früh möchte ich hiervon eine ordentliche Abschrift sehen.«

»Das alles?«

»Jedes Wort.« Er zeigte auf die Tinte und die Federn. »Die gehören dir. Du musst mir sagen, wenn du mehr brauchst. *Compris?*«

Ich nickte, zu überrascht, um etwas zu sagen.

Ich arbeitete bis in die Nacht, um fertig zu werden. Am Morgen freute er sich anscheinend über das Ergebnis. Er stellte mir eine andere Aufgabe, dann noch eine – jedes Mal zufriedener mit meinem Fortschritt als davor. Ich wollte ihm zeigen, dass ich es konnte. Das Gefühl, das es mir verlieh, blühte in mir auf.

Ich war besorgt um das Papier, das ich verwendete, wie viel es kostete.

»Das gehört zu meiner Arbeit«, sagte er. »Dir entstehen keine Kosten. Ich möchte wissen, ob du das kannst, ob du lernfähig bist. Mehr nicht.«

Ich legte die Feder ab. Daran hatte ich nicht gedacht – dass er mich erforschen würde.

»Wenn ich mir ansehe, was du erreicht hast … Es ist bemerkenswert.«

»An mir ist nichts Bemerkenswertes, Monsieur.« Das sagte ich mit mehr Bitterkeit als beabsichtigt. Ich wollte das nicht. Dass er mich erforschte. Ich schob den Stuhl vom Tisch zurück und stand auf.

Er ließ mich dort stehen. Er sagte nicht, ich solle mich setzen. »Ich bringe dir diese Sachen, damit du schreiben kannst … und du bist mir böse?«

Ich hielt mich am Tisch fest, um mich davon abzuhalten, etwas zu sagen, das ich bereuen würde. Dann setzte ich mich wieder und nahm die Feder in die Hand. *Ich werde es dir zeigen,* dachte ich, und mir wurde klar, dass ich genau das in Betje gesehen hatte.

»Gut«, erwiderte er. »Fahr fort.«

Er bat mich, Zahlen zu errechnen, rasch im Kopf, und schien überrascht, dass ich es konnte – aber es war nichts anderes als das, was ich jeden Tag auf dem Markt machte. Er brachte mir Bilder und bat mich, die Teile zu benennen. Er sprach über Bekanntes und Unbekanntes. Manches sei sicher, sagte er – ein Quadrat habe vier Seiten, zum Beispiel.

»Aber die Welt besteht nicht nur aus Quadraten!«

Seine Augen strahlten. »In der Tat.«

Vieles konnte sich verändern. Das nannte er dann die Variablen. Unbekannte. Er saß neben mir und faltete ein Blatt Papier auseinander, das mit seiner ordentlichen Handschrift bedeckt war. »Limousin hatte seine Mühe damit. Wir wollen sehen, ob du dem mehr Sinn abgewinnen kannst. Wir wollen herausfinden, was du Mr. Sergeant kostest. Wie viel bekommst du?«

Ich schaute zur Seite.

»Jede Zahl ist recht. Sagen wir, sechs Gulden.«

Gulden! Hielt er mich für den Haushaltsvorstand?

»Das ist eine Bekannte. Wir wollen sie a nennen. a = 6 Gulden. Und jetzt, wie viel kostet es Mr. Sergeant, dich durchzufüttern und unterzubringen, was meinst du? Die Größe wollen wir x nennen.«

Ich dachte nach. Im Winter würde ich mehr kosten als im Sommer, weil das Haus beheizt wurde und Fleisch teuer war. Ich brauchte eine neue Wollstola, die mich warm hielt. Er beobachtete mich, als ich versuchte, es herauszufinden. Aber es war mühsam. Ich wollte nicht, dass er mich für dumm hielt. Ich fragte mich besorgt, was er wohl denken mochte.

Ich schüttelte den Kopf. »Im Sommer kostet es weniger als im Winter, Monsieur.«

»*Exactement!* Also sind die Kosten variabel, abhängig von der Jahreszeit.«

Jetzt begriff ich. »Im Sommer anders als im Winter!«

»Ja. x beschreibt eine Variable.« Er entrollte eine Seite mit Umrissen – Kreise, durch die Linien gezogen waren, jedes Ende mit einem Buchstaben versehen. »Interessant ist, wenn wir das weiter auf Linien und Umrisse anwenden, auf Geometrie. Wir können a b c für alles verwenden, was bekannt ist, x y z für die Unbekannten …« Seine Hände bewegten sich über die Seite, zeichneten Umrisse, während er erklärte. Von dem, was danach folgte, verstand ich nicht viel. Ich betrachtete die Zahlen und Buchstaben und sah, wie sie ihn belebten.

Er kam in die Küche, wann es ihm beliebte, Papierstapel unter den Armen. Nie am Morgen, manchmal ziemlich spät abends. Ich musste meine Tätigkeit unterbrechen, aufpassen, schreiben. Mr. Sergeant, noch immer unterwegs nach Utrecht, konnte nicht um Erlaubnis gebeten werden.

Der Monsieur richtete die Feder in meiner Hand aus. »Halte sie in der Mitte, so. *Oui, comme ça.*«

Er war fest entschlossen. »So, siehst du.« Er drehte die Feder noch einmal.

Nach einer Woche sagte er: »Du hast Fortschritte gemacht.«

Ich schaute auf und machte ein langes Gesicht.

»Findest du nicht?« Er schlug mit den Händen auf seine Beine. »Oh, was für ein Gesicht! Hast du nichts zu sagen? Sprich mit mir, Helena! Du brauchst keine Erlaubnis. Mir gefällt, wenn du sprichst.«

Ich legte die Feder ab und verschränkte die Hände im Schoß. Ich hätte ja gesprochen, aber meine Wörter waren mir entwischt. *Was mache ich hier?*, dachte ich. *Lernen? Ist das alles?* Nein, Monsieur, das war nicht alles. Wenn er wollte, dass ich sprach, dann würde ich es sagen. »Ich möchte lernen, wie mein Bruder, wie jeder Mann …«

»Ich habe viele dumme Männer kennengelernt! Und schlimmer noch als ein dummer Mann ist der Mann, der sich für weise hält und nur Dummes gelernt hat. Vieles von dem, was gelehrt wird – vieles von dem, was man mir beigebracht hat –, ist nutzlos …«

»Ich will nicht dumm sein!«

»Das wirst du nie!«

Meine Wangen brannten, als mir klar wurde, was ich gesagt hatte. Ich fühlte mich so dumm wie nie.

Er atmete tief ein und langsam wieder aus. »Aber vielleicht bin ich es. Ich halte mich nicht für etwas Besseres. Ich bin nie davon ausgegangen, dass mein Verstand über dem Durchschnitt liegt. Wir müssen offener für Überraschungen sein – für Wunder. Das gilt auch für mich. Das Lernen ist meine Sache, und deine auch. Wir wollen sehen, was nächste Woche getan werden kann und was ich womöglich von dir lerne.«

Er lernte von mir? Nur wenn alles auf den Kopf gestellt war. Stellte man es wieder richtig herum, war ich wieder die Magd, die ihm das Essen kochte, und er der Monsieur, der Zeit hatte nachzudenken. Trotzdem, wenn ich mir ansah, was zwischen uns war, auf die Trennlinie am Boden, sah ich, dass sie rasch verschwand.

Wir hatten noch eine Woche bis zur Rückkehr von Mr. Sergeant. Der Monsieur musste wissen, ebenso wie ich, dass all das – dieses Lernen – dann aufhören musste.

»Mr. Sergeant …« Aber wenn ich sagte, was ich sagen musste, würde ich zu viel sagen.

»Mr. Sergeant hat genug zu tun und muss nicht noch weiter beunruhigt werden, meinst du nicht?«

Das war es also. Das hier gehörte uns und sonst niemandem. Ich nahm die Feder wieder zur Hand und drehte sie, um sie auszurichten.

»*Très bien*«, sagte er, als er sah, was ich gemacht hatte.

»*Merci*«, erwiderte ich. Hatte ich gewusst, bevor ich es sagte, wie es ihn zum Lächeln bringen würde? Und wie sein Lächeln, wenn er es aufsetzte, mein Herz frohlocken ließ?

Schneeflocken

DER WINTER SETZTE früh mit stürmischem Ostwind ein. Als ich am nächsten Morgen wach wurde, hatte es geschneit. Ich ging hinaus, um Zündholz zu holen, doch es war festgefroren. Ich hackte so lange auf den Stapel ein, bis ich eine Handvoll freibekommen hatte, was kaum genug war. Es musste reichen. Wenn ich noch länger bliebe, würde ich auch an dem Stapel festfrieren. Als ich das Feuer anzündete, dauerte es ewig, bis es richtig brannte. Kälte zog aus allen Ecken des Raums herein. Ich trat ans Fenster und schaute hinaus – es war noch früh, doch Kinder machten bereits Schneeballschlachten. Ich verschränkte die Arme und kehrte ihnen den Rücken zu, doch ihr Gelächter zog mich wieder zurück. Sie sahen so glücklich aus. Ich wäre auch gern da draußen gewesen. Nein, sagte ich mir, das sollte ich nicht. Der Gedanke war widersprüchlich – war ich nicht gerade erst wieder warm geworden?

Dann hielt ich es nicht länger aus. Ich zog meine Stiefel an, nahm meinen Schal und steckte ihn mit der Brosche fest. Ich würde nicht lange draußen bleiben. Nur einmal hinsehen. Wenn ich keinen Schneeball warf, konnte man mich nicht beschuldigen zu spielen.

Ich lief zur Tür und riss sie auf. Beim Anblick von Westermarkt, mit frischem Schnee bedeckt, blieb ich auf der Stelle stehen. Ich schaute nach rechts und nach links. Alles funkelte – Fenster, Geländer, die Steinstufe zu meinen Füßen, sogar der Messingklopfer an Mr. Sergeants Tür. Mein Atem stieg in kleinen Wolken vor mir auf, und wenn ich ihn hätte einfangen können, hätte er bestimmt auch gefunkelt.

Als ich in den Schnee trat, spürte ich, wie er sich um meine Fußgelenke legte. Langsam schob ich meine Füße vor, um Halt zu finden, wie ein kleines Kind, das gerade laufen kann. Ich streckte eine Hand aus und beobachtete, wie die Schneeflocken sich darauf niederließen.

»Wie Eisblumen. Oder Farne oder Federn. Jede hat Äste«, sagte der Monsieur hinter mir. Ich ließ die Hand sinken, aber er hob sie wieder an.

»Schau«, sagte er.

Er hielt sie noch immer, als ich meine Hand dicht vor mein Auge hielt. Ja, ich konnte Äste sehen, ganz winzige Äste aus Eis. »Vier, fünf …«

Er führte meine Hand vor seine Augen und blinzelte, um genau hinzusehen, doch er war zu nah, und sein Atem ließ sie schmelzen.

Der Schnee fiel dichter und verklumpte zu großen, weichen Flocken. »Lass die Hand da«, sagte er. »So ist es besser. Vier, fünf, sechs. Sechs Radien. Perfekte hexagonale Strukturen.«

Hexagonal – was für ein Wort. Wenn es Geschmack hätte, würde es nach Kirschen schmecken.

Kinder glitten auf Rutschbahnen an uns vorüber, ein Schneeball sauste haarscharf an meinem Ohr vorbei. Wir waren die Einzigen, die still standen. Jetzt spürte ich die Kälte. Sie drang durch den Schal in meine Schultern. Ich schauderte. Er fuhr fort, den Schneefall zu beobachten – anscheinend interessierten ihn diese Froststückchen mehr als alles andere. Mein ausgestreckter Arm tat weh, seine Aufmerksamkeit und der weiche Schnee hatten jedoch etwas an sich, das mich dort festhielt.

»Fertig!«, sagte er, und ich fuhr zusammen. Er drehte sich

um und ging zum Haus zurück, wobei er ins Schlittern geriet. »Komm«, rief er mir zu, »du wirst erfrieren, wenn du noch länger da stehst!«

Ich schaute ihm nach, bückte mich, nahm Schnee zwischen beide Hände, zielte auf seinen Rücken und warf. Der Wurf war zu kurz, wie ich es beabsichtigt hatte, doch der Schneeball rollte zwischen seine Füße. »Ha!«, sagte er und drehte sich um. Er sah, wie ich meine Hände abklopfte und eine schuldbewusste Miene aufsetzte. Er machte einen noch größeren Schneeball und lachte, während er näher kam. Der Schneeball traf meine Schulter. »Oh!«, sagte ich und sammelte bereits Schnee, um zurückzuwerfen. Ich lachte laut auf. Und auf dem Weg zurück zur Tür lachte ich so viel wie in meiner gesamten Zeit in Amsterdam nicht.

Sobald wir wieder drinnen waren, streifte er seine Stiefel ab und hinterließ Fußspuren und halb aufgetauten Schnee auf dem Boden. Er stürmte die Treppe hinauf, zwei Stufen auf einmal.

»Bring einen Fußwärmer mit«, rief er über die Schulter. Dann hörte ich ihn auf der zweiten Treppe, und seine Zimmertür fiel knarrend ins Schloss.

Ich ging auf alle viere und wischte den Dreck auf. Seine Stiefel stellte ich zum Trocknen an die Feuerstelle und schaufelte Glut in den Fußwärmer, bevor ich den Deckel zuklappte. Ich spürte noch, wo der Schneeball mich getroffen hatte, und wieder blubberte Gelächter in mir hoch. Vor seiner Tür schluckte ich es hinunter, holte tief Luft und klopfte an.

»Entrez!«

Als ich hineinging, zog er einen zweiten Stuhl an den Tisch und bedeutete mir, mich zu setzen. Er nahm mir den Fußwärmer ab, und sobald ich saß, schob er ihn unter meine Füße. Er legte ein Blatt Papier vor sich und stellte sein Tintenfass daneben. Er begann zu zeichnen – sechseckige Schneeflocken mit winzigen gefiederten Linien. Er arbeitete schweigend, und als er das Papier mit zwanzig oder mehr Formen bedeckt hatte, drehte er das Blatt zu mir. Ich schaute mir die Schneeflocken an. Ich hatte sie vom Himmel fallen sehen, und nun waren sie hier mit Tinte auf Papier festgehalten. Allein der Anblick löste bei mir ein Prickeln aus.

»Sie sind schön.«

»Ja«, sagte er und sah mich direkt an. »Stimmt.«

Ich betrachtete die Seite erneut, schaute mir an, was ich bereits gesehen hatte, wovon ich glaubte, dass ich es kannte. »Sie sind alle unterschiedlich.« Damit hatte ich nicht gerechnet.

»Ja, in der Tat.«

»Ist jede Schneeflocke anders?«

»Ich glaube, ja. Es muss so sein.«

Ich dachte an den Schnee draußen, an all den Schnee, der je gefallen war. »Was macht Sie da so sicher?«

Er lächelte, sagte aber nichts, hob eine Hand und zuckte mit den Schultern.

»Ich meine, es kann nicht zwei gleiche geben. Aber wie können wir das wissen? Mit Bestimmtheit? Wir können nicht jede Schneeflocke sehen, die fällt …«

»In der Tat …«

»Manches kann man einfach nicht wissen.« Ich runzelte die Stirn. »Oder doch? Keine zwei Menschen sind gleich, und wir finden das nicht merkwürdig. Aber es gibt Zwillinge … Gibt es auch Zwillingsschneeflocken?« Es war verworren. Ich hatte den Gedanken verloren, mit dem ich angefangen hatte. Ich begriff, warum er so viel aufschrieb.

»Das ist eine interessante Frage – vielleicht die interessanteste Frage überhaupt. Es ist möglich, am Ende zu verstehen, sicher zu sein. Vieles wird einfach unvollständig verstanden.«

Ich schüttelte den Kopf.

»Ist etwas?«

Ich schauderte und senkte den Blick.

Er streckte den Arm aus und nahm meine Hand. Er drehte sie mit der rosa Innenseite nach oben.

»Dir ist kalt«, sagte er, »und das ist meine Schuld.«

Er nahm meine Hände zwischen die seinen, führte sie an den Mund und blies sacht darauf.

»Besser?«

Ich spürte seinen Atem auf meinen Fingern, die Wärme seiner Hände. Ich nickte.

Er blies erneut. »Wärmer?«

»Oui, Monsieur.«

»Gut«, sagte er, »gut.«

Er legte meine Hände wieder auf den Tisch. Dann, aber erst nach einer Weile, nahm er seine Hände weg.

Betje sagte: »Ich habe dich gesehen, du weißt schon, mit ihm. Deinem Monsieur.«

»Er gehört nicht mir! Das darfst du nicht sagen!«

»Ihr habt im Schnee gestanden.«

»Er hat mich um Hilfe gebeten.«

»Dich um Hilfe gebeten, wie? Wer steht denn so im Schnee? Ewigkeiten?«

»Das waren keine Ewigkeiten.«

»Du warst da, als ich Eier holen ging, und du warst da, als ich zurückkam!« Sie klang triumphierend. Dabei hatte sie den Schneeball gar nicht gesehen, den ich geworfen hatte!

Ich mochte es nicht, wie es ihr immer wieder gelang, mir Stiche zu versetzen, wie ein finsterer Tätowierer, und sie ihre Markierung auf allem hinterließ, was ich machte. Ich zeigte auf das Papier und die Schreibfedern, die wir benutzt hatten – die erste Schreibübung, die wir seit einiger Zeit gemacht hatten. Ich hatte gezeichnet, was ich von den Schneeflocken noch wusste, und *hexagonal* danebengeschrieben. Aber ich sah ihr an, dass es sie nicht interessierte. »Dir ist wohl klar«, sagte ich und richtete mich auf, »dass du ohne seine Großzügigkeit kein Papier und keine Tinte zum Schreiben hättest.«

»Großzügigkeit? Hört, hört. Du erwartest von mir immer, ich soll dankbar sein.« Sie schob das Blatt Papier von sich.

Ich spürte, wie die Verletzung mir die Kehle zuschnürte. »Tu ich nicht.«

»Du kannst es behalten. Alles.«

»Wie du willst«, sagte ich und sammelte alles ein. Ich hatte das Gefühl, sie wollte so weit gehen und nicht weiter. Das war ein unfreundlicher Gedanke, aber er kam mir in den Sinn.

Das hier würde ihr fehlen. Sie würde ihre Meinung ändern, das wusste ich.

Ohnehin war es zu kalt, um zu schreiben.

Als ich wieder in die Küche kam, saß der Monsieur wartend am Tisch. Er hatte Feuer gemacht, und der Raum war in orangefarbenes Licht getaucht, eine wohlige Wärme lag auf allem.

»Hallo«, sagte er, stand auf und ging mir zur Hand.

Ich legte Schreibfedern, Tinte und Papier auf den Tisch und setzte mich ihm gegenüber. Ich sah, wie er alles betrachtete und fragend die Augenbrauen hochzog.

»Ich hoffe, sie ist eine gute Schülerin.«

Ich dachte daran, wie Betje lächelte, wie sich ihre Miene aufhellte, wenn die Wörter eine Reihe bildeten, einen Absatz, wenn sie eine Seite füllten. Auch ich kannte das Gefühl. Ich schob meine unfreundlichen Gedanken beiseite. »Ja. Ja, das ist sie.«

»Wo arbeitet ihr?«

Und in diesem Augenblick verschwand die Trennlinie zwischen uns. Ich erzählte ihm von Noorderkerk und Lindengracht. Was er von Mr. Sergeant über die dunkelroten Federn wusste, war nicht einmal die Hälfte. Und als ich ihm über die

Tinte berichtete, die ich hergestellt hatte, und die Krusten, die ich gebacken hatte, lachte er so laut und lehnte sich so weit auf seinem Stuhl zurück, dass ich schon fürchtete, er würde herunterfallen. Dann erzählte ich ihm von dem Winterraum, den wir nun benutzten – einen Lagerraum an einem Nebengebäude, in dem Betje arbeitete. Da gehe kaum jemand rein, hatte Betje gesagt und einen Schlüssel geschwenkt.

Die Risiken, die ich für sie einging. Die Risiken, die sie für mich einging.

»Du tust ihr etwas Gutes«, sagte er.

»Nur was Sie auch für mich getan haben.«

Dabei schauten wir uns an. Worte waren überflüssig.

Ich ging zur Feuerstelle und blieb dort stehen, denn ich wollte die Hitze auf meinem Gesicht spüren. Er stellte sich neben mich, ergriff meine Hand, und wir standen dort, als wäre es unser Feuer, unsere Küche, unser Zuhause. In dem Moment war es das auch.

Und dann wandte ich mich zu ihm um, und wir küssten uns.

Die Tür zu seinem Zimmer stand offen. Ein Licht flackerte – er war wach. Ich tippte an den Rahmen.

»Oui?«

Er saß am Tisch. Er hatte sich ausgezogen, um ins Bett zu gehen, seine Beine waren nackt, sein Hemd hing ihm lose um die Schenkel.

»Ich habe Ihnen einen Fußwärmer gebracht, Monsieur. Ich habe gesehen, dass Sie arbeiten … Es ist kalt heute Abend …«

Der Raum war still. Die Kerzenflamme reckte sich nach oben.

Er starrte auf die Kerze, die Augen weit aufgerissen. »Ich habe nicht gearbeitet, Helena.«

Ich kniete mich hin und stellte den Fußwärmer unter seine

Füße. Als ich aufstehen wollte, sah ich eine Schnittwunde an seiner Fußkante. Er zuckte zusammen, als ich sie berührte.

»Das ist nichts, *rien*«, sagte er und steckte einen Fuß hinter den anderen.

»Ich habe Salbe, Monsieur.« Bevor er nein sagen konnte, war ich aufgestanden und wieder hinuntergegangen. Ich kam mit einer kleinen Schale Wasser, einem Tuch und dem Salbentopf zurück.

»Hier.« Ich setzte mich vor ihn auf den Boden und hob seinen Fuß auf meinen Schoß. Ich tupfte das geronnene Blut von der Wunde und trocknete sie sanft ab. Während ich die Creme einrieb, entspannte sich sein Fuß in meinen Händen. Und als ich fertig war, fragte ich nicht, sondern griff nach dem anderen Fuß und legte ihn auf meinen Schoß.

»Helena …«

Ich wusch ihn und trocknete ihn ab.

»Helena. Sieh mich an.«

Sein Fuß bog sich, als ich Creme in den Rist einrieb, an dem seine Haut sehr weiß war. Ein Fuß schien so ein gewöhnliches Ding zu sein, so wie eine Hand. Ich schaute auf seinen Fuß in meinen Händen, wie mein Daumen in das Grübchen an seinem Gelenk passte. Mein Daumen schlug einen ebensolchen Bogen wie sein Rist, meine Finger waren genauso lang wie die Furchen, die sich über seinen Fuß zogen. Selbst meine Fingerkuppen schienen wie gemacht für die Lücken zwischen seinen Zehen. Hand und Fuß, wie füreinander geschaffen.

»Helena, sieh mich an.«

Ich schüttelte den Kopf.

Er hob seinen Fuß von meinem Schoß und stand auf. Er hielt mir die Hand hin, um mir aufzuhelfen. Ich trat ein paar Schritte zurück.

»Zieh deine Pantoffeln aus.«

Ich zog sie aus und schob sie mit dem Fuß beiseite.

»Und deinen Schal.«

Ich streifte den Schal von den Schultern, hielt ihn fest, ließ ihn dann zu Boden fallen. Ich schaute auf seinen Mund, dann auf seine Schultern.

»Komm näher.«

Ich ging einen kleinen Schritt auf ihn zu, der Boden war kalt unter meinen Füßen.

»Näher.«

Noch ein Schritt.

Er streckte die Hand aus und berührte mich, seine Finger an meiner Wange bewegten sich in ganz zarten Kreisen. Ich schloss die Augen.

»Helena«, flüsterte er, »mach die Augen auf.«

Ich genoss seine Berührung.

Er hob mein Kinn, neigte es mit seinem Daumen. Er strich meine Stirn glatt. Wie konnte etwas derart Beruhigendes so tief in mich einsinken?

»Mach die Augen auf.« Er küsste meine Stirn, seine Hände umschlossen mein Gesicht. Er küsste beide Wangen, dann meine Augenlider. »Mach die Augen auf.«

Ich sollte nicht hier sein. Ich hörte uns beide atmen. Ich bündelte meine Chemise in der Hand.

»Monsieur …« Ich wagte kaum, seinen Namen auszusprechen, aus Angst, was es bedeuten würde, wenn er es hörte. Ich spürte die kühle Schleife des Bandes zwischen meinen Fingern, die er im Griff hatte. Er zog sie auf.

Er küsste meinen Hals und meine Schulter. Er zupfte an einem zweiten Band. Seine Finger zitterten. Meine Chemise fiel auf meine Füße.

Er zog mich rückwärts zum Bett, dann schob er sich auf mich, seine Beine zwischen meinen. Er drückte den Rücken durch und stöhnte. Seine Hände bewegten sich unter, dann auf mir, zogen und drückten, seine Küsse auf meinem Mund, meinem Hals und meinen Ohren.

»Mach die Augen auf.«

Er fuhr mit den Händen zwischen meine Beine, hob ein Bein höher, spreizte das andere weiter ab und stieß in mich. Ich spürte einen scharfen Stich und schnappte nach ihm, mein Atem blieb mir im Hals stecken.

Dann sah ich ihn an. Seine Haare an meinen Schultern, sein Blick suchend und ernst. Er küsste meine Tränen fort und zog sein Hemd über den Kopf. Nichts war zwischen uns. Er bewegte sich, murmelte etwas auf Französisch, Wörter, die ich nicht kannte. Er nahm meine Hände, Handfläche an Handfläche, und packte zu. Mein Mund wanderte an seine Schulter, und ich scherte mich nicht um das Wie oder Warum, nur der Kuss, den ich für ihn hatte, spielte eine Rolle.

»Helena«, flüsterte er und schloss die Augen. »Helena. Helena.« Ganz langsam hörte er auf, sich zu bewegen, bis er mit seinem vollen Gewicht reglos auf mir lag. Seine Haare, silbern im Mondlicht, fielen über meine Brust. Ich lauschte auf seine langen Atemzüge, die warm über meinen Arm strichen.

Die Kerze flackerte. Ich schaute hin. Das hellste Licht war in der Mitte. Träume und Erinnerungen zogen in Schatten über die Wand. Ich spürte die schwarze Auflösung des Schlafs. Der Monsieur rührte sich und schmiegte sich an meinen Hals. Aus der Ferne hörte ich einen Schrei, vielleicht meine eigene Stimme, während mein Mund sich auf seinen legte.

Am Morgen ging ich in die Küche, ohne darauf zu achten, dass meine Füße bloß waren. Graues Licht fiel über den Boden. Ich goss Wasser aus dem Krug und wusch mich.

»Helena …«

Er trat hinter mich, legte die Hände auf meine Schultern,

dann umfing er mich mit den Armen, und ich spürte seine Wärme an meinem Rücken.

»Helena, ich muss es wissen. Hast du deine Tage, blutest du schon?«

Ich schüttelte den Kopf. »Nein, Monsieur, vielleicht nächstes Jahr, hat Mutter gesagt …«

»Wie alt bist du?«

»Siebzehn. Achtzehn.«

Er drehte sein Gesicht in meinen Haaren. »Komm ins Bett.«

»Ich muss Wasser holen.«

»Für wen? Brauchst du es? Ich nicht.«

»Frühstück machen …«

»Ich habe keinen Hunger. Wir können später essen.« Er hob meine Haare an und küsste meinen Nacken.

»Feuer anzünden.«

»Das Bett ist warm.«

»Ich muss das tun, Monsieur.« Ich löste mich von ihm, drehte meine Handflächen nach oben und betrachtete sie.

»Nein, das musst du nicht. Nicht für mich.« Er ergriff meine Hände. »Heute nicht. Morgen nicht. Außer uns ist niemand da. Für mich musst du keine Magd sein.«

Da streckte ich die Arme nach ihm aus und drückte ihn an mich, so wie er mich gehalten hatte, und küsste ihn. Und küsste ihn wieder.

Für den Rest der Woche gehörte Mr. Sergeants Haus uns. Wir lachten. Wir traten die Bettdecke zu Boden. Oktobersonne drang in das Zimmer des Monsieurs, als wäre jeder Tag im Mai aufgefädelt und nur für uns ausgelegt worden. Er kam mit mir nach Noorderkerk – sah mir vom Eingang aus beim Beten zu. Das Licht fiel kühl und gerade wie ein Schwert herein, aber es konnte die Leichtfertigkeit nicht unterdrücken, die in mir aufstieg.

Dann kam der Tag, an dem Mr. Sergeant zurückkehrte. Der Monsieur half mir beim Anziehen, knöpfte mein Mieder zu, fädelte das Band durch meinen Ärmel. Er zog mir die Strümpfe an, drückte Küsse zwischen mein Fußgelenk und mein Knie. Dann war ich an der Reihe, ihn anzuziehen, und als alle Knöpfe geschlossen waren, presste ich mein Ohr an seine Brust, damit ich sein Herz hörte. Er strich die Haare über meiner Stirn glatt. Zuerst klang sein Herzschlag in meinem Ohr, doch dann schien er mich zu umfangen, und ich war das kleine Ding, das er umschloss. Kleines war jetzt groß, und Großes war klein. Alles war schief.

Er drückte meinen Kopf an sich.

Oh, was hatte ich getan?

Aber wir hatten keine Zeit mehr. Ich hörte das laute Rumpeln einer Kutsche, die draußen vorfuhr, dann Pferde, die nervös an ihren Halftern zerrten. Die Kutschentür schlug zu, dann folgte ein Lachen, das ich gut kannte: Mr. Sergeant.

»Wir haben niemandem geschadet«, sagte er leise. »Du musst das Leben lieben, Helena, ohne es zu fürchten, ohne den Tod zu fürchten.« Er küsste mich auf die Stirn, und ich war schüchtern, und ich brannte, und ich drückte ihn an mich, um das Gefühl festzuhalten.

Wir lösten uns voneinander. Ich steckte die letzten Haarsträhnen unter meine Haube. Der Monsieur räusperte sich. Er nickte mir zu. »Ich komme später zu dir.« Dann schwenkte seine Aufmerksamkeit ohne weiteres um, er öffnete die Tür und ging hinaus.

Ich glättete die Falten an meinem Rock und folgte ihm kurz darauf.

»Mr. Sergeant!«, hörte ich ihn rufen. »Was gibt es Neues aus Utrecht?«

Ich ging in die Küche und lehnte mich an die geschlossene Tür. Auf der anderen Seite hörte ich den Monsieur lachen.

Monsieur und Magd. Wer würde merken, wenn er uns ansähe, wie wir uns verändert hatten, welche Grenze überschritten und nicht mehr aufzustellen war?

Antje wartete mit dem Brief, als ich vom Markt zurückkam. Sobald ich ihn sah, wusste ich, von wem er war. Ich hatte Betje seit über einer Woche nicht gesehen. Eine neue Magd, die von meinen Begrüßungen nichts wissen wollte, hängte jetzt die Wäsche mit Antje auf.

Ich nahm den Brief mit in die Küche und las ihn im Stehen.

Liebe Helena,
ich gehe fort nach Alkmaar ich kenne meinen Weg ich lese den Rest des Briefes vom Waisenhaus und weiß wo meine Mutter gelebt hat ich bin hier unglücklich Amsterdam ist nicht mein Leben Und ich muss wissen ob sie lebt und ob sie mich haben will Bitte sag nicht wohin ich gegangen bin Weine nicht zu sehr wenn auch Thomas verschwunden ist
Verzeih meine Schrift aber ich glaube sie ist trotzdem gut Freu dich für mich liebste Freundin und danke für alles was du für mich getan hast und ich schließe dich in meine Gebete ein
ich hab das hier auf Hoeks Papier und mit seiner Tinte geschrieben und ich glaube das sind sie mir schuldig
Betje

»Betje, Betje, Betje«, flüsterte ich. Ich krempelte meinen Ärmel hoch, doch ihr Name war längst verschwunden.

Ich kniff mir in die Haut und erzeugte einen roten Fleck. Ich kniff noch einmal, fester. Ich kniff an den Stellen zu, an denen meine Haut ganz weiß war, an denen es am meisten weh tat.

Schwalben

»ICH BIN EIN grauer Mann«, sagte er. »Du bist ein Distelfink, *Madonna del cardellino.*«

Er kam an mein Bett. Brachte mich in sein Zimmer. Er fand mich, wenn ich draußen spazieren ging. Zu meiner Schande führte ich ihn in Gassen und nachts in den Hof. Helena, flüsterte er, und ich konnte es nicht oft genug hören, wenn er meinen Namen sagte. Jeder Tag brachte die Chance, mit ihm allein zu sein, doch wenn wir in Gesellschaft waren, musste ich so sein wie vorher. Wir wussten, was zwischen uns war. Er berührte meine Fingerspitzen mit seinen, wenn ich sein Glas füllte, ich ließ meine Hand an der seinen ruhen, wenn ich seinen Teller an mich nahm.

Meistens sah ich ihn nicht, es ging nicht, aber ich spürte ihn in der Nähe. Wenn ich Capes und Stiefel im *voorhuis* aufräumte, schien er auch dort zu sein, als hätte er seinen Schatten mit seinen Stiefeln abgestreift und ihn für mich dortgelassen. Dann war er wieder da, und ich war auf den Knien und half ihm beim Anziehen der Schuhe, Hände packten seine Wade, bis sein Fuß richtig saß. Und wenn er fort war, konnte ich mich nur wundern, wie die Luft, der Raum, in dem er gewesen war, noch immer seinen Umriss enthielt. Dann war mir, als hätte er den Raum oder mich nicht verlassen.

Ich wusste, welche Geräusche im Haus von ihm stammten. Sein Gelächter löste Sehnsucht in mir aus. Wenn ich seine Schritte auf dem Boden über der Küche hörte, hielt ich inne.

Ich stellte mir vor, wie er dort stand. Hatte er es gehört, als ich arbeitete? Schaute er nach unten, während ich nach oben schaute?

Was ich spürte, war nicht glatt oder flach. Glück schwappte in mir hin und her, machte mich schwindlig, aber auch Traurigkeit war eingezogen. Thomas war verschwunden und nun Betje, und die meiste Zeit war ich allein.

Ich war nicht ich selbst. Wusste nicht mehr, wer ich war – ich war die alte Helena und diese fremde neue Helena, zusammengerollt zu einer. Eine schreckliche Angst stieg in mir auf – der Boden schien sich anzuheben und zu kippen. Ich fürchtete, dass die Fenster, wenn ich sie anschaute, ihr Glas verlieren würden. Doch der Boden blieb eben, das Glas blieb an Ort und Stelle. Dann kam ein Tag, an dem ich mit Blut zwischen den Beinen wach wurde. Ich nahm in Milch eingeweichten Baldrian, wie Mutter es mir gesagt hatte, und nach zwei Tagen hörte es auf. Ich hatte mehr erwartet, etwas Schlimmeres. Das war sehr wenig, fast nichts. Es kam nicht wieder, und ich vergaß es.

Der Monsieur drückte seinen Daumen sanft in die Mitte meiner Stirn. »*Mio cardellino.* Raffaels Distelfink ist ein Symbol … der rote Punkt, das Zeichen für das Leiden Christi.«

Ich war mir nicht sicher, ob mir das gefiel. Ich fuhr mit der Hand an die Stelle, an der er mich berührt hatte. Ich runzelte die Stirn.

»Dir gefällt der Vergleich nicht? Raffaels Madonna brauchte keinen Thron. Eine Madonna vom Felde, und sehr schön.«

Mir schien, während ich ihm zuhörte, als hätte Raffael eine echte Frau gemalt. Ich fragte mich, wer sie wohl war.

Er küsste mich dort, wo er mich berührt hatte. »Vielleicht ist das Leben wie ein Gemälde … andere stehen davor und beurteilen es.«

Er arbeitete. Neue Papiere tauchten auf seinem Schreibtisch auf, zusammen mit Briefen von Mersenne, auch älteren Papieren. Er arbeitete zwischen drei Papierstapeln – las, schrieb, las wieder. Ich schlüpfte aus meinen Schuhen und arbeitete um ihn herum. Er schrieb wie rasend, Seite für Seite, als hätten die Wörter am Ende einen Weg gefunden zu entkommen.

Ich dachte an die Papiere, die er hatte verbrennen wollen. »Ist es das, woran Sie vorher gearbeitet haben, Monsieur?«

»Nein, dazu ist die Welt noch nicht bereit.« Er zeigte auf das Blatt vor ihm. »Etwas Neues ...«, und dann auf ältere Papiere, viele davon zerknüllt, »... und eine ältere Arbeit. Ich möchte sie verbinden – zu einer Historie des Verstandes –, das heißt, wenn ich das, was in meinem Kopf ist, zu Papier bringen kann. Das ist die Schwierigkeit.«

Eine Historie des Verstandes? Wir alle hatten Gedanken und Erinnerungen, aber mir schien, dass er etwas anderes meinte, dass er nicht einfach eine Historie seines Verstandes schrieb. Er ließ seine Gedanken weit von sich abwandern, bevor er sie wieder heranzog, um zu sehen, welche Geschichten sie zu erzählen hatten. Er rieb sich die Augen und nahm eine Seite zur Hand. »*Toutefois il se peut faire que je me trompe ...*«

»Ich verstehe nicht ...«

Er übersetzte. »Doch kann es sein, dass ich mich täusche, und es ist vielleicht nur ein bisschen Kupfer und Glas, was ich für Gold und Diamanten halte.«

»Sie schreiben auf Französisch?«

»Ja. Ich möchte, dass alle es lesen.«

Seine Worte machten mich kühn. »Bringen Sie mir Französisch bei, dann kann ich es auch lesen.«

»Wer ist das?«, sagte er, drehte sich um und umschlang mich mit beiden Armen. »Diese Magd, die Französisch lernen will?«

Mir gefiel, was er in mir auslöste, als wäre alles möglich. Ich drehte mich in seiner immer fester werdenden Umarmung. »Bringen Sie es mir bei. Ja?«

Mr. Sergeant machte sich Sorgen. »Ich sehe ihn neuerdings überhaupt nicht. Schreibt er? Es wäre gut, darüber zu reden. Er ist immer in seinem Zimmer oder auswärts. Oder er schläft.«

Der Limousin beklagte sich. »Ich könnte genauso gut wieder nach Frankreich gehen. Er braucht mich nicht mehr. Er schickt mich zu unnützen Besorgungen fort. Ich glaube, er will mich aus dem Weg haben. Du siehst ihn öfter als alle anderen.«

»Ich sehe sein Zimmer.«

»Er scheint *préoccupé*. Ist dir etwas an ihm aufgefallen?«

»Überhaupt nichts!«, antwortete ich und spürte, dass ich rot wurde. Als ich sah, wie er seine Augenbrauen hochzog, bereute ich, etwas gesagt zu haben. »Ich nehme ihn nicht zur Kenntnis.«

Doch der Limousin hatte recht. Ich sah ihn am häufigsten. Ich sah ihn im ersten Morgengrauen. Wenn ich hineinging, trat er hinter mich, drängend, schweigend, seine Hände auf meinen Brüsten. Er hob meine Röcke, sein Mund auf meinem, um sich selbst oder mich – ich war mir nicht sicher – davon abzuhalten aufzuschreien. Seine Gier überwältigte mich. War es so, wenn man ertrank? Wir legten uns auf das Bett, seine Augen schwer, aber nicht schläfrig, und dort, zwischen seinen Papieren, stieß er zu, bis ich glaubte, wir seien so weit verbunden, dass wir nie wieder auseinanderkämen. Er hob mich auf sich und bewegte mich auf sich, bis zu dem Augenblick, in dem alles stehenblieb, selbst der Atem. In dem Moment waren wir gleich.

Wenn er fertig war, wollte ich ihn festhalten, doch er wandte sich wieder seiner Arbeit zu. Ein *Discours* zusammen mit früheren Arbeiten – Optik, Geometrie, Meteorologie. Ich erkannte die Skizzen von Schneeflocken auf seinem Schreibtisch. Mein Blick blieb an einem Absatz über Schwalben hängen:

… aufgrund dieses Windes warnt uns der niedrige Flug der Schwalben vor Regen, denn er bringt bestimmte Mücken nach unten, von denen sie leben, die normalerweise hoch oben in der Luft surren und herumtollen, wenn das Wetter gut ist …

Ich blinzelte – so hätte ich es nicht ausgedrückt, aber ich wusste, worum es ging. Er hatte es in Raffael'schen Blau- und Rottönen gemalt. Mir war nicht klar gewesen, dass er seine Arbeit aus dem Alltag zog, aus der Zeit, die wir zusammen verbrachten, aus dem, was ich gesagt hatte. Bei allem hatte er nachgedacht, hatte diese Gedanken in Wörter gefasst und sie aufgeschrieben. Dann fiel mir ein, wie er auf mir lag. Ich schluckte. Ich konnte nur hoffen, dass er nicht darüber schrieb.

Manchmal, wenn er arbeitete, ruhte sein Blick eine Weile auf mir, aber er sah mich nicht vor sich. Nach außen hin sah er nicht anders aus. Er machte weiter wie zuvor.

Er sagte mir nie, ich solle gehen, aber er hatte seine Arbeit, und ich hatte meine. Ich wollte ihn umarmen, aber wie sollte das gehen? Wer war ich denn, so etwas zu tun? Ich wollte reden, aber was hatte ich ihm schon zu sagen?

Ich gab mir Mühe, ihn nicht zu stören. Doch wenn er nicht aufblickte, nicht einmal, wenn ich mich verabschiedete und hinausging, dachte ich – in welcher Welt lebte ich eigentlich? Eine Welt, die er erschaffen hatte, um sich Freude zu bereiten – jenseits der Regeln und des Einflussbereichs der Welt, die ich kannte? Wäre ich überrascht, wenn ich eines Tages beim Aufwachen feststellte, dass die Welt sich schließlich doch drehte und Gott ebenfalls verschwunden war?

Ich konnte nicht seine Hand nehmen, nicht in aller Öffentlichkeit, aber ich kannte eine Gasse, die immer schmaler wurde, bis die Mauern auf beiden Seiten an meinen Schultern scheuerten, der Himmel ein blauer Strich über uns war und unsere Füße in Dunkelheit versanken. Dieses Gässchen hatte mir immer Angst eingejagt, aber nun konnte ich für zweiunddreißig Schritte hinter mich greifen und seine Hand nehmen, und niemand würde es sehen. Ich konnte stehen bleiben, mich umdrehen, ihn küssen, und sein Mund würde sich meinem öffnen.

Am Ende der Gasse fanden wir eine alte Kirche. Eine kleine Seitentür war nur angelehnt – keine Einladung hineinzugehen, aber sie war auch nicht verschlossen. Von drinnen hörte ich Musik. Es war nicht Sonntag. Wer da auch spielen mochte, tat es nicht für Gott.

Wir waren nicht die Einzigen: ein Publikum der Ungebetenen schlurfte umher, schaute hierhin und dorthin, alle bemüht, den Blicken der anderen auszuweichen. Ein paar Kerzen brannten, in deren Licht die Menschen um mich herum bleich und wie aus einem Traum aussahen. Ich erkannte die Umrisse von Schultern, die nach vorn sackten, so wie meine auch, als die ersten klaren Töne aufstiegen.

»Das kenne ich!«, sagte ich, hatte es aber lange nicht gehört. Es stieg mit einer Erinnerung aus Leiden in mir auf – ich saß in der Kirche, bevor der Gottesdienst anfing, und hielt Vaters Hand.

Die Musik fiel von oben herab. Leise zunächst, dann lauter. Sie war in meinen Füßen und in mir, wenn ich atmete, sie lief an meinen Wangenknochen entlang bis zu meinem Scheitel. Spürte der Monsieur es auch?

Er drehte sich zu mir. »Wer ist der Komponist?«

Als ich den Kopf schüttelte, runzelte er die Stirn und wandte sich ab auf der Suche nach jemandem, der es ihm sagen konnte.

Ich wusste es nicht, und ich wollte es nicht wissen. Ich

musste an einen Mann denken, über einen Schreibtisch gebeugt, im Hintergrund eine Magd, die aufräumte.

Er fragte jetzt Menschen hinter sich, Menschen links und rechts. Er gab keine Ruhe, bis er die Antwort hatte. Seine Frage wurde weitergegeben, beantwortet mit Schulterzucken und in hilfloser Geste erhobenen Händen, bis man ihm zuflüsterte: *Ricercar*, von Sweelinck.

Erst dann lehnte er sich nach vorn, die Hände unter dem Kinn zusammengelegt. Ich beobachtete ihn, während er lauschte, aber nicht so, wie ich ihn in Mr. Sergeants Haus betrachtete. Ich hatte keine Angst, gesehen zu werden. In diesem Halbdunkel, halb ertränkt in Musik, konnte ich ihn in mich aufsaugen. Dann hörte die Musik auf, und die letzten Töne verklangen. Schweigen legte sich über uns, und wir blieben eine Weile sitzen, als hielte man uns fest.

Sobald wir draußen waren, küsste ich ihn.

Ein zotteliger Mann tauchte hinter dem Monsieur auf. »Ja! Ja!«

Der Monsieur zog mich an sich, drehte dem Mann den Rücken zu, um ihm die Sicht zu versperren, sein Mund auf meinem, ohne den Kuss zu unterbrechen. Im Kopf hörte ich die Musik erneut zu ihrem letzten Ton aufsteigen. Ich hielt noch immer seine Hand.

Schwalben stoben in schwarzen Wolken auf, wobei sie die Gestalt des Windes zeichneten. Ganz Amsterdam war unruhig, als die letzten Blätter fielen. Als der Himmel im November leer wurde, war mir übel. Ich nahm Baldrian, aber es half nicht. Ich hatte kein Fieber, aber mir war, als trüge ich eine steinerne Last. Ich wollte nur noch schlafen.

»Du siehst gut aus, Helena«, sagte Mr. Sergeant, »wenn auch ein wenig rosa. Was nichts mit Roter Bete zu tun hat, hoffe ich.«

Rote Bete war es nicht, dessen war ich mir sicher. Aber ich war in Verlegenheit. Denn so elend ich mich innerlich auch fühlte – wenn ich mich im Spiegel in Mr. Sergeants Zimmer sah, fand ich, dass ich nie besser ausgesehen hatte. Dann ging die Müdigkeit irgendwann vorüber, und die Übelkeit hörte auf.

Eines Morgens hielt der Limousin mich auf der Treppe an. »Wohin gehst du damit?«

Ich hatte ein Tablett mit dem Frühstück für den Monsieur. »Das ist für den Monsieur«, erwiderte ich und hielt seinem Blick stand. Das roch nach Ärger. Er wollte etwas in Erfahrung bringen, was er bereits wusste.

»Er darf um diese Zeit nicht gestört werden, das weißt du doch.«

Ich musste rasch denken, aber ich log nicht. »Er hat angefangen, Frühstück zu sich zu nehmen.«

Der Limousin starrte mich an, als erwartete er, noch mehr zu erfahren. Das Haus war so still, und mein Herz schlug so laut, dass ich mir sicher war, er konnte es hören. Manchmal, dachte ich, ging er davon aus, in diesem Schweigen die Antwort auf seine Fragen zu finden, in Debatten, die er bereits im Kopf geführt und gewonnen hatte.

Er rührte sich nicht vom Fleck.

Ich musste aufpassen, was ich sagte. Wenn die falschen Wörter herauskamen, dann müsste ich damit leben.

»Dann nimm du es«, sagte ich ungerührt. Was immer er in mir suchte, ein Zeichen der Niederlage vielleicht, musste er entdeckt haben, denn er griff nach dem Tablett und sagte: »Ja. Wir wollen doch niemanden in Verlegenheit bringen, falls der Monsieur noch nicht angezogen ist, nicht wahr?«

»Nein, Limousin.« Ich drehte mich um und ging die Treppe hinunter.

Es dauerte nicht lange, bis der Limousin wieder ohne das

Tablett nach unten kam. Er setzte sich auf einen Stuhl, kippte ihn nach hinten und fing an zu wippen, während er mich die ganze Zeit beobachtete. Meine Hände wollten in seiner Gegenwart nicht richtig funktionieren. Ich ließ ein Messer fallen, das gerade eben meinen Fuß verfehlte, dann stieß ich mit dem Ellbogen einen Kerzenhalter zu Boden.

»Anscheinend gibt es hier mehr als eine abgelenkte Person im Haus.«

Ich stocherte im Feuer. Der feuchte Torf zischte elend wie eine alte Katze. Der Limousin hörte nicht auf, mit dem Stuhl zu wippen. Am liebsten hätte ich ihn gepackt und festgehalten.

»Der Monsieur war im Bett. Ich habe ihn mit seinem Frühstück allein gelassen und vorgeschlagen, dass ich es ihm in Zukunft bringe.«

»Ja«, sagte ich und gab mir große Mühe, desinteressiert zu klingen, noch immer mit dem Rücken zu ihm. Ich nahm einen Wassertopf vom Haken und trug ihn zum Tisch.

Er betrachtete seine Finger und zupfte nacheinander an den Nägeln, um dem, was er zu sagen hatte, größtmöglichen Nachdruck zu verleihen. »Aber das will er nicht. Er will, dass du es ihm bringst.«

»Du solltest es machen.«

»Du hörst mir nicht zu. Dich will er, nicht mich.«

Ich versuchte, mich lachend darüber hinwegzusetzen, aber der Limousin lächelte nicht. Mit großem Aufwand erhob er sich, strich seine Kleidung glatt, ging hinaus und schloss die Tür so fest, dass der Riegel klapperte. Er ließ mich nicht im Zweifel darüber, was er dachte.

Eine Woche danach fing er mich ab, als ich aus dem Zimmer des Monsieurs kam. »Das war aber ein ausgedehntes Frühstück.« Er stand auf der Schwelle zu seinem Zimmer, gegenüber von dem des Monsieurs. »Wartest du immer so lange, bis er zu Ende gefrühstückt hat, bevor du das Tablett abräumst?«

Wie lange hatte er dort gestanden – hatte er an der Tür gelauscht? Ich schluckte. »Ich habe saubergemacht, während er gegessen hat.«

Er riss die Augen weit auf und ließ den Unterkiefer hängen, als wollte er einen Happen zu sich nehmen. »Du hast geputzt, während er gegessen hat? Komisch. Der Besen und der Eimer haben die ganze Zeit draußen gestanden, genau wo du sie abgestellt hattest.« Er zeigte auf den Besen, der an der Wand lehnte.

»Ich habe die Fenster geputzt.«

Er schaute auf das Tablett, dann blickte er mich an. Kein Putztuch lag da, nur die Reste eines kleinen Frühstücks, das der Monsieur eilig zu sich genommen hatte.

»Du siehst verlegen aus, Helena, ist was?«

»Nein. Überhaupt nichts.«

»Du hast dich verändert. Wirkst auch größer.«

»Also!« Ich hatte nicht vor, zu bleiben und mir seine Beleidigungen anzuhören, Diener hin oder her.

»Ich bin nicht blöd. *Pas stupide!*«, rief er hinter mir her, seine Wörter stachen mir wie Wespen in die Fersen.

Trennlinien

NACHTS ERZÄHLTE DER Monsieur mir flüsternd von seinem Leben.

»Mutter starb, als ich geboren wurde, Vater war nie da. Ich zog zu meiner Großmutter, dann schickte man mich fort auf eine Schule. Den Rest hat dir bestimmt Limousin erzählt.« Mit dem Finger zog er einen Kreis über meinen Bauch.

»Vermissen Sie Frankreich, Monsieur?«

»Nein. Frankreich ist mir entglitten. Ich versuche, mich nicht damit zu befassen oder daran zu denken. Welchen Wert hat es, etwas zu vermissen, das ich nicht haben oder wohin ich nicht so einfach zurückkehren kann? Dort wäre ich ein Fremder. Aber es stimmt, dass mir meine Schwester fehlt.«

Die Kerze tropfte. Zum ersten Mal erfuhr ich von einer Schwester. Ich wusste, dass irgendwo jemand sein musste, aber an seine Familie zu denken war eigenartig.

»Was meinst du, warum ich so lebe? In Zimmern wie diesem?«

Seine Stimme klang müde. Ich schüttelte den Kopf. Er brauchte keine Antwort von mir.

»Ich kann gehen, ohne die Forderungen anderer. Ohne Risiko, zu sehr gebunden zu sein.«

Er erzählte mir nichts, was ich nicht wusste, und das war sehr wenig. Aber jede kleine Einzelheit sank wie eine Lotschnur ein wenig tiefer in ihn hinein. Allmählich begann ich ihn zu begreifen. Die Regeln, nach denen er lebte – Regeln, die ihn zu mir geführt hatten –, würden ihn eines Tages wieder fortnehmen. Ich wusste, er dachte nicht an mich. Warum sollte er? Ich dachte an mein kleines Bett in der Küche unten. Als ich eingetroffen war, hatte ich mir vorgestellt, dass ich jahrelang dort wäre. Jetzt wollte ich mich bei dem Gedanken nur noch in mich zurückziehen, wie eine Schnecke, die einen festen Schlag auf ihr Schneckenhaus bekommen hat.

»Im Übrigen ist alles verkauft, bis auf den Titel *Sieur du Perron*. Was hat der für einen Wert? Ha! Solche Eitelkeiten! Dennoch ist mein Bruder, was ich nicht bin.«

»Monsieur?«

Er berührte seine Schulter. »Mein Vater … seine Enttäuschung sitzt hier.«

Dass sein Vater ihn nicht anerkannte, war ein erstaunlicher Gedanke. »Wie ist Frankreich, Monsieur?«

Er legte die Hände an beide Seiten des Kopfes. »Wie ein Käfig, wie ein Käfig. Das Frankreich, das ich in Erinnerung habe, das Frankreich, das ich liebe, ist aus meiner Kindheit – die glücklichere Zeit davon –, Heufelder im Sommer, die sich bis an den Fluss hinunterziehen. Allein wenn ich daran denke, kann ich Trauben riechen, die im Trog warm werden.«

»Werden Sie zurückgehen?«

»Für warme Trauben?«

Ich wusste nicht, was ich sagen sollte. Seine Antwort hatte mir einen Stich versetzt. Meine Augen brannten, und ich blinzelte. Doch als ich gehen wollte, drehte er sich zu mir und sagte: »Bleib hier. Geh nicht.«

»Einsamkeit ist nicht dasselbe wie Alleinsein, man kann sich entscheiden, allein zu sein, kann es sich aussuchen, sogar wünschen. Einsamkeit stellt sich von selbst ein. Das Gefühl ist ein Gewicht, hier.« Er presste seine Hand an die Stelle, an der seine Rippen aufeinandertrafen. »Es ist wie ersticken.«

Ich legte meine Hand auf die seine, und er ließ zu, dass ich seine Hand fortnahm.

Manchmal, wenn ich bei ihm war, hatte ich das Gefühl, ich müsste das Meer mit nur einem Becher ausschöpfen.

Er schien überrascht, mich zu sehen. Ich war unerwartet in sein Zimmer gekommen und hatte ihn bei der Arbeit gestört.

»Ja?«

Das eine Wort, die Schärfe, sagte mir, dass es ein Fehler von mir war, gekommen zu sein.

»Was ist, Helena?«, fragte er, ohne aufzuschauen. »Ich arbeite.«

»Monsieur …«

»Ja?«

Ich hörte einen kleinen Seufzer, dann das Tippen seiner Schreibfeder auf dem Tisch.

»Mr. Sergeant …«

Das Tippen hörte auf. Ich blickte auf, nur um seiner finsteren Miene zu begegnen.

»Wenn er …«

»Was? Wenn er was?«

Er legte die Feder neben das Blatt Papier, an dem er gearbeitet hatte.

»Er weiß es nicht, falls dir das Sorge bereitet.«

»Ich …«

»Was willst du denn wissen, Helena? Warum bist du hier?«

Ich errötete, meine Wangen wurden heiß. »Sind Sie …«

»Bin ich was? Verheiratet? Nein. Gibt es eine andere? Nein. Hat es jemanden gegeben? Ja.«

Das Schweigen hielt an. Aber jetzt war es stiller als im stillsten Teil der Nacht.

»Bist du deswegen hier? Um lächerliche Fragen zu stellen?«

»Nein!«

Er schaute unentwegt auf das Blatt Papier. Er drehte die Feder zwischen den Fingern. »Gibt es noch etwas, das du wissen möchtest?«

Ich schüttelte den Kopf, die Hand am Hals, am Schlüsselbein.

»Gut.«

Er wies mir meinen Platz zu. Ich schaute auf meine Zehen, die unter dem Saum meines Kleides hervorlugten. Da war die Trennlinie wieder zwischen uns. Ich hatte mich sicher geglaubt, vor alldem hier – schlau, wie ich war, konnte ich mich für jede Besorgung, mit der Mr. Sergeant mich beauftragte, in Amsterdam zurechtfinden. Dieses Haus war schon lange mein Zuhause gewesen, bevor es zu seinem wurde, und was war jetzt aus mir geworden? Ich rang meine Hände. Entschuldigung? Sollte ich das nicht sagen? Einen Knicks machen? Sollte ich das tun? Warum sollte ich nicht in sein Zimmer kommen und ihm Fragen stellen, wenn ich ihm doch so viel gegeben hatte?

Ich funkelte ihn kurz wütend an, wenigstens lange genug, dass er entgeistert den Mund aufriss, um etwas zu sagen. Aber ich machte bereits auf dem Absatz kehrt, so schnell, dass ich den Luftzug auf meiner Wange spürte.

Er würde mich untersuchen, wenn ich nicht aufpasste, die einzelnen Teile von mir in einer Liste aufführen, mich auf das Blatt Papier heften, mich aufschneiden, in mich hineinspähen. *Nicht ganz verstanden*, würde er an den Rand schreiben, einen Strich durch mich ziehen und dann das Buch zuklappen.

Im Februar wusste der Limousin Bescheid. Ich sah, wie er mich ansah und beobachtete. Was er auf diese Weise nicht erfuhr, verstand er instinktiv, wie es schien. Er wusste es, ohne zu fragen. Er wusste es, obwohl ihm niemand etwas gesagt hatte.

Er fand mich im Waschraum.

»Ich weiß, was mit dir los ist.«

»Was weißt du?«

Er packte mein Handgelenk. »Ich bin nicht blöd.«

»Limousin, bitte.«

»Warst du mit ihm zusammen?«

»Nein!«

»Lüg mich nicht an. Immer diese späten Vormittage. Meinst du, ich kann nicht hören, was da vor sich geht? Ich kann es nicht riechen? Du warst mit ihm zusammen, nicht wahr?« Er schüttelte mich am Arm. »Stimmt das?«

Ich nickte und zog mich von ihm zurück. Er scherte sich nicht darum, dass er mir weh tat.

»Wie lange schon? Sag es mir!«

»Vier Monate.«

Er prallte zurück, als hätte ich ihn geschlagen. »Er doch nicht. Er würde nicht …«

»Ich werde gehen. Zurück nach Leiden …«

»Und allen sagen, das Kind sei von Descartes?«

»Kind?« Meine Hände fuhren an mein Gesicht, dann an meinen Bauch. »Kind?«

»Was dachtest du denn, was passieren würde? Sieh dich doch an«, schnaubte er verächtlich. Er schnippte an meine Röcke. »Die füllst du aus.«

Ich legte mir eine Hand auf den Mund. Mir ging die Luft aus.

Er schüttelte den Kopf. »Das wird ihn vernichten. Willst du das?«

»Nein!«

Er ließ meinen Arm los. »Man wird es ihm sagen müssen.«

Ich schüttelte den Kopf. Panik überkam mich. »Nein, bitte …«

»Meinst du, du kannst es verbergen? Dass es einfach so verschwindet? – *disparaître?*«

Entsetzt schaute ich auf die leichte Wölbung meines Bauches.

»Du musst es loswerden.«

»Nein!« Ich umklammerte meinen Bauch.

»Was denn sonst, das *spinhuis*?«

»Nein!«

»Hast du geglaubt, er würde dich heiraten?«

Ich sagte nichts.

»*Madame* Descartes? Hast du dir das so vorgestellt? Du? Die kleine Magd, ein Nichts? Zwei Jahre in Amsterdam, und du glaubst, du kennst dich aus in der Welt … du bist nichts weiter als eine Ablenkung. Ich muss mit ihm sprechen. Er muss es erfahren.«

»Nein! Bitte …«, flehte ich ihn an und klammerte mich an ihn, aber er schüttelte mich ab.

»Man muss eine Regelung finden, die ihm einen Ausweg lässt. Verstehst du?«

Dann drehte er sich um und ging hinaus, ohne auf meine Antwort zu warten.

DEVENTER 1635

Skizze

ALLES WAR GEFROREN, und alles war tot – die Stadt versunken und farblos. Ich schaute über die Schulter auf die Straße hinter uns, die Spuren bereits unter dem Schnee verborgen: eine weiße Straße, begrenzt von weißen Feldern, lief auf einen weißen Horizont zu. Amsterdam, weit dahinter, war schon außer Sichtweite.

Die Kutsche fuhr langsamer, was den Limousin aus dem Schlaf rüttelte. Er schaute aus dem Fenster, wir beide waren taub vor Kälte. Der Kutscher ließ die Pferde im Schritt gehen, als wir die Brücke zur Stadt überquerten. Ich schaute hinunter. Der Fluss unter uns war dick vereist, Nebel waberte über der Oberfläche.

Der Fahrer lenkte die Kutsche durch Straßen, in denen alle Fensterläden verschlossen waren. Wir kamen über einen leeren Platz, dann an der Kirche vorbei. Die Straßen wurden immer schmaler, je weiter wir in die Stadt hineinfuhren. Es war zu kalt, um an Fenstern zu stehen und zu beobachten. Hätte uns jemand eintreffen sehen, dann hätte er nur kurz hinausgeschaut und sich dann abgewandt, dankbar, drinnen zu sein.

Der Limousin beugte sich vor, um besser sehen zu können. »Endlich«, sagte er, als er erkannte, wo wir waren. »Wir sind da.«

Die Kutsche blieb vor einem kleinen Stadthaus stehen. Nur die Fensterläden ganz oben waren offen, der Rest war gegen die Kälte geschlossen.

Der Limousin schlug fest gegen die Tür. Das Geräusch rief mir sofort Mr. Sergeants Eingangstreppe und Herrn Slootmaekers ins Gedächtnis. Als ich mich mühsam aufrichtete, um die Kälte aus meinem Rücken zu vertreiben, durchlief mich ein Gefühl, als wären Finger in mir. Ich hielt meinen Bauch und suchte nach dem Puls, der neben meinem schlug, aber er war verschwunden, sobald ich ihn spürte.

Eine Frau öffnete die Tür. Silbergraues Haar lugte unter ihrer Haube hervor. Das war Frau Anholts, sie sollte mich bei sich aufnehmen. Eine Regelung, sagte der Limousin. Sie war Witwe, wie meine Mutter, sah aber um einige Jahre älter aus. Ihr Mund war eingezogen, aber ob dadurch Alter oder Missbilligung zum Ausdruck kamen, konnte ich nicht sagen.

»Clément!«, rief sie und umarmte den Limousin. Er hatte mir nicht gesagt, dass sie sich kannten.

»Frau Anholts – welch eine Freude!« Er küsste ihr die Hand und trat beiseite. »Das ist sie.«

»Aha, da ist sie. Helena.«

Ich hielt meine Hände unter dem Cape verschränkt und verneigte mich.

Der Limousin holte mein Bündel aus der Kutsche und folgte Frau Anholts ins Haus. Wir gingen durch ein dunkles Zimmer in die dahinterliegende Küche. Der Raum strahlte im Kerzenlicht, ein großes Feuer loderte in den Schornstein hinauf.

Der Limousin wärmte sich den Rücken. »Du hast ein gutes Feuer. In Holland gibt es kein besseres.«

Ich schaute mich nach Hinweisen auf den Monsieur um, seine Handschuhe oder Stiefel oder das Cape, aber in dem Raum war nichts.

»Er ist nicht hier, falls du ihn suchst«, sagte sie, als sie meinen Blick bemerkte. »Er ist schon seit einer Woche fort.« Sie schenkte dem Limousin ein Glas Wein ein und schöpfte Suppe für ihn in eine Schale. Dann führte sie mich zu einem Stuhl und stellte eine Suppenschale vor mir auf den Tisch. »Setz dich, iss.«

»Ich habe keinen Hunger. Danke.«

»Du siehst halb verhungert aus. Setz dich.« Sie tätschelte mir die Hand. Bei näherem Hinsehen wirkte sie weicher, ihr Mund voller, als brauchte sie nur hereinzukommen und aufzutauen. Ich schlürfte die Suppe, noch zu sehr von Kälte geplagt, um etwas anderes als ihre Wärme zu bemerken. Trotz des Feuers bibberte ich.

Frau Anholts und der Limousin unterhielten sich angeregt über alte Freunde und das Leben bei Mr. Sergeant. Ich war die Fremde, über die man redete, als wäre ich nicht vorhanden. Sie kamen immer wieder auf mich zurück, als hätte der Limousin mich mit einer Kordel an sich gebunden, an der er dauernd zog, um zu prüfen, ob sie noch fest saß. Vielleicht lag es daran, dass wir weit weg von Amsterdam waren oder dass der Monsieur nicht da war, aber die Distanz löste seine Zunge. Er scherte sich nicht darum, was ich jetzt hörte.

»Ich habe gesagt, wir sollten es loswerden, aber der Monsieur war dagegen.«

»Clément! Ist schon gut.«

Er schnaubte.

»Das wäre schrecklich gewesen, Clément, und das weißt du.«

Er verzog das Gesicht, stritt aber nicht weiter. Das Feuer knackte, als der Torf in der Mitte einsank und ein Funkenregen in den Schornstein stieg. Ich fragte mich, was wohl in meiner Abwesenheit gesagt worden war, was gesagt würde, wenn ich nicht da war. Ich schaute zu Frau Anholts hinüber – sie nickte, als wollte sie mir ein wenig Verständnis signalisieren.

Er starrte auf seine Hände. »Sie haben die Geschichte?« Er tippte an sein Ohr und bog es in ihre Richtung, auf eine Antwort wartend.

Frau Anholts wandte sich an mich. »Helena, aus Amsterdam …«

»Ich komme aus Leiden«, sagte ich. Mir gefiel das nicht, ganz und gar nicht. Was uns gehört hatte, dem Monsieur und mir, gehörte nun ihnen, die Vorhänge waren zurückgezogen, die Fensterläden weit geöffnet.

»Meine Großnichte aus Leiden«, verbesserte sie sich und richtete sich gerade auf, »ihr Mann ist nach einem Sturz gestorben und hinterlässt das arme Mädchen, das mit dem ersten Kind der beiden schwanger ist. Wir müssen uns zuerst um unsere Verwandtschaft kümmern, bevor wir uns anderer annehmen. Zufrieden, Clément?«

Der Limousin nickte. »Und den Monsieur nicht namentlich erwähnen?«

»Gewiss nicht!«

»Gut. Denn wenn sein Name herauskommt …«

»Ich weiß, ich weiß. Aber wenn man mich fragt? Hast du einen Namen parat?«

Er überlegte kurz. »Reyner Joachim. Sein Name, auf Holländisch.«

»*Jochems*«, korrigierte sie ihn. »Reyner Jochems.«

»Reyner Jochems.« Er wandte sich an mich, als er ihn wiederholte, als gäbe er mir den Befehl, ihn mir zu merken.

Ich nickte, um ihn wissen zu lassen, dass ich verstanden hatte. Reyner Jochems. Der Name des Monsieurs, auf Holländisch. Zwei Wörter. Mir schien, als wäre das alles, was ich noch hatte.

Er richtete seine Aufmerksamkeit wieder auf Frau Anholts. »Er soll in dieser Sache nicht mehr behelligt werden.«

»Clément! Niemand wird es erfahren … aber …« Sie warf mir erneut einen Blick zu.

»Aber?« Ich hörte die Ungeduld in seiner Stimme, den Ärger darüber, in Frage gestellt zu werden.

»Wenn das Kind da ist – was dann?«

Er kniff nicht einmal die Augen zusammen. Allein der Gedanke daran hatte seine Miene allem Anschein nach verschlissen. »Er hätte diesen Weg niemals einschlagen sollen. Ich habe ihm gesagt …«

Ich hörte etwas, das ich nicht hören sollte. Er beobachtete mich jetzt, gespannt auf meine Reaktion, aber ich verhielt mich still. So würde es sein – man würde über mich reden, und ich müsste meine Gefühle für mich behalten. Ich fragte mich, was der Limousin sah, wenn er mich anschaute. Eine schlichte Magd in grober Kleidung? Er hielt sich zweifellos für etwas Besseres. Aber ich trug das Kind des Monsieurs aus, und der Monsieur wollte es behalten – so viel wusste ich. Der Limousin konnte immer nur der Diener des Monsieurs sein. Ich schaute ihn an. Das musste ich ihm nicht sagen. Ich war mir sicher, dass es ihm klar war. Der Limousin. Verbindungsmann. *Valet*. Drei Wörter, die dasselbe bedeuteten.

Nachdem die Mahlzeit abgeräumt worden war, hielt Frau Anholts mir einen Eimer hin. »In diesem Haus müssen wir unsere eigenen Mägde sein. Solange du kannst, leerst du deinen Dreck am Morgen hinten in die Grube. Dein Zimmer ist sauber zu halten. Dein Bett ziehst du alle vierzehn Tage am Dienstag ab und wäschst die Bezüge. Alle Mahlzeiten werden mit mir in der Küche eingenommen. Ich werde so viel zur Verfügung stellen, wie es der Zuschuss des Monsieurs und dieser Winter erlauben. So Gott will.« Ihre Worte klangen wie alte Befehle, die sie längst ausgezogenen Mietern ständig erteilt hatte. Sie dachte einen Moment nach, verdrehte dabei die Augen, anscheinend ging sie noch einmal durch, was sie mir gesagt hatte, um zu prüfen, ob sie etwas vergessen hatte.

Sie nahm mich mit ins Obergeschoss und öffnete die Tür zu einem kleinen, kalten Zimmer. »Kein Feuer, aber im Schornstein ist immer ein bisschen Wärme – fühl mal.«

Ich berührte die Ziegel. Die vorhandene Wärme war auf der Reise durch drei Stockwerke verlorengegangen. Das Zimmer enthielt das Notwendige, mehr nicht – ein schmales Bett und eine unter die Schräge geschobene Kommode mit Schüssel und Krug zum Waschen. Ein kleiner Tisch stand unter einem mit einer Eisschicht überzogenen Fenster. Ich ging hin und kratzte ein rundes Stück Eis vom Glas, um hinauszuschauen, und blickte über die Dächer. Sie waren steil, wie im Gebet um die Kirche versammelt, an der wir auf dem Herweg vorbeigekommen waren.

»Welche Kirche ist das?«

»Grote of Lebuinuskerk. Aber in deinem Zustand wirst du nicht dorthin gehen.«

Das so offen ausgesprochen zu hören war ein Schock. Ich hatte keinen Kirchgang ausgelassen, es sei denn, ich war krank. Frau Anholts kam zu mir, legte mir eine Hand auf die Schulter und drückte sanft. Ihre Augen waren grau wie Asche, ihre Wangen überzogen mit blassen Sommersprossen, auch wie Asche.

»Am besten, du gehst vorerst nicht. Nachher hast du noch Zeit genug.«

Ich umschlang meinen Bauch.

»Spürst du es?«

Ich nickte.

»Im Oktober ist es gewesen, nicht wahr?«

Er musste es ihr gesagt haben. Sie dürfte alles wissen, restlos. »Ja.«

»Bald wird es nicht mehr zu verheimlichen sein.«

»Wann wird es – *sie* – hier sein?«

»*Sie*? Sie kommt, wenn sie bereit ist.« Sie zählte an ihren Fingern ab, zuerst an einer Hand, dann an der anderen, bis sie die Neun erreicht hatte. »Wenn es im Oktober war, dann im Sommer. Juli. Bete, dass es nicht früher kommt …«

»Der Monsieur wird dann wieder hier sein.« Ich verstummte, jedes Wort war leiser als das vorige.

»Na, na«, sagte sie, weder zustimmend noch widersprechend. »Du bleibst bei mir, und wir werden Zeit haben, uns besser kennenzulernen.« Ihr schien etwas einzufallen. »Ich habe etwas für dich, von ihm.«

Sie ging hinaus und kam mit einer kleinen Schachtel wieder. Ich kehrte Frau Anholts den Rücken zu, als ich den Deckel öffnete. Darin waren ein Stapel Papier, ein Tintenfass und ein paar angespitzte Schreibfedern. Obenauf lag ein Brief, versiegelt mit einem Band und Wachs. Meine Hände zitterten, als ich das Wachssiegel brach und das Band löste.

Deventer, 24. Februar 1635

H.,

ich kann nicht bleiben. Ich bin vorausgereist, um diese Vorkehrungen zu treffen, und morgen fahre ich weiter nach Utrecht, wo ich eine Weile logieren werde.

Frau A. wird sich um Dich kümmern und dafür sorgen, dass Du alles hast, was Du brauchst. Ich habe Papier, Tinte und Schreibfedern bereitgelegt. Du kannst Briefe an mich in der Athenaeum-Bibliothek hinterlegen, wenn Du willst. Richte sie an Professor H. R., Utrecht, und markiere sie mit meinen Initialen, dann werden sie ihren Weg finden. Ich habe erst vor einem Jahr bei ihm logiert, und jede Korrespondenz kann ihm anvertraut werden. Schreibe und erzähle mir, wie es Dir geht, welche Veränderungen Du erlebst – ich bin interessiert.

Utrecht ist nicht allzu weit entfernt – ein Besuch mag sein.

Dein bescheidener Diener,

R. D.

Nachtrag: L. kann mir Deinen ersten Brief mitbringen, wenn Du umgehend antwortest.

Das war ein Brief, aber nicht der Brief, den ich mir erhofft hatte. *Veränderungen?* Wollte er sich Notizen über meinen Zustand machen? Fragen drängten sich mir auf. Wenn L. der Limousin war, und ich war H., wer war dann *Professor H. R.*? Ich wandte mich an Frau Anholts. »Ich muss mich ausruhen.«

Als sie gegangen war, las ich den Brief noch einmal. Jedes Mal wenn ich ihn las, bedeutete er etwas anderes, aber keine Version spendete Trost oder enthielt einen Hinweis auf seine Gefühle für mich. Es war, als hätte er an eine ältere Tante oder eine entfernte Cousine geschrieben, oder, wie mir schlagartig bewusst wurde, an eine Dienerin. Ich hatte das Gefühl, auf Trittsteine zu springen, die alle nicht hielten. Er deutete einen Besuch nicht mit Sicherheit an, wollte jedoch, dass ich ihm schrieb. Sobald ein Gedanke mich aufmunterte, zog der nächste mich wieder herunter. Ich zählte zwanzig Blätter Papier in der Schachtel. Ich setzte mich an den Tisch und rieb mir die Hände warm. Doch meine Hände waren längst nicht so kalt wie meine Gedanken.

Lieber Monsieur, fing ich an, strich es dann wieder durch. *Monsieur.* Auch das strich ich durch. Ich schlug den Brief auf, den er mir geschickt hatte. Er war mit *R. D.* unterschrieben.

»René.« Ich sprach seinen Namen zum ersten Mal aus, er klang überraschend. *René.* So hatte ich ihn nie genannt. Es schien nicht richtig.

Ich fing noch einmal an:

Monsieur,
danke.
Bin ich bis zum Sommer hier? Und dann?

Ich las mir durch, was ich geschrieben hatte, und riss das Blatt halb durch. Ich schloss die Augen, dachte nach und fing von vorn an.

Die Veränderungen an mir? Ich bin nur die Hälfte meiner selbst ohne Sie …

Nein! Ich zerknüllte das Papier zu einer Kugel und verschmierte meine Finger mit Tinte. Er hatte mir zwanzig Seiten hinterlassen, bei diesem Tempo reichten sie nicht einmal für den ersten Tag.

Ich schaute zum Rechteck des Fensters auf. Eis breitete sich von allen Ecken des Rahmens wie ein Fächer über das Glas aus. *Sei offener für Überraschungen*, hatte er das nicht gesagt? Ich tauchte die Feder ein und berührte den Rand des Fasses, um die überflüssige Tinte abzustreifen. Ich schaute auf das Glas, dann auf das Papier und begann zu skizzieren. Zeichnen konnte ich besser als schreiben. Das hatte ich nicht erwartet. Was würde er sehen, wenn er einen Blick darauf warf? Eine einfache Skizze? Oder würde er mich sehen, durch das Papier, wie ich zeichnete? Würde er wissen, dass ich versucht hatte, auch ihn zu sehen, von hier aus, durch diesen kleinen Kreis aus Eis?

Ich ließ seinen Namen aus, es war nicht nötig. Als ich fertig war, tauchte ich die Feder in die Tinte und schrieb:

Ich bin mir sicher, es ist ein Mädchen.
Helena Jans

Ich hatte keine Angst, mit meinem Namen zu unterschreiben.

Ich starrte auf die Seite – auf die ordentliche Skizze und die ungleichmäßige Schrift. Ich faltete den Brief rasch zusammen, bevor ich es mir anders überlegte, und nahm ihn mit hinunter.

Der Wein und das Feuer hatten den Limousin aufgewärmt – ich hörte es ihm an, noch bevor ich wieder in die Küche kam. Er berichtete Frau Anholts von der Armee in Polen. Diese Geschichte erzählte er jedem, der es hören wollte. Ob Frau

Anholts sie schon kannte, spielte wohl keine Rolle – sie lachte laut. Ihr Lachen klang hell wie Feuerschein auf Kupfer. Sie lachte, als hätte sie seit Jahren nicht viel zu lachen gehabt und würde so bald auch keine Gelegenheit mehr dazu bekommen. Als sie sich an ihm vorbeischob, griff er nach ihrer Taille. Ich betrachtete die beiden und ihren entspannten Umgang miteinander mit heftigem Neid. Bei der kleinsten Berührung, die zwischen ihnen stattfand, spürte ich ihren Schatten – Leere und Verlust.

Ich hielt ihm den Brief hin. »Für den Monsieur.« Mir blieb nichts anderes übrig, als ihm zu vertrauen.

Der Limousin nahm den Brief an sich und steckte ihn achtlos in seinen Ranzen. »Morgen nehme ich ihn mit nach Utrecht.«

Ich blieb noch eine Weile stehen, denn ich rechnete damit, dass er etwas einzuwenden hatte, dass er eine unfreundliche Bemerkung fallenließ über *einen Brief, von einer Magd, an seinen Monsieur.* Stattdessen schenkte er sich den restlichen Wein aus dem Krug ein und tätschelte Frau Anholts' Taille, seine Aufmerksamkeit gehörte nur ihr. »Heirate mich …«, sagte er, die Augen halb geschlossen, den Kopf in den Nacken gelegt, woraufhin der feste kleine Knoten in seinem Hals zu sehen war. Sie stieß ihn gegen die Schulter, hob seine Hand und ließ sie wieder in seinen Schoß fallen. »Und was würde deine französische Frau dazu sagen?«, fragte sie und lachte ihr helles Kupferlachen.

»Wie oft muss ich es denn noch sagen, es gibt keine französische Frau! Ich werde dich zu meiner holländischen Frau machen, meine *liebste* Frau von allen. *Vous êtes la plus belle de toutes …*«

»Als Ergänzung zur polnischen und italienischen Frau?« Sie räumte sein Glas vom Tisch. »Ich glaube, du hast genug gehabt.«

»Sie sind grausam, Frau Anholts.« Er ergriff ihre Hand und küsste sie, während er die andere nach seinem Glas ausstreckte. »Aber noch mehr Wein! Nach allem, was ich in den letzten Tagen zu erdulden hatte, ist es das mindeste, was ich verdient habe!«

Später, nachdem ich in mein Zimmer gegangen war, hörte ich ihn auf der Treppe und das leise Klicken des Schlosses an ihrer Tür. Ich hörte nicht, dass er fortgeschickt wurde. Ich dachte an meine kleine Zeichnung in seinem Ranzen, an schmelzendes Eis, an blutende Tinte. Ich drehte mich zur Wand, rollte mich unter der Decke zusammen und kuschelte das bisschen Wärme im Bett an mich.

Ich drückte seinen Brief an mich.

Ich schloss die Augen und versuchte, ihn aus der Dunkelheit heraufzubeschwören, aber als er kam, hatte der Mann, der vor mir stand, weder Wärme noch Gewicht noch Atem.

Liste

DER MÄRZ BRACH an. Er kam nicht. Kein Brief traf als Antwort auf den ein, den ich geschickt hatte. Tage dehnten sich zu Wochen aus. Ich schrieb Briefe, die ich nicht abschickte, drängte ein paar auf ein einziges Blatt Papier – Wort für Wort, wie Knoten, die in eine längere Schnur gebunden werden.

Die Tage blieben kalt. Ich ging allein nach draußen, verschleiert durch meinen Atem. Deventer. Ich konnte es rasch in meine Handfläche zeichnen. Zehn, zwanzig solcher Orte hätten in Amsterdam Platz gefunden. Ich musste achtgeben, wohin ich ging. In dieser Stadt waren Soldaten. Ich fragte mich, woher sie wohl angereist waren und wohin sie von hier aus geschickt würden. Manche waren noch im Wachstum – die Manschetten hingen ihnen bis auf die Finger, Stiefel schlackerten um ihre Knie. War nicht auch ich bis an den Rand des Landes geschickt worden – so weit weg wie noch nie in meinem Leben? Wirkte ich auch so verloren wie die Jüngsten unter ihnen? Hatte ich ebenso wenig Ahnung von den Plänen des Monsieurs wie sie von ihren?

Warum hier, dachte ich, während ich spazieren ging, *warum hat er mich hierhergeschickt?*

Die Wochen vergingen, und noch immer kam keine Nachricht. Was hatte ich getan, um derart ignoriert zu werden? Dann dachte ich, *vielleicht ist etwas mit ihm* – ich stellte mir Krankheit und einen Unfall vor, sah ihn für seine Arbeit bestraft. Aber solche Nachrichten hätte Limousin überbracht, und der machte sich ebenso rar wie sein Herr.

Ich dachte, *er denkt*. Ich dachte, *er vergisst*.

Dann dachte ich: *Warum hat er mir Papier gegeben? Warum hat er mich gebeten zu schreiben?*

Betje fehlte mir. Wenn sie hier wäre, hätte sie etwas zu sagen. Mir fehlten unsere Spaziergänge. Unser Geplauder. Ich konnte durch Deventer gehen, ohne auch nur ein Wort mit jemandem zu wechseln, und hatte noch immer Zeit, für mich zu sein und vor dem Mittagessen mit niemandem zu reden.

Ich hörte auf, Briefe zu schreiben – damit wurde nur gutes Papier verschwendet. Stattdessen schrieb ich eine Liste unter der Überschrift:

Was willst du, Helena?

* *Sie soll gesund zur Welt kommen und die Geburt soll reibungslos verlaufen.*
* *Sie soll vor Gott getauft werden.*
* *Ich will uns beide ernähren.*
* *Ihr ein Zuhause geben, wenn sie kommt,*
* *damit ich sie nicht weggeben muss.*
* *Sie soll keine Magd werden wie ich.*
* *Sie soll keine Magd werden wie Betje – unwissend.*
* *Wieder nach Leiden gehen.*
* *Er soll sie kennenlernen.*

Als ich damit fertig war, schaute ich mir an, was ich geschrieben hatte.

Als ich Frau Anholts die Liste zeigte, las sie alles flüsternd vor, nickte oder runzelte dabei die Stirn. Ich solle mir um die Geburt keine Sorgen machen, sagte sie, sie werde mir dabei helfen, wenn es so weit sei. Welchen Lebensunterhalt ich mir wohl mit einem Neugeborenen vorstelle, was ich denn machen wolle?

»Der Monsieur hat für dich vorgesorgt, Helena. Das würden nicht viele tun.«

»Ich überlege es mir, Frau Anholts«, erwiderte ich, als hätte ich die freie Wahl.

»Überlegen?« Sie sah mich an, als hätte sie so etwas Lächerliches noch nie gehört.

»Ich war eine gute Magd, Frau Anholts.«

»Und wie willst du wieder Magd werden, mit einem kleinen Kind? Hast du daran gedacht? Wird Mr. Sergeant eine Empfehlung ausstellen?« Als ich nichts sagte, fuhr sie fort: »Du musst an diese Dinge denken, Helena.«

Sie ging zum nächsten Punkt über. *»Ihr ein Zuhause geben* … aber dein Zuhause ist hier. Ich passe gut auf dich auf.«

»Ja, Frau Anholts.« Ich schaute auf meine Hände.

»Ich werde dich nicht rauswerfen«, sagte sie, da sie mir meine Besorgnis offenbar ansah.

Sie las den nächsten Punkt. »O nein, Helena. Wie schrecklich, so etwas anzunehmen. Das Kind des Monsieurs weggeben? Das würde er niemals zulassen. Und weder sein Sohn noch seine Tochter würde je Diener oder Magd.« Sie fächerte sich mit dem Blatt Papier Luft zu und klopfte leicht auf ihre Brust.

Ich wollte ihr gern glauben, aber wie konnte sie seiner Meinung so sicher sein?

»Betje? Wer ist das? Nie von ihr gehört. Leiden? Da lebt deine Familie?«

»Meine Mutter.«

»Noch jemand?«

Ich schüttelte den Kopf.

»Er soll sie kennenlernen«, las sie laut vor. Eine Weile sagte sie nichts. »Ich bin mir sicher, das wird er, beizeiten.«

Sie reichte mir die Liste mit freundlichem Lächeln. »Ich hätte so eine Liste haben sollen, als ich Herrn Anholts verlor und mit meinen beiden Kleinen allein war. Es gab Unterstützung …« Sie sprach das Wort aus, als hätte es einen schlechten Beigeschmack. »Aber Wohltätigkeit ist meist mit Gefälligkeiten verbunden oder mit Kosten. Mutter zu werden verändert alles – das wirst du schon bald feststellen.«

»Warum helfen Sie, Frau Anholts?«

»Tja«, sagte sie, von meiner Frage überrumpelt. »Weil der Monsieur gefragt hat, und ich dachte, ich könnte helfen. Und weil ich es verstehe. Meine Schwester Hendrika …«, sie hielt inne und hing ihren Erinnerungen nach, »Hendrika war etwas älter als du, da bekam sie ein Kind von einem Bauernsohn. Er werde sie heiraten, sagte er, aber er hat es nicht getan. Er hat sie geschlagen und behauptet, das Kind sei nicht von ihm. Vater wollte sie nicht im Haus haben – die Schande, verstehst du. Für sie gab es keine Regelung. Mutter bat ihn, sie nicht fortzuschicken. Hendrika ging eines Morgens hinunter an den Fluss und kam nicht zurück.« Sie wischte sich mit dem Handrücken die Tränen ab. »Das ist lange her, Helena – aber so etwas passiert, und man kann es nicht vergessen. Der Monsieur sorgt vor, was nicht viele machen würden. Ich werde tun, was ich kann.«

»Frau Anholts? Hat er mich erwähnt, als er hier war?«

»Schlag ihn dir aus dem Kopf, Helena. Er hat Mittel. Er hat einen *valet*. Er ist Franzose …« Das klang aus ihrem Mund, als wäre es die größte Hürde überhaupt. Sie zeigte auf meinen Bauch. »Er hat eine Regelung getroffen.«

»Und was passiert, wenn das Baby da ist? Was dann? Wird er kommen?«

»Wir können nicht wissen, was Gott für uns vorgesehen hat. Ein Spaziergang wird dir guttun, Helena. Pack dich gut ein, bedecke dich. Dann geht es dir besser.«

Ein Spaziergang war ihre Antwort auf alles. Das war ihre Art zu sagen, dass sie nicht reden wollte. »Ja, Frau Anholts.«

Erst als ich unterwegs war, wurde mir klar, dass Frau Anholts nicht nach allem auf meiner Liste gefragt hatte. Sie hatte mich nicht nach dem Namen gefragt.

Ich folgte dem Weg, auf dem die Kutsche hergefahren war, und gelangte zurück an den Fluss und die Straße, die in westliche Richtung nach Amsterdam führte. Ich dachte daran, was Frau Anholts gesagt hatte, wie sich meine Situation von ihrer oder der meiner Mutter unterschied. Sie und meine Mutter waren Witwen, aber ich nicht. Der Monsieur lebte. Sie waren verheiratet gewesen. Ich war es nicht. Nicht jede Familie konnte aus Vater, Mutter und Kindern bestehen, und wenn einer Familie ein Unglück widerfuhr, dann würde Gott sich kümmern. Aber sich so zu verstecken wie ich hier?

Man hatte mich angewiesen, es niemandem zu erzählen, um den Namen des Monsieurs zu schützen. Es meiner Mutter vorzuenthalten war eine Lüge und eine Sünde. Aber wie konnte ich es ihr sagen? Wenn sie die Nachricht über Thomas erreicht hatte, wie sollte sie meine Schande auch noch ertragen? War es nicht besser, verschollen zu sein? Zu verschwinden? Sich zu verstecken? Ich dachte an Betje, an ihre Kraft. Ich hatte die Familie, nach der sie sich gesehnt hatte, und die mied ich jetzt.

Wie weit ich meine Kapuze über den Kopf zog, spielte keine Rolle, Gott sah mich trotzdem. Wohin ich mich auch wandte, ich tauchte im Schatten unter.

Es begann zu regnen, der Himmel zog sich wie ein dünnes Laken über die Erde. Als ich an den Fluss kam, beobachtete ich, wie das Eis vom gegenüberliegenden Ufer abbrach. Große graue Schollen kippten und rollten sich, um ihre langsame Reise flussabwärts anzutreten. Auch wenn der Winter noch so tief in den Boden eindrang, vermochte er den Frühling nicht aufzuhalten.

Er schrieb nicht.

Ich spürte immer häufiger, wie sie sich in mir bewegte. *Mädchen. Säugling. Liebling. Kleines Mädchen, kleines unfertiges Mädchen.* Ich rieb kleine Kreise in meine Haut an den Stellen, an denen ihr Ellbogen, ihr Fuß oder ihre Hand hervortrat. Kleines Mädchen, mein Schatz. Ich schrieb den Namen, den ich für sie hatte, mit dem Finger über meinen Bauch.

Ich verwendete sein Papier. Ich saß in der Küche und fertigte Skizzen an. Ich zeichnete Töpfe und Pfannen, die Teller auf Frau Anholts' Kaminsims. Ich zeichnete Äpfel in einer Schale.

»Du denkst im Kreis«, sagte sie, als ich ihr zeigte, was ich gemacht hatte. Dann schaute sie noch einmal, vom Papier auf mich, und sagte: »Du hast ein gutes Auge, Helena.«

Nachts dachte ich an meine Liste. Diese Liste und die Unruhe des Kindes brachten mich um eine Menge Schlaf. Ich dachte: *Wie kann ich es schaffen?* Unterschwellig, wie ein Alptraum unter einem Traum, zerrte die Angst vor dem Gegenteil an mir – nicht in der Lage zu sein, ihr die einfachsten Dinge zu geben, die sie zum Leben brauchte, die Furcht, eines Tages die Reise zu unternehmen, die Betjes Mutter angetreten hatte.

Ich zerknüllte die Liste und warf sie von mir. Dann glättete ich sie wieder und steckte sie unter mein Kissen.

Ich schlief, ohne zu schlafen. Er kam an die Oberfläche, schwer, weich, schmeichelnd. Ich schob ihn fort. Ich schob ihn fort. Ich schob ihn fort. Er fand die weichste Stelle an meinem Ohr. Er wollte nicht gehen.

Er wollte nicht gehen.

»Frau Anholts! Hat er gesagt, wann er zurückkommt?«

»Nein«, erwiderte sie und legte ihr Stickzeug ab. Sie biss das Garn durch, klopfte auf den Stoff und schien zufrieden.

Bienenwachs

KEIN WORT VON ihm. Der April kam, voller Blüten. Eisklumpen lagen noch am Boden, die in der niedrig stehenden Sonne zu Pfützen schmolzen. Ich sagte, ich sei erschöpft. Tagelang blieb ich in meinem Zimmer. Ich musste nachdenken.

Ich holte meine Liste hervor. Die Wörter, noch unverändert, konnten die Fragen noch immer nicht beantworten, die sich mir aufdrängten.

* *Sie soll gesund zur Welt kommen und die Geburt soll reibungslos verlaufen.*
* *Sie soll vor Gott getauft werden.*
* *Ich will uns beide ernähren.*
* *Ihr ein Zuhause geben, wenn sie kommt,*
* *damit ich sie nicht weggeben muss.*
* *Sie soll keine Magd werden wie ich.*
* *Sie soll keine Magd werden wie Betje – unwissend.*
* *Wieder nach Leiden gehen.*
* *Er soll sie kennenlernen.*

Ich zog mein Bündel unter dem Bett hervor und leerte alles aus, was ich besaß. Ich schaute meine Sachen rasch durch, meine Bibel, Mutters Brosche, das Kopftuch aus Leinen, die Skizze vom Rosenstängel. Ich hatte eine kleine Rolle Papier mitgenommen, die Arbeit, die ich mit dem Monsieur in der Küche gemacht hatte, während Mr. Sergeant in Utrecht war.

Seiten über Seiten, die ich aus der Bibel abgeschrieben hatte. Wörter, Wörter, Wörter, Wörter. Zahlen. Algebra. Damals war es mir wie eine Fremdsprache vorgekommen, doch wenn ich es jetzt betrachtete, konnte ich Muster erkennen, als hätte sich das Rätsel von mir unbemerkt gelöst.

Ich nahm die Tafel in die Hand, die Mr. Sergeant mir geschenkt hatte. Ich sah ihn allein vor mir, am Küchentisch, wie er eine Scheibe Käse abschnitt. Ich hoffte, Herr Slootmaekers hatte eine neue Magd für ihn gefunden. Aber ich brachte es nicht fertig, nett über meinen Ersatz zu denken. Sie wäre wohl ein wenig ungeschickt, dachte ich, sie würde seinen Tee verschütten. Sie würde keine Tinte aus Roter Bete machen. Mr. Sergeant war vielleicht ein wenig enttäuscht, dachte ich.

Ich machte Betjes Brief auf, legte meine Finger auf ihre Wörter.

Ich stand lange da, starrte aus dem Fenster und lauschte den Tauben, die auf dem Dach umherschwirrten. Was hatte er gesagt? *Du musst das Leben lieben, ohne den Tod zu fürchten. Nun ja,* dachte ich, *er ist nicht in diesem Dachzimmer eingesperrt und hat nur Tauben, die ihm Gesellschaft leisten.*

Ich ließ alles liegen, legte mir meinen Schal fest um die Schultern und steckte ihn mit der Brosche fest.

»Ich dachte, dir geht es nicht gut«, sagte Frau Anholts und blickte überrascht auf, als ich die Treppe hinunterklapperte.

»Danke.« Ich ging an ihr vorbei, ohne stehen zu bleiben. »Aber mir geht es viel besser.«

»Helena?«

Ich schloss die Tür so fest, dass der Türklopfer klapperte, und ließ ihre Frage unbeantwortet hinter mir.

Wie eigenartig, zu gehen, ohne ein Ziel zu haben – nichts zu holen, nichts zu tragen, nichts zu tun. Ich hatte keinen Korb, keinen Krug zu füllen. Ich sah Mägde, die vom Markt eilten, so schwer beladen, dass sie ihre Last gerade noch tragen konnten. Meine Hände waren entsetzlich leer.

Ich konnte gehen, wohin ich wollte. Ich konnte stehen bleiben, mich umsehen, beobachten. Ich konnte mir Zeit lassen und musste nicht denken: *Ich muss zurück.*

Ich schlenderte durch die Lange Bisschopstraat. Für gewöhnlich mied ich diese Straße. Der Monsieur habe vor einem Jahr hier logiert, sagte Frau Anholts. Ich dachte an ihn, wie er über diese Straße ging und das sah, was ich jetzt sah. Ich schaute zu den Fenstern hoch, aber wozu war es gut, wenn ich mir ihn dort vorstellte, wie er herausschaute? Was glaubte ich denn, was er machen würde? Herauskommen und mich begrüßen? Oder sich abwenden, wenn er mich sah?

Ich ging an dem Haus vorbei, als wäre es wie alle anderen, bis ans Ende der Straße. Dort hatte ich schon vorher einen Buchhändler ausfindig gemacht. *Diesmal,* dachte ich, *werde ich hineingehen.*

Der Laden war anders als Mr. Sergeants. Anders als der von Herrn Veldman. Anders als jede Buchhandlung, die ich bisher gesehen hatte.

Der Raum war klein und dunkel, der Geruch von Bienenwachs stieg mir in die Nase. Ich hatte den Eindruck, dass schon sehr lange nichts mehr bewegt worden war, alles war ein wenig staubig. Ich schloss die Augen. Der Geruch fehlte mir.

»Kann ich irgendwie helfen?« Die Stimme schien zunächst aus Schatten zu bestehen, doch dann trat ein Mann aus der Dunkelheit hervor. Er musste die ganze Zeit dort gewesen sein und gesehen haben, wie ich hereinkam.

»Ich möchte mich nur umsehen.«

»Nach etwas Bestimmtem?« Er musterte mich, nahm Einzelheiten auf, fügte sie zu einer ersten Einschätzung zusammen.

Auf einem Schreibtisch lagen eine Reihe nicht gebundener Bücher. Als er meinen Blick bemerkte, sagte er: »Thesen.«

Sie hatten unterschiedliche Titelbilder, nicht so prächtig wie die in Mr. Sergeants Arbeitszimmer. Auf einem war das Bild eines Hasen zu sehen, dessen Gesicht eher dem eines Schafes glich. Das konnte ich besser, dachte ich.

»Haben Sie ein Alphabet für Kinder?«

Er legte den Kopf schief, sein Schnurrbart zuckte. Er hielt eine Hand hoch und drehte sich dann im Kreis. »Wie du siehst, habe ich viele, viele Bücher. Leider ist kein Alphabet für Kinder darunter. Tut mir leid.« Er wartete einen Augenblick. »Kann ich dich für etwas anderes interessieren?«

»Alle Kinder müssen lernen, mein Herr.«

»Das stimmt.« Er senkte den Blick. »Und in Gott finden sie Weisheit, Wahrheit, Gnade.«

»Schade, dass Sie kein Buch haben.«

Wir betrachteten uns eine Weile. Er rührte sich nicht, hatte die Augen ein wenig zu weit aufgerissen, als versuchte er, die Stirn nicht in Falten zu legen. *Ich kann auch gucken,* dachte ich.

Dann hatte ich es.

Was ist Denken? Was ist Hoffnung?

Es ist Schatten und Bienenwachs und Staub. Es sind die Buchstaben, die ich zuerst gelernt habe.

Ich bedankte mich bei ihm und ging.

An dem Tag fing ich mit dem Alphabet an. Aber ich hatte nur noch fünf Blätter in der Schachtel übrig. Mir tat es um das Papier leid, das ich vergeudet hatte.

Ich musste ihm einen Brief zukommen lassen und ihn um Nachschub bitten. *Ich werde ihn zur Bibliothek Athenaeum bringen,* dachte ich, *und wenn sie ihn nicht nehmen, werde ich persönlich nach Utrecht gehen.*

Ich klemmte mir ein Kissen in den Rücken und legte ein

Blatt Papier neben mich. Ich betrachtete meine Hand und zeichnete zuerst einen Fingernagel, dann die Handfläche, meine Finger entspannt und zu einem »C« eingerollt. Ich glättete mein Kleid über meinem Bauch und zeichnete den Halbmond seiner Schwellung. Jede Skizze verfolgte das langsame Wachstum der Wölbung. *Sehen Sie, Monsieur, das ist mein Zustand, das sind die Veränderungen an mir.*

Ich lehnte einen kleinen Spiegel an das Kissen und erhaschte einen kurzen Blick auf meine gerunzelte Stirn, während ich mich konzentrierte. Ich öffnete die Bänder an meinem Mieder. Ich umschloss meine Brust und ließ meine hohle Hand über die dunkle Brustwarze gleiten. Mit zwei, drei Strichen hatte ich den Umriss auf der Seite festgehalten. Ich dachte an die Form seiner Schulter in meiner Hand. Er war nicht nur Gedanke und Denken. Ich spürte ihn noch immer.

Sobald die Seite mit Skizzen voll war, schrieb ich:

Ich habe kein Papier mehr.
Das Eis auf dem Fluss ist geschmolzen. Die Straße ist frei.
Helena Jans

Ich faltete den Brief, versiegelte ihn und nahm ihn mit nach unten zu Frau Anholts. Ich traf sie beim Polieren von Kupfer an, die Ärmel bis zu den Ellbogen hochgekrempelt, auf dem Tisch stapelten sich Pfannen. Ihre Wangen glänzten rot vor Anstrengung. Sie hatte ihre Haube abgenommen, silberne Haarsträhnen kräuselten sich um ihr Gesicht. Darunter sah ich ihre jüngere Version – die hohen Wangenknochen, die ihr noch immer ein hübsches Aussehen verliehen.

»Frau Anholts …«

Als sie den Brief sah, den ich in der Hand hielt, drohte sie mit dem Zeigefinger. »Ich werde dich nirgendwo hinbringen. Und bitte mich nicht um Porto, dafür habe ich kein Geld.«

»Aber …«

»Dich aufzunehmen ist eine Sache, einen Briefwechsel zu finanzieren eine andere. Dein Zuschuss reicht nicht für so etwas. Im Übrigen, wohin willst du ihn schicken? Hat er eine Adresse hinterlassen? Ich habe keine!«

»Er sagte, ich solle ihn in die Bibliothek Athenaeum bringen.«

»Die ist in Klooster.« Sie überlegte einen Moment. »Da gibt es nichts für dich. Monsieur Descartes hat im letzten Jahr dort gearbeitet, als er bei Professor Reneri war – Clément hat dort logiert. Er hatte so eine jämmerliche Zeit, musste Bücher schleppen und Papiere und …«

Ich unterbrach sie, bevor die Erinnerung sie fest im Griff hatte. »Professor Reneri?«

»Ja. Er ist ein guter Freund des Monsieurs. Der Grund, warum er ursprünglich nach Deventer gekommen ist, und …«

»Und sein Vorname?«

»Tja«, sie dachte kurz nach. »Henri, glaube ich, aber ich würde ihn nie so anreden …«

Henri Reneri! Das war es! Er war der H. R. im Brief des Monsieurs. Ich packte meinen Schal und schoss zur Tür.

»Aber Reneri ist mit Monsieur Descartes in Utrecht …«, rief sie hinter mir her.

»Ich weiß!«, rief ich zurück. Ich konnte keinen Moment länger bleiben und eilte hinaus auf die Straße. Ich wusste, wohin ich gehen musste.

Ich beeilte mich. Bei jedem Schritt, den ich Klooster näher kam, schlug mein Herz schneller. Zum ersten Mal seit meiner Ankunft spürte ich, dass der Monsieur in den Bereich des Möglichen rückte. Mir war, als wäre ein Faden ein Stück aufgespult worden und hätte die Entfernung zwischen uns verkürzt.

Bibliothek

DIE BIBLIOTHEK WAR nicht schwer zu finden. Ich war zuvor schon auf meinem Weg zum Fluss daran vorbeigekommen, ohne es zu merken. Doch sobald ich dort eintraf, blieb ich stehen, nicht mehr so sicher, was ich machen sollte. Ich stand auf einer Seite des Vorplatzes und beobachtete. Ich sah Männer mit Büchern und Schriftrollen und gebündeltem Papier, Männer in pelzbesetzten Samtroben, die dreieckige Hüte mit Federn trugen, Männer in kleinen, sich leise unterhaltenden Gruppen. Gebeugte, schlurfende Männer, in Schweigen gehüllt, und junge Männer, Schultern gestrafft, die debattierten. Kleriker und Professoren. Forscher und Studierende. Ich trat zurück, als ein Mann meinen Blick auffing – aber es war, als hätte er durch mich hindurch auf die Mauer hinter mir geschaut. Ich hörte Holländisch, Französisch und Sprachen, die ich nicht kannte. Die ganze Welt war allem Anschein nach in die Bibliothek gerufen worden. Aber keine Frau schritt über die Schwelle, nicht einmal eine Magd, die den Boden fegen sollte – vielleicht machte Denken überhaupt keinen Staub. Ich schaute auf meinen kleinen Brief. Das war keine Schriftrolle. Kein Buch. Ich war kein Mann.

Ich legte eine Hand auf meinen Bauch. Ich musste nur einen Schritt tun.

Ich schob einen Fuß ein Stück vor. Ein Schritt. Dann noch einer. Und noch einer. Ich konnte nicht aufblicken, nur auf meine Füße, während ich mich über den Vorplatz zwang –

Schritt für Schritt. Dann war ich an der Tür – stand im Eingang – und im Weg. Die Tür ging auf, und ich war von einem Schwall Männer umringt, die in einer Diskussion über Polder an mir vorbeifegten. Die Tür ging mit einem Klicken hinter mir zu. Ich war in der Bibliothek.

Ich befand mich in einem hellerleuchteten Gang. Zwischen den Fenstern erhoben sich Bücherregale vom Boden bis zur Decke. Vor den Fenstern, wo das Licht am besten war, standen Pulte. Noch nie hatte ich so viele Bücher gesehen – oder Männer, die derart von ihnen zum Schweigen gebracht wurden. Waren das die Bücher, von denen der Monsieur gesprochen hatte? Die Gedanken spalteten? Wenn, dann waren diese Männer vollkommen unerschüttert, das einzige Geräusch war hin und wieder ein trockenes Husten.

Ich suchte mir einen Weg durch den Gang zu einem längeren Tisch am Ende. Dahinter saß ein Mann, der schrieb. Er hatte ein spitzes weißes Bärtchen und einen auf beiden Seiten hochgezwirbelten Schnäuzer. Dadurch wurde die Aufmerksamkeit auf seinen sehr kleinen Mund gelenkt. Er schrieb weiter, obwohl ich vor ihm stand und nur der Schreibtisch zwischen uns war. Doch ich war nicht hier, um damit zu sprechen.

»Verzeihung, ich habe einen Brief für Professor Reneri.«

Der Mann schüttelte den Kopf und verscheuchte mich mit einer wedelnden Handbewegung.

Ich betrachtete die kahle Stelle auf seinem Kopf. In dem Augenblick musste ich mich entscheiden, was zu tun war. Ich hatte keine Zeit nachzudenken, das Für und Wider abzuwägen. Ich sagte: »Entschuldigen Sie, mein Herr, aber wer sind Sie?«

Das war nicht die Art, einen Mann von seinem Rang anzusprechen, und das wussten wir beide. »Der Bibliothekar des Athenaeums«, sagte er, und die Wörter waren schon heraus, bevor er sich überlegen konnte, ob er mir überhaupt antworten sollte.

Ich hatte den Richtigen vor mir. »Ich habe einen Brief …« Ich hielt ihn dem Bibliothekar hin. »Wo soll ich den hinterlegen?«

Er betrachtete den Brief eine Weile. »Professor Reneri ist nicht hier. Er lehrt an der Illustren Schule in Utrecht.«

»Dieser Brief ist für ihn.«

Er schenkte mir einen verächtlichen Blick. »Das hier ist eine Bibliothek, kein Postdienst.«

»Man hat mir gesagt, ich könnte ihn hier abgeben.«

»Das geht aber nicht. Verschwinde.«

Ich blieb stehen und sah ihm beim Schreiben zu – ein nutzloses Wort nach dem anderen füllte die Seite.

Er schaute auf und runzelte die Stirn. »Wer hat dir gesagt, dass du die Bibliothek als Postdienst nutzen kannst?«

Ich schluckte. Wenn ich »Reneri« sagte, könnte er mich fragen, woher ich ihn kannte, und dann wüsste ich nicht, was ich sagen sollte. Das konnte ich nicht riskieren. Frau Anholts hatte gesagt, der Monsieur habe im vergangenen Jahr hier gearbeitet, also kannte der Bibliothekar ihn vielleicht. »Monsieur Descartes.«

Er klappte den Mund zu. Jetzt hatte ich seine Aufmerksamkeit. »Descartes! Ich hatte wissen sollen …«

»Sie kennen ihn?«

Er lachte kurz auf, allerdings nicht freudig. »Ich hatte das Vergnügen, ihm zu begegnen … aber nicht dem Kuhkopf, den er damals zerlegte …« Er wurde offenbar nicht gern daran erinnert.

»Bitte, dieser Brief ist wichtig.«

Er schaute den Brief an, seine Miene verdüsterte sich noch mehr. »Die Papiere dort gehen nach Utrecht.« Mit seiner Schreibfeder zeigte er auf einen Stapel Papier in der Ecke seines Schreibtischs. Ganz offensichtlich wollte er den Brief nicht anfassen. »Leg ihn dorthin, dann findet er seinen Weg zu Professor Reneri.«

»Einen Augenblick.« Ich griff nach seiner Feder und drehte sie, um sicherzugehen, dass ich die Spitze nicht beschädigte. Ich schrieb *Professor Henri Reneri, Utrecht* und darunter die Buchstaben *RD*.

»Eine höchst eigenartige Regelung«, sagte er, als ich ihm die Feder zurückgab.

Aber eine, die funktioniert, dachte ich, als ich den Brief auf den Stapel legte. Er sah mich an, als hielte er mich auch für höchst eigenartig.

Draußen schien die Sonne. Der Brief war unterwegs. Ich hatte das Rätsel des Monsieurs gelöst. Ich schaute auf meine Hände und drehte sie im warmen Sonnenschein herum. Die Haut war weicher und blasser geworden. Das waren nicht die Hände einer Magd. Sie waren voller Tintenflecken, wie die des Monsieurs.

Alphabet

EINE MENGE PAPIER traf für mich ein. Er hatte einen Brief beigefügt:

Utrecht, 15. Mai 1635

H.,

danke für Deine Skizzen. Ich wünschte, ich könnte so gut zeichnen wie Du – wie viel mehr erzählt mir doch ein gut ausgeführtes Bild als die Wörter, die benötigt werden, um es zu beschreiben. Ich beneide Dich darum – meine Zeichenkünste enttäuschen mich. Du hast das Papier gut genutzt, und das freut mich. Gern stelle ich Dir mehr zur Verfügung.

Ich mache Fortschritte in meiner Meteorologie und überarbeite vollständig meine kleine Abhandlung über Optik. Das alles erfordert meine Aufmerksamkeit, denn ich muss sagen, was ich meine, und ich muss es klar ausdrücken. Das Leben sollte viel mehr Gewissheit haben, wenn ich fertig bin. Ich hoffe zumindest, dass ich Zeit habe.

Zwei weitere Seiten folgten über das Leben in Utrecht, in der Hauptsache ging es um einen Streit mit einem namentlich nicht genannten älteren Kleriker. Er schrieb, er werde von allen Seiten unter Druck gesetzt – und müsse unbedingt einen Herausgeber finden, seine Illustrationen seien beklagenswert. Mersenne piesacke ihn, fuhr er fort.

Mit diesem Brief schlief ich nicht ein, anders als mit dem ersten, den er geschrieben hatte. Ich las ihn, faltete ihn und legte ihn zwischen die Seiten meiner Bibel, direkt neben die Notiz, die ich von Thomas hatte.

Ich unternahm längere Spaziergänge, hinaus an den Fluss, über die Brücke und in die Felder, bis ich von Deventer nur noch die Kirchtürme in der Ferne sah, verschwommen im Dunst. Ganze Wolken von Maifliegen stiegen bei jedem staubigen Schritt auf, die Welt war auf den Pfad unter meinen Füßen reduziert. Ich ging, als müsste ich irgendwohin, und kehrte erschöpft zu Frau Anholts zurück.

Ich versuchte, keinen Blick auf seine Briefe zu werfen – sie gaben mir das Gefühl, verloren zu haben, was mich hielt.

Dann ging ich nicht mehr bis zu den Feldern, und dann hörte ich gänzlich auf hinauszugehen.

Das Gras stand hoch.

Mein Bauch war so groß geworden, dass ich nicht wusste, wie ich entbunden werden sollte. Aus Geschichten, die meine Mutter mir erzählt hatte, mit denen sie von Nachbarn zurückgekommen war, wusste ich, dass die Schmerzen manchmal zu groß waren, manchmal konnte das Kind nicht befreit werden. Manchmal war es zu viel.

»Ist es schwer, Frau Anholts?«

»Beim ersten Mal, ja. Dir etwas anderes zu erzählen wäre nicht gut. Aber ich werde dir helfen.«

Sie hatte schon bei Entbindungen geholfen und wurde hin und wieder noch immer hinzugerufen.

»Hast du schon einen Namen für sie?«

Ich nickte, gab ihn aber nicht preis.

»Und wenn es ein Junge ist?«

»Es ist ein Mädchen!«

»Man kann nicht wissen, ob das Kind ein Mädchen oder ein Junge ist, Helena«, sagte sie. »Und wenn es ein Junge ist, braucht er einen Namen.«

»Es ist ein Mädchen! Das spüre ich einfach.« Als ich das sagte, kam ich mir zuerst dumm vor, dann war ich wütend darüber, dass ich mich dumm fühlte.

Seit Jahren war kein Baby im Haus gewesen, aber Frau Anholts gab mir, was sie hatte. Sie fertigte ein Kinderbett aus einer Kommode an und stellte es bereit. Sie gab mir den Inhalt einer kleinen Holzkiste unter ihrem Bett – winzige Kleidung mit Schimmelflecken und tiefen Falten nach jahrelanger Lagerung.

Sie brummte dabei ein wenig vor sich hin. Anscheinend hatte der Monsieur nicht daran gedacht, diese Sachen zur Verfügung zu stellen, keinen Betrag dafür vorgesehen, neue zu kaufen. Obwohl er tief blicken konnte, hatte er nicht weit geblickt. Nicht zum ersten Mal dachte ich, er hatte nicht vorausgeschaut.

Ich arbeitete heimlich an meinem Alphabet – ich wollte nicht, dass Frau Anholts es sah. Unter dem Vorwand, müde zu sein, verbrachte ich immer mehr Zeit in meinem Zimmer.

Ich wusste, was ich machen wollte – Buchstaben, einfach verziert, mit einem Vers darunter, doch die Lücke zwischen meinen Gedanken und dem Blatt Papier schien immer breiter zu werden. Nur gut, dass er so viel Papier geschickt hatte. Ich würde es brauchen. Ich fand es am besten, ein extra Blatt zu haben, um zu denken, und erst wenn die Idee da war und sich bis in meine Fingerspitzen vorgearbeitet hatte, so nah an der Seite, dass die Idee überspringen konnte, hatte ich das Gefühl, anfangen zu können.

Manchmal hatte ich am Ende des Tages zwei oder drei Seiten, nachdem ich ohne Unterbrechung gearbeitet hatte. An den meisten Tagen nichts – die Arbeit verlief stockend, ungeschickt, falsch.

Es gab Tage, an denen ich mir eine Abschrift meines Alphabets in den Händen eines jeden holländischen Kindes vorstellte. Und dann wurde es mir klar: Das Kind, das ich mir vorstellte, war meins – mein kleines Mädchen, das las. Vielleicht sollte ich es nur für sie machen, aus Spaß an der Freude? Dann dachte ich an Mr. Sergeants Haus und alles, was Bücher ihm verschafft hatten. Ich dachte an meine Liste. Ich musste das Buch fertigstellen und verkaufen.

In meinen Träumen kam er zu mir.

Lass dich anschauen. Diesen kleinen Berg, den wir gemacht haben.

Er lehnte seinen Kopf an mich.

Lass sehen …

Unter Liebkosungen zog er Stoff aus meiner Hand.

Lass sehen …

Küsste beruhigend meine Schläfe, flüsterte Wörter in mein Haar.

Lass sehen …

Und ich drehte mich zu ihm um und ließ ihn in mich eindringen – das Verlangen, das ich spürte, war fast schon Raserei.

Luft

DIE TÜR ÖFFNETE sich in einen großen quadratischen Raum. Licht strömte durch ein Fenster am anderen Ende herein. Der Mann, der Diakon der Kirche, der davor an einem großen Schreibtisch saß, war daher nur als Silhouette zu erkennen. Ein Stuhl mit hoher Lehne und reichgeschnitzten Armlehnen stand vor dem Tisch, direkt der Sonne ausgesetzt – umso besser wurden die Gesichter aller, die dort ihm gegenüber Platz nehmen mussten, bloßgelegt.

»Setz dich«, sagte er, als ich näher trat. Plötzlich sah ich ihn auch zu meiner Linken. Ich erschrak, bis ich erkannte, dass es sein Porträt war. Sein bleiches Gesicht, noch blasser vor dem schwarzen Hintergrund, schaute auf mich herab – die Strenge eines ganzen Lebens in einem einzigen Ausdruck versammelt. Frau Anholts sagte, er habe mehr Kinder, als man zählen könne, und ich stellte sie mir kurz um den Tisch beim Abendessen versammelt vor. Keins wagte zu sprechen, vielleicht nur zu lächeln, wenn er hinausging, und dann auch nur, um sich ins Gedächtnis zu rufen, dass Lächeln möglich war.

Sobald ich saß, legte er seine Hände spitz zusammen. Er tippte die Fingerkuppen aneinander und betrachtete mich eine Weile schweigend. Wie bleich seine Hände waren, beinahe weiß, als wären sie zu lange im Wasser gewesen – sie wären kalt, wenn ich sie berührte. Bei dem Gedanken schrak ich zurück. Er legte die Hände flach auf den Tisch und spreizte die Finger. Das geschah so langsam, als hätte alles, was er bedacht hatte, jede Bewegung, die er je vollzogen hatte, ihm Gewicht verliehen oder ihn auf irgendeine Weise belastet, als hütete er sich, noch mehr hinzuzufügen.

»Ja?« Offenbar hatte er darauf gewartet, dass ich das Wort ergriff.

»Ich …«

»Du hast ein Taufbegehren, nehme ich an.«

»Ja …«

»Du musst schon den Mund aufmachen.«

Der Stuhl, auf dem ich saß, war niedrig. Ich schaute zu ihm hoch. »Ja.«

Er legte die Hände wieder spitz zusammen und trommelte mit den Fingerkuppen, während er nachdachte. »Was du gern möchtest, ist nicht von Belang, verstehst du?«

Ich schlug die Augen nieder. »Ja.«

»Erzähl mir von dem … Kind.« Sein Blick wanderte zu meinem Bauch. »Wann hast du es empfangen?«

Ich versuchte, nicht zu zappeln. Ich verschränkte die Hände über meinem Leib in dem Versuch, meine Kleine vor den Fragen abzuschirmen. »Im Winter …«

»Wo?«

»In Amsterdam.«

»Und der Vater?« Er zog die Augenbrauen hoch und wartete.

»Ich … er …« Damit hatte ich nicht gerechnet. Mir fiel ein, worin sich der Limousin und Frau Anholts einig gewesen waren. Ich konnte den Diakon nicht anlügen.

»Ich will dir auf die Sprünge helfen. Unverheiratet?«

Ich nickte.

»Verstehe.«

Er betrachtete mich eine Weile. »Ein Kind ist von Gott. Selbst wenn sie, sagen wir, schief geboren sind – *onecht kind* –, haben sie einen Platz.«

»Ja«, flüsterte ich. »Das möchte ich für sie. Dass sie einen Platz hat. Mehr als alles andere.«

Er erhob sich und ging ans Fenster. »Besteht eine Aussicht auf Heirat?«

»Nein.«

»Wie bitte?«

»Nein. Keine.«

»Hat er dich verlassen?«

Ich schüttelte den Kopf.

»Ist er ein Nichtsnutz? Schon verheiratet?«

»Nein.«

»Ist er geisteskrank? Ein Gefangener? Steht er kurz vor der Exekution? Ist er tot?«

»Nein!«

»Verstehe.« Er kam vom Fenster um den Tisch und setzte sich vor mir auf die Tischkante. Ich roch sein Duftwasser – Orange und Lavendel. Er roch nach Tod.

Er beugte sich zu mir.

»Dann sag mir, Helena Jans, was hält den Vater ab?«

Ich schlang die Arme um mich und rückte von ihm ab.

Er beugte sich noch näher. Ich roch seinen Atem. »Erzähl es mir.«

»Er kann nicht. Ich bin …«

»Was?«, fragte er. »Unter seiner Würde?«

Unter seiner Würde, weniger noch, ganz unten. Ich versank im Stuhl und nickte.

»Und sein Glaube? Raus mit der Sprache.«

»Katholisch«, murmelte ich.

»Aha, ein Katholik.« Er schnalzte mit der Zunge und schüttelte den Kopf, als hätte er die ganze Zeit schon damit gerechnet und als hätten wir endlich die wahre Tiefe meines Unglücks erreicht. »Und hat dieser Katholik einen Namen?«

»Reyner.« Ich schaute zu Boden. Das war nicht ganz die

Wahrheit, aber auch nicht glatt gelogen, doch er fuhr fort, bevor ich weiter darüber nachdenken konnte.

»Reyner, der Katholik aus Deventer?«

Ich schüttelte den Kopf.

»Apeldoorn?«

»Nein.«

»Amsterdam?«

»Nein.«

»Delft? Groningen? Amersfoort?«

»Nein, nein … Frankreich.«

»Frankreich! Reyner aus Frankreich? – Höchst eigenartig …«

Ich errötete.

Er ging wieder hinter seinen Schreibtisch und schrieb den Namen auf. Er hielt die Feder über dem Papier und wartete. Er wollte auch den Familiennamen.

»Jochems«, sagte ich. Ich sah ihm zu, während er schrieb, und bei jedem Kratzen der Feder wurde mir schwerer ums Herz.

»Also, Reyner, der Franzose, zieht einen holländischen Namen vor, richtig?«

Ich hörte, wie er es sagte, das Misstrauen in seiner Stimme.

»Ja.«

»Verstehe.«

»Er sorgt …«

»Sorgen? Aber wo ist seine Fürsorge jetzt?« Er schaute sich im Raum um, hob die Hände und zuckte mit den Schultern. »Wo ist er?«

»Er ist fort.«

»Aha, ein reisender Versorger. Verstehe. Und er ist gebildet?«

»Ja.«

»Tugendhaft?«

Ich nickte. »Ja.«

»Demnach geht die Verführung von dir aus, richtig?«

Ich schaute zu Boden.

»Wenn er tugendhaft ist, muss die Verführung von dir ausgehen.«

»Ja«, flüsterte ich, »sie geht von mir aus.«

»Und jetzt willst du das Kind durch die Taufe legalisieren lassen?«

»Sie muss getauft werden …«

»Muss?« Er legte die Feder nieder und betrachtete mich. »Sein katholischer Gott wäre nicht so verständnisvoll, das ist dir doch klar? Wenn du in Frankreich wärst … aber dann wärst du nicht, oder?« Das schien ihn zu belustigen, und er lachte.

Er nahm die Feder wieder zur Hand. »Erzähl mir von dir.«

»Ich komme aus Leiden.«

Er hob die Hand, um mir Einhalt zu gebieten. Er schüttelte den Kopf. »Aber dann hättest du dein Ersuchen dort stellen sollen. Wo die Barmherzigkeit beginnt. Leiden. Nicht hier.«

Ich sah ihm an, wie er im Kopf Berechnungen anstellte. »Ich will keine Almosen! Er sorgt für mich.«

»Das sagtest du bereits, aber wenn man mir für jedes Mal einen Gulden gegeben hätte, wenn ich das gehört habe …«

Ich versuchte es auf anderem Wege. »Sie wird hier zur Welt kommen, in Deventer. Sie gehört hierher, zu dieser Kirche.«

»Und deine Eltern?«

»Mein Vater ist tot …«

»Mutter?«

Ich schüttelte den Kopf. »Sie weiß es nicht.«

»Aber du wirst es ihr sagen?«

»Ja.«

Er schlug mit der Hand auf den Tisch. »Ich dulde keine Lügen!«

»Nein, bitte. Ich konnte noch nicht …«

»Du wirst es ihr sagen, ist das klar?«

»Ja«, flüsterte ich.

Er schien zufrieden. »Gut. Wir können nicht wissen, was Gott mit uns vorhat. Ich habe eine Pflicht, das Kind in die Kirche zu bringen, damit es sich um den Quell Seiner Gnade scharen kann – die Gnade Christi reicht weiter als die Sünde Adams. *Lasset die Kindlein zu mir kommen und wehret ihnen nicht, denn solchen ist das Reich Gottes.* Bring den Säugling her, und der Pastor von Grote of Lebuinuskerk wird ihn taufen. Wird dein französischer Versorger teilnehmen?«

»Das weiß ich nicht.« Ich hatte das Gefühl, als wollte meine Stimme mir entgleiten.

»Lass es uns als eine Prüfung seiner Fürsorge betrachten, ja?«

Ich nickte, stand auf, verneigte mich und wollte gehen.

»Helena Jans«, rief er mir nach, »Taufe ist erst der Anfang, das ist dir klar, nicht wahr?«

Ich verneigte mich noch einmal, tiefer diesmal. Er entließ mich mit einer Handbewegung und widmete sich wieder seiner Schreibarbeit. Keine noch so tiefe Verbeugung würde mich in seinen Augen größer machen.

In der Nacht kam es über mich. Es näherte sich mit Fingern, dann mit Zähnen. Es kniff mich und biss mich, dann lauerte es eine Weile im Schatten.

»Frau Anholts!«, schrie ich, als Wasser zwischen meinen Beinen hinabrann und das Laken durchnässte. »Frau Anholts!«

»Kind, Kind, Kind.« Sie kam mit Bündeln alter Laken und Krügen voll Wasser in mein Zimmer. Sie rollte ein altes Tuch zusammen und legte es auf eine Seite. Ich sollte aufstehen und mich nach vorn beugen. Sie hielt mich fest, als ich gegen sie schwankte.

»Nein, nein, nein …« Ich stöhnte unter Schmerzen auf. Ich wollte meine Mutter, aber in den schwarzen Fernen, die in meinem Verstand waberten, war Leiden so weit weg wie Ostindien. Er hatte sie für mich unerreichbar gemacht. Seine Schuld. Gänzlich seine Schuld.

Frau Anholts rieb mit kreisförmigen Bewegungen über meinen Rücken und führte mich dann wieder zum Bett. »Mach die Beine breit.«

Ich legte mich auf das Bett, schüttelte den Kopf und drückte die Knie zusammen.

»Dann wird es nicht kommen!« Sie legte die Hände zwischen meine Knie und schob sie auseinander. »So«, sagte sie, »gut.«

Als ich den Rücken durchbog, schob der Schmerz mich wieder zurück. »Holen Sie es aus mir raus«, schrie ich. Es würde mich auffressen, zerreißen, mir war gleichgültig, ob ich starb.

»Helena …« Sie fuhr fort, mich zu reiben, aber ich schlug ihre Hand fort.

Es kam über mich mit Messern, dann schlug es mich. »Monsieur«, weinte ich. Ich wollte ihn. Und dann hatte ich keine Wörter mehr, nicht einmal seinen Namen, nur noch Laute, die von einer Stelle in mir kamen, von der ich nichts wusste.

Sie drückte mir die Tuchrolle zwischen die Zähne. »Beiß zu.«

Ich wandte den Kopf ab.

»Beiß!«

Sie kniete zwischen meinen Beinen, schob sie auseinander, nahm meine Hand und packte zu. Der Schmerz überrannte mich mit einem letzten, zerschmetternden Schlag, nahm mir den Atem, bis ich keine Luft mehr hatte. Dann spürte ich, wie sie kam, ein blendender, sich windender Schmerz, und dann ihre plötzliche Eile.

»Sie ist hier, Helena, schau«, sagte Frau Anholts, und auch sie weinte. Sie hob ein kleines, bleiches Baby auf meinen Bauch. »Der Rest muss noch herauskommen.« Sie klemmte die Nabelschnur ab, nahm ein Messer und schnitt mein Baby ab.

Ein Mädchen. Großer Gott. Ein Mädchen. Rosa und verschrumpelt und schlaff. Ihre winzige Faust öffnete sich.

»Mein süßer Schatz«, schluchzte ich und küsste ihre Wangen. Ihr Haar war dunkel und blutverschmiert. Sie blinzelte, als sie mich spürte.

»Schönes, schönes Mädchen«, sagte ich. »Mein Schatz, Fransintge. *Francine.*«

Francine öffnete den Mund, als atmete sie für uns beide, und schrie.

Wasser

SIE HATTE SEINE Augen und seine Haare, die sich um die Ohren kringelten, genau wie bei ihm. Ich malte ein Bild von ihr, wie sie schlief, schnitt eine winzige Locke ab und faltete sie in einen Brief. Sie würde am 28. Juli getauft – Zeit genug, dass die Nachricht ihn erreichen und er kommen konnte. Ich schrieb die Einzelheiten in meiner besten Handschrift. Ich teilte ihm mit, sein holländischer Name werde in ihre Taufurkunde eingetragen. Sobald sie getauft war, wäre sie ehelich. Falls er etwas dagegen habe, müsse er es mir umgehend mitteilen. Ich schrieb den Brief wie an jemanden, den ich vor langer Zeit gekannt hatte, als schriebe ich an meine Vergangenheit. Ich gab ihn Frau Anholts, die ihn mitnehmen sollte. Bevor sie ging, fummelte sie an einem Stück Spitze herum, das sie aus ihrer Tasche geholt hatte. Sie prüfte es, unentschieden, was sie machen sollte. Dann hielt sie es mir hin.

»Hier.«

Ich breitete die Stoffbahn auf dem Bett aus, meine Finger folgten dem gemusterten Rand. Es war ein *kraamkloppertje.*

»Das habe ich für meine Kinder benutzt.«

»Es ist schön«, sagte ich. Ich stellte es mir um den Klopfer an der Haustür geschlungen vor, die einfache, stolze Ankündigung ihrer Geburt. Ich legte das Tuch auf den Tisch neben einen kleinen Stapel Babysachen, hob Francine aus dem Bett und drückte sie an mich. Ich küsste sie auf die Stirn und flüsterte: »Wir wissen, dass du hier bist, das ist die Hauptsache.«

»Da drüben auf dem Tablett steht Suppe und *kraamanijs*. Trink ihn, er wird dir guttun.«

Die Suppe duftete köstlich, aber der *kraamanijs* war ekelhaft – ein widerliches, bitteres Gebräu, braun wie Teer.

»Wenn er sie sähe, würde er nie fortgehen …«

»Oh, Helena. Was weißt du schon über ihn?«

Ich ließ die Schultern hängen.

»Und? Du hast Glück, dass er für dich sorgt …«

»Fürsorge! Sieht die so aus?«

»Helena!«

»Warum kommt er nicht, Frau Anholts?«

Sie hob eine Hand. »Es reicht. Mehr ist dazu nicht zu sagen.«

Sobald sie mit dem Brief gegangen war, nahm ich das *kraamkloppertje* und schob ein Stück Papier in die vordere Tasche. Ich wartete, bis Frau Anholts das Haus verlassen hatte, dann band ich es um den Knauf an der Eingangstür und knotete es fest. Ich hoffte, Mutter hätte dasselbe gemacht und ihre Finger, ebenso ungeschickt wie meine, würden herumfummeln, während sie den Knoten band. Ich hob den Türklopfer an und ließ ihn fallen, das Tuch dämpfte das Geräusch. Jetzt wäre niemand im Zweifel gelassen. Ein Mädchen, hier geboren – klopft leise, sonst weckt ihr es.

Von ihm traf kein Widerspruch ein, doch meine Erleichterung hielt sich aufgrund seines Schweigens in Grenzen.

Der Morgen, an dem Francine getauft werden sollte, kroch über die Dächer von Deventer, langsam und schwer mit Nebel behangen. Die Sonne ging auf, flach und bleich wie ein alter Gulden. Ich hatte nicht gut geschlafen, aber ich war nicht wach geblieben, um auf ihn zu lauschen. Das war nicht nötig. Ich würde seine Schritte nicht auf der Treppe hören. Er würde nicht kommen.

Francine bewegte sich in ihrem Bettchen.

»Schh«, sagte ich und hob sie heraus. Sie kuschelte sich an mich und suchte nach Milch. Ich setzte mich auf die Bettkante und strich ihr über die Haare, während sie trank – wir beide noch verschlafen, aber wir mussten auch nicht hellwach sein. Ich liebte sie über alles. Ich spürte die Verbindung zwischen uns – ein unsichtbarer Faden, der sie mit mir und meiner Mutter und deren Mutter verband. Auch ein anderer Faden war da, der zu einer Familie führte, die sie nie kennenlernen würde – seiner Familie. Etwas von meiner Mutter war in ihr, dachte ich, aber viel mehr von ihm.

Als sie satt war, zog ich ihr ein Taufkleid an. Frau Anholts hatte es gebleicht, um den Schimmel zu entfernen, und die schwarzen Flecken waren zu braunen verblasst.

Schweigend gingen wir zur Kirche, Frau Anholts machte sich an ihrem Schal zu schaffen. Ich straffte die Schultern und drückte Francine fest an mich. Die Straßen wurden voller, je näher wir der Kirche kamen. Ich hatte das Gefühl, als hätte man mich in ein Meer aus gestärkten Kragen geworfen – Wellen mit weißen Kronen spülten an den Strand der Lebuinuskirche. Frauen und Mädchen mit den schönsten Hauben, die ich je gesehen hatte, traten aus den Häusern. Die Spitze lag in winzigen Falten über ihrer Stirn und fächerte sich hinter den Ohren auf. Wohin ich auch schaute, überall waren große Blüten aus Spitze in der Sonne erblüht. Die ganze Stadt wäre in der Kirche. Alle, die es noch nicht vermuteten, würden es wissen: *Wo ist denn der Vater?* Heute würde mein dunkelhaariges Mädchen – so schmerzhaft, deutlich anders – sich ihnen in ihrer Kirche anschließen. Aber es war auch Francines Kirche, sagte ich mir, und man würde sie nicht außen vor lassen.

An der Tür gab es ein Gedränge um gute Plätze. Frau Anholts stellte sich auf die Zehenspitzen, um nachzusehen, und schüttelte dann den Kopf, um mir zu sagen, sie habe ihn nicht gesehen. Ich drückte mich möglichst weit in den Schatten. Ich hörte, wie die Kirche sich füllte – schlurfende Schritte, klappernde Holzpantinen. Die wenigen, die Sitzplätze hatten, setzten sich.

Meine Arme schmerzten unter Francines Gewicht. Jedes Mal wenn ich aufblickte, sah ich Menschen hinter vorgehaltener Hand flüstern und unverblümt zu mir herüberschauen.

Wir standen hinten bei Soldaten und Bettlern, viele auf Krücken gestützt oder an die Wand gelehnt, schniefend und keuchend, manche stöhnten vor Schmerzen. Den Pastor konnte ich nicht sehen, aber seine Stimme klang vertraut. Sie war schwer auszumachen, denn die Laute brachen auseinander, bevor sie mich erreichten. Ich konnte nicht erkennen, wo ein Gebet aufhörte und das nächste anfing. Frau Anholts schwankte ein wenig. Ihre Lippen bewegten sich nach ihren eigenen Gebeten.

Ich hatte mich nie wacher gefühlt, war mir nie so bewusst gewesen, wo ich war, wer ich war und warum ich da war. Er war nicht gekommen, war nicht für mich da. Meine Kehle brannte, wenn ich schluckte, mein Herz tat bei jedem Schlag weh.

Als der Gottesdienst zu Ende war, kam der Kirchendiener zu uns. »Wir sind jetzt bereit für dich«, sagte er. Ich folgte ihm, beinahe in seinem Schatten, mit Frau Anholts durch den Mittelgang. Die Kirche war jetzt so still, dass ich das Rascheln seiner Robe auf dem Boden hörte. Er ging langsam, ohne Eile, jeder feierliche Schritt führte uns näher an die Taufe und zu Gott. Zu beiden Seiten drehten sich Köpfe um, starrten Leute uns an. Er war nicht unter ihnen.

Als ich den Pastor sah, blieb ich stehen. Es war der Bibliothekar des Athenaeums! Die Falten auf seiner Stirn wurden noch tiefer, als er mich erblickte. Kurz schaute er auf Francine. In dem Moment, der nicht mehr war als ein Aufflackern, kannte er meinen Wert. Er nickte steif, um den Kirchendiener zu entlassen. Er beugte sich vor, seine Miene so unbewegt, dass sein Mund sich kaum bewegte, die Wörter so leise, dass ich sie kaum hörte. »Ich hoffe, das hat nichts mit Reneri zu tun, dass er nicht davon betroffen ist.«

»Nein.« Meine Verwunderung machte mich ungestüm. »Nichts.«

Er wandte seinen starren Blick nicht ab, und ich fürchtete, er würde mich abweisen. Dann legte er, ohne den Blick zu senken, die Hände zusammen und betete. Er schloss die Augen und erlöste mich.

»… unsere Hilfe steht im Namen des Herrn … All diese Gnaden werden uns erteilt, wenn er uns durch die Taufe in seine Kirche aufnimmt … uns unsere Sünden vergibt …«

Ich schaute zu Boden. Der Pastor trug Schuhe aus sehr weichem Leder, blank poliert. Seine Robe war mit sauberen Stichen gesäumt, hatte mit Stoff bezogene Knöpfe, die so fest saßen, dass sie glänzten. Sein weißer Kragen war gestärkt und gebügelt. Ich wusste, wie viel Arbeit nötig war, um Männer wie ihn auszustaffieren. Ich hatte Schuhe poliert, Knöpfe angefertigt und Leinen glattgebügelt. Ich steckte meine Füße unter meinen Saum.

»… und zu diesem Zweck hat er das Zeichen von Wasser bestimmt, um kundzutun, dass, so wie durch dieses natürliche Element die körperlichen Gerüche abgewaschen werden, er unsere Seelen zu waschen und zu reinigen wünscht …«

»Wer sind die Paten?«

Frau Anholts trat vor und machte einen Knicks.

»Wer bringt dieses Kind zur Taufe?«

»Ich«, sagte ich.

»Und der Vater?« Er schaute hinter mich und wandte sich an die Gemeinde.

Ich schlug die Augen nieder. Ein Raunen ging durch die

Menge. Ich hörte, wie Leute sich auf ihren Plätzen regten. Unruhe breitete sich aus.

»Nein«, sagte ich und schüttelte den Kopf, doch der Pastor wartete, als rechnete er mit einer Stimme aus dem Hintergrund.

»Der Vater?«, fragte er, diesmal lauter.

Als keine Antwort kam, richtete er seine Aufmerksamkeit wieder auf mich und streckte die Hände aus, um Francine zu übernehmen. »Dann werden wir ohne ihn fortfahren müssen.«

Ich küsste Francine auf die Stirn und reichte sie ihm. Er hielt sie ungeschickt auf einem Arm, schöpfte Wasser mit der anderen Hand und hielt sie über Francines Kopf. Dabei fiel das Licht durch das Fenster und wurde heller, als hätte Gott die Wolken fortgeschoben. Ich sah Licht auf dem Wasser und Gottes Segen, dort in seiner Hand.

»Helena Jans, wirst du dieses Kind in der Zucht und Vermahnung zum Herrn aufziehen?«

»Ja.«

»Ihr Name? Wie soll sie getauft werden?«

»Fransintge.«

Wasser tropfte zwischen seinen Fingern hindurch.

Ich dachte, er hätte es nicht gehört. »Fransintge. Das ist ihr Name.«

Er ließ Wasser auf Francines Kopf tröpfeln. *»Tut Buße und lasse sich ein jeglicher taufen auf den Namen Jesu Christi zur Vergebung der Sünden, so werdet ihr empfangen die Gabe des Heiligen Geistes. Denn euer und euer Kinder ist diese Verheißung und aller, die ferne sind … Fransintge, ich taufe dich im Namen des Vaters, des Sohnes und des Heiligen Geistes. Amen.«*

Flüchtiges Schweigen trat ein, dann hallte ein donnerndes, vielstimmiges Amen durch die Kirche – als hätte sich ein Vogelschwarm erhoben, aufgeschreckt durch Händeklatschen.

Fransintge – Francine. Sie hatte ihren Namen. Sie war getauft. Ich glaubte sterben zu müssen, so raste mein Herz.

Der Kirchendiener brachte das Taufregister. »Namen?«, fragte er, ohne aufzuschauen. »Zuerst der Vater.«

»Reyner. Reyner Jochems.«

Ich sah ihm zu, wie er schrieb. Selbst an diesem Punkt dachte ich noch, jemand könnte ihn aufhalten, könnte aufstehen und protestieren. Aber er schrieb, ohne unterbrochen zu werden.

Er blickte auf. »Mutter?«

»Helena Jans.«

Er nahm sich Zeit für den Namen, und ich war mir nicht sicher, ob er ihn richtig schrieb. Ich schaute auf das Register, auf unsere Namen am unteren Seitenrand: sein Name, mein Name, ihrer – Seite an Seite – die Tinte noch nicht trocken. Wir waren nicht anders als jede andere holländische Familie, die dort aufgelistet war. Ich wollte meine Handfläche auf die feuchte Tinte drücken, um die Wörter mit meiner Haut aufzusaugen. Sie hatte ihren Namen. Sie war zu Gott gebracht worden.

Der Pastor nahm ein Tuch von einem Vikar entgegen und trocknete jeden Finger einzeln ab, Knöchel für Knöchel, als wollte er auch die letzte Wasserspur entfernen.

»Es ist vollbracht«, sagte er ohne Wärme oder Freude. »Meine Verantwortung in dieser Angelegenheit gilt dem Kind. Alles wird am Ende herauskommen, vor Gott.«

»Ja«, sage ich und verbeugte mich. »Herr Pastor?«

Er drehte sich wieder zu mir um.

»Ihr Name. Ich weiß nicht, wie Sie heißen.«

»Jacobus Revius«, erwiderte er. Er ließ das Tuch wieder in eine Schale fallen, die der Vikar bereithielt, drehte sich dann um und ging. Er wollte nichts mehr mit mir zu tun haben oder mit Francine oder Reyner Jochems. Reyner Jochems? Er war es, und er war es nicht. Keine Lüge, aber auch nicht die Wahrheit. Ich hielt einen Schleier vor Gottes Augen, hier, in Seinem Haus.

Die Kirche begann sich zu leeren, die Gänge füllten sich mit Geplauder, Frömmigkeit lockerte sich so schnell wie ein Gürtel nach einer opulenten Mahlzeit.

»Hast du das Kind gesehen?«

»Ja. So dunkel.«

»Weißt du, woher es kam? Sie hat es im Torf gefunden!«

»Ha!«

»Mich wundert, dass der Pastor es zugelassen hat!«

Ich rieb mit dem Daumen über Francines Handrücken. Sie blinzelte und nuckelte an ihren Knöcheln. Jedes Mal wenn ich sie anschaute, sah ich ihn. Er würde sie lieben, wenn er sie sähe.

Ich wusste, er würde nicht kommen, aber das hatte mich nicht davon abgehalten, mir den Tag anders vorzustellen. Ich war dumm genug. Ich hatte mir gewünscht, dass er sie sah. Aber er war in Utrecht mit seinen Gedanken und seinen Büchern und seinen Kerzen. *Ja, Monsieur,* dachte ich, *ich weiß, was mit Wachs passiert, nachdem es geschmolzen ist – es kühlt ab und wird grau und hart.*

Auch ich hatte Entdeckungen gemacht.

Eine Schachtel Papier war in unserer Abwesenheit geliefert worden. Frau Anholts schüttelte den Kopf, schob die Schachtel aber zu mir. »Na los. Mach sie auf.«

Ich zog an der Schnur, die den Deckel festhielt. Darin lagen ein Stapel Papier und ein kleines, in Papier eingeschlagenes Bündel. Ich wickelte es aus und brachte eine leuchtende Goldscheibe zum Vorschein. Beigefügt war eine Notiz:

Für meine Tochter Francine, am Tag ihrer Taufe

Ich ließ die Notiz fallen. *Ich habe dieses Leben und kein anderes,* hatte er mir gesagt. Ich hätte zuhören sollen. Ich hätte es wissen sollen. Er hätte hier sein sollen.

Aber ich hatte genug von *hätte.*

Ich würde nicht wieder schreiben. Er würde kommen, wenn er wollte.

Traum

ICH WAR BEI den letzten drei Buchstaben meines Alphabets angelangt, als die Nachricht über die Pest in Leiden eintraf. Ich sehnte mich nach Kunde von meiner Mutter. Ich hatte keine Möglichkeit zu erfahren, ob sie überlebt hatte oder wie sie zurechtkam, falls sie noch lebte. Ich betete, verzweifelte, flehentliche Gebete, obwohl ich wusste, dass es mir nicht zustand nachzufragen, was sein würde – Gott allein wusste, wer gerettet würde. Jeden Morgen, wenn ich aufwachte, war die Sorge da, wo ich sie gelassen hatte, als hätte sie die ganze Nacht neben meinem Bett gestanden und darauf gewartet, dass ich die Augen wieder aufschlug.

Und dann kam eines Tages der Limousin. Er wollte Francine sehen.

»Was willst du wissen?«

Er achtete nicht auf mich und drückte abwechselnd Francines Arme, als wollte er ihr Gewicht und ihre Kraft einschätzen. Zuerst maß er ihre Länge an seinem Arm ab, dann ungeschickt an seinem Bein. Da sie gerade zahnte, drückte er ihren Mund auf, um nachzusehen. Sie strampelte auf seinem Knie und versuchte sich zu befreien. Er hätte es verdient, wenn sie ihn gebissen hätte. Er berichtete mir nichts über den Monsieur, und ich fragte nicht.

»Du hast von der Pest in Leiden gehört«, sagte er mit wissendem Blick. »Lebt deine Mutter nicht da?«

Ich nickte. Er wusste es.

»Wenn sie einigermaßen bei Verstand ist, geht sie fort.« Er schaute mich an. »Aber das ist nicht das, was eure Kirche predigt, nicht wahr?«

Der Limousin hatte ein weiteres Geschenk vom Monsieur für Francine mitgebracht – ein Kleid aus dunkelblauer Seide, bestickt mit kleinen weißen Blumen am Saum. Es hätte einem doppelt so großen Mädchen gepasst – eine Erinnerung daran, dass der Monsieur sie noch nicht gesehen hatte.

»Oh«, sagte Frau Anholts, als sie es sah. Ihre Hand hielt knapp über dem Stoff inne. Es war Seide oder Satin. Sie zog ihre Hand fort, ihre Finger rollten sich ein, als könnte sie sich daran verbrennen. »Schön.«

Das stimmte. Blau, die kostbarste aller Farben. Waren das Blumen am Saum? Oder Sterne am Nachthimmel? Mir war nicht ganz klar, wann Francine es tragen sollte. Es war für ein anderes Kind – das eines Kaufmanns, nicht für ein Kind, das auf Dachböden und in Alkoven groß wird. Ich drückte das Kleid dem Limousin wieder in die Hand. »Nein, danke.«

Der Limousin gab mir das Kleid zurück. »Ich weiß nicht, wem es deiner Meinung nach noch passen wird.«

Frau Anholts nahm das Kleid an sich und klemmte es sich unter einen Arm, um weitere Diskussionen zu unterbinden. »Sag dem Monsieur danke.«

Zuerst dachte ich, *es ist nicht gut genug, er will es nicht haben, ich werde es behalten.* Ich sortierte die losen Blätter meines Alphabets – insgesamt dreißig – und stellte sie mir als Buch vor, wie es wohl aussehen würde, wenn es erst gebunden war.

Die Titelseite zeichnete ich zum Schluss und gab ihr die Überschrift *Ein Alphabet mit Versen – für die Unterweisung kleiner Kinder*. Darunter setzte ich meinen Namen, *Helena Jans van der Strom, Deventer, 1636*.

Ich ordnete die Seiten, legte sie zwischen zwei dünne Bretter, damit das Papier nicht riss, und band alles mit einem dünnen Lederriemen zusammen. Ich ging die Lange Bisschopstraat entlang, ohne nach links oder rechts zu schauen. Der Buchhändler schien sich nicht bewegt zu haben und stand noch da, wo ich ihn zuletzt gesehen hatte – als würde er seine Tage wie eine Fledermaus am Bücherregal hängend verbringen.

Ich machte Platz auf seinem Schreibtisch, schob die Thesen beiseite und legte mein Paket in die Mitte. »Ich habe etwas für Sie.« Ich packte nicht sofort aus, wollte, dass er überlegte und sich fragte, was wohl darin war.

Er hob kurz die Finger. »Und?«, sagte er kurz darauf. »Willst du es aufmachen oder soll ich?«

Ich löste den Riemen. »Ein Alphabet. Mit Anweisung«, erklärte ich. Ich schlug es beim Buchstaben A auf und blätterte die Seiten langsam um, damit er jede einzelne sehen konnte. Er beugte sich vor, hielt meine Hand fest, während ich umblätterte, und beugte sich noch näher darüber.

»Hmmm«, sagte er.

Wir kamen ans Ende. »Interessante Arbeit«, sagte er und schaute mich an. »Woher hast du das?«

»Gefällt es Ihnen?«

»Ja, sehr.« Er rieb sich das Kinn. »Zeig mir noch einmal den Buchstaben T.«

Ich schlug den Buchstaben T auf.

Traum

Sie antworteten: Es hat uns geträumt, und wir haben niemand, der es uns auslege. Joseph sprach: Auslegen gehört Gott zu.

Erstes Buch Mose 40, Vers 8

Er schaute mich mit weit aufgerissenen Augen an. »Bist du vom Träumen angetan?«

Ich senkte den Blick. »Meinen Sie, es wird sich verkaufen?«

»Ich sehe durchaus einen Markt dafür. Aber wie bist du daran gekommen?«

Ich schlug das Alphabet zu, um ihm die erste Seite zu zeigen. Ich hielt sie für die schönste Seite, auf der ich alle Buchstaben *en miniature* am Rand versammelt hatte. War ein Titelbild nicht dazu da, das Werk zu beschreiben, damit es dann gelesen wurde?

»Oh.« Er blinzelte und legte die Stirn in Falten. Er tippte mit dem Finger auf meinen Namen. »Das bist du?«

»Ja, mein Herr.«

»Du hast das gemacht?«

»Ja.«

Er schien wie betäubt, noch immer ein wenig in dem Werk verloren. »Es ist gut …«

Das Herz ging mir über. »Danke.«

»Aber warum hast du es zu mir gebracht?«

»Ich möchte es verkaufen.« Seine Frage überraschte mich. Was glaubte er denn, warum ich hier war?

Ohne überlegen zu müssen, sagte er: »Ich fürchte, das kann ich nicht. Unter den gegebenen Umständen ist es wertlos.«

»Es kann nicht wertlos sein.«

»Lass mich es dir zeigen.« Er nahm das Titelblatt und drehte es mit der blanken Seite nach oben. »Jetzt könnte es sich verkaufen.«

Ich schaute ihn verständnislos an. Er drehte das Blatt wieder um, so dass mein Name wieder zu sehen war. »Jetzt nicht«, sagte er, drehte es wieder um, so dass mein Name verborgen war. »Jetzt doch.«

»Oh.«

»Kein Mann kauft ein Buch, das eine Frau geschrieben hat.

Und mein Geschäft ist es, Bücher zu verkaufen – an Männer. Tut mir leid.«

»Aber ich muss es verkaufen, mein Herr.«

Er entfernte das Titelblatt und legte es beiseite. »Ich brauche dann einen neuen Titel. Etwas Anonymes.«

Ich nickte.

»Dann gebe ich dir einen Gulden.«

»Es ist mehr wert!« Ich dachte an die Arbeit, die ich hineingesteckt hatte.

»Von einem Unbekannten?« Er schüttelte den Kopf. »So ein Buch ist immer ein Risiko. Ich müsste einen Herausgeber finden. Hinzu kommen die Kosten für das Zuschneiden von Bildtafeln. Druckkosten. Binden. Vertrieb.« Er schauderte. »Bring mir ein neues Titelblatt, und unterdessen denke ich weiter über den Wert nach.«

An Ende einigten wir uns auf zwei Gulden. Ich hatte vier haben wollen. Viele Bücher von Mr. Sergeant verkauften sich für ein Vielfaches.

»Ich zweifle nicht an seinem Wert«, sagte er, »aber der Wert ist nicht dasselbe wie der Preis.«

Ich wollte mir das, was ich hatte, nicht durch Verbitterung eintrüben lassen. Ich hatte Geld, mehr, als ich je besessen hatte. Und wenn die Pest Leiden aus ihren Krallen entließ, würde mich dieses Geld nach Hause bringen.

Ich hinterließ Frau Anholts einen Brief und bedankte mich für ihre Güte. Ich wartete, bis sie für einen Tag nach Apeldoorn fuhr, sammelte meine Habseligkeiten ein, zog Francine einen neuen Wollmantel an, schloss die Tür hinter mir und ging.

Ich teilte ihr mit, ich könne nicht bleiben, ich müsse meinen Weg finden. Ich könne nicht leben in der Erwartung, dass er komme, wenn er dann doch nie kam. Ich schrieb, ich werde nach Leiden gehen, gab aber keine Adresse an.

Bevor ich aufbrach, holte ich die Liste hervor, die ich kurz nach meiner Ankunft geschrieben hatte.

Er soll sie kennenlernen.

Ich nahm meine Feder zur Hand, strich die Zeile durch und machte sie ein für alle Mal unkenntlich.

LEIDEN 1636–1637

Wolle

»PASS AUF IHRE Finger auf!«, rief Mutter. Francine war zu ihrem Spinnrad hinübergekrabbelt und zog sich daran hoch. »Pass auf sie auf, Helena!«

Francine erschrak, plumpste zu Boden und fing an zu weinen.

»Ich will nicht schuld sein, wenn sie ihre Finger verliert!«

Ich hob Francine auf und küsste sie auf die Wange. Sobald sie auf meinen Armen war, wandte sie sich ab und wollte wieder auf den Boden. Ich trug sie zu dem Platz, an dem ich arbeitete. »Hier, spiel damit«, sagte ich und stapelte einen Turm aus alten Spulen auf. Sobald er errichtet war, holte Francine aus und ließ sie über den Boden poltern. Sie klatschte in die Hände und kreischte, ihre Tränen waren vergessen.

»Jetzt mach du.« Ich gab ihr jeweils eine Spule in die Hände. Sie schlug sie gegeneinander und grinste. Ich hockte mich vor sie und sprach leiser. »Du brauchst die Finger. Eines Tages werde ich dir das Schreiben beibringen.«

Mutter neigte ihren Kopf über den Korb mit Wolle, die ich an dem Morgen kardätscht hatte. »Sie muss etwas Nützliches lernen.«

»Das verspreche ich dir«, sagte ich zu Francine und überging die Bemerkung meiner Mutter. Ich stapelte die Spulen wieder auf und drückte Francine einen Kuss auf die Nase.

»Soll ich für uns beide spinnen?« Mutter beugte sich tiefer über ihre Arbeit. Das Garn schien ein Teil von ihr, als zöge sie es aus einer endlosen Spule irgendwo in ihrem Innern. Die ganze Stadt war voll gebeugter Frauen – Frauen, die sich nie wieder aufrichten würden.

Ich zog meinen Stuhl heran und stellte einen Fuß auf das Pedal, doch sobald ich anfing, verschlechterte und verdüsterte sich meine Laune, und das Garn verhedderte sich. Ich sackte über dem Spinnrad zusammen. So konnte ich Wolle nicht verspinnen. Wolle musste bei der leisesten Berührung durch die Finger gleiten, sonst würde sie knurren und sich verhaken. Klumpiges Garn war nicht einmal das Geld in der Tasche eines Armen wert. Ich zog die Wolle zurück, blies in meine Finger, um sie zu wärmen, und fing wieder von vorn an.

Neben dem Spinnen hatte Mutter das Nähen aufgenommen – Säumen oder die Reparatur von Laken oder anderen Kleidungsstücken. Wir arbeiteten schweigend bei Kerzenlicht bis zum späten Abend. Ich wusste, dass ihr das, was in Amsterdam geschehen war, durch den Kopf ging, dass sie es von allen Seiten betrachtete. Als sie schließlich den Mund aufmachte, war das, was sie sagte, für mich wie ein Schlag ins Gesicht.

»Irgend so ein Säufer von der Kirmes?«

»Nein!«

»Wer denn dann?«

Ich schüttelte den Kopf.

An einem Abend, nachdem wir unsere Arbeit beiseitegelegt hatten, holte Mutter einen Brief vom Kaminsims und reichte ihn mir. Sie ließ sich auf ihrem Stuhl nieder. Ich erkannte die Handschrift auf den ersten Blick. Thomas. Ich schaute auf das Datum, 16. Februar 1633 – abgeschickt vor seiner Rückreise.

Der Brief war geöffnet worden.

»Der Junge von den Joostens hat ihn mir vorgelesen – aber der liest so schnell, dass ich kaum etwas mitbekommen habe. Lies ihn mir vor, Helena.«

Ich zog meinen Hocker ans Feuer und hielt das Blatt schräg ans Licht. Aber auch so war es mühsam, etwas zu erkennen.

Liebe Mutter, ich bin in Batavia eingetroffen. Was für ein Ort! Ich wünschte, Du könntest ihn sehen. Eine große Mauer wird gebaut – Menschen aus aller Welt arbeiten daran. Überall höre ich Holländisch – mir scheint, halb Holland ist hier. Manche bleiben und machen es zu ihrer Heimat. Stell Dir das vor! Es ist schwer, aber es gibt Arbeit, Arbeit für Männer wie mich – Mauern verstärken, Kanäle ausheben, Häuser bauen. Die Häuser, die gebaut werden …

Führt mich zu der Annahme, dass ich am Ende doch ein Landmann bin. Ich bin das Meer leid, und das Meer ist meiner überdrüssig. Würde Vater sich schämen, wenn er mich so reden hörte? Sei nicht traurig – mir geht es so gut wie irgend möglich. Aber mein Zuhause fehlt mir, Mutter, und ich wünschte mir, ich wäre wieder da.

Gott sei mit Dir – Thomas

Ich ließ den Brief in meinem Schoß liegen. *Flüchtig.* Das stand da zwischen den Zeilen. Der Grund. Er musste ihn nicht ausführen, damit ich ihn verstand.

»Seither habe ich nichts mehr von ihm gehört.« Sie tupfte sich mit dem Finger die Tränen ab. »Ich habe von entsetzlichen Fieberkrankheiten dort gehört …«

»Oh, Mutter …« Ich versuchte, mir Wörter einfallen zu lassen, die sie trösten könnten. Sollte ich ihr erzählen, dass Thomas wieder nach Amsterdam zurückgekehrt war? Wenn ja, würde sie dann nicht wissen wollen, warum er nicht nach Hause gekommen war? Sie wirkte so niedergeschlagen vor Sorge. Ich wusste nicht, ob er lebte. Wäre er dann nicht hierhergekommen? Daher berichtete ich ihr stattdessen von Herrn Veldmans Karten, von den hohen Bäumen, flauschig mit riesigen Blättern, von Katzen, so groß wie Schafe, sowie allen anderen Eigentümlichkeiten, die Thomas gesehen haben musste. Sie öffnete die Hände, während sie zuhörte, und starrte darauf, als hätte sie etwas verloren, wüsste aber nicht genau, was.

Wir schwiegen. Irgendwann sagte sie: »Du musst etwas wissen, Helena. Ich gehe nach Brabant, am Martinstag, und werde bei Margriet bleiben. Nach Ostern komme ich zurück. Das ist beschlossene Sache.«

Margriet, ihre Schwester, konnte nach einem Fieberanfall vor vielen Jahren den linken Arm und das linke Bein nicht mehr bewegen. Aber Mutter hatte sich bisher nie allzu besorgt gezeigt – Margriet hatte Familie, die sich um sie kümmerte.

»Oh …« Damit hatte ich nicht gerechnet. »Bis zum Martinstag sind es noch Wochen.«

»Das muss zuerst gemacht werden.« Sie zeigte auf die Wollsäcke, die sich in einer Ecke stapelten. »Du kannst bleiben, solange ich fort bin.«

Bleiben? Ich schluckte. Jetzt war es an mir, auf meine Hände zu schauen. »Ja, Mutter.« Meine Stimme war nur noch ein Flüstern.

»Wenn ich zurückkomme, will ich nicht vorfinden, was ich hinterlassen habe.«

Ich schaute auf und begegnete ihrem Blick.

»Du musst deinen eigenen Weg finden, Helena. Wo du leben kannst und Arbeit hast, von der du euch ernähren kannst, einen Mann, dem das Kind eines anderen nichts ausmacht – solche Männer gibt es, Witwer und so. Aber du darfst sie nicht hierherbringen. Das lasse ich nicht zu.«

Ihre Worte gingen mir durch und durch. Dachte sie wirklich so von mir? Tränen standen mir in den Augen, heiß und stechend.

»Bis Ostern, Helena. Ein neuer Anfang. Ich gebe dir Zeit.«

Sie berührte meine Schulter, als sie aufstand. »Wenn du fertig bist, leg den Brief wieder dahin, wo er war. Ich gehe schlafen.«

Ich wandte mich ab, während sie sich auszog. Ich hörte, wie sie ins Bett stieg und den Vorhang zuzog. Ich legte den Brief wieder auf den Kaminsims, räumte die Fäden in einen Korb und fegte die Asche auf. Erschöpfung lastete auf mir, aber mir war noch nie weniger nach Schlafen zumute gewesen. Ich hatte Kopfschmerzen, wie ein Band, das immer fester gezogen wurde.

Ich ging zum Fenster, um die Fensterläden zu schließen – die Sommernacht war nicht schwarz, sondern dunkelblau. Als ich hinausschaute, fielen mir Leute auf, die zum Himmel hinaufzeigten. Ich erkannte unsere Nachbarn, in Decken gehüllt, andere in Nachthemden – eigenartige Zwillinge ihrer Tageserscheinungen, die Gesichter im Mondlicht bleich wie Milch. Ich zog meinen Schal um mich und ging hinaus.

»Die Tränen des Laurentius«, sagte ein Weber aus dem Haus gegenüber, als ich ihn fragte, warum sie draußen seien.

Als wüsste ich es nicht selbst. Aber nach allem, was geschehen war, hatte ich es vergessen. Hatte ich keinen Platz mehr im Kopf, um mich an so etwas zu erinnern?

Seine Frau stieß ihm mit dem Ellbogen in die Seite, um ihn zum Schweigen zu bringen. »Du darfst sie nicht so nennen. Wenn das der Pastor hört, haben wir ein Problem. Am Ende glaubt er, wir wären Katholiken.«

»Hat der Pastor einen besseren Namen dafür? Ja? Na also.«

Ich entfernte mich, während sie miteinander stritten, und schaute in den Himmel. Noch nie hatte ich so viele Sterne gesehen – oder eine so klare Nacht. Ich suchte den Himmel nach dem Stern ab, nach dem Vater navigiert hatte. Ich zog eine Linie, so wie er es mir einst gezeigt hatte, von einer Gruppe, die wie eine Pfanne geformt war. Und da war er: Polaris, der hellste Stern – der zeigt den Weg nach Norden.

In dem Augenblick begannen Nadelspitzen aus Licht herabzuregnen – eine oder zwei zunächst, dann viel, viel mehr. Ein paar Menschen bedeckten den Kopf, als es anfing. Andere fielen auf die Knie und beteten, dort auf der Straße, ohne darauf zu achten, dass ihre Kleidung schmutzig wurde oder wie man am nächsten Morgen über sie reden würde.

Doch das war anders als die Funken aus dem Amboss eines Schmieds. Ich schloss die Augen und spürte die Nacht auf meiner Haut. Ich vermisste ihn – aber das Gefühl, wie ein Moment aus Licht, wie ein fallender Stern, war vorüber, sobald ich es spürte.

Ich schauderte. Was sollte ich tun? Ich dachte an den Mann, an den Witwer, der mich vielleicht haben wollte, und schüttelte mich.

Und dann kam mir ein Gedanke. *Ich kann mir hier meinen Lebensunterhalt verdienen.* Ich werde neue Zeichnungen anfertigen, diesmal ein Sortiment, kein Buch. Etwas, das zeigt, was ich kann. In Leiden gab es zahlreiche Buchhändler und Herausgeber, die man sich aussuchen konnte – Schriftsteller, die Bilder für ihre Bücher brauchten. Ich würde alles zeichnen, worum sie mich baten, alles, um den einen oder anderen Gulden einzunehmen. Und mit Gulden konnte ich ein eigenes Zimmer haben. Ich dachte an meine Liste und alles, was darauf stand. Ich konnte es. Ich konnte für uns sorgen.

Ich schaute in den Himmel. Ich wusste nicht, was die Sterne festhielt, warum manche herabfielen und andere nicht. Der Monsieur wusste es zweifellos. Um mir zu erzählen, dass die Sterne nur hell waren, weil der Himmel dunkel war, brauchte ich ihn nicht. Sie brauchten die Nacht, damit man sie sah.

Die Antwort war nein und wieder nein. Nein, nein, nein, nein. Jeder Buchhändler, den ich aufsuchte, jeder Herausgeber, den ich traf. Viele wollten mich gar nicht sehen. Einer oder zwei entschuldigten sich. Sie alle sagten nein.

»Das kann ich nicht nehmen.«

»Ist dir klar, worum du mich da bittest?«, fragte ein anderer und zog eine Linie quer über seinen Hals.

Ein Dritter verscheuchte mich, sobald ich ihm eine Karte zeigte, die ich skizziert hatte, als wäre es schon ein Fluch, sie nur anzuschauen, als stellte sie einen sicheren Untergang dar.

»Oh«, sagte ich und rollte mein Werk wieder ein, verschnürte es mit einem Band und verabschiedete mich hastig.

Ich erzählte die Geschichte von meinem Deventer Alphabet – aber das half nicht, sondern verstärkte ihren Unwillen nur noch.

Ich dachte an mein kleines Alphabet als Brandstifter und musste schlucken.

»Das Problem ist zweierlei«, sagte einer, der sich Zeit nahm, es mir zu erklären. »Erstens dein Geschlecht, das – ha – eine unglückliche, nicht zu leugnende Tatsache ist. Zweitens, dass du keinerlei Gilde angehörst. Wir stellen Zeichner ein, Künstler, Radierer höchsten Grades – Männer mit überragenden Fähigkeiten. Werke von anderen zu beschaffen wäre eine Verwässerung. Ein Betrug. Verstehst du das?«

Er blätterte erneut durch meine Arbeit, schob Blätter hin und her, kniff die Augen zusammen. Er griff nach einer Skizze von Francine. Ich hatte sie gemalt, als sie mir den Rücken zuwandte, in der Sonne sitzend, eine Spule in der Hand. Er zog die Mundwinkel nach unten, während er die Zeichnung betrachtete. Er ließ das Blatt wieder auf seinen Tisch fallen mit den restlichen, die er in der Hand hielt – das Aufklatschen von Papier beendete seine Einschätzung meines Werks.

»Das meiste ist amateurhaft.« Er hob die Skizze von Francine wieder hoch. »Die hier kaufe ich für meine Frau, so etwas gefällt ihr. Wenn du verkaufst.«

Ich nickte.

Er kramte in seinen Taschen und holte heraus, was er hatte. Er sortierte die Münzen und hielt mir hin, was übrig blieb. Keine Gulden waren darunter.

Ich rollte meine Arbeiten ein, schnürte das Band ein wenig zu fest und zerdrückte das Papier in der Mitte.

Ich stampfte nach Hause. Der Wind hatte aufgefrischt. Wussten die denn nicht, dass ich mein letztes Papier für diese Arbeit verbraucht hatte? Das neue Papier, das ich haben wollte, gekauft mit Gulden, die ich nie haben würde, wehte um meinen Kopf, segelte mit den Blättern in einem Windstoß. Ich sah Vögel, vom Sturm gefangen, immer höher steigen – Federn, die hoch oben in den Himmel getragen wurden.

Mir fiel ein, was Mutter gesagt hatte. Ich musste meinen Weg finden.

Torf

ICH SAH IHN, bevor er mich sah. Die Luft war zu dick zum Atmen. Ich drückte mich an die Mauer, drehte den Kopf ein wenig, so weit ich es wagte, und schaute noch einmal hin.

Da war er. Ohne Zweifel. Der Monsieur. Er sprach mit einem Mann, den ich nicht kannte. Der Limousin war nirgendwo zu sehen.

Ich war zum Buttermarkt gegangen, wie immer dienstags, und nun war er da, weniger als eine Straßenbreite von mir entfernt. Obwohl viele Menschen unterwegs waren, musste er sich nur umdrehen und aufschauen, dann würde er mich sehen. Ich wagte nicht, mich zu rühren. Ich muss lächerlich ausgesehen haben, so flach an eine Mauer gepresst – als wäre ein Pferd zu nahe an mir vorbeigekommen.

Er schüttelte dem Mann, mit dem er sprach, die Hand und ging ein paar Stufen hinauf ins Haus. Die Tür hatte einen schweren Messingklopfer, so wie die Häuser, zu denen Mr. Sergeant mich in Amsterdam geschickt hatte – das Haus eines Kaufmanns oder vielleicht eines Herausgebers.

Der Monsieur. In Leiden. Vielleicht irrte ich mich. Nicht zum ersten Mal hatte ich geglaubt, ihn zu sehen, nur um bei näherem Hinsehen festzustellen, dass er es nicht war. Ein Mann hatte gelächelt und meine Absicht missverstanden.

Meine Schultern sanken herab, während meine Atemzüge langsamer wurden, und sobald ich meinen Mut wieder zusammengenommen hatte, hängte ich meinen Korb über den

Arm, strich mir über die Röcke und setzte mich wieder in Bewegung. Ich war schon spät dran. Genau in diesem Augenblick ging die Tür auf, und der Monsieur trat ins Freie. Er kam nicht umhin, mich zu sehen, ich konnte es nicht vermeiden, gesehen zu werden.

»Helena!« Seine Miene spiegelte den Schrecken auf meinem Gesicht wider.

Ich konnte nicht sprechen, und das war auch gut so.

»Du meine Güte, du bist es wirklich.« Er trat einen Schritt auf mich zu und streckte die Arme aus, als wollte er mich an sich drücken. Ich hielt den Korb vor mich, damit er zwischen uns war.

Er trat zurück und stieß den Atem aus, als wäre er gerannt. »Helena. Lass dich anschauen.«

Er muss mich für dumm gehalten haben, da ich dort stand und nichts zu sagen hatte.

»Wie geht es dir? Und Francine?« Obwohl er lächelte, sah ich, wie er zögerte. »Ich habe dich gesucht ...«

Ich konnte nicht glauben, dass er dort stand, wie er sich verändert hatte. Er war dünn geworden. Sein Haar war ergraut, die Locken hingen in glatten Strähnen herab, da sie lange nicht gewaschen worden waren. Ich sah einen Mann, der allein lebte und nicht davon ausging, jemandem zu begegnen, der ihm viel bedeutete.

»Ihr geht es gut, Monsieur.«

»Helena ...«, sagte er und betrachtete mich noch immer. Er schaute sich um. »Aber wo ist sie?«

»Bei Mutter. Sie ist noch zu klein, um sie mit auf den Markt zu nehmen.« Wie normal das aus meinem Mund klang, meinen Wörtern wohnte eine andere Wahrheit inne.

»Ja, ja. Gewiss.« Er schaute sich nach einer anderen Stelle um, die wir aufsuchen könnten. Aber auf der Straße herrschte Gedränge, es gab keinen ruhigeren Platz. »Frau Anholts hat mir den Brief geschickt, den du ihr hinterlassen hast, aber es war kein Brief an mich da …«

Ich hörte, wie er es sagte, den Vorwurf in seiner Stimme. Angesichts der Ungerechtigkeit seiner Worte schüttelte ich den Kopf.

»Ich wusste, dass du hier sein würdest, aber du hast keine Adresse hinterlassen.«

Ich funkelte ihn wütend an. Ich ließ mich nicht wie ein Kind behandeln. Das von dem Mann, der mich dazu gebracht hatte, Rätsel zu lösen und eine Bibliothek zu benutzen, um seine Post weiterzuleiten! Im Übrigen wusste der Limousin, dass meine Mutter in Leiden lebte, hatte er nicht daran gedacht, ihn zu fragen?

»Francine muss gewachsen sein.«

»Ja, Monsieur.« Ich wandte den Blick ab. Menschen kamen plaudernd und lachend vorbei, Mütter mit Kindern, Paare, Arm in Arm.

»Was führt Sie her, Monsieur?«, fragte ich und ließ es so klingen, als hätte er kein Recht dazu.

Er deutete auf das Haus, aus dem er gekommen war. »Ich bin in Verhandlung mit einem Herausgeber über den *Discours* … Alles ist spät dran. Ich konnte nicht riskieren hierherzukommen, bis ich wusste, dass es sicher war, nach der Pest, meine ich.«

Sein Buch. Natürlich. Das hatte Vorrang vor allem anderen.

»Ich logiere nicht weit von hier, an der Rapenburggracht, in Gillots Haus.«

Ich zuckte mit den Schultern und schaute zu Boden. Was ging es mich an, wo er wohnte? Er trug dieselben Schuhe wie in Amsterdam, inzwischen abgetragen und verdreckt, seine Strümpfe ebenso. Ich hatte ihn immer für sauber und ordentlich gehalten.

»Helena …«

Ich schaute ihm direkt in die Augen. Sein Blick wurde weicher, aber ich musste mich dagegen wappnen.

»Warum hast du nicht mehr geschrieben? Hast du das Papier bekommen, das ich dir geschickt habe?«

Verletztheit stieg in mir auf. »Sie sind nicht zu Besuch gekommen, Monsieur. Nicht ein einziges Mal.«

»Ich konnte nicht, Helena. Ich hielt es für das Beste.«

Das Beste? Für wen?

»Dann erfuhr ich von Frau Anholts, dass du fort warst.«

Es von ihm zu hören brachte nur alles wieder zurück. Aber ich hatte es gelebt, nicht er. Vergangen war vergangen – es musste unter Wasser gehalten werden, wenn nötig ertränkt. Ich schob meinen Korb wieder in die Beuge des Ellbogens. »Ich bin spät dran, Monsieur.«

»Lass mich mitgehen.«

Ich schüttelte den Kopf. Ich musste nur einen Schritt tun, dann noch einen und ihm zeigen, dass es mir ernst war.

»Dir ist klar, warum ich es musste ... wenn der *Discours* fertig ist, wenn er veröffentlicht ist ...«

»Ich muss gehen.«

»Aber Francine? Kann ich sie sehen?«

»Nein.«

»*Nein*? Helena, bitte.« Er kramte in seiner Tasche und hielt mir eine Handvoll Münzen hin, wobei einige zu Boden fielen. »Hier, das ist alles, was ich habe – aber ich kann dir mehr zukommen lassen.«

Ich wandte mich ab. »Ich arbeite, Monsieur.«

»Helena, bitte ...«

Ich ging einen Schritt vor, dann noch einen und noch einen.

»Helena!«

In dem einen Wort, so wie er es aussprach, glaubte er mich verloren. Aber ich ging fort, immer weiter. *Sie sieht aus wie Sie,*

Monsieur, hätte ich am liebsten gerufen. *Sie kann bloem und melk und kaas sagen. Sie kann Mama sagen, aber nicht Papa – warum sollte sie auch? Warum sollte sie überhaupt jemals?*

Ich ging hinüber zur Borstelbrug, wo Männer Tierfelle im Wasser schlugen und sie zum Trocknen über die Mauer hängten. Ich beobachtete, wie die durchnässte Wolle tropfte – wie lustlose weiße Flaggen, die vor den roten Ziegelsteinen der Stadt aufgegeben hatten.

Ich wusste, es war nur eine Frage der Zeit, bis der Limousin mich fand. Ich hatte ihm erzählt, dass Mutter an der Hooigracht wohnte. Damals war es das, was er sich einprägen sollte. Jetzt konnte ich nur hoffen, dass er es vergessen hatte und nicht die Straße entlanggehen würde, von Tür zu Tür, bis er uns gefunden hatte. Tagelang nach der Begegnung rechnete ich mit einem Klopfen an der Tür. Nachts stellte ich mir vor, er wäre im Zimmer und würde uns aus einer Ecke heraus beobachten. Ich kniff die Augen fest zu, damit der Gedanke verschwand.

Ich dachte, ich wäre vorbereitet, als ich ihn sah. Er überraschte mich nicht, er sprang nicht aus dem Schatten, es klopfte nicht an der Tür. Er ließ sich einfach sehen, ließ mich spüren, dass er da war. Erst danach wurde mir klar, dass er die ganze Zeit schon dort gewesen sein musste, um zu beobachten.

Ich war auf dem Torfmarkt an der Ecke De Oude Vest.

»Hallo, Helena«, sagte er und kam näher. »Der kleine Ausreißer.«

Er holte seine Pfeife aus der Tasche, steckte mit dem Daumen Tabak hinein und paffte so lange, bis sie brannte. Langsam stieß er Rauch aus. Er schaute sich um, hatte es nicht eilig. Er war nicht hier, um Torf zu kaufen.

Er reichte mir nicht die Hand zur Begrüßung, ich hätte sie

auch nicht geschüttelt. Ich brachte es nicht einmal über mich, hallo zu sagen. Er beäugte mich, während ich mir den Torf anschaute, und folgte mir, als ich an den Ständen entlangging, um den billigsten auszusuchen. Es war schreckliches Zeug, schlaff und feucht – es würde nicht gut brennen. Er stand daneben, während ich feilschte.

»Nimm es oder lass es bleiben«, sagte der Torfhändler und zuckte mit den Schultern. »Du machst mein Haus kalt, nur damit deins warm sein kann.«

Ich reichte ihm das Geld, das ich hatte, füllte meine Eimer halb und wandte mich ab, um zu gehen. Der Limousin stellte sich mir in den Weg.

»Sieht schwer aus. Bevor du gehst, muss ich dir das hier geben.« Er hielt mir einen Brief hin.

Wir rührten uns beide nicht. Ich schaute auf den Brief, dann zu ihm. Er hielt die Hand ruhig.

»Ich möchte dir nicht weiter zur Last fallen …«

»Überhaupt nicht«, sagte ich und gab mir den Anschein, als spielte es keine Rolle. Er würde nicht eher weichen, bis ich den Brief an mich nahm, so viel war sicher, und ich hatte nicht die Zeit, sie mit Spielchen zu vergeuden. Ich stellte die Eimer ab und steckte den Brief ein.

»Siehst du, ist doch viel einfacher, wenn du fügsam bist«, sagte er und trat beiseite. Dann drehte er sich um und ging, ließ mich mit meinen schmutzigen Händen und den Eimern mit Torf stehen, die ich nach Hause tragen musste.

An dem Abend, nachdem Mutter zu Bett gegangen war, holte ich den Brief heraus und betrachtete die Schrift auf der Vorderseite – die ordentliche Handschrift des Monsieurs. Ich dachte daran, den Brief ins Feuer zu werfen, aber dann? Der Limousin würde nur den nächsten bringen. Den Brief versiegelt zu lassen würde nichts daran ändern, was er geschrieben hatte. Ich brach das Siegel und öffnete den Brief.

14. August 1636

Meine liebe Helena,
es tut mir leid, dass unsere Begegnung so zu Ende ging. Ich bin kurz vor Fertigstellung meines Discours. Danach werde ich auf festeren Füßen stehen. Jahrelang war ich unsicher, wohin das Schicksal mich führen würde, wo ich schließlich meine Ruhe fände. Ich wünsche mir ein ruhigeres Leben. Meine Gedanken wenden sich von den Städten ab, in denen ich in diesen vergangenen drei Jahren beheimatet war.
Ich möchte Francine sehen und bitte Dich, dass Du sie mir bringst. Meine Adresse: Rapenburg, Gillots Haus. Bitte gib Bescheid, damit ich weiß, wann ich mit Dir rechnen kann. Ich habe etwas zu besprechen.
Dein bescheidener und Dir zugewandter Diener,
René Descartes

Eine Entschuldigung, immerhin, bevor er sich wieder mit sich selbst beschäftigte. Ich legte meine Finger auf seine Unterschrift – das war der erste Brief, den er unterschrieben hatte.

Ich streckte meine Hände aus. Nun, auch ich konnte meine Hände ruhig halten, wenn ich es versuchte.

Wenn Francine laufen konnte, würde ich sie mitnehmen.

Fragen

DAS KLEID, DAS er ihr geschenkt hatte, war immer noch zu groß, aber ich säumte es und raffte die Taille mit einem Leinenstreifen zusammen, abgeschnitten von einem Laken, das ich vor kurzem eingefasst hatte. Ein längeres Stück band ich um Francines Handgelenk und nahm das andere Ende fest in die Hand.

»Auf geht's!«, sagte ich. Sie schaute mit ernstem Gesicht zu mir auf und zog an dem Knoten. Als sie merkte, dass er nicht abgehen würde, setzte sie sich in Bewegung, ging im Zickzack über die Straße und blieb alle paar Schritte stehen, um herabgefallene Blätter aufzuheben. Am Ende der Hooigracht hatte sie einen dicken Strauß in einer Hand. Ich nahm sie auf den Arm und trug sie ein Stück, dann setzte ich sie wieder ab, als sie zu schwer wurde. So ging es immer weiter, hin und her zwischen meinen Armen und dem Boden. Wir sind da, wenn wir kommen. Das gibt ihm Zeit nachzudenken. Er hatte Monate verstreichen lassen. Was bedeutete da schon ein weiterer Vormittag?

»Mama!«, sagte sie.

»Francine!«

»Mama!«

»Francine!«

»Mama!«

»Francine!«

Das war unser Spiel, und es gefiel mir. Ich wollte nicht

genauer darüber nachdenken, wohin wir gingen oder was vielleicht besprochen würde.

»Ap-pol.«

»Appel«, korrigierte ich sie. Das war ihr neues Wort. Ich lächelte, vor Stolz strotzend.

»Appol.«

»Birne.«

»Bib.«

»Bob!«

Sie quietschte und klatschte in die Hände.

»Vorsicht, Francine«, sagte ich, als sie das Gleichgewicht verlor und umkippte.

Sie rappelte sich wieder auf und rieb die Hände am Kleid ab. »Mama!«

»Francine!«

Wir kamen zum Fischmarkt, dann an die Pieterskerk. Wir gingen an einem Mann am Pranger vorbei. Er hatte weder Mantel noch Schuhe. Ein Schild war neben ihm aufgestellt worden – HURENBOCK.

Ich packte die Schnur, an die Francine gebunden war, und eilte vorbei.

Das Haus an der Rapenburggracht war zwischen zwei wesentlich größere Häuser eingezwängt. Es erschien mir kleiner als Mr. Sergeants Haus, als würde es die Luft anhalten, die Türen und Fenster waren schmaler. Ich fragte mich, ob dort für den Limousin Platz war oder ob er woanders logierte. Ich zögerte, bevor ich klopfte. War ich nicht auch wie der Monsieur geworden, zog notgedrungen von einem Ort zum anderen? Jetzt waren wir beide in Leiden, und nur diese Tür trennte uns.

Ich klopfte. Eine ältere, stämmige Magd führte mich in einen holzgetäfelten Raum und bat mich zu warten. Man hatte drei Stühle an einen niedrigen Tisch gestellt mit dem Rücken zur Tür, vor einem Kamin. Die Möbel waren schlicht und schwer. Keine Verzierungen, Bücher oder Bilder – der Raum hatte nichts Gemütliches an sich oder einen Hinweis darauf, dass er einer Familie gehörte; nichts, das darauf schließen ließ, dass ein Kind hier lebte. Vielleicht war es das, was der Monsieur wollte. Ich bezweifelte, dass er es merkte oder dass er Wert darauf legte. Vor dem Zimmer hörte ich gedämpfte Stimmen, dann wurde es still.

Im Kamin brannte ein Feuer, der Raum war nach der Kälte draußen stickig. Ich hatte mich an viel kühlere Zimmer gewöhnt, an kleinere Feuer. Ich zog Francine die Haube und das Cape aus und legte meinen Schal ab. Sie watschelte zu einem der Stühle, kletterte hinauf und zog an ihrem Rock, als er ihr im Weg war.

Ich starrte ins Feuer und lauschte meinen Atemzügen. Allmählich ließ der Schmerz in meinen Armen nach. *Helena,* dachte ich, *du hast Atem in dir und du bist stark. Nicht so stark wie ein Ochse, denn ein Ochse kann stur sein, sondern wie der Wind, der ein Segel aufbläht oder Dachziegel anhebt und Hüte von Köpfen reißt.* Ich war von der orangefarbenen Glut des Feuers, meinen Gedanken und dem Sturm, den ich darin entfacht hatte, derart in Anspruch genommen, dass ich wie ein kleiner Spatz erschrak, als die Zimmertür schließlich aufging. Wäre das Fenster offen gewesen, dann wäre ich direkt hinausgeflogen. Ich drehte mich um und erwartete den Monsieur, doch der Mann, der eintrat, war ein Fremder. Ich hob Francine auf meine Hüfte und schlang beide Arme um sie.

»Helena! Und das muss Francine sein«, sagte er und kam näher.

Wie konnte er mich kennen, wenn er mir unbekannt war? Man hatte uns nicht vorgestellt. Aus Gewohnheit machte ich einen Knicks vor ihm und wurde dann rot. Ich war keine Magd. Ich war niemandes Magd mehr. Francine drehte ihren Kopf, als sie ihren Namen hörte. Sie schaute den Mann an, dann wieder auf mich und verbarg ihren Kopf an meiner Schulter.

Er schob mir einen Stuhl hin. »Bitte, nimm Platz. Ich bin Henri Reneri.«

Henri Reneri? Der Mann, an den ich die Briefe für den Monsieur geschickt hatte? Reneri von der Bibliothek, Reneri aus Utrecht, Professor Reneri – der – wie hieß es doch gleich – Mittelsmann des Monsieurs?

»Also, Helena … Helena. In gewisser Weise habe ich das Gefühl, dich schon zu kennen.« Er richtete seine Aufmerksamkeit auf Francine. »Will sie spielen, während wir reden? René, Monsieur Descartes, bat mich zu vermitteln.«

»Wo ist er?«

»Ich habe ein paar Fragen – nur ein paar.«

Damit hatte ich nicht gerechnet – konnte der Monsieur seine Fragen nicht selbst stellen? Ich setzte Francine auf den Boden, schlang das Leinenband rasch um meine Hand und band es zu einer Kugel. »Hier, Francine«, sagte ich und rollte den provisorischen Ball über den Boden, damit sie hinterherlief. Ich legte die Hände ordentlich wieder im Schoß zusammen. Ich warf einen Blick ins Feuer, zwang es kraft meines Willens auszugehen und wartete darauf, dass er anfing.

Er trat ans Fenster und schaute hinaus, in Gedanken versunken. »Sobald der Herbst anbricht, fällt es immer wieder schwer zu glauben, dass das Wetter irgendwann wieder wärmer wird, findest du nicht?«

Nichts konnte schlimmer sein als jener Winter in Deventer, dachte ich. Mir fiel es schwer, nicht an Reneri und den Monsieur zu denken, an ihren lockeren Umgang miteinander. Wie anders mussten die Wochen für sie gewesen sein als die, die ich in Frau Anholts Dachkammer verbracht hatte.

»Geht es dir gut, Helena? Und dem Kind, keine Krankheiten?«

Krankheiten? »Es geht ihr gut, uns beiden.«

»Schön.« Er wirkte erleichtert. »Sehr schön.«

Er schwieg eine Weile. Ich hatte den Eindruck, als versuchte er sich einen Weg zu der Frage zu bahnen, die er mir zu stellen hatte, was immer es sein mochte, als müsste er seine Fragen bestellen. Seine nächste Frage überrumpelte mich.

»Wie alt bist du, Helena?«

»Was geht Sie das an?« Die Wörter waren mir entschlüpft, bevor ich sie aufhalten konnte.

Er überlegte einen Moment. »Dein Vater ist zur See gefahren, glaube ich. Vielleicht hat er dir erzählt, dass mit der Zeit das kleinste Loch das größte Schiff zum Sinken bringt. Wie auch immer, wenn wir wissen, dass dort ein Loch ist, haben wir die Möglichkeit, etwas zu tun, es zu stopfen, zu reparieren …«

Was wusste er? War Mr. Sergeant über mich befragt worden? »Das Schiff meines Vaters ist in einem Sturm gesunken. Da war nichts zu machen.«

»Das ist mir klar. Meine Analogie war ein wenig unbeholfen. Aber dein Alter, Helena … ich muss es wissen.«

Ich rutschte an die Stuhlkante, hielt den Rücken gerade und nannte ihm die Zahl, die ich im Kopf hatte. »Neunzehn, fast.«

Er nickte bedächtig. Ich sah ihm an, wie er die Monate rückwärts zählte. »Du hast niemandem gesagt, wer der Vater ist?«

»Niemandem, nein.«

»Auch deiner Mutter nicht?«

Ich schüttelte den Kopf. »Frau Anholts weiß es. Und der Limousin. Sonst niemand.«

»Pastor Revius?« Er zog die Augenbrauen hoch. »Er hat Francine getauft, soweit ich weiß?«

Ich fragte mich, woher er es wusste. Vielleicht hatte Frau Anholts es ihm gesagt. »Pastor Revius wusste von den Briefen, weil sie von der Bibliothek abgeschickt wurden – aber die waren an Sie adressiert. Er weiß nicht, dass der Monsieur Francines Vater ist.«

»Verstehe. Gut.« Er wirkte erleichtert.

Während er Francine beim Spielen zusah, nahm ich Einzelheiten in mich auf. Er war elegant gekleidet, aber nicht so gut wie manche andere – seine Schuhe waren abgewetzt, sein Hemd an den Manschetten ausgefranst. Er hatte runde Schultern, sein Rücken war gebeugt, wie bei vielen Lesenden, die ich in der Bibliothek gesehen hatte. Alle schienen irgendwie belastet. Reneris Erschöpfung schien tiefer zu gehen, aus seinem Herzen zu kommen.

»Meine Frau, Gott hab sie selig, konnte keine Kinder bekommen.« Etwas an ihm zog sich nach innen zurück, als ihn die Erinnerung überkam. Er wurde still und stierte vor sich hin.

»Das tut mir leid«, sagte ich, als mir klar wurde, dass er seine Frau verloren hatte.

Er drehte sich zu mir um und nickte. »Ein Kind ist ein Geschenk Gottes. Du hast Glück.«

Er musste mir nicht sagen, was ich bereits wusste, aber ich war überrascht, dass er es gesagt hatte. Wäre ich ihm unterwegs begegnet und hätten unsere Wege uns an eine schmale Stelle geführt, wäre ich beiseitegetreten, um ihn vorbeizulassen. Ich wusste nichts über ihn, nur was gerade gesagt worden war. Doch nachdem es heraus war, hatte sich etwas zwischen uns geöffnet, und er hatte den Weg für mich frei gemacht.

»Du arbeitest?«

»Ja.« Ich schaute auf meine Hände. Ich hatte das Gefühl, dass er bereits wusste, was ich machte. »Ich spinne Wolle. Ich nähe. Und …«

Er blickte auf.

»… zeichne. Ich zeichne.«

»Das Spinnen und Nähen, reicht das für den Unterhalt?«

Ich nickte. Die Wahrheit konnte ich nicht zugeben. Ich konnte ihm auch nicht sagen, dass ich schon bald für mich selbst sorgen müsste.

»Und es gibt kein anderes, wie soll ich sagen – kein anderes Interesse?«

Ich runzelte die Stirn, denn ich verstand nicht, was er meinte.

Er fummelte an einem Manschettenknopf herum. »Verzeih mir, kein anderer junger Mann?«

»Niemals!«

»Warum, Helena?«

Diese Fragen gefielen mir nicht. Wollte der Monsieur das wissen? »Ich will keinen jungen Mann.«

Er dachte eine Weile nach. »Möchtest du etwas von Monsieur Descartes?«

War ich deshalb hierhergeholt worden? Um irgendwie Anspruch auf den Monsieur zu erheben? Glaubte er, ich hätte Forderungen an ihn? Ich konnte alleine für Francine sorgen. Ich schüttelte den Kopf.

»Und möchtest du ihn wiedersehen?«

Das ging ihn nichts an. Ich fragte mich, was er wirklich wusste. Er war der Freund des Monsieurs. Vielleicht sein einziger Freund.

»Die Briefe, die du geschickt hast, haben ihn berührt, verstehst du …«

Ich lief rot an, plötzlich wütend. »Briefe? Wie kann man ein Kind über Papier und Tinte kennenlernen?«

Er musste kein Vater sein, um das zu verstehen. Da schaute er mich – wie? – so mitfühlend an, wie ich es bisher noch nicht an ihm gesehen hatte.

»Er ist ihr Vater. Er hätte kommen sollen.«

Er senkte den Blick. »Wo bleibt denn die Magd?«, sagte er und richtete sich nicht an mich, schaute nicht einmal in Richtung Küche. Das Feuer im Kamin war heruntergebrannt, er stocherte in der Glut, woraufhin Funken auf den Boden flogen. Ich war mir nicht sicher, was ich noch sagen oder wohin ich gehen sollte, war aber erleichtert, dass die seltsame Befragung anscheinend beendet war.

Ich streckte die Arme nach Francine aus, da ich das plötzliche Bedürfnis hatte, sie festzuhalten. »Francine, hier … Francine …« Sie schaute auf und spielte weiter.

»Sie hat ihren eigenen Willen.«

Ich fuhr herum, als ich die Stimme des Monsieurs hörte. Ich hatte kaum damit gerechnet, hatte vergessen, warum ich gekommen war. Da stand er nun an der Tür. Vielleicht hatte er seit unserer letzten Begegnung mehr darüber nachgedacht, was er wollte, denn diesmal hielt er meinem Blick stand, jegliches Zaudern war verschwunden. Er richtete seine Aufmerksamkeit auf Francine. Er schaute sie an, nahm sie sofort in sich auf, ein ausgehungerter Mann beim Schlemmen.

Er ging zu ihr, kniete nieder und legte ein Holzpuzzle vor sie auf den Boden. »Siehst du?«, sagte er und zeigte ihr, wie die Stücke zusammenpassten, damit ein Fisch daraus wurde. Er nahm das Puzzle auseinander und reichte ihr ein Teil, aber sie schob es fort und wählte ein anderes aus.

»Genau so«, sagte er, als die ersten beiden Teile sich zusammenfügten.

Sie steckte ein weiteres Teil an seinen Platz, schaute auf und strahlte. Sein Lächeln spiegelte ihre Miene wider. Er berührte sie nicht.

»Vis!«, sagte sie kichernd.

»Oui, c'est un poisson.«

»Vis!«

»Poisson.«

»Vis!«

»Ja, *vis*, wenn du meinst«, sagte er, legte den Kopf in den Nacken und lachte. So hatte ich ihn noch nie lachen hören.

Im Handumdrehen, Monsieur, werden Sie sich verlieben.

Die Magd kam wieder in den Raum und stellte ein Tablett auf den Tisch, das mit einem Leinentuch abgedeckt war. Als sie den Monsieur mit Francine auf dem Boden spielen sah, blieb ihr der Mund offen stehen. Ein ganzes Kuchenstück hätte hineingepasst. Statt den Blick zu senken oder abzuwenden, was in ihren Augen meine Schande nur bestätigt hätte, starrte ich zurück. Dann dankte Reneri ihr, woraufhin sie einen steifen Knicks machte und hinausging.

Das Essenstablett erinnerte mich daran, dass Francine gefüttert werden und ich dringend Milch loswerden musste. Ich kam mir schwer, warm, angeschwollen vor. Meine Kleider passten mir gut, wenn der Tag begann, doch gegen Mittag fühlten sie sich an, als wären sie für eine Kleinere gemacht, und ich musste die Schnürbänder weiter machen. Aber das ging in Gegenwart von Reneri und dem Monsieur nicht.

»Kann ich hier irgendwo hingehen? Francine muss gefüttert werden.«

Reneri hob das Tuch vom Tablett. »Hier ist Kuchen, wenn sie den mag.«

Ein nervöses Lachen brach aus mir heraus.

Verständnislos legte er die Stirn in Falten. Warum sollte er wissen, was ich meinte? Er war kein Vater. Und was wusste der Monsieur über solche Dinge? Familien wie seine verwendeten Ammen für ihre Kinder. Ich tippte mir so diskret wie möglich mit zwei Fingern auf die Brust. »Sie muss zuerst von mir …«

»Ah!«, sagte Reneri, als ihm klar wurde, was ich meinte. »Ich werde die Magd zurückrufen.«

Der Monsieur stand auf. »Nein. Das nicht.« Er wandte sich an mich. »Ich bringe dich dahin, wo du ungestört bist.«

Ich nahm Francine auf den Arm und folgte dem Monsieur aus dem Raum. Ich rechnete damit, dass er mir eine Ecke zeigen würde, in die ich mich setzen könnte, doch er ging die Treppe hinauf. Er brachte mich in sein Zimmer.

Als wir hineingingen, bückte er sich und hob ein Hemd vom Boden auf. Ich erkannte seine Bücher und die Holzkiste, in der er seine Uhr aufbewahrte. Ich hatte nicht gedacht, dass ich sie wiedersehen würde. Ihr Anblick machte mich traurig, zu sehen, dass er noch immer so lebte. Er konnte gehen, wohin er wollte, nichts hielt ihn auf, und so wollte er es. Aber was für ein Leben, immer in einem anderen Zimmer logieren, nur mit sich selbst und in der Gesellschaft anderer Männer und ihrer Briefe – Limousin, Reneri, Mersenne.

Seine Papiere stapelten sich auf einem kleinen Tisch vor einer Wand. Die Magd hier war nachlässig. Ich hätte den Tisch vor das Fenster gerückt, wo das Licht am besten war. Ich wandte mich ab. Das war nicht mehr meine Sorge.

»Setz dich, Helena. Hierher …« Er strich die Bettdecke glatt. »Das ist ganz bequem. Und sauber«, sagte er, als er mein Zögern bemerkte.

Ich warf ihm einen Blick zu: Er schien ebenso beklommen wie ich. *Wir sind doch nicht so unterschiedlich,* dachte ich, *unsere Finger geben uns beiden Halt.* Erwartete er von mir, dass ich Fersengeld gab und fortlief? Zuerst musste ich Francine füttern. Und jetzt zog sie an meinem Mieder, denn sie hatte kein Verständnis für die Verzögerung. »Mama!«

»Monsieur …« Ich hatte meine liebe Mühe, Francines Hände von mir abzuhalten.

»*Ah oui*«, sagte er und wandte mir den Rücken zu, als ich mein Mieder aufband. Obwohl ich meine Schulter nach vorn schob, um seinen Blicken zu verbergen, wie ich sie anlegte, kam er näher, bis er neben mir auf dem Bett saß.

»Sie hat schöne Augen«, sagte er, während er ihr zusah.

Ich wickelte eine Locke von Francine um meinen Finger. In ein oder zwei Jahren würden ihr die Haare bis an die Schultern reichen, so wie seine. Sah er sich auch in ihr?

Francine blickte ihn starr an, ihre Hand in seiner. Ich betrachtete seine Hand, seine ordentlichen, halbmondförmigen Nägel. Ich hatte seine Hände immer schön gefunden. Dann spürte ich, wie Francine allmählich schlaff wurde und einschlief. Ihr Mund löste sich von meiner Brustwarze. Dann, ohne zu fragen, hob er sie aus meinem Arm und legte sie zärtlich in die Mitte des Bettes.

Mir hatte es nichts ausgemacht, dass er zuschaute, als sie gefüttert wurde, aber jetzt, da sie fertig war, hatte ich etwas dagegen. Meine Hände zitterten, als ich mein Mieder zuschnürte. Er schaute mir dabei zu.

Als ich aufstehen wollte, sagte er: »Bleib noch eine Weile, bitte«, und ging auf die andere Seite des Bettes. Er klopfte neben sich auf die Matratze. »Schau, ich werde hier sein.«

Ich stopfte mir das Kissen in den Rücken und lehnte mich zurück, so saßen wir Seite an Seite, Francine zwischen uns. Ich wäre auch eingeschlafen, hätte ich mich nicht nach Kräften bemüht, wach zu bleiben. Er wandte sich mir zu und berührte meine Wange. Ich schloss die Augen. Der kühle Raum, seine kühle Hand, eine Erleichterung.

»Ich habe nicht geglaubt, dass ich dich wiedersehe.«

Oh, ich wünschte mir diese Worte von ihm, aber ich verabscheute sie auch. Er hatte Monate ohne einen Besuch verstreichen lassen. »Sie hätten nach Deventer kommen können, Monsieur. Utrecht war nicht weit weg.«

Er griff nach meiner Hand, doch ich verweigerte sie ihm und verschränkte die Finger. Daraufhin rutschte er ein Stück weiter nach unten, legte sich auf den Rücken, gerade wie eine Furche, und starrte an die Decke. Wenn er glaubte, ich würde mich erbarmen, dann hatte er sich getäuscht. Ich behielt meine Hände bei mir, und wir verharrten eine geraume Zeit in dieser Haltung, von Schweigen eingehüllt. Das Schweigen ging von ihm aus, nicht von mir, und ich hatte nicht vor, es zu brechen. Ich würde reden, wenn er den Mund aufmachte. Dann musste ich es am Ende doch, weil wir sonst bis zum Frühjahr dort geblieben wären und durch das Bett hindurch Wurzeln geschlagen hätten.

»Warum Deventer, Monsieur? Mein Zuhause ist hier, in Leiden.«

Er lachte schrill auf. »*Vraiment?* Und wenn deine Mutter dich abgewiesen hätte? Was dann? Ich konnte – kann – dieses Risiko nicht eingehen. Für mein Kind? *Non.*« Er schloss die Augen. »Du musstest …«, er dachte einen Moment nach, bis er das Wort hatte, das er brauchte, »… in Sicherheit sein. Außerdem kennt man mich hier.«

Das war es also. Alles drehte sich nur um ihn.

Ich schaute nicht hin, aber er hatte sich nicht bewegt, also hatte sich seine Laune nicht wesentlich verändert, und alles steckte in seinem Kopf. Nun, ich würde die Gedanken nicht aus ihm herausklauben, und ich würde nicht zulassen, dass er über mich urteilte, nur weil er so ein jämmerliches Leben führte. Dann fiel mir etwas ein. Mir war unbehaglich zumute. *Helena, hast du noch ein Zuhause?*

Ich schaute zum Fenster. Das Licht wurde allmählich grau, der Tag dunkler. Ich streckte meine Beine aus und musste daran denken, wie unsere Füße sich berührt hatten – wie meine Zehen das Grübchen an seinem Fußgelenk gefunden hatten. Ich zog meine Füße zusammen, als wäre ich in kaltes Wasser getreten. »Ich muss gehen.«

»Nein, Helena, bitte.« Er rieb sich mit einer Hand über die Stirn. »Ich gehe aus Leiden fort.«

Ich wollte es nicht wissen und schob mich vom Bett.

»Helena, Helena, bitte. Warte!«

»Warum sagen Sie mir das?«

Er kam um das Bett herum und reichte mir eine Decke.

Ich schaute darauf. »Ich habe einen Schal, Monsieur, Francine ein Cape, unten.«

»Nimm sie. Nimm sie, bitte. Ich habe noch eine.« Er wickelte sie lose um Francine. »Meinst du, ich will das? So weitermachen?« Anscheinend redete er nicht mit mir, der Gedanke sprudelte von selbst aus ihm heraus. Er schüttelte den Kopf, beantwortete seine Fragen, Verzweiflung in der Stimme. Doch Verzweiflung worüber? Das war sein Leben. Ich erhob keinen Anspruch auf ihn.

»Ich suche nach einem Haus im Norden, nicht mehr als eine Tagesreise entfernt – in Meeresnähe, zwischen den Dünen, mit einem Garten. Gewiss, natürlich, irgendwo, wo man arbeiten kann. Irgendwo, *où il est possible d'être*. An einem friedlichen Ort. Kannst du dir so einen vorstellen, Helena?«

Ich musste schlucken. Ja, das konnte ich. Ich sah eine kleine Kate vor mir, dahinter irgendwo das Meer, und hoch oben in den Bäumen rauschte der Wind, ein Ort, an dem nichts stillstand. Er konnte überallhin gehen, wohin er wollte. Er hatte nur für sich selbst zu sorgen und den Limousin, der ihm dabei half. Ich streichelte Francines Wange, um sie zu wecken. Es war Zeit zu gehen. Ich würde ihn seinen Träumen überlassen, und ich würde im Dunkeln nach Hause gehen.

»Wenn ich einen solchen Ort fände, würdest du mitkommen und Francine mitnehmen?« Er kam auf mich zu, ergriff meine Hand und drückte einen Kuss auf meine Fingerknöchel, als wollte er ein Versprechen besiegeln.

»Wir könnten zusammen sein, Helena. Niemand müsste es erfahren.«

Ich ließ mich von ihm zurückbegleiten. Er trug Francine, die Puzzleteile noch in ihrer Hand, die Decke über ihren Rücken gelegt. Aus den Schornsteinen stieg Rauch in bleichen Linien auf. Ich schmeckte Torf in der Luft. Er schob Francine höher auf den Arm. Niemand trug sie sonst außer mir. Zunächst war sie zögerlich gewesen, aber jetzt hatte sie sich mit dem Kopf an seine Schulter gekuschelt. Das verlieh mir eine Freiheit, die ich vorher nicht hatte. Eine Freiheit, die ich in dem Augenblick gar nicht so sehr wollte.

»Warten Sie«, sagte ich und wollte sie ihm abnehmen, als er sie gerade wieder höher schob. Er trug sie ungeschickt – einen Arm unter ihr, den anderen über ihrem Rücken, hielt er sie an sich gedrückt wie ein Schachbrett. »So, Monsieur!«, sagte ich und legte einen Arm auf meine Hüfte, um ihm zu zeigen, dass er sie dort tragen sollte.

»Ich habe sie«, erwiderte er und rückte sie erneut höher.

Ich verspürte einen Anflug von Ärger. Aber er würde es lernen, und ich ließ meinen Arm wieder sinken. Ich war unruhig, einfach so zu gehen. Zum ersten Mal seit einem Jahr oder länger hatte ich sie nicht auf dem Arm.

»Hast du es dir schon überlegt?«

Als ich nicht antwortete, sagte er: »Komm mit mir, Helena …«

Ich fummelte an einem Band an meinem Ärmelaufschlag. *Niemand muss es erfahren.* Allein bei dem Gedanken verkrampfte sich mein Magen.

»Helena?«

Ich hörte, wie er flehte. Er hatte jetzt jede Menge zu sagen. Aber ich hatte das Gefühl, von einer Ecke in die andere getrieben worden zu sein – zuerst von meiner Mutter, jetzt von ihm.

»Nein, Monsieur.«

»Nein? Wie bitte? Nein?«

War ihm das Wort neu? Hatte er es noch nie gehört?

»Nein, tut mir leid.«

Er schüttelte den Kopf, begriff es noch immer nicht. »Es tut dir leid?« Dann: »Du kannst nicht nein sagen!«

Ich zog die Mundwinkel nach unten. »Nein!«

Er packte mich am Arm. »Hör auf! Sag so etwas nicht! Du würdest hierbleiben?«

»Nein, nein …«

»Was sagst du da? Du willst nicht mitkommen? Du willst nicht bleiben? Nicht hier, nicht da? Wo dann? Wo?«

Dann teilte ich ihm alles mit, was Mutter gesagt hatte. Ich schaute auf meine Füße und auf seine. Wir mochten zwar denselben Boden unter uns haben, aber verschiedene Pfade hatten uns hergeführt.

»Dann ist es beschlossen! Komm mit! Du musst!« Für ihn war die Sache abgemacht. »Helena?«

Würde es so mit ihm laufen? Ich wollte frei entscheiden. Begriff er das nicht? Aber wenn ich das nicht konnte, dann würde ich wenigstens diesmal meine Bedingungen stellen.

»Sie haben gesagt, es bestehe kein Grund, warum ein Mädchen nicht lernen soll. Ich habe Ihnen gezeigt, dass ich es kann. Francine kann es auch. Ich möchte, dass sie lernt, Monsieur.«

Er lachte. »Aber sie ist noch so klein.«

»Wenn sie Ihr Sohn wäre, würden Sie dann auch so denken?« Ich wusste, es war riskant, so mit ihm zu reden. Es war so still geworden, die Bäume, unter denen wir hergingen, zum Schweigen gebracht, als warteten sie darauf, was als Nächstes gesagt würde. »Lesen und Schreiben wird sie von mir lernen. Aber sie braucht Zahlen, Monsieur, so wie Sie es mir beigebracht haben. Und sie muss etwas lernen über Kerzen und Schneeflocken und Regenbögen und Sterne und …«

Sein Lachen ließ mich verstummen. »Damit sollen wir anfangen?«

Mein Herz pochte und gab mir das ein, was ich als Nächstes sagte. »Werden Sie sie unterrichten?« Ich drehte meinen Fuß im Kies und zog meinen Schal fester um mich. Ich wollte, musste noch mehr sagen. »Und wenn ich mitkomme, dann nicht als Ihre Magd, Monsieur. Das will ich nicht mehr sein.«

»Nein. Nein. Gewiss nicht.« Jetzt klang Hoffnung in seiner Stimme mit, aber ich hatte noch nicht die Antwort, die ich brauchte.

»Werden Sie Francine unterrichten, Monsieur?«

Es war dunkel, sein Gesicht im Schatten. Er holte tief Luft und stieß sie langsam aus.

»Ich habe meine Arbeit, Helena.«

»Monsieur?« Ich würde nicht loslassen.

»Ja, ja.«

Ich hörte ihm an, dass er ungeduldig war. Na schön. Ich drehte mich zu ihm um, damit das Mondlicht mich erfasste und er mich sehen konnte. »Dann komme ich mit.«

Herd

DAS MEER, MAN stelle sich das vor. Ich hatte das Meer noch nie gesehen.

Mein Blick auf die Menschen veränderte sich. Ich fragte mich, was sie verborgen hielten – was sie in sich verschlossen. Ich wusste, wie es war, Geheimnisse zu haben, den Grund nicht unter den Füßen zu spüren.

Nach dem Martinstag ging Mutter nach Brabant. Ich brauchte keine Ermahnung, dass ich bei ihrer Rückkehr verschwunden sein musste. Ich wusste, dass ich fortgehen würde, aber nicht, wann.

Ich verkaufte noch zwei weitere Zeichnungen an den Herausgeber, der die erste genommen hatte. Der Limousin brachte kleine Päckchen mit Nahrungsmitteln, und als der Monsieur meine Arbeit sah, kam auch noch mehr Papier und Tinte. Der Monsieur besuchte mich nur nach Einbruch der Dunkelheit, wenn die Nachbarn ihn nicht sahen. Es war schwer, Francine wach oder bei einigermaßen guter Laune zu halten. Wenn sie heulte, war er fast so schnell wieder weg, wie er gekommen war.

Allmählich lernte sie ihn kennen. Herr Vee-veer nannte sie ihn, nach der Feder an seinem Hut.

»*Je suis Monsieur Plume!*«, scherzte er und kitzelte sie an der Nase.

Er verbrachte so viel Zeit mit ihr, wie er wollte, und dann kam der Limousin, um ihn abzuholen, und sie gingen. Wir konnten Leiden nicht verlassen, bevor sein *Discours* veröffentlicht war, aber er wusste nicht, wann das sein würde.

»Ich dachte, Sie wären sich sicher«, hänselte ich ihn.

»Das bin ich auch!«, erwiderte er. Er schlug sich mit der Hand an die Stirn und ließ sie dort liegen. *»Ce n'est pas la même chose!«*

Er erklärte, er warte auf eine Lizenz von Mersenne. »Er will unbedingt das Gegenteil dessen tun, was ich will.«

Ich sah das Buch als das Objekt, das er einmal beschrieben hatte, Seiten, die gebunden wurden. Ein Buch benötigte Papier, Tinte, eine Presse, um gedruckt zu werden – wozu eine Lizenz? Wieso Mersenne?

»Es hat alles und nichts mit Mersenne zu tun. Ich brauche eine Lizenz, ein *königliches Privilegium,* aus Frankreich, was er in die Wege leiten muss – das ist der Preis dafür, dass ich das verdammte Ding auf Französisch geschrieben habe –, damit es dort nicht raubkopiert wird.«

Als der Frühling kam, zog ich ihn nicht mehr damit auf. Ich hatte meine eigenen Sorgen. In einem Monat würde Mutter zurückkehren. Und dann kam er eines Tages angelaufen. »Es ist vollbracht«, sagte er, völlig außer Atem.

Er lachte, und ich stimmte ein. Ich wusste, was es bedeutete. Sein Buch war veröffentlicht. Wir konnten aufbrechen.

Kurz darauf klopfte es eines Abends an der Tür. Der Mann, der auf der Treppe stand, schwankte ein wenig, als wäre er vom Meer dort angespült worden. Er hielt sich am Türrahmen fest – als fürchtete er, wieder fortgeschwemmt zu werden.

»Thomas!« Ich konnte kaum glauben, dass er es war. Der Mund blieb mir offen stehen, mein Atem stockte.

»Helena?« Er blinzelte. Die Frage in seiner Stimme – sein Gesichtsausdruck – keiner von uns hatte erwartet, beim Öffnen der Tür den anderen vor sich zu haben. Er wischte sich mit dem Handrücken über den Mund, und ich roch den starken Wacholderdunst, der von ihm ausging. Genever. Er hatte getrunken.

Er wirkte so niedergeschlagen, erschöpft – als hätte man ihn den ganzen Winter über im Regen stehen lassen. Wie dünn er geworden war, er glich einem Reisigbündel. Seine Kleidung war nicht viel mehr als ein zerrissenes Segeltuch. Durch die Löcher in der Hose war Schorf zu erkennen. Ich war froh, dass Mutter ihn nicht so sah. Mutter! Ich legte meine Hand auf den Mund, um es nicht laut auszusprechen. Sein Blick wurde vorsichtig, wachsam. Er deutete mit dem Kopf ins Haus. »Ist sie da?«

Ich schüttelte den Kopf und brachte ein einziges verblüfftes Nein hervor. Ich musste noch immer seinen Zustand verdauen.

Er runzelte die Stirn, aber ich sah ihm auch Erleichterung an, denn seine Schultern sanken herab. Er ließ den Türrahmen los und hielt dann inne. Ich stand nach wie vor auf der Schwelle, im Weg. Was würde er denken? Aber der Monsieur und Francine waren drinnen. Ich wusste nicht, wo ich mit meinen Erklärungen ansetzen sollte. Dann wurde mir klar, dass ich nicht damit gerechnet hatte, ihn je wiederzusehen.

»Stimmt, ich hatte ein paar raue Nächte … das Schiff ist entsetzlich hart.« Er strich über seine Jacke, da er glaubte, es läge an ihm. Er schaute auf, und ich erhaschte ein kleines bübisches Grinsen auf seinen Lippen. Er lachte. »Besser? Kann ich jetzt reinkommen?«

Doch er konnte noch so oft über den Stoff streichen, der würde nicht sauberer, kein noch so grobes Wort konnte den Zustand meines Bruders beschreiben. »Oh, Thomas …« Ich hätte weinen können. Schiff? Ich dachte daran, was er durchgemacht hatte, die Gräben, in denen er geschlafen hatte, alles, womit er sich das hier eingebrockt hatte.

In dem Augenblick ertönte ein Schrei von hinten – ein Kreischen, dann ein Kichern –, und wir beide schraken bei dem Geräusch zusammen. Francine. Sie würde nicht eher Ruhe geben, bis sie die Feder vom Hut des Monsieurs hatte, die er von seinem Hutband hatte lösen wollen, als es an der Tür geklopft hatte.

Thomas runzelte die Stirn. »Wer ist das denn?«

Francine kicherte wieder, dann war wütendes Geflüster zu hören.

Er stellte sich auf die Zehenspitzen und versuchte über meine Schulter zu spähen. »Darf ich nicht reinkommen? Bin ich nicht willkommen? In meinem eigenen Haus?«

»*Arrête!*«

Thomas wartete nicht, noch mehr zu hören, sondern schob sich an mir vorbei. Im ersten Moment wirkte er verloren, unsicher, wo er sich befand, während er zu begreifen versuchte, was er vor sich sah. Der Monsieur hockte in der Ecke neben einer kleinen Matratze, auf der Francine unter einer Decke steckte. Sie hielt die Feder in einer Hand, und als sie sehen wollte, wer hereingekommen war, beschwichtigte er sie. Er strich ihr über die Stirn, damit sie einschlief.

Thomas schüttelte den Kopf, als wäre das ganze Haus mit allem, was darin war, auf den Kopf gestellt und er der Einzige, der noch aufrecht stand. Er drehte sich um. Seine Sanftheit war verschwunden. »Wer ist das? Wo ist Mutter?«

»Thomas, ich …«

Er hob eine Hand, um mich zum Schweigen zu bringen, und ließ das, was von seinem Mantel übrig war, auf die Rückenlehne von Mutters Stuhl fallen. Er ging durch den Raum, berührte die Schale, den Tisch, den Kaminsims – nahm den Ort wieder an sich, Stück für Stück. Die ganze Zeit huschte sein Blick immer wieder zum Monsieur. Schließlich hob er fragend beide Hände. »Wo ist sie?«

»In Brabant. Thomas …«

»Wann?«

»Am Martinstag.«

Er richtete sich auf und schob das Kinn vor, so wie Vater es zu tun pflegte. »Am Martinstag? Aber das war letztes Jahr …?«

»Ja.«

Diese Neuigkeiten nahm er mit finsterer Miene auf. Er schaute wieder zum Monsieur hinüber, dann auf Francine. »Warst du nicht in Amsterdam?«

»Das war ich …«

»Hast dich hier häuslich niedergelassen, wie ich sehe. Mit ihm.«

Ich errötete.

»Also stimmt es?«

»Nein!«

»Nein? Was macht er dann hier?«

»Es ist nichts passiert …« Aber ich wusste, noch während ich es sagte, dass ich Mutters Wünschen zuwidergehandelt hatte.

»Wann kommt sie zurück?«

»Ostern, hat sie gesagt.«

Er breitete die Arme aus. »Dann habe ich bis dahin die Verantwortung, und ich brauche dringend ein Bett.«

Er fragte nicht. Ich hätte nicht gedacht, dass er seinen Anspruch derart unverblümt vorbringen würde. Aber ich wurde in meine Schranken verwiesen. Der Bruder, den ich verloren hatte, war nicht derselbe, der zurückgekommen war. Aber auch ich war nicht mehr die Schwester, die er zurückgelassen hatte.

»Warum bist du wiedergekommen, Thomas? Was willst du?«

Er beachtete mich nicht. Als er den Monsieur wieder anschaute, scheute er sich nicht zu gaffen. »Und wer ist das?«, fragte er mit erhobener Stimme. »Ich will es wissen.«

Der Monsieur legte einen Finger auf die Lippen und sprach ihn zum ersten Mal an. »Schh. Das Kind soll einschlafen.«

»Das gefällt mir! In meinem eigenen Haus wird mir das Wort verboten, wo ich doch gerade von der See heimkehre! Ein Kind? Wessen Kind?«

Konnte er das nicht sehen? Sollte ich es laut sagen? »Du bist Onkel, Thomas.«

»Seit wann?« Er drehte sich auf dem Absatz zu mir um. »Und wer ist der Vater? Der da?«

»*Bien sûr*, der da«, sagte der Monsieur.

Thomas trat einen Schritt zurück, als hätte man ihn gestoßen. »Ein Franzacke?«

Bei diesem Wort sprang der Monsieur auf. »Ich habe einen Namen. Sie täten gut daran, ihn sich zu merken.«

»Einen Namen?«, schnaubte Thomas verächtlich. »Dann haben wir das zumindest gemeinsam.«

Jetzt sah der Monsieur aus, als wäre er gestoßen worden, nur fester. »*Je ne crois pas!* Da besteht ein Unterschied …«

Thomas spuckte in den Kamin. »Den sehe ich nicht. Sagen Sie es mir. Wie lautet er? Ihr Name?«

»Descartes.«

»Siehst du seine Kleider, Helena? Er steht über uns.« Ich hörte seine Verachtung. »Aber nach dem, was meiner Schätzung nach hier vorgegangen ist, nicht weit …«

»Thomas!«

Er wirbelte zu mir herum. »Ich kenne Männer wie den – kriechen auf ihren Ellbogen, nur damit sie ihre Nasen aus dem Dreck halten können …«

»Und du, Thomas?« Meine Stimme zitterte.

»Ich?« Er funkelte mich zornig an. »Was ist mit mir?«

Ich spürte die Hitze dessen, was ich zu sagen hatte, in mir

aufsteigen. Ich hatte Wörter, die ihn verbrühen könnten. »Das weißt du doch.«

Er lachte. »Er verschandelt unseren Namen, und trotzdem bin ich der Beschuldigte!«

Ich schluckte meine Wut herunter. Gerade von der See heimgekehrt? Ich würde ihm die Maske vom Gesicht ziehen! »Ich habe das über dich herausgefunden. In Amsterdam. In der VOC …«

Da schaute er mich an, die Überraschung war ihm deutlich anzusehen.

»Da werden Aufzeichnungen gemacht, Thomas. Kann man einsehen, wenn man weiß, wo man nachschauen muss. Hast du gedacht, das würde ich nicht? Du hast mich darum gebeten! Such nach mir, hast du gesagt. Ich fahre auf der *Aemilia*!«

»Du? Was hast du bei der VOC erfahren?«

»*Flüchtig*, Thomas, das stand da. *Flüchtig*.« Triumph überkam mich, als ich es aussprach, die Macht meines Wissens herausließ.

Er schüttelte den Kopf.

»Na, na«, sagte der Monsieur, warf den Kopf in den Nacken und lachte. Ich hatte ihm nichts davon erzählt. »*C'est l'hôpital qui se moque de la charité!*«

»Flüchtig, Thomas.«

Er trat ein paar Schritte zurück und sackte in sich zusammen. Seine Kraft schien ihn verlassen zu haben. Dann sah ich den Thomas vor mir, der er war – mein Bruder, ins Unglück gestürzt durch unbeschreibliche Missgeschicke an Bord des verdammten Schiffes. Der hochfliegende Triumph, den ich verspürt hatte, fiel mir vor die Füße. Ich wollte ihn umarmen, wollte, dass er mich in den Arm nahm, aber wir waren keine Kinder mehr. Die Kluft zwischen uns war so groß wie ein Ozean.

»Und Mutter?«, fragte er, nachdem er sich gefasst hatte. »Weiß sie es?«

Ich schüttelte den Kopf. »Sie glaubt, du bist noch dort. Oder auf See. Sie sehnt sich nach deiner Rückkehr … um dich trauert sie …«

»Dann bin ich hier, wenn sie zurückkommt. Sonst weiß ich nicht, wohin.«

»Werden die denn nicht nach dir suchen? Die VOC?«

»Habe gesagt, ich komme aus Utrecht, als ich mich einschrieb. Da werden sie suchen, falls überhaupt.«

Das mochte stimmen. Niemand hatte an die Tür geklopft und nach ihm gefragt. »Und Mutter? Was wirst du ihr erzählen?«

»Geschichten. Was sonst? Die Wahrheit?«

Ich wandte mich ab. Sie wollte Thomas haben, das wusste ich. Er wäre willkommen, wie auch immer. Wollte sie die Wahrheit von ihm erfahren, selbst wenn sie das Gefühl hatte, er lüge sie an? Der Gedanke stieß mir plötzlich bitter auf.

Thomas betrachtete den Monsieur kühl. »Ich bin hier der Mann im Haus. Vergessen Sie das nicht.« Dann drängte er sich an ihm vorbei, stieg in Mutters Bett und zog ruckartig die Vorhänge zu.

»Mama?«

Francine kroch unter ihrer Decke hervor. Sie rieb sich die Augen und streckte die Arme aus, um hochgehoben zu werden. Ich ging zu ihr und nahm sie auf, küsste sie auf die Stirn. »Schhh, schhh.«

Am Morgen, als der Monsieur zurückkam, sammelte ich meine Habe ein und verließ das Haus. Wir wollten nicht mehr über Thomas sprechen, sagte er. Er brachte mich zu einem kleinen Zimmer, das er gemietet hatte und in dem ich bleiben würde, während er mit dem Limousin weiterzog, um eine Kate in der Nähe von Santpoort zu suchen.

Dann ging er. An den darauffolgenden Tagen dachte ich an diese Männer, die Männer, deren Namen eine so große Rolle spielten; Namen, die ich unter großer Mühe geschützt hatte.

Ich dachte daran, wie sie mich verletzt hatten.

An dem Tag, als ich Leiden verließ, um nach Santpoort zu gehen, suchte ich das Haus ein letztes Mal auf. Thomas kam ans Fenster und sah mich. Aber er machte die Tür nicht auf. Er stand nur da und kehrte mir dann den Rücken zu.

SANTPOORT 1637–1639

Samen

DIE KUTSCHE BLIEB am Ende eines Feldwegs stehen. Francine, die seit Santpoort ununterbrochen geschnattert hatte, verstummte. Ich hatte ihre Fragen nicht beantworten können, nicht richtig.

»Sind wir schon da, Mama? Mama, sind wir da? Ja?«

»Ist da das Meer? Da, Mama?« Immer wieder zeigte sie auf den Horizont.

»Da drüben?«

Ich wusste es nicht. Ich konnte meine eigenen Fragen nicht beantworten. Wohin fuhren wir? Welche Begrüßung erwartete uns? Und nachdem die Kutsche nun angehalten hatte und ich aus dem Fenster spähte – von allem, was ich mir zwischen Leiden und hier vorgestellt hatte, war es das nicht. Aber eines war sicher: Wir konnten nicht zurück. Das Haus, vor dem wir hielten, war unser Zuhause.

Hand in Hand standen wir da und betrachteten das kleine Haus. Es war nicht schmal und hoch wie die Häuser in Amsterdam. Das Dach kippte in der Mitte und reichte fast bis auf die Erde, was dem Haus einen scheuen, schlafenden Eindruck verlieh. Es hatte vier staubige Fenster auf zwei Etagen. Die Vorderseite war unten ein wenig vorgewölbt, als wäre sie im Boden verwurzelt. Ringsum erstreckte sich Land, umringt von Bäumen und dichtem, überwuchertem Gestrüpp. Ich lauschte, hörte aber nichts. Das Meer war nicht in der Nähe.

Der Kutscher lud unser Bündel ab und trug es zur Haustür. Er klopfte.

Ich packte Francines Hand etwas fester, während wir darauf warteten, dass die Tür aufging. Nach einer Weile, nachdem der Fahrer zum zweiten Mal fest angeklopft hatte, kam der Limousin heraus. Er holte das Bündel hinein, ohne uns zur Kenntnis zu nehmen, als wäre er nur für dessen Ablieferung zuständig. Der Fahrer runzelte die Stirn, als er wieder auf seine Kutsche stieg.

»Ein Gläschen wäre nach der Fahrt, die hinter uns liegt, nett gewesen.« Er ließ die Zügel schnalzen, zog die Pferde in einem engen Kreis herum und war verschwunden.

»Jetzt kommt schon! *Vas-y!*«, rief der Limousin, der wieder nach draußen gekommen war. Er klatschte in die Hände, als würde er Hühner scheuchen, und ging ins Haus.

Er wartete in der Küche auf uns. »Rechts und links im Alkoven stehen Betten«, sagte er. Er wirkte selbstzufrieden, als wäre das für mich so entschieden worden. Ich beachtete ihn nicht, ich wusste, wo ich schlafen würde.

»Ich kann hier nicht herumstehen und schwätzen«, sagte er und ging hinaus, ohne ein Wort über den Monsieur zu verlieren.

Francine ließ meine Hand los, lief zum Alkoven und kletterte durch einen schmalen Spalt im Vorhang. Sie streckte den Kopf heraus und grinste.

»Komm, mein Racker«, ich hielt ihr meine Hand hin, »wir wollen uns alles anschauen.«

Die Küche war hell und sonnendurchflutet. An einer Seite fanden wir eine kleine geflieste Vorratskammer und eine Waschküche mit einer Wasserpumpe. In der Vorratskammer entdeckte ich einen Sack Mehl und mehrere Tontöpfe mit Butter, Zucker, Rosinen, Eiern. Ein dünnes Kaninchen hing an einem Haken. Was sollte man damit anfangen?

Dann gingen wir nach oben. Dort gab es zwei Räume – der größere, nach vorn heraus, war das Zimmer des Monsieurs. Ich klopfte an, für den Fall, dass er da war. Da ich keinen Laut hörte, gingen wir hinein. Francine lief ans Fenster und schaute hinaus. Sein Cape hing an einem Haken, seine Hemden über einem Stuhl – ich fuhr mit den Fingern über die Lehne und wollte nicht sie, sondern ihn spüren. Francine zog mich weiter, eifrig darauf bedacht, den Erkundungsgang fortzusetzen. Wir lugten um die Tür des zweiten Raums. Den hatte sich der Limousin hergerichtet. Seine Truhe am Fußende des Bettes ließ keinen Zweifel daran.

Das Zimmer auf der Vorderseite unten war das eigenartigste. Bis auf einen großen Tisch war es leer. Es war kalt und feucht und musste dringend gelüftet werden. Ich öffnete das Fenster so weit wie möglich und entfernte Spinnweben mit meinem angewinkelten Zeigefinger. Obwohl ich die beiden Räume unten durchsuchte, fand ich nur vier Stühle. Was für eine merkwürdige Regelung. Einen für jeden von uns, aber wenn er Gäste hatte, müssten wir uns beim Sitzen abwechseln. Ich packte die Kleidung aus, die ich mitgebracht hatte, und legte sie in eine Schublade unter das Bett, Bibel und Brosche kamen auf das Regal, Francines Spulen und das Puzzle in einen kleinen Korb. Noch immer keine Spur vom Monsieur.

»Mein Bett«, sagte Francine, als sie sah, dass ich mein Nachthemd auf das Kissen neben das ihre legte. Sie verschränkte die Arme. »*Mein* Bett.«

»Wir müssen es uns teilen, mein Schatz.« Drei Lagen Bettzeug waschen reichte.

»Wo ist Grootje?«, fragte sie.

»Großmama ist in Brabant.« Sie würde bald nach Leiden zurückkehren und das Kind vorfinden, das sie wollte.

»Ich will Grootje.« Francine zog die Stirn kraus. Sie kannte noch nicht genug Wörter, um zu streiten.

»Das hier ist unser neues Zuhause, Francine. Du kannst jetzt draußen spielen! Freu dich!«

»Du sollst mir sagen, wenn etwas fehlt«, sagte der Limousin, als er wieder hereinkam. »Ich habe mir die größte Mühe gegeben, das Haus auszustatten. Es gibt einen neuen Besen, Aufnehmer, Essig für das Glas …«

»Und der Monsieur?«

»Oh, der geht spazieren.« Er wirkte so unbestimmt, wie er klang. »Er hat seine Gewohnheiten.«

Mir fiel das Kaninchen am Haken ein. »Wie komme ich zum Markt?«

»Wenn du etwas brauchst, frag mich. Ich hole es.«

So sollte es sein? Das meiste von dem, was er von sich gab, sagte mir nichts. Ich wusste nicht, ob er schwierig war oder mir einfach nur wiedergab, was man ihm gesagt hatte.

»Hefe.« Ich hatte in jedem Topf in der Vorratskammer nachgesehen, aber keine gefunden. »Die brauche ich, wenn ich Brot backen soll.«

In Amsterdam und Leiden hatte ich alles, was ich brauchte, auf den Märkten bekommen – frisch gebackenes Brot, Fisch und Käse.

Auf unserem Weg zum Haus waren wir durch eine kleine Stadt gekommen – Santpoort, vermutete ich –, hatten aber nicht angehalten. Dort gab es bestimmt einen Markt, mindestens zwei Mal wöchentlich. Ich hatte versucht, mir die Strecke zu merken, doch das Land erstreckte sich in alle Richtungen. Der Himmel fiel mir auf. So viel Himmel. Kein Dach, kein Kirchturm, kein Schiffsmast verstellte die Sicht.

Dann waren wir an unzähligen Feldern vorbeigekommen, auf denen Tuch auf Rahmen gespannt war. Leinen, vermutete ich, als wir näher kamen. Ein unglaublicher Anblick – und im direkten Sonnenlicht so weiß. Ich musste die Augen zusammenkneifen. Niemand hob die Hand zum Gruß für uns. Die

Frauen und Mädchen, die dort arbeiteten, hatten sich wieder ihrer Arbeit zugewandt. Ich legte eine Hand auf den Mund und zog mich wieder in die Kutsche zurück. Das roch schlimmer als der Fischmarkt am Oude Waegh an einem Nachmittag im August.

Bis auf Bauernhäuser und Windmühlen gab es nur wenig zu sehen, woran man sich hätte orientieren können. Nach der zwanzigsten hatte ich aufgehört, die Windmühlen zu zählen. Überall flach, so weit das Auge reichte – ausgerollt und ausgestellt. Wie einfach eine solche Landkarte zu zeichnen wäre – ein schmaler Weg, der zur Küste führte. Und ich dachte: *Was will er hier draußen, wo alles so offen ist?* Dann, als wir uns der Küste näherten, erhoben sich die Dünen, kleine zunächst, nichts weiter als Sandverwehungen. Doch schon bald stiegen sie auf zu eigenartigen, schwerfälligen Formen, wie die Schultern riesiger Buckelwale, und versperrten die Sicht. Auf manchen wuchsen zerzauste Tannen, in alle Richtungen geneigt, als führten sie einen verrückten Tanz auf. Als ich Francine darauf hinwies, kreischte sie. Ich klatschte in die Hände, ebenso überrascht wie sie. Ihre Miene drückte meine Gefühle aus; diese Gegend hatte uns beide übermütig gemacht.

Nach einer Weile hielt der Kutscher an, damit wir die Beine ausstrecken konnten. Der Boden fühlte sich irgendwie anders an, als müsste ich mich mit den Zehen festkrallen, um gerade zu stehen. Francine zog ihre Schuhe und Socken aus und lief durch den Sand neben dem Weg. Ich musste sie ein paarmal rufen, bis sie auf mich hörte und zurückkam.

Irgendwo hier, mitten im Nirgendwo versteckt, stand das Haus des Monsieurs. Ich wusste, dieses Nirgendwo musste irgendwo sein, aber in dem Moment hatte ich die Orientierung verloren.

Ich drehte mich im Kreis. Das Haus war von Männern für Männer eingerichtet. Was spielte es schon für eine Rolle, dass der Limousin nur die Bequemlichkeit des Monsieurs und seine eigene im Blick hatte? Das hier war jetzt unser Zuhause. Ich berührte den alten Eichensims über dem Kamin, im Lauf der Jahre schwarz geworden vor Ruß. Mir gefiel seine Wärme, seine Kraft.

»Helena!«

Beim Klang der Stimme wirbelte ich herum. »Monsieur!« Er breitete die Arme aus. »Du bist da!« Er sagte es, als könnte er es nicht glauben.

Ich nickte. Heftige Scheu überkam mich, und ich gab ihm nicht die Hand.

»Du musst nicht hier schlafen«, sagte er, als er sah, wohin ich meine Sachen gelegt hatte.

Der Limousin schaute auf, ganz Ohr. Er versuchte nach Kräften, sich unsichtbar zu machen. Aber ich wusste, er war da, auch wenn der Monsieur ihn anscheinend nicht wahrnahm.

»Francine braucht mich«, sagte ich und zog sie an meine Seite.

»Natürlich. Ja, natürlich.«

Ich stand da, mir fehlten die Worte. Doch dann wurde mir klar, ihm ging es genauso.

War die Trennlinie zwischen uns auf der Reise hierher verlorengegangen? Konnten wir sie dort auf dem Weg hinter uns lassen?

Ich schaute zum Limousin hinüber und bemerkte seinen finsteren Blick.

Ich bezweifelte es.

Das Haus hatte über ein Jahr leer gestanden, doch dem Monsieur schien der Zustand, in dem es war, nichts auszumachen – Löcher im Zaun, Dachziegel, die heruntergefallen waren.

»Vor dem Haus werden Blumen wachsen, hinten gibt es einen Gemüse- und Kräutergarten«, sagte er, als er mich draußen herumführte.

»Ein Garten?« Ich musste an Mr. Sergeant denken. Da stand ich nun, das Gras reichte bis an meine Knie, überall, wo Francine herumstürmte, stiegen Pollen in Wolken auf. Die einzige Möglichkeit, hier einen Garten zu sehen, war, ihn sich vorzustellen. »Können wir Lavendel anpflanzen?« Und Rosen und Geißblatt und Gänseblümchen, und dann wusste ich nicht mehr weiter. Das waren die einzigen Blumen, die mir einfielen.

Er drosch auf Dornengestrüpp ein, das unter dem vorderen Fenster stand. »Das muss Limousin ausreißen. Ich brauche möglichst viel Licht in dem Raum.«

Hinter dem Haus fanden wir ein paar alte Obstbäume, deren Äste kreuz und quer ineinandergewachsen waren. Pflaumen, Äpfel, Birnen? Wir wussten es beide nicht. Wir müssten bis zum Herbst warten und sehen, was herabfiel.

»Der macht viel Arbeit, dürfte uns aber mit allem Nötigen versorgen.«

Ich schaute ihn an, dann den Garten. Ich sah die Arbeit darin. Wochen und monatelange Arbeit. Ein Garten also, das war sein Plan, sich niederzulassen.

Hinter den Bäumen verschwand der Pfad in Büschen. »Ich hatte noch nicht die Gelegenheit, ihm zu folgen«, sagte er, als er meinen Blick bemerkte. »Er führt zu den Sanddünen und dann ans Meer.«

Das Meer! Ein Gedanke – klar und blau – erhob sich in mir. Ich pflückte eine Pusteblume und blies die Samen in die Luft. Wir sahen zu, wie sie über den Garten drifteten, aufstiegen, sich verhakten und herabfielen.

Später brauchte er meine Hilfe, um den Zaun zu reparieren. Der Limousin war unterwegs, um Kaninchenfallen aufzustellen.

»Bon. Ça va mieux.« Er wackelte an dem Pfosten. Bleicher Sonnenschein drang durch die Wolken. Ich hielt den Zaunpfahl fest, als er einen Nagel einschlug, dann noch einen. Die Hammerschläge erschütterten meinen Arm, der Schock seiner Kraft rann der Länge nach hindurch.

Der Monsieur verbrachte die Nachmittage in jener ersten Woche damit, das Grundstück vor und hinter dem Haus zu roden. Ich hatte ihn bisher nur in förmlicher Kleidung gesehen, die Ärmel bis an die Handgelenke, Strümpfe bis an die Knie. Jetzt arbeitete er mit offenem Hemd. Es war schwere, harte Arbeit in der Hitze, und wir mussten alle helfen. Ich rechte Unkraut zusammen, und Francine trug es in Bündeln zu einem Komposthaufen am Ende des Gartens. Sobald der Boden urbar gemacht war, begannen der Monsieur und der Limousin zu graben, wobei sie große Klumpen schwarzer Erde umdrehten. Sie arbeiteten schweigend, bis ein großes rechteckiges Beet sichtbar wurde.

Der Rest, so schien es, war mir überlassen. Wir brauchten Zwiebeln, Kohl, Karotten – aber ich hatte sie immer auf dem Markt gekauft. Ich stand eine Weile da und fragte mich, wie ich etwas dazu bringen sollte, aus dem Boden zu kommen. Ich betrachtete die Samen, die man mir gegeben hatte. Sie brauchten dieselbe Aufmerksamkeit, die der Monsieur seinem Denken schenkte.

Ich säte Samen für zarte Pflanzen aus – Salat und Kräuter – und verscheuchte dann die Spatzen, die in Scharen angeflogen kamen. Francine sammelte Würmer in ihrer Schürzentasche, und ich fand sie erst, als ich ihr Kleid wusch.

Meine Hände warfen Blasen, wurden schwielig und rissen.

Ich ging mit Schmerzen zu Bett und wachte am nächsten Tag steif und wund auf, nur um ihn mit noch mehr Schmerzen zu beenden. Ich hatte vor, die Pflanzen zu zeichnen, während sie wuchsen, aber es gab zu viel zu tun. Ich brachte ein Bild von ein paar Samen zustande, bevor ich sie aussetzte, aber sie sahen nur aus wie Punkte auf dem Papier.

Der Limousin brachte Erdbeerpflanzen vom Markt mit sowie jungen Lauch, dünn wie Grashalme.

»Siehst du, so wird es gemacht.« Mit einem Stock bohrte er ein Loch in den Boden, steckte eine Lauchstange tief hinein und goss Wasser nach. »Der Trick besteht darin, ihn so zu lassen und nicht den Boden aufzufüllen. Er wächst dann in dem Loch, und das Ende des Lauchs bleibt weiß. Ich mag in Butter gedünsteten Lauch. Langsam gekocht, bis er weich ist.«

Ich pflanzte alles ein. Das ganze Beet war grün, keine Erde mehr zu sehen. So bald hatte ich nicht mit so viel gerechnet. Allerdings wuchs mehr, als ich ausgesät hatte, und woher sollte ich wissen, was es war? Ich ging zurück und schaute mir die Punkte an, die ich gemalt hatte. Nichts verband für mich sichtbar Pflanze mit Samen. Ich konnte nur raten, was Unkraut war.

Die blassgrünen Bohnen wuchsen am schnellsten, reckten sich über den grünen Teppich aus diesem und jenem und allem anderen, von dem ich keine Ahnung hatte. Dann verschrumpelten sie und wurden braun und schwarz. Als ich näher hinsah, war jeder Stängel mit Fliegen behaftet, manche grün, manche schwarz, verschwitzt und klebrig, und jede winzige Fliege fett von allem, woran sie sich gelabt hatte, kurz vor dem Platzen. Ich grub alles unter und fing von vorn an, und als die Fliegen wiederkamen, dachte ich unwillkürlich, Gott wollte nicht, dass wir Bohnen haben. Waren die Fliegen eine Prüfung – sowohl für die Bohnen als auch für mich?

Ich bat Gott um Vergebung für das, was ich vorhatte, und

zog dann die Fliegen zwischen Daumen und Zeigefinger herab, wobei ich mir die größte Mühe gab, die Stängel nicht durchzubrechen oder meinen Ekel zu zeigen. Ich verabscheute das Gefühl auf meiner Haut, wenn sie kleine Haufen bildeten, die widerlichen Flecken auf meiner Schürze, an der ich meine Finger abrieb. Als der Monsieur sah, was ich machte, wie ich schauderte, die schwarz-grünen Striemen auf meiner Schürze, lachte er. »Du überraschst mich wirklich, Helena.«

Ich schaute ihn an, wohl mit offenem Mund, denn ich klappte ihn zu. Er drehte sich um und ging wieder hinein. Ich fragte mich, wie ich wohl aussehen mochte, dort auf dem grünen Beet – die Röcke gerafft, Gräser bis an die Taille, Finger verschmiert mit ekligen Fliegen. Ich strich mir die Haare aus dem Gesicht. Dann fing es an zu regnen – ein feiner, warmer Regen, genau der richtige, um alles wachsen zu lassen.

Ich überrasche mich selbst, Monsieur, dachte ich und widmete mich wieder den Bohnen und den Fliegen, die ich zerdrücken wollte, während der Regen mich an Schultern und Rücken allmählich durchnässte.

Ich hätte zwischen den Bohnen tanzen können, als sie anfingen zu blühen – vier Reihen wurden dunkelrot und waren voller Bienen. Wir würden Bohnen haben. Und ich würde sie trocknen. Eine gute Ernte würde uns über den Winter bringen. Danach ging ich etwas aufrechter, als hätte ich die feine Kunst gelernt, Bohnen auf dem Kopf zu balancieren.

Eines Tages, als ich im Garten kniete, legte ich die Hände auf die Erde, schloss die Augen und dachte, ich könnte spüren, was unter der Oberfläche wuchs, aber ich konnte es nicht, nur das Kitzeln eines Käfers, der über meinen Handrücken huschte.

Monsieur. Das Wort schrieb ich mit meinem schmutzigen Finger in meine Handfläche und rieb es dann mit dem Daumen wieder ab.

Wochenlanger Regen ließ das Obst an den Bäumen anschwellen – wir würden Äpfel, Pflaumen und eine harte, knorrige Frucht haben, von der ich noch nie etwas gehört hatte. Der Limousin sagte, sie heiße *coing, kweeper, Quitte*. Er war überrascht, sie so weit im Norden anzutreffen, denn sie war so französisch wie Lavendel und brauchte die Sonne.

»Das meiste wird hier gedeihen«, sagte ich ein wenig spitz. Aber niemand war überraschter als ich, dass ich es schaffte, überhaupt etwas anzubauen, und der Baum war nicht aufgrund meiner Vernachlässigung abgestorben.

»Der Baum muss widerstandsfähiger sein, als er aussieht. Ein Baum macht noch keine Plantage«, entgegnete er und schenkte mir einen Blick, so sauer wie die Früchte an dem Baum.

Im Laufe der Wochen reifte das Obst, wurde dunkelgelb und strömte einen kräftigen, honigsüßen Duft aus. Aber ich erinnerte mich an meine erste Kostprobe und ließ mich nicht hereinlegen. Ich beschloss, sie als letzte zu ernten.

Wir aßen Erdbeeren, Salat und kleine, in Butter gekochte Karotten an Francines zweitem Geburtstag, ehrfürchtig schweigend, weil es so gut schmeckte. Ich sah, wie der Limousin seine dickste Erdbeere bis zuletzt aufhob.

»Köstlich«, sagte der Monsieur, als er die letzte Karotte auf seinem Teller aß und die Butter mit einem Stück Brot abtupfte.

Ja, das stimmte. Ich überlegte schon, was ich als Nächstes anpflanzen würde. Wir brauchten noch Rüben und Rote Bete, um über den Winter zu kommen. Ebenso Kohl und Spinat.

Ich wusste, was ich fühlte, wenn ich den Monsieur sah, und das Gefühl schwankte hin und her.

Nachts, wenn ich allein mit meinen Gedanken war, musste ich mir Einhalt gebieten. Ich musste meine Gedanken davon abhalten vorauszueilen. Das hier hatten wir. Ein kleines Haus in den Dünen, von dessen Dach die Ziegel herabfielen, schwarze Löcher in den Karotten, in die sich Raupen gefressen hatten.

Blut

ICH BEGRIFF NICHT, woher so viele Menschen wissen konnten, dass es sein Buch war, obwohl er seinen Namen nicht darauf genannt hatte. Der Limousin holte zweimal in der Woche Briefe aus Santfoort, und wenn er zurückkam, war sein Ranzen manchmal randvoll: Antworten, Gegenargumente, Lob. Die meisten waren offenbar Gegenargumente.

Der Monsieur hatte sich die Nachmittage zum Denken ausbedungen. Das vordere Zimmer sollte für Beobachtungen und praktische Arbeit genutzt werden, also für die Arbeit am Morgen, aber der Monsieur verbrachte stattdessen fast die ganze Zeit in seinem Zimmer oben und antwortete auf die Briefe, die der Limousin mitbrachte. An den Abenden, wenn Francine noch wach war, las er ihr vor. Zuweilen hörte ich ihn singen. Französische Lieder hallten über die Treppe nach unten, oder das Rumpeln von Kieseln auf dem Boden – kleine Steine, die sie aus dem Boden ausgegraben hatte, mit denen er ihr das Zählen beibrachte.

»Ich bekomme weiße Haare«, sagte er.

Ich wollte ihm nicht sagen, dass er die schon eine Weile hatte.

»Das Schreiben hat mir noch nie so wenig Spaß gemacht wie jetzt«, sagte er, als der Limousin erneut mit einem Bündel Briefe kam. Dennoch hielt es ihn nicht davon ab. Er verbrachte Stunden damit, jeden einzelnen zu beantworten. Ich brachte ihm spätabends Brot und Suppe, wenn er es wünschte, und fand ihn über eine Seite gebeugt vor, die er im schwachen Kerzenlicht las. Er zeigte mir, woran er gearbeitet hatte: eine lange Abhandlung über Zahnräder und Flaschenzüge mit schlecht ausgeführten Illustrationen. Zuweilen traf ich ihn schlafend an.

»Monsieur …« Ich legte ihm eine Hand auf die Schulter.

Er neigte seinen Kopf zur Seite, drehte sich um und zog mich an sich, legte den Kopf an meinen Bauch, schlang seine Arme um mich und hielt mich fest. Er schmiegte seine Wange in meine Röcke.

Aber ich stieß mich von ihm ab. »Nein, Monsieur, nicht.«

Ich ließ ihn an seinem Schreibtisch sitzen und ging hinaus in den Garten. Es war herbstlich kalt, und die Sterne leuchteten hell im Dunkeln. Ich hörte, wie er hinter mich trat. Sein Mund suchte meinen, wir taumelten in die Schatten, zu denen das Licht aus der Küche nicht vordrang. Mein Rücken prallte gegen einen Baum. Er schob meine Röcke hoch, und ich spürte eine Hand zwischen meinen Beinen. Er presste sich an mich.

»Nein!«, schrie ich und entwand mich ihm.

»Helena …« Er lehnte seine Stirn an meine. »Ich sehe es doch auch in dir …«

»Monsieur, das nicht. Francine …«

»Ich brauche dich. Ich brauche dich so.«

Ich bog den Kopf zurück und schloss die Augen, meine Kehle tat weh beim Schlucken. Und wenn ich noch ein Kind bekäme? War wäre dann? Aber wenn ich mich ihm verweigerte?

Er küsste meinen Hals, fuhr dann an meinem Schlüsselbein entlang, seine Küsse hörten nicht auf. »Teile mein Bett. *Viens* …«

Das wollte ich nicht sein, nicht das, was er wollte, nicht vor dem Limousin. Was war mit Francine? »Ich kann das nicht.«

Er küsste mein Ohr, seine raue Stimme ganz nah. »Ich habe es dir gesagt. Nicht diese Wörter, nicht mit mir … und wenn nicht in meinem Bett, dann hier.«

Dann kniete er nieder. Er hob meine Röcke über sich und legte seinen Mund an die Stelle, gegen die er sich gepresst hatte. Seine Hände schoben meine Beine auseinander, und er küsste mich. Gott würde uns sehen. Ich schloss die Augen. Und dann bestand alles nur noch aus Dunkelheit und dem Gefühl, das in mir aufstieg, als er mich küsste. Er schob seine Finger vor und küsste mich. Die Dunkelheit öffnete sich, und ich fiel rückwärts hinein.

Nach einer Weile stand er auf und hielt mich fest, bis ich zur Ruhe gekommen war.

Ich legte beide Arme um ihn und zog ihn an mich. Dann spürte ich ihn in mir und den Baum, hart an meinem Rücken. *O Gott, das wird ein Kind, das wird ein Kind, das wird …*

Drei Tage später kamen meine Tage. Ich blutete.

Ich versuchte zu verstehen, was dieses Blut bedeutete, warum mir so elend zumute war. Es hatte aufgehört, als Francine in mir heranwuchs, und eine Zeitlang nach ihrer Geburt. *Das passiert, wenn du stillst,* hatte Frau Anholts mir gesagt. Dann setzten die Blutungen wieder ein. Ich zählte die Tage, damit ich wusste, wann, damit ich vorbereitet war und meine Röcke nicht blutig machte.

Der Samen eines Mannes brachte das Kind zum Leben – wie Zunder, der Feuer fängt –, und dann hörte die Monatsblutung auf. Was das Baby war, bevor es herauskam, wusste ich nicht. Etwas Winziges, aber perfekt, vielleicht so groß wie eine Erbse. Hieß das, es waren jede Menge dieser erbsengroßen Babys in mir, die nur darauf warteten, bis sie wachsen konnten?

Ich betrachtete das Blut auf dem Tuch. Es würde kein Baby

geben, obwohl ich den Samen des Monsieurs in mir hatte. War sein Samen abgestorben? Würde das erbsengroße Baby auch sterben? Mein Rücken schmerzte. Ich weinte, als ich den Milchkrug zerbrach, obwohl er schon angeknackst und kein wirklicher Verlust war. Dann lachte ich, weil ich geweint hatte. Vielleicht war es die falsche Zeit, vielleicht war etwas Ungünstiges in mir, kurz bevor meine Blutung einsetzte, weshalb das Baby nicht sein konnte, auch wenn der Samen des Monsieurs in mir war. Der Bruder meines Vaters und seine Frau hatten keine Kinder, Reneri auch nicht. Herrn Beeckmans Frau hatte sieben.

Ich zählte die Tage – etwas mehr als drei Wochen, bis meine nächste Blutung einsetzen würde. Das wäre das nächste Mal. Dann würde sein Samen wieder nicht angehen.

»Noch nicht«, sagte ich, als er hinter mich trat und die Hände über meine Brüste gleiten ließ. Auch er musste lernen, musste die Muster erkennen, was sie bedeuteten. Im Spätherbst begriff er es. Er schickte den Limousin in der Woche, bevor ich blutete, zu Besorgungen fort, nach Utrecht und Amsterdam, und wenn Francine schlief, ging ich zu ihm.

Ich verabscheute die Blutungen, aber ich begriff sie. Es war nicht nur der Samen des Mannes, der ein Baby machte. Auch in mir passierte etwas.

Ich zählte die Tage. Ich wies ihn nicht ab.

Tulpen

IM NOVEMBER KAM der Monsieur mit einem Hund vom Markt in Haarlem zurück.

»Er hat mich gefunden«, sagte der Monsieur und rubbelte die Ohren des Hundes. »Er folgte unserer Kutsche ein ganzes Stück aus der Stadt heraus, bevor wir ihm erlaubten aufzuspringen. Ich glaube, er hat uns adoptiert.«

Der Hund wedelte mit dem Schwanz und setzte sich. Er kratzte sich am Ohr und legte sich dann auf den Boden, die Nase zwischen den Pfoten.

»Mein Hund? Bitte!«, sagte Francine und sprang neben dem Monsieur auf und ab. Sie setzte sich neben den Hund auf den Boden und umfing seinen unsauberen Kopf mit beiden Armen. »Mein Hund.«

Der Monsieur lachte. »Wenn er beschließt, bei uns zu bleiben, dann gehört er dir.«

Francine quiekte vor Freude und legte ihren Kopf auf den des Hundes. »Wie heißt er?«

Der Hund leckte an seiner Pfote und kratzte sich dann wieder am Ohr.

»Il s'appelle Monsieur Grat«, sagte der Monsieur. Der Limousin lachte.

»Monsieur Grat! Monsieur Grat!« Sie sprang auf und hüpfte herum, seinen Namen singend. »Monsieur Grat!«

»Dann soll der nicht aufgeschnitten werden, Monsieur?«, fragte der Limousin. »Sie werden nicht hineinschauen?«

»Nein!« Francine riss entsetzt die Augen auf.

»Oh, er wird es machen!« Der Limousin beugte sich vor und hatte seinen Spaß. »Er wird den Bauch aufschlitzen, ihn auseinanderziehen und …«

»*Ça suffit!*«, sagte der Monsieur so schroff, dass wir alle zusammenfuhren.

Der Limousin spannte sich an und schaute zu Boden. »*Je m'excuse, Monsieur.*«

»*Êtes-vous complètement fou?*«

»*Pardonnez-moi.*«

Der Monsieur zog Francine an sich und ging in die Hocke, damit er auf Augenhöhe mit ihr war. »Niemand wird in Monsieur Grat hineinschauen. Er gehört dir. Weißt du, was Monsieur Grat bedeutet?« Er hob ihr Kinn ein wenig an. Sie schaute ihn noch immer misstrauisch an und schüttelte den Kopf.

»Herr Kratz.« Er lächelte und wischte ihr mit den Fingerkuppen die Tränen ab. »Du musst nicht weinen. Meinst du, Herr Kratz ist ein guter Name? Passt der zu ihm?«

»Ja«, schniefte sie.

»Du wirst ihm gute Manieren beibringen müssen, denn ich bin mir sicher, dass er keine hat und dir das Essen vom Teller stehlen wird. Du musst ihn abrichten, damit er kommt, wenn er gerufen wird, sonst wird er sich wieder nach Santpoort verziehen. Limousin wird ein Seil suchen und eine Leine für ihn machen.«

»Monsieur Grat«, rief sie und klopfte auf ihr Bein. »Monsieur Grat, *viens.*«

Der Hund stand auf, reckte sich und ging zu ihr. Er reichte ihr bis an die Schulter. Aber wir schauten nicht auf den Hund. Francine hatte ihr erstes französisches Wort gesprochen. Verständnislos schaute sie auf und wandte sich ab, eingeschüchtert durch unsere Aufmerksamkeit.

Der Limousin steckte die Hände in die Taschen. »Komm mit, wir holen eine Leine.«

»Manchmal ist er ein Dummkopf«, sagte der Monsieur, nachdem sie gegangen waren.

Ich wünschte, wir kämen ohne ihn aus. Aber ich wusste, es ging nicht.

Francine wuchs schnell aus ihren Sachen heraus. Für den bevorstehenden Winter brauchte sie Stiefel. Der Limousin beklagte sich über die Besorgungen, die er zu erledigen hatte. Ich gab ihm ihre alten Schuhe mit auf den Markt.

»Ich habe getan, was ich konnte«, sagte er und zuckte mit den Schultern, als ich ein Paar Holzpantinen auspackte, die einer Zehnjährigen gepasst hätten. Der Stoff, den er mitgebracht hatte, war nicht viel besser. Ich wollte ein neues Kleid für Francine anfertigen. Aber die Wolle war raue Arbeitskleidung, gut für eine Magd.

»Keine Spitze«, fügte er hinzu, bevor ich fragen konnte.

Dann ging er hinaus und kam mit einer weiteren Kiste wieder. »Ich hätte es fast vergessen. Sachen, die der Monsieur wollte. Für dich.«

Ich erwartete nichts vom Monsieur. Als ich die Kiste öffnete, lag obenauf eine kleine Kupferpfanne, daneben ein blau-weißer Krug, verziert mit Segelschiffen, außerdem acht neue Teller mit demselben Muster. Verpackt daneben fand ich eine kleine Duftkugel mit Lavendelgeruch. Ganz unten entdeckte ich eine kleine Schachtel. Als ich sie öffnete, schnappte ich nach Luft. Auf einem Nest aus Stroh lagen drei Tulpenzwiebeln.

»Oh, oh«, sagte der Limousin, und ich wusste nicht, wer überraschter war, er oder ich. Auf einer kleinen Notiz, die daneben steckte, hieß es, man solle sie im September eine Handbreit tief eingraben. Sie würden den ganzen Herbst und Winter zum Wachsen brauchen. Ich faltete die Notiz zusammen. Der Monsieur freute sich auf das Frühjahr.

Der Limousin suchte sich einen Apfel vom Teller und biss hinein. Kauend betrachtete er Francine.

»Das nächste Mal sollte ich auf den Markt gehen«, sagte ich, »das wäre am besten.«

»Ich bezweifle, dass es möglich ist, aber das entscheide nicht ich. Darüber musst du mit dem Monsieur sprechen.« Er ließ den halb gegessenen Apfel wieder auf den Teller fallen.

Der Monsieur sagte nicht nein und nicht ja. Mir war klar, wir mussten vorsichtig sein, wenn er seinen Frieden haben wollte.

»Es hat eine Weile gedauert, diesen Ort hier zu finden. Ich möchte kein Risiko eingehen, ihn zu verlieren.«

Ich musste das, was er sagte, aus der Distanz betrachten, um zu begreifen, was er meinte. Man würde uns zur Kenntnis nehmen. Selbst wenn ich mit Francine ginge, würde man Fragen stellen. Die Leute wären neugierig zu erfahren, wer wir waren, woher wir kamen, warum wir uns dort aufhielten. Eine Frage reichte nie.

»Sag dem Limousin nur deutlich, was du brauchst. Er bringt es mit.«

»Ja, Monsieur.« Ich wollte nicht undankbar erscheinen.

An den meisten Tagen war ich sehr glücklich.

Nach wie vor trafen Briefe ein. Er fertigte Abschriften seiner Antworten an und listete die Namen auf. Briefe an Mersenne und andere waren darunter: Plempius, Vatier, Huygens, Reneri, Poolt, Morin, Hogelande, de Beaune. Ihre Namen schienen aus den vier Ecken auf Herrn Veldmans Karten zu kommen. Ich stellte sie mir nebeneinander wie aufgereihte Gläser mit exotischen Gewürzen vor. Debeaune war Vanille, Morin Nelke oder Muskat, Vatier etwas Scharfes, Kräftiges wie Tamarinde oder eingelegte Limonen. Plempius, Gott möge mir vergeben, konnte ich nur mit Gänsefett in Verbindung bringen.

Ich kochte und putzte und passte auf Francine auf. Der Limousin machte Besorgungen. Er ging mit dem Monsieur angeln, sie legten Aalreusen aus und stellten Kaninchenfallen auf. Sobald das Wasser gefror, würde es erst wieder Aal geben, wenn es taute. Morgens backte ich Brot, die Nachmittage galten dem Garten und der Vorbereitung des Bodens für den Frühling. Wir hatten inzwischen sechs Hühner in einem Stall und genug Eier für Pfannkuchen und Kuchen. Einmal in der Woche machte ich Schmelzkäse. Damit ergänzte ich den gewürzten Käse, den der Limousin vom Markt mitbrachte.

Der Monsieur und der Limousin gingen jeden Tag spazieren. Ich musste meinen Neid herunterschlucken, wenn ich sie zusammen aufbrechen sah. Ich fragte mich, wie weit es wohl bis zum Meer war.

Ich konnte noch immer nicht in die Kirche gehen.

»Das bedeutet nicht, dass Gott nicht in uns ist«, sagte der Monsieur und legte eine Hand auf seine Brust. »Und in unseren Worten und Taten.«

Ich las meine Bibel, und ich las Francine daraus vor, und wir beteten zusammen und manchmal auch mit dem Monsieur. Obwohl unsere Gebete unterschiedlich waren, flossen sie ineinander, wie Rauch in Nebel. Francine lernte beides.

Morgens krabbelte sie aus dem Bett, bevor ich sie einfangen konnte, rannte in sein Zimmer und sprang auf sein Bett. Sie zerrte ihn, noch immer verschlafen, die Treppe herunter und plapperte für sie beide.

»Frühstück«, sagte sie und brachte ihm das Brot vom Vortag an den Tisch. »Du kannst nicht den ganzen Tag im Bett bleiben.« Sie kaute an einem Stück Brot, während sie ihn betrachtete. »Das ist Verschwendung.«

»Francine!«, sagte ich, doch ich konnte es nicht abstreiten

oder sie rügen. Sie gab nur weiter, was sie von mir zu hören bekommen hatte.

Er hob abwehrend die Hand und gähnte herzzerreißend.

Im Herbst pflanzte ich die Tulpenzwiebeln unter den Apfelbaum. Sie würden schön aussehen, wenn sie blühten. Welch ein Glück, sie zu haben, sagte ich mir.

Die Ankündigung, dass Reneri zu Besuch kommen würde, versetzte unser kleines Haus in Aufruhr. Gerade so, als wäre alles hoch in die Luft geworfen worden und ich müsste es auffangen, bevor es zu Boden fiel. Der Monsieur bestellte Wein und Kognak aus Amsterdam und ließ alles für viel Geld anliefern. Er schmiedete Pläne, was sie im Einzelnen zusammen machen würden, und kam in der Woche vor Reneris Ankunft nicht zur Ruhe.

»Wir müssen ihn sehr warmherzig empfangen. Er hat seit dem Tod von Anna gelitten.«

Ich dachte an meine Begegnung mit Reneri in Leiden. Er war traurig gewesen, aber auch freundlich. Vielleicht war seine Freundlichkeit durch seinen Verlust bedingt. Er hatte nicht über mich geurteilt.

Er war unser erster Besuch. Ein Gast – irgendein Gast – bedeutete, dass das Zimmer des Limousin hergerichtet werden musste, und der Limousin müsste das andere Bett im Alkoven in der Küche benutzen. Es würde schwierig werden, ihm aus dem Weg zu gehen. Ich hoffte nur, dass er nicht von mir erwartete, mit ihm zu plaudern. Oder zu trinken.

Der Limousin trank abends. Er nahm einen Krug Wein mit hinauf an sein Bett und brachte ihn morgens immer leer wieder herunter. Der wärme sein Blut, sagte er. Wo würde er jetzt trinken? In der Küche, mit mir.

Reneri traf mit einem Wintersturm ein. Schnee bedeckte den Garten, begrub das Wintergemüse, Kohl und Lauch und gefror dann zu einer harten weißen Kruste. Ich musste Wasser durch die Pumpe laufen lassen, damit es nicht im Rohr zu Eis wurde. Die Hühner weigerten sich, ihren Stall zu verlassen.

»Reneri! Tritt ein, nur zu!« Der Monsieur drückte Reneri an sich, als der über die Schwelle trat.

Ich hatte ihn seit Leiden nicht gesehen, war aber nicht auf den Mann vorbereitet, der nun vor der Tür stand. Er wirkte zehn Jahre älter, gebeugt wie ein alter Mann. Ich nahm seinen Mantel und seinen Schal – darunter war er noch viel dünner.

»Helena«, sagte er. Er nahm meine Hände zwischen die seinen und tätschelte sie. »Wie schön, dich zu sehen.«

Seine Berührung fühlte sich so leicht an, als wären Handschuhe ausgehöhlt worden und hätten verloren, was in ihnen gesteckt hatte.

Der Monsieur hatte Fragen über Fragen.

»Komm herein, komm nur. Hast du niemanden mitgebracht? Es niemandem erzählt?« Er wandte sich hierhin und dorthin, von Reneri an mich, dann wieder an Reneri, während Mäntel und Schals abgestreift und übernommen wurden. »Gut, gut. Helena, hol etwas zu trinken. Danach werden wir etwas essen.«

»Ja, Monsieur.« Ich war inzwischen beladen mit einem schweren Wintermantel, einem Pelzschal, Handschuhen und einer Decke obendrein. Ich fragte mich, was wohl von Reneri noch übrig bleiben würde.

Der Monsieur führte Reneri in das Zimmer nach vorn. Ich hatte dort Feuer gemacht und Tür und Fensterläden geschlossen, um die Wärme drinnen zu halten. Ich brachte ihnen zwei Stühle aus der Küche, damit sie sich zusammensetzen konnten. Ich servierte ihnen heiße Getränke und ließ sie dann allein. Im Hinausgehen kam mir der Gedanke: *Nichts ändert sich; ich mache, was ich mache, und er ist damit zufrieden.*

Der Limousin trug Reneris Truhe auf den Schultern nach oben, dann schleppte er einen Stapel Bücher hinauf. »Ich weiß nicht, wie lange er wohl zu bleiben gedenkt …«

Ich wusste es. Der Monsieur hatte es mir gesagt. Ich war überrascht, dass der Limousin es nicht wusste.

»Fünf Wochen.«

»Fünf Wochen?« Gequält verzog er das Gesicht.

»Mindestens«, sagte ich, wohl wissend, dass es ihn noch mehr quälen würde.

An dem Abend aßen der Monsieur und Reneri zusammen im vorderen Zimmer. Sie ließen sich noch mehr Wein kommen und schlossen dann die Tür. In der Küche streifte der Limousin seine Stiefel ab, zog die Socken aus und streckte die Beine vor dem Kamin aus. Er knackte Nüsse und ließ die Schalen zu Boden fallen. Ich zog einen Stuhl heran und ging gerade so weit auf Abstand, dass es nicht unhöflich wirkte. Francine kletterte auf meine Knie und lehnte sich mit dem Rücken an mich. Ihre Haare kitzelten mein Kinn. »Erzähl mir eine Geschichte, Mama.«

»Tja …« Ich warf einen Blick zum Limousin hinüber, doch der schien in Gedanken versunken.

»Es war einmal vor langer Zeit«, flüsterte ich, »ein kleines Mädchen …«

Francine seufzte entspannt in meinen Armen. Das war unsere Geschichte, ihr Lieblingsmärchen.

»Es war ein glückliches kleines Mädchen – das glücklichste von allen, und alle liebten es.«

»Wo hat es gelebt?«

»Es wohnte in einer kleinen Kate mit seiner Mama und seinem …«

»War es ein gutes Mädchen, Mama?«

»Es war ein sehr gutes Mädchen. Es war freundlich und hilfsbereit, und seine Mama hatte es lieb, und Monsieur Grat liebte es, und die Hühner mochten es. Die Hühner hatten es besonders ins Herz geschlossen und legten deshalb nur für das Mädchen die größten, leckersten Eier …«

»Hatten die Würmer es lieb?«

»Ja, selbst die Wickel-Wackel-Würmer mochten es.« Ich fuhr schlängelnd mit den Fingern durch ihr Haar. Sie wand sich auf meinem Schoß und kicherte.

»Hatte der Monsieur es auch lieb?«

»Ja …«, flüsterte ich.

»Wie hieß es, Mama?«

»Das ist eine sehr gute Frage. Der Name war Francine, und es sah ein bisschen so aus wie du.«

Sie hörte auf zu zappeln und richtete sich gerade auf, als ihr etwas einfiel. »Francine!«, sagte sie. »Wie France!«

»France?«

Sie drehte sich auf meinem Schoß zu mir um und überlegte einen Augenblick. »Ich bin France.«

»Du bist nicht Frankreich!« Ich lachte, hielt dann aber inne, als ich sah, wie sie die Stirn runzelte. Ich war mir ihres Namens sicher gewesen, als ich ihn ausgewählt hatte. Francine – aus Frankreich, die Freie. »Es ist Französisch und Holländisch zugleich.«

Sie klatschte in die Hände. »Wie Monsieur! Wie Mama!«

»Ach du meine Gute!«, sagte der Limousin. »Das muss ich mir nicht anhören.« Er stand auf, zog seine Stiefel an und hüllte sich in seinen Mantel. Er stopfte mit dem Daumen Tabak in seine Pfeife, ging hinaus und schlug die Tür kräftig hinter sich zu.

»Den mag ich nicht.«

»Schh. So ist er nun mal. Für schläfrige kleine Mädchen wird es jetzt Zeit, ins Bett zu gehen.« Ich half ihr ins Bett, zog die Vorhänge zu und kuschelte mich eng an sie.

»Mama«, flüsterte sie. »Der Monsieur ist jetzt mein Onkel.«

»Ach ja?« Ich versuchte, nicht überrascht zu klingen. Was hatte er ihr gesagt? Onkel?

»Monsieur Onkel.«

»Einfach nur Onkel, Francine, wenn er das gesagt hat. Onkel.« Ich sprach das Wort aus, als hätte ich es fest im Griff, aber ich spürte bereits, wie es sich freistrampelte.

»Aber du sagst Monsieur zu ihm?«

»Ja.« Diese Fragen, ich hatte so früh noch nicht damit gerechnet.

Francine drehte sich zur Wand. »Onkel«, flüsterte sie, »Onkel, Onkel, Onkel …«

Sie richtete sich auf und breitete ihre Arme aus. »Frankreich ist groß, Mama, so groß.«

»Tatsächlich?«

Sie nickte. »Der Onkel hat es gesagt.«

Sie dachte einen Moment nach. »Kann ich da hin, Mama?«

»Nach Frankreich? Das ist weit, Francine. Sehr, sehr weit weg.« Ich tippte auf ihre Nase, konnte aber kein Lächeln hervorrufen.

»Ich komme ja wieder her.«

»Schh, still jetzt. Hier ist dein Zuhause.«

»Mama?«

»Schh, Francine, jetzt wird geschlafen.«

Kurz darauf kam der Limousin wieder herein. Ich hörte, wie er sich ein Glas Wein aus dem Krug einschenkte, wie das Bett auf der anderen Seite des Alkovens knarrte, als er hineinstieg und sich umdrehte. Oben hustete Reneri, und dann wurde es so still, als wären wir in unseren Betten eingeschneit. Aber ich konnte nicht schlafen. Frankreich – das war so weit weg wie der Mond. Es war so nah wie der Lavendel im Garten.

Francine schniefte neben mir, und ich merkte, dass ich die Luft anhielt.

Das neue Jahr kam, hell und sonnig, der Himmel so blau, dass mir die Augen weh taten. Eine Woche lang hatte es keinen Schnee gegeben, und der Weg zum Haus war mit Vorsicht begehbar. Der Monsieur und Reneri hatten die Woche zuvor im vorderen Zimmer verbracht und miteinander gesprochen, und am Ende wollte sogar der Monsieur entkommen, dachte ich. Sie würden Schlitten fahren und Francine mitnehmen.

»Wenn deine Bücher dich nicht umbringen, Henri, werden sie mein Tod sein«, sagte der Monsieur, als er in die Küche kam. »Wie viele sind es jetzt?«

»Ungefähr tausend. Mit deinem noch eins mehr …«

»Ungefähr tausend Bücher und eins! Hol dich der Teufel! Und du beschwerst dich, dass du kein Geld hast!« Der Monsieur riss die hintere Tür auf. »Das hier ist meine Bibliothek!«

»Zweifellos siehst du gut aus, René, in einer Bibliothek aus Schnee …«

Ich schnürte den Mantel fest um Francine und streifte ihr Fäustlinge über. Ich zog eine Mütze, die ich mit Kaninchenfell gesäumt hatte, fest über ihre Ohren, damit sie gerade saß. »Das wird dich warm halten.« Ich küsste sie auf die Nase und hielt sie auf Armeslänge von mir. Ich wollte sie ganz für mich behalten.

Dem Monsieur reichte ich eine Decke.

»Die wird sie nicht brauchen.« Er streckte einen Arm nach Francines Hand aus. Sie hüpfte hinüber, griff zu und drehte sich. »Alle Kinder sollten Schlitten fahren. Manche werden gezwungen, im Bett zu bleiben, sie könnten sich sonst erkälten – stell dir das nur vor! Ich sage, wir rennen so schnell wir können herum, dann fängt uns keine Erkältung!«

Francine quiekte und sprang auf und ab. Sie hielt seine Hand noch immer fest und warf ihn beinahe um.

Der Limousin kam herein und stampfte den Schnee von den Stiefeln, die Hände tief in den Taschen. »*C'est prêt*«, sagte er. Ich hatte noch nie jemanden erlebt, der weniger Lust auf Schlittenfahren hatte.

Ich schaute ihnen nach, Reneri und dem Monsieur. Monsieur Grat sprang hinter ihnen her, biss in den Schnee, und Francine lief ihm nach. Ganz zuletzt kam der Limousin mit dem Schlitten. Mich hatte man nicht gefragt. Wer sollte das Brot backen und kochen und den Rest erledigen, wenn ich auch nach draußen ginge?

Das Brot wurde nicht gut, die Kruste platzte auf und brannte an. Ich war ungeschickt bei der Zubereitung gewesen und hatte jetzt eine Reihe Brotlaibe vor mir, die mich finster anschauten, um mir für meine Bemühungen zu danken. Die Küche war warm, wenn die Sonne hereinschien, aber als ich die Hintertür öffnete, schmerzten meine Knöchel in der kalten Luft. Mit einem Fußtritt schloss ich sie wieder. Solche Tage verabscheute ich, an denen alles gegen mich war.

Onkel? Solange Reneri hier war, hatte ich keine Möglichkeit, den Monsieur darauf anzusprechen. Ich schlich umher und pflegte meine schlechte Laune. Ich kannte dieses Gefühl: Meine Tage waren fällig.

Ich ließ das Brot auf dem Gitter schmollen und ging hinauf, um die Betten zu machen. Reneri hatte seine Bettdecke aufgeschlagen, und ich hatte sie im Nu wieder geradegezogen. Das Bett des Monsieurs war ein einziges Durcheinander, wie immer zerknüllte Laken auf dem Boden, alles mit Schlaf verknotet. Als ich das Kissen ausschüttelte, um es zu lüften, fiel ein Brief aus dem Bezug. Ich schüttelte noch einmal, woraufhin noch mehr herauspurzelten. Ich konnte sehen, welche es waren, noch bevor ich sie aufhob – meine Briefe aus Deventer. Ich setzte mich auf das Bett, meine Bauchschmerzen waren vergessen. Als ich sie sortierte, fand ich Kopien von Briefen, die er mir geschrieben hatte, sowie auch andere – Briefe, die er nicht abgeschickt hatte. Manche sahen aus, als wären sie versiegelt gewesen und dann wieder geöffnet worden. Ich sah ihn vor mir, wie er las, noch einmal las, seine Meinung änderte, sich dagegen entschied. Ich wählte einen aus und strich ihn glatt.

Liebste Helena,
das ist mein fünfter Versuch, Dir zu schreiben. Ich habe Mühe, die Wörter zu finden … ich kann meine Gefühle mit dem Verstand erklären, aber das macht es nicht leichter, damit zu leben.
Ich werde alles tun, was notwendig ist, um Dir und meinem kleinen Kind – wenn er oder sie zur Welt kommt – Sicherheit zu verschaffen, Euch beide vor unliebsamer Aufmerksamkeit zu bewahren.
Das Wesen der Liebe ist schwer zu verstehen, aber ich versuche es. Für mich hat die Liebe einen hohen Wert – und ich glaube, was immer wir ihr zuliebe durchleben, ist angenehm – so sehr, dass selbst diejenigen, die bereit sind, für die Menschen zu sterben, die sie lieben, mir bis zu ihrem letzten Atemzug glücklich zu sein scheinen …

Ich las den Brief und einen weiteren, dann noch einen, schrak aber derart zusammen, als ein Vogel von einem Baum aufflog, dass ich nicht wagte, noch mehr zu lesen. Meine Finger zitterten, als ich die Briefe wieder zusammenfaltete und in den Kissenbezug steckte. Ich machte das Bett und ging hinunter.

In der Küche stellte ich mich ans Fenster und starrte in den Garten, bis mir die Augen weh taten und ich nur noch Weiß sah, das immer weißer wurde. Den ersten Brief hatte er geschrieben, als ich Amsterdam verließ, hatte ihn aber nicht abgeschickt.

Liebe?

Ich legte den Kopf in den Nacken, ließ die Haare locker herunterfallen und breitete die Arme weit aus. Ich stellte mich auf Zehenspitzen und drehte mich im Kreis, immer schneller.

Meine Fingerknöchel schlugen gegen die Tür, ich stolperte und hielt mich am Tisch fest, um wieder ins Gleichgewicht zu kommen. Der Raum drehte sich weiter, und alles darin ergriff die Flucht.

Als ich hörte, wie sie zurückkamen, glättete ich meinen Rock. Meine Gefühle steckte ich ebenso fort wie meine Haare unter meine Haube.

»Mama!«, rief Francine und lief direkt auf mich zu. Ihre Stiefel und Fäustlinge waren durchnässt, die Röcke ihres Kleides steif vor Kälte. »Ich bin Schlitten gefahren! Von oben bis unten!« Sie zitterte am ganzen Leib, ihre Zähne klapperten.

»Schau dich an! Du bist halb erfroren!« Die Briefe waren vergessen, ich zog ihr den Mantel aus, dann eine Schicht kalter Kleidung nach der anderen. Ich griff nach der Decke, die der Monsieur nicht hatte mitnehmen wollen, und wickelte Francine darin ein, bevor ich sie vor den Kamin stellte, damit sie warm wurde. Die ganze Zeit schimpfte ich leise vor mich hin.

Der Monsieur und Reneri polterten in die Küche, aufgekratzt und außer Atem wie kleine Jungen, die gerade vom Spielen nach Hause kommen.

Völlig außer mir wandte ich mich an ihn. »Ich habe es Ihnen doch gesagt. Die Decke, habe ich gesagt! Schauen Sie, wie sie aussieht!«

Er hob beide Hände, eher um sich abzuschirmen, als die traurige Wahrheit direkt vor seinen Augen zu leugnen. »Sie wird schon wieder warm.«

Francine blickte auf und grinste. Als ich mich umdrehte, glaubte ich zu sehen, wie er zwinkerte.

»Haben Sie nicht nachgedacht?«

»Helena, bitte. Denke an unseren Gast …«

»Sie hätte sich den Tod holen können!«

»Hat sie aber nicht.«

Ich verschränkte die Arme. Er wusste nicht alles. »Eine Decke, nächstes Mal.«

Sein Kiefer sackte ein wenig nach unten, dann machte er den Mund wieder zu. Reneri verkniff sich ein Lachen. Francine wackelte mit den Zehen und schniefte ununterbrochen.

An dem Abend kam er zu mir. Er legte einen Finger an die Lippen, horchte auf den schnarchenden Limousin und half mir dann aus meinem Bett. Reneri hatte einen leichten Schlaf, wir konnten nicht riskieren, die Treppe hochzugehen. Er nahm mich mit ins vordere Zimmer, wo noch Glut im Kamin war. Auf dem Boden lag eine Decke.

Seine Finger lösten die Bänder an meinem Nachthemd, er legte beide Hände auf meine Brüste. Ich küsste ihn, zog ihm sein Hemd über die Schultern, mein Atem verriet bereits mein Verlangen. Er umkreiste meine Brustwarze mit dem Daumen und nuckelte dann daran. Ich senkte den Kopf. »Was sind Sie, dass ich es keinen Monat ohne Sie aushalte? Dass Sie mich dahin bringen, die Tage zu zählen …«

Später strich ich über die Innenseite seines Arms, vom Ellbogen zum Handgelenk, umkreiste den violetten Schatten, der sich in seiner Handfläche ansammelte. Die Dunkelheit beruhigte uns. Seine Finger krümmten sich und wurden weich unter meiner Berührung. Ich hatte Scheu vor ihm, davor, dass er einfach da war – das Weiß seines Arms, seine Haare auf dem Kissen, das Pochen seiner Ader am Hals.

Ich dachte an die Briefe, die ich gefunden hatte. Warum hatte er sie nicht abgeschickt? Warum hatte er mich so alleingelassen?

»Francine nennt Sie Onkel …« Mehr musste nicht gesagt werden. Er entzog mir seine Finger.

»Ich musste unsere Beziehung irgendwie anerkennen. Es ist richtig.«

Monsieur, Reyner Jochems, Onkel – hinterhältiges Zeug, würde Betje dazu sagen.

Wir lagen schweigend nebeneinander, das Knacken der Glut unterstrich unsere Gedanken.

»Werden Sie es ihr sagen?«

Das weiche Licht aus dem Kamin umrahmte ihn, sein Gesicht lag im Schatten.

»Ja?«

Aale

DER MÄRZ BRACHTE den Geburtstag des Monsieurs. Francine half mir, einen Kuchen zu verzieren. Sie steckte Rosinen in Form eines O hinein.

»Zweiundvierzig«, sagte er, als sie ihn nach seinem Alter fragte. Überrascht riss er die Augen auf. »Und ich habe mindestens zweiundvierzig weiße Haare!«

Zum ersten Mal hatte er sein Alter erwähnt. Ich rechnete aus, was zwischen uns lag – so viel Lebenszeit vor mir, so viel von seiner verbraucht. Ich vervielfachte mein Alter. Ich brauchte noch einmal so viele Jahre, wie ich sie hinter mir hatte, um sein Alter zu erreichen.

Francine streckte die Hände von sich und zählte ihre Finger. Ich hatte noch nie weiter als bis zwanzig mit ihr gezählt. »Sie-ben, vier, drei. Ich bin auch zweiundvierzig, Onkel!«

Er lachte. »Das ist ein schönes Alter für so eine Kleine.« Er zählte zwei ihrer Finger und krümmte einen dritten sanft am Knöchel. »*Un, deux … et trois quarts.* Du bist zwei und drei Viertel.«

Sie grinste. »Kuchen«, sagte sie und zeigte darauf.

»*Un gâteau? Pour moi?*«

Sie nickte.

»Soll ich dir etwas sagen?« Er ging in die Hocke und flüsterte ihr ins Ohr, als wollte er sie in ein Geheimnis einweihen. »Das ist mein erster Geburtstagskuchen. Soll ich ihn aufheben bis zum nächsten Jahr?«

»Nein, essen! Jetzt!«

»Aber nächstes Jahr brauche ich wieder einen Kuchen.«

»Den mache ich dann!«, sagte sie. »Iss!«

Er lachte. »Später! Ich muss noch arbeiten.« Er setzte ein trauriges Gesicht auf, passend zu ihrem, und hob dann ihr Kinn an. »Geh jetzt spielen, Francine«, sagte er. »Und du musst leise sein, während ich arbeite. *Comme une souris.*«

»*Oui!*« Sie quiekte so, dass er zusammenfuhr. »*Souris, souris.*«

»Sieh mal, hier ist Monsieur Grat, er wird mit dir spielen. Nachher Kuchen, *je te promets.* Und nicht vergessen, schhh.« Er hielt einen Finger an seine Lippen.

»Monsieur Grat, hier wird nicht gebellt«, sagte sie zu dem Hund, als sie ihn am Ohr fortführte.

Ich folgte dem Monsieur in das vordere Zimmer. Er hatte mich gebeten, ihm zu helfen. Der Limousin war am Morgen nach Frankreich abgereist und würde erst in zwei Monaten zurückkehren. Die Speisekammer war aufgefüllt und Torf hoch an der Mauer aufgestapelt. Zwei Monate! Ich war so glücklich wie schon seit Wochen nicht mehr.

Bevor er aufbrach, hatte mir der Limousin gezeigt, wie man Aalreusen auslegte – das musste ich in seiner Abwesenheit machen. Er nahm mich mit an den Deich, an dem sie ausgesetzt wurden. Er benutzte ein kleines Boot mit rauen Planken als Sitzgelegenheit, das dort vertäut war. Mit uns beiden und sechs Reusen war das Boot randvoll. Er kniete auf der Planke vorn. Der Bug tauchte unter seinem Gewicht ins Wasser und schwankte gefährlich, während er die Mitte ausbalancierte. Er hielt das Paddel vor sich und drehte es von einer Seite zur anderen, um das Boot durch das schwarze Wasser zu rudern. Sobald er die Stelle erreicht hatte, ließ er das Wasser aus den sechs Reusen strömen, bevor er sie an Bord hievte. Ich musste vier davon hochziehen, damit er sicher sein konnte, dass ich es schaffte. Unterdessen war mein

Kleid durchnässt. Er warf die Reusen mit den Ködern über Bord. »Du übernimmst die Rückfahrt«, sagte er und hielt mir das Paddel hin.

Am Ufer lud er unseren Fang in einen kleinen Handkarren. »Bitte«, sagte er, trat beiseite und forderte mich auf, ihn zu nehmen.

Die Wörter, die mir dazu einfielen, behielt ich für mich. Ich musste es auch in seiner Abwesenheit machen, sich zu beklagen war also zwecklos. Ich legte den Riemen über meine Schulter und zog den Karren nach Hause. Ich versuchte, nicht unfreundlich über den Limousin zu denken. Er hatte die Aalreusen noch an dem Morgen eingeholt, bevor er nach Frankreich aufbrach. Reusen lagen auf dem Boden verstreut, wo er sie fallen gelassen hatte. Ich betrachtete die schlammigen Pfützen, in denen sie standen – der ganze Boden musste geschrubbt werden. Jede Hilfe seinerseits kam anscheinend mit einem Hindernis auf dem Rücken daher.

Ich half dem Monsieur, den Tisch an die Stelle zu tragen, an der die Sonnenstrahlen schräg durch das Fenster fielen, warm und golden. Wir hatten Zeit bis zum späten Vormittag, da war das Licht am besten, ehe die Sonne über den Giebel wanderte und nachmittags in den Garten schien. Der Monsieur schüttete den Inhalt eines Eimers in ein größeres Fass. Ich spähte hinein und trat rasch einen Schritt zurück. Das Wasser schwappte auf und ab, voll mit Aalen. Er krempelte die Ärmel hoch, griff in das Fass und wirbelte mit dem Arm herum. Wasser platschte auf den Boden, seine Füße wurden nass.

»Voilà!«, rief er und hob einen Aal über seinen Kopf. Das Tier baumelte schlapp und schlug dann plötzlich aus. Es zuckte noch einmal und spritzte in hohem Bogen Wasser durch den Raum. Er musste mit beiden Händen zupacken, damit es sich nicht befreite.

»*Parfait!* Gut und kräftig.« Er nahm den Aal mit an den Tisch, auf dem neben leeren Tellern ein paar Messer lagen, und wählte eins mit einer dünnen Klinge aus – kein Küchenmesser, sondern ein Schälmesser, das er sich aus Amsterdam hatte kommen lassen. Er drückte den Aal auf den Tisch und keuchte unter der Anstrengung. »Nimm du den Schwanz. Halt ihn fest.«

Ich packte den Schwanz. Der Aal zuckte unter meiner Hand.

»Und jetzt nimm den Kopf. Schnell! Hast du ihn?«

Ich griff zu und nickte. Der Monsieur legte das Messer an, rutschte aber ab, als er den Schnitt vollzog. Er verzog das Gesicht.

»Nein«, sagte er. »Das ist nicht gut.« Er warf den Aal in einen Eimer.

Dem ersten folgten sechs weitere.

»Verdammt! Wie soll es gehen, ohne ihn zuerst zu töten?« Er lutschte an seinem Daumen, in den er sich geschnitten hatte. Bei diesem Tempo hätte er keine Finger mehr, bevor ihm die Aale ausgingen.

»Lassen Sie mich mal probieren.« Ich streckte die Hand nach dem Messer aus und fischte dann einen Aal aus dem Fass. Vater hatte mir gezeigt, wie man Aale tötete, mit einem schnellen Schnitt hinter dem Kopf.

»Ich will nicht, dass er tot ist, Helena. Auch die Innereien sollen nicht zerfetzt werden. Ich möchte sein Herz erforschen. Ein leichter Schnitt, so.« Er fuhr mit dem Finger über eine Handfläche.

»Ich weiß, was zu tun ist«, sagte ich. Schließlich wollte ich meine Finger behalten. Ich wusste nicht, wo das Herz eines Aals wohl sitzen mochte, dafür aber, wo die Eingeweide waren. Ich tastete am Bauch des Aals entlang und machte einen kürzeren, raschen Schnitt. Die Haut klaffte auseinander, die

Innereien platzten heraus, glänzend und rosa. Das arme Tier wölbte und wand sich, und ich fragte mich, was der Monsieur wohl von ihm wollte, dass er es derart leiden ließ. Ich schob das Messer auf den Tisch und legte meine Hände neben die des Monsieurs, damit ich den Aal wieder fest im Griff hatte.

»Sehen Sie?«, fragte ich, zufrieden, dass es mir beim ersten Mal gelungen war.

Er beugte sich über den Aal und stocherte mit dem Messer in den Eingeweiden herum. Mit der Klinge holte er ein kleines Stück rosa Fleisch heraus. Er schaute näher hin. Ich spürte seinen Atem an meinem Arm.

Francine kam aus dem Garten hereingelaufen, ihr Kleid nicht sauberer als der Boden, auf dem sie stand. Sie blieb stehen, als sie uns sah. Sie schaute den Monsieur an, das Messer, das er in der Hand hielt, dann den Aal.

»*Viens.*« Er winkte sie zu sich.

Sie lugte über die Tischkante und zog sich hoch, bis sie auf Zehenspitzen stand.

»Nein, hier«, sagte er und klopfte auf den Stuhl, »dann kannst du es sehen.«

»Was ist das?«, fragte sie, als sie hinaufkletterte.

Er machte einen kleinen Schnitt, dann lag das Herz auf der Klinge. Er ließ es auf einen Teller gleiten. Der Aal zuckte und blieb dann still liegen. Er nahm ihre Hand und legte sie auf seine Brust. »Da, fühlst du das?«

Sie nickte, die Augen weit aufgerissen, alles Spielerische war daraus verschwunden.

»Weißt du, was es ist?«

Sie schüttelte den Kopf.

»Das ist mein Herz.« Dann legte er ihre Hand auf ihr Herz. »Da, spürst du das? Das ist dein Herz.« Er zeigte auf das kleine rosa Stück Fleisch auf dem Teller. »Und das ist das Herz des Aals.«

»Das ist sehr klein«, sagte sie. »Zu klein für mich.«

»Für einen Aal allerdings perfekt.«

»Das muss ihm weh tun …«

»Tiere empfinden nicht so wie wir.«

Ich betrachtete den Aal. Ihm zuliebe hoffte ich, dass es stimmte, was der Monsieur da sagte.

Francine hielt ihre Hand noch immer über ihrem Herzen. Sie starrte das Herz auf dem Teller an. »Es ist tot.«

»Tja, das Blut ist kalt, aber wenn man es vorsichtig wieder wärmt, könnte das Herz vielleicht wieder schlagen.«

Sie runzelte die Stirn. Das Mienenspiel hatte sie von ihm. »Nein, Onkel. Es ist tot. So wie das Eichhörnchen.« Dann schob sie das Kinn vor, hüpfte ohne weiteres vom Stuhl und lief fort.

Der Monsieur drehte sich zu mir um. »Eichhörnchen?«

In diesem einen Wort und in der Art, wie er es aussprach, trat unser Altersunterschied zutage. Ich errötete. »Ein Eichhörnchen, Monsieur. Monsieur Grat hatte es. Wir haben es vorige Woche hinten im Garten vergraben.«

Er wischte die Messerklinge an einem Tuch ab. »Verstehe. Findest du es richtig, einem Eichhörnchen eine Beerdigung zukommen zu lassen, Helena?«

Ich schüttelte den Kopf. Ich hielt es nicht für richtig, dass man das Herz eines Aals wieder zum Schlagen bringen wollte, nachdem man es herausgeschnitten hatte. Er wandte sich wieder seiner Arbeit zu, machte rasche, unordentliche Notizen und entwarf eine vage Skizze von dem, was vor ihm lag. Ich konnte es besser zeichnen. Er hätte mich nur fragen müssen. Diese Notizen waren anders als die Briefe, die er schrieb, mit ihren breiten, sauberen Rändern. Er würde diese Papiere verbrennen. Er hatte ein Auge auf die Zukunft gerichtet, er schrieb nicht nur für sich.

Ich wusch mir das geronnene Blut von den Händen, wischte den ärgsten Dreck vom Tisch und begann zu schrubben. Den Boden musste ich auch noch säubern. Dann Francines schmutziges Kleid …

Das Klopfen an der Tür erschreckte uns beide. Er warf mir einen fragenden Blick zu. Ich zuckte mit den Schultern. Keine Ahnung, wer dort war. Erneut klopfte es, lauter diesmal, dann die Stimme eines Mannes. »Hallo?«

Eine Bodendiele knarrte. Der Monsieur fuhr zusammen, als wäre er in eine Scherbe getreten. Wer immer es sein mochte, war jetzt im Haus. Ich steckte mein Haar unter die Haube, um ordentlich auszusehen. Ordentlich? Mit meiner Schürze voll Blut? Ich musste mir mit Mühe ein Lachen verkneifen.

»Hallo? Hal-lo-ho?«

Wir könnten so tun, als wären wir nicht da, aber was, wenn er weiter hereinkam und uns fand? Was dann? Müssten wir dann beide so tun, als wären wir taub? Der Monsieur rollte seine Ärmel herunter und richtete sich auf. Er lächelte, weil er mir Mut machen wollte, doch ich sah, dass sein Lächeln verschwand, als er sich umdrehte. Er ging hinaus, um denjenigen im Empfang zu nehmen, der schon halbwegs im Haus war.

»Hallo, hallo!«, hörte ich den Monsieur sagen. »Verzeihen Sie, ich habe gearbeitet …«

»Nein, nein. Ich muss mich entschuldigen. Die Tür stand offen.«

Ich wusste nicht, was ich machen sollte. Still bleiben? Weiter aufräumen? Ich wischte die Schüssel, die ich in der Hand hielt, mit einem Tuch ab und stellte sie sacht auf den Tisch, denn plötzlich hatte ich Angst, sie fallen zu lassen. Ein ekliger Geruch hing in der Luft. So viele Aale verfaulten im Eimer. Was wir als normal empfunden hatten, war es anscheinend nicht. Mir wurde klar, wie eigenartig das alles aussah, widerlich sogar. Wer hatte Aale im Wohnzimmer? Wer fand dieses Verhalten richtig?

In dem Augenblick kam der Monsieur wieder herein, gefolgt von einem stämmigen Mann in Schwarz. Ich musste ihm nicht vorgestellt werden, um zu wissen, wer es war. Seine Kleidung verriet ihn. Ein Pastor, wahrscheinlich aus Santpoort.

»Hier arbeite ich«, sagte der Monsieur. Er streckte seine Hand aus und machte eine vage Geste. »Und das hier ist Helena, meine Magd. Helena, darf ich dir den Pastor van Agteren vorstellen.«

Ich trat zurück und blieb mit dem Bein am Tischbein hängen. Angst überflutete mich. Magd? Das Wort hatte ich so lange nicht gehört, dass es eine Weile dauerte, bis es zu mir durchdrang und mir klar wurde, dass er mich meinte. Magd. Was sollte ich sonst sein? Mit meinen roten Händen, der Bürste und den verschmutzten, blutigen Röcken? Welcher andere Grund würde meine Anwesenheit in diesem Raum erklären? Bei dieser Art von Arbeit? Mit ihm?

»Ich bin entzückt, dich kennenzulernen, Helena.« Er warf einen Blick auf meine Schürze und reichte mir nicht die Hand. Ich sah ihm an, dass er sich allmählich bewusst wurde, wo er war. Er lugte in den Eimer mit Aalresten und versuchte, sich seinen Widerwillen nicht anmerken zu lassen. »Eigentümliche Arbeit, Herr ...«

»Sie kennen vielleicht William Harveys Arbeit über den Blutkreislauf?«

Er trat vom Eimer zurück und wischte sich die Hände an seinem Mantel ab, obwohl er nichts angerührt hatte. »Nein. Sollte ich?«

Ich lehnte mich an den Tisch, während der Monsieur ihn hinausgeleitete, und griff hinter mich, um mich abzustützen. Mein Bein pochte an der Stelle, an der ich mich gestoßen hatte. Ich zählte, so weit ich kam, ging dann hinüber in die Küche und spähte aus dem Fenster. Ich sah den Monsieur und den Pastor draußen am Gemüsebeet, aber wo war Francine? Ich stellte mich auf die Zehenspitzen, schaute nach links und rechts, vor und zurück, bis ich sie hinten im Garten unter den Obstbäumen entdeckte. *Bleib da, bleib da, bleib da,* dachte ich. *Bleib, wo du bist.*

Als sie ins Haus kamen, senkte ich den Kopf und machte mich eifrig daran, einen Apfel zu schälen. Sobald die Schale entfernt war, drehte ich ihn in der Hand und schnitt harte Stellen ab, die nicht vorhanden waren. Am Ende wäre nur noch das Kerngehäuse übrig, dann die Kerne, wenn der Pastor nicht bald ginge. Ich gab vor, mich nicht dafür zu interessieren, was sie sagten. *Ich bin eine Magd, eine Magd, die einen Apfel schält.* Doch tief im Innern kam ich mir vor wie ein Kaninchen, das aus hohem Gras gescheucht wurde.

»Faszinierend, Herr … Ich habe gehört, dass dieses Haus bewohnt sei, und wollte Ihnen meine Einladung überbringen, den Gottesdienst zu besuchen.«

»Oh, ja, danke«, erwiderte der Monsieur. »Ich bin häufig auf Reisen, werde Ihre Einladung aber im Gedächtnis behalten.«

»Reisen, sagen Sie? Ich glaubte, einen Akzent vernommen zu haben.« Er tippte sich an die Nase und schien erfreut. »Ich war in Gouda im letzten …«

»Onkel, Onkel!« Francine rannte in die Küche, direkt auf den Monsieur zu. Als sie den Pastor erblickte, blieb sie stehen, lief zu mir und verbarg ihren Kopf in meinen Röcken. Sie schmiegte sich noch enger an mich und wollte gehätschelt werden, aber ich beugte mich nicht wie sonst zu ihr hinunter.

Der Pastor ging in die Hocke und streckte die Hand aus. »Und wer ist dieses kleine Mädchen? Ihre Nichte?«

»Ja. Meine Nichte.« Der Monsieur warf mir einen Blick zu.

»Noch dazu ein hübsches Mädchen«, sagte der Pastor, »und Sie sehen sich tatsächlich ähnlich!«

Francine zupfte an meiner Schürze. »Jetzt nicht«, sagte ich und schob sie sacht von mir.

»Aber Mama!«, schrie sie und zog erneut an meiner Schürze. »Du musst mitkommen. Monsieur Grat hat sich in die Pfote geschnitten.« Sie wandte sich von mir ab und lief zu dem Monsieur hinüber. »Onkel, bitte komm mit. Monsieur Grat hat sich verletzt.«

Die Miene des Pastors, der sich wieder aufrichtete, war allwissend, als er uns mit neuen Augen betrachtete. Der Monsieur zog Francine an sich und legte ihr eine Hand an die Wange. Keiner sagte etwas. Ich hob mein Kinn an, blickte auf und versuchte, mich mit diesen kleinen Bewegungen wieder zu fangen.

»Ich habe Ihren Namen nicht ganz mitbekommen, Herr …«

»Das ist nicht nötig«, sagte der Monsieur, der nun jede Heuchelei abgelegt hatte.

»Nun, höchst ungewöhnlich und schockierend, muss ich …« Der Monsieur brachte ihn mit erhobener Hand zum Schweigen.

»Wie Sie wollen.« Der Pastor verbeugte sich. Plötzlich schienen seine Bewegungen wie durch ein Stärkebad gezogen. »Wir sehen uns in der Kirche.« Er warf noch einen Blick auf den Eimer und schauderte. Er wartete einen Augenblick, doch als der Monsieur seine Verbeugung nicht erwiderte, ging er ohne ein weiteres Wort hinaus.

Nachdem er fort war, standen wir eine Weile herum. Schließlich wand Francine sich aus dem Griff des Monsieurs. Sie trat ein wenig zornig von ihm zurück und sagte: »Tiere haben Gefühle. Monsieur Grat hat geweint. Ich habe es gehört.« Sie machte auf dem Absatz kehrt und lief hinaus.

Er kniff sich in den Nasenrücken. Draußen hörte ich Francine nach dem Hund rufen und hinter ihr irgendwo das Geschrei von Möwen, die an Land kamen.

Ich schaute ihn an. Er schloss die Augen, während er nachdachte, vielleicht um auszublenden, was geschehen war.

»Eine Suppe aus den Aalen nachher, denke ich …«

»Ja, Monsieur.«

Man musste niemandem sagen, dass er hier war, man würde ihn trotzdem finden. Ich schaute auf den bräunlichen Apfel in meiner Hand, ging hinaus in den Garten und warf ihn, so weit ich konnte.

Wir gingen nicht in die Kirche. Nicht an dem Sonntag, nicht am folgenden.

»Ich vermisse meine Kirche, Monsieur. Kann ich hingehen?«

»Wir tragen Gott in uns, Helena.«

Das war mir kein Trost. Das hatte ich schon gehört. Seine stoische Haltung verärgerte mich nur noch mehr. *Ein innerer Gott, den Blicken entzogen?* Das war nicht mein Gott. »Das reicht nicht!«

»Es muss. Uns bleibt nichts anderes übrig.«

Uns? Warum schloss er mich ein? »Durch unser Handeln sind wir gut zu anderen. Wenn wir das nicht haben, wenn wir das nicht tun, können wir uns dann Christen nennen?«

»Handeln? Handeln macht uns sichtbar, Helena. Es verleiht uns ein Gesicht, dann einen Namen. Viele Männer sprechen Gottes Wort, und diejenigen mit Autorität über uns sind bereit, andere des Atheismus oder der Ketzerei zu beschuldigen, die nicht ganz übereinstimmen. Ich bin katholisch. Du nicht. So wie wir hier sind, *nous trois*, können wir nicht in die Kirche gehen.«

»Dann lassen Sie mich mit Francine …«

»Wie wird man euch wohl empfangen, was meinst du? Wird Pastor van Agteren erfreut sein, euch zu sehen? Willst du das für sie?«

»Oh!« Ich wandte mich ruckartig von ihm ab, meine Hände fest vor meiner Brust gekreuzt, damit meine Wut nicht herausflog.

»Ich kenne einen Priester, in Alkmaar …«

Ein Priester in Alkmaar? Wie sollte mir das wohl helfen? Ich funkelte ihn an. Dann war meine Wut im Nu verraucht – *Betje.* Natürlich! Betje war in Alkmaar.

Ich könnte Betje einen Brief schreiben, solange ich weder unsere Adresse noch einen Hinweis auf unseren Aufenthaltsort preisgab. Der Brief könnte dem Priester in Alkmaar anvertraut werden, der sich bemühen würde, sie zu finden.

»Sie kann nicht ohne eine Adresse antworten«, sagte ich.

»Eine Antwort kann beim Priester hinterlegt werden. Er wird ihn abholen, wenn er das nächste Mal Santpoort besucht.«

Ich sah jedes schmerzhafte, gemächliche Stadium der Reise, langsam wie ein Schlurfen. »Das wird eine Ewigkeit dauern, Monsieur.«

»Nein. Eine Woche, höchstens zwei.«

Ich war gereizt. Drei oder vier mindestens.

»Keine Adresse, Helena. Das ist die Bedingung.«

»Aber wenn ich möchte, dass sie herkommt?«

Sein Blick! Hatte ich den König von Spanien eingeladen?

»Sie kann nicht kommen, nicht hierher. *Absolument pas.* Kommt nicht in Frage.«

»Kann nicht?« Ich trat einen Schritt zurück. »Warum nicht, Monsieur?«

»Muss ich mich vor dir rechtfertigen, Helena?« Er schüttelte den Kopf.

»Reneri war auch hier.«

»Reneri steht auf einem anderen Blatt und, ich will offen zu dir sein, ist in keiner Weise vergleichbar.«

Da wusste ich, dass er wütend war. Er benutzte mehr Wörter, als notwendig waren.

Dann sagte er: »Du darfst mich nicht erwähnen.«

»Soll ich dann ein leeres Blatt Papier schicken, Monsieur? Wären Sie damit zufrieden?«

Er schlug auf den Tisch. *»Tu es impossible!«*

»Et vous, et vous êtes …«

»Oui? Quoi?«

Das Wort kam mir so schnell wie das Tier, das mir durch den Kopf schoss. *»Une souris!«*

Er stutzte.

Ich wackelte mit den Fingern, um Schnurrbarthaare anzudeuten. »*Oui, Monsieur. Souris.* Sie verstecken sich. Wie eine Maus.«

Ich drehte mich um, ging hinaus und schlug die Tür hinter mir zu.

Als ich wieder zur Ruhe gekommen war, gab ich ihm den Brief, den ich geschrieben hatte. Er nahm ihn, und kein Wort über Priester oder Mäuse oder etwas anderes fiel.

Nun musste ich nur noch auf eine Antwort warten. Drei Jahre, wenn der Priester rüstig war.

Das Thema Kirchgang erwähnte ich nicht mehr. Ich wartete auf Betjes Antwort.

Als das Wetter wärmer wurde, entstand in Francine eine innere Unruhe, die Jahreszeit wuchs auch in ihr. Sie wurde drei. Würmer reichten nicht mehr, um sie zu beschäftigen. Sie lief durch das ganze Haus, Ellbogen und Schienbeine kamen zum Vorschein.

»Monsieur Grat hat Langeweile«, beklagte sie sich und knibbelte an einer Kruste an ihrem Knie.

Nachmittags schlief sie nicht mehr. Sie blubberte wie heiße Milch in einem Topf.

»Du musst still sein, Francine, wenn ich arbeite«, sagte der Monsieur.

Sie konnte einfach nicht ruhig sein. Wenn sie drinnen spielte, ärgerte ihn das Geräusch ihrer Schritte auf dem Boden. Draußen lenkte ihn ihr Gelächter ab, und dann hörte ich, wie er die Fensterläden schloss, um den Lärm auszusperren. Man konnte sie nicht einfach zum Schweigen bringen, wenn er es wünschte.

Ich federte Auseinandersetzungen und Wutanfälle ab und versuchte, Francine dazu zu bringen, sich still zu verhalten. Aber ich konnte weder verhindern, dass die Tage länger wurden, noch, dass die Sonne schien. Francine stürmte mit dem großen trottenden und bellenden Monsieur Grat an ihrer Seite durch den Garten. Vögel stiegen aus den Bäumen auf, unreife Äpfel fielen auf die Erde.

»*Tais-toi!*«, brüllte er die Treppe herunter, dann, an mich gewandt: »Um Himmels willen, sorg dafür, dass sie still ist!«

»Nicht die Uhr!«, rief er und jagte Francine aus seinem Zimmer. »Du darfst sie auf keinen Fall anfassen!«

Schließlich ging ich zu ihm. »Monsieur, sie braucht Auslauf. Einen Spaziergang? Wir gehen nicht weit.«

Er schaute gar nicht erst von seiner Tätigkeit auf, sondern verscheuchte mich mit einer Geste. »Ja, nimm sie mit. Ich muss das hier heute fertigmachen.«

Er rief mich zurück, als ich schon an der Tür war. »Fast hätte ich es vergessen. Das hier ist für dich gekommen.«

Er reichte mir einen Brief. Nach wochenlangem Warten – Betjes Antwort.

»Du kannst ihn aufmachen, weißt du«, sagte er, als ich hinausging, und ich glaubte ihn lächeln zu sehen.

Ich nahm den Brief mit in die Küche.

Liebe liebe Helena
oh bin ich froh deine Nachricht zu haben und zu hören dass es dir gutgeht aber das mit deinem Bruder tut mir leid und ich glaube deine Mutter wird in Brabant glücklich sein obwohl ich froh bin dass ich nicht dorthin gegangen bin
nun ich war <u>überrascht</u> zu hören dass du nicht bei Mr. S bist und ich musste deinen Brief noch einmal lesen um sicher zu sein dass ich ihn richtig verstanden hatte denn ich war <u>noch überraschter</u> zu hören dass du Mutter bist Dein kleines Mädchen – <u>hat sie einen Namen</u> – es klingt, als wäre sie schön
deine Geschichte über das Buch hat mich zum Lachen gebracht ich würde es kaufen ich bin jetzt verheiratet Er heißt Henk und auch ich werde bald ein Kind haben und wenn ich ein Mädchen kriege nenne ich es nach meiner Mutter und wenn ich einen Jungen bekomme wird er Henk heißen und wenn ich noch ein Mädchen habe werde ich sie nach dir benennen meine liebe Helena
du solltest mich sehen ich bin wie ein Wal
ich habe meine Mutter nicht gefunden Sie ist gestorben aber ich habe ihre Schwester gefunden und ihre Familie ist nett zu mir
wie ich hörte war Herr Hoek wütend dass ich einfach so gegangen bin und Frau Hoek noch mehr daher tut mir meine Nachfolgerin leid Wusstest du was mit Antje passiert ist
Dein Brief kam <u>so überraschend</u> und wurde mir zu sehr später Stunde gebracht Aber er war freundlich und hat mir Papier für diese Antwort gegeben und wird sie bei mir abholen
Er hat mir noch mehr Papier dagelassen, damit ich wieder schreiben kann wenn du willst
Verzeih meine Schrift Ich habe so lange nicht geschrieben aber ich lese was mir in die Finger kommt
deine Freundin
Betje
schreibe mir wie dein Mädchen heißt Wer ist der Vater <u>Ich kann nicht glauben dass du vor mir Mutter bist</u>

Ich las den Brief noch einmal. Liebe, liebste Betje. Sie fehlte mir.

Sie hatte ihr Lernen benutzt, um zu gehen. Und ich steckte hier fest.

Ich rief Francine aus dem Garten herein. »Hol deine Schuhe, meine Süße, wir gehen spazieren.«

Leinen

WIR NAHMEN DEN Pfad vom Garten aus. Er wand sich durch die Dünen, wurde ein wenig schmaler, nachdem er sich geteilt hatte, bis er nur noch so breit war wie mein Fuß. Dann verschwand er in einem dichten Gestrüpp, zu beiden Seiten flankiert von stacheligen Büschen. Francine lief weiter, bevor ich sie aufhalten konnte, und wollte nicht zurückkommen. Mir blieb nichts anderes übrig, als ihr zu folgen. Ich duckte mich, so weit es ging, nahm die Hände über den Kopf, die Ellbogen nach vorn, und hoffte inständig, dass ich mir mein Kleid nicht zerreißen würde. Auf der anderen Seite öffnete sich der Pfad in einen Lichtkreis, hohe Gräser schwankten in der sanften Brise. Zwei aufgescheuchte Feldlerchen flogen mit einem schrillen Schrei auf. Gräser, Kohl und Grasnelken wuchsen oben auf den Dünen – ein gezackter Saum unter dem Himmel.

Der Spaziergang hatte uns weiter geführt, als ich erwartet hatte. Ich hörte schon Francines Klagen auf dem Rückweg. Tief holte ich Luft und schob den Gedanken beiseite, dann band ich die Haube auf und schüttelte meine Haare.

»Francine?« Ich kroch auf Händen und Knien auf eine Düne, ihrer Fußspur folgend, die der Wind bereits auszulöschen begann. Oben stieß ein heftiger Windstoß mir die Röcke zwischen die Beine. Ich grub meine Fersen ein, damit ich nicht umkippte. Und da war es: das Meer – es erstreckte sich bis an einen klaren blauen Horizont. Möwen stiegen über den weißen Schaumkronen der Wellen auf und schossen herab.

Ich schirmte meine Augen gegen das grelle Licht des Wassers ab. Mein Mund formte das einzige Wort, das ich in mir hatte – *Oh! Oh!*

Große Wellen schlugen an Land und breiteten sich über dem Sand zu schaumigen Laken aus. Und da war Francine, unten am Strand. Der Wind schob mir Knöchel in den Rücken. *Weiter*, drängte er, *lauf*.

Ich rannte die Düne hinab, ausgelassen und taumelnd. Sand rann unter meinen Füßen fort – ich konnte nicht langsamer gehen, selbst wenn ich gewollt hätte. Ich hob Francines Schuhe auf – den einen hier, den anderen dort –, die sie ausgezogen und am Fuß der Düne liegen gelassen hatte. Sie sprang in einem seichten Tümpel auf und ab und zeigte auf das Meer, um sicherzugehen, dass ich es gesehen hatte.

»Mama, Mama, Mama!« Dann breitete sie die Arme aus und schloss sie wieder, um alles an sich zu drücken.

Ich streifte meine Schuhe ab, hob die Röcke und sah zu, wie der nasse Sand zwischen meinen Zehen hervorquoll.

Francine kniete sich hin und begann zu graben. Sie fand eine Muschel, dann noch eine und rieb sie an ihrem Rock sauber. »Muschelmädchen«, sagte sie und hielt sie mir hin, wobei sie durch ihre Finger und Locken in die Sonne blinzelte.

»So hübsch wie du!« Ich küsste sie auf die Wange, doch als ich versuchte, sie zu umarmen, wand sie sich aus meinem Griff und lief davon. Sie war wie Monsieur Grat, rannte vor und zurück. Sie ließ einen nassen Kieselstein in meine Hand fallen, und ich beobachtete, wie er trocknete und seine Oberfläche von glänzendem Silber zu Taubengrau verblasste.

Wir gingen den Strand entlang, sammelten Muscheln und malten mit einem Stock Wörter in den Sand.

Ich setzte mich und sah Francine beim Spielen zu, dann legte ich mich zurück und spürte den warmen Sand unter mir. Ich schloss die Augen und lauschte den Wellen, die über den Strand spülten. Was machte es schon, dass meine Haare lose herabhingen, wenn nur der Himmel Zeuge war?

Das also macht das Meer – es lockert Dinge und legt sie flach.

Ich spürte einen festen Ruck an meinem Rock. Als ich mich aufsetzte und mich umschaute, war ich im ersten Moment unsicher, wo ich war. In der Brise bekam ich Gänsehaut auf den Armen. Weißer Dunst stieg vom Meeressaum auf, an dem sich jetzt größere Wellen brachen.

»Mama?«

Ich rieb mir die Augen und sah Francine. Sie zupfte an meinem Rock und zeigte auf das Meer. »Mama? Warum ist es blau?«

Ich folgte ihrer ausgestreckten Hand.

»Mama?«

Ich blinzelte und versuchte meine Gedanken zu ordnen. »Gott hat es so gemacht.«

Sie zupfte erneut an meinem Rock. »Warum, Mama?«

Ich schob ihre Hand fort. »Hör damit auf, Francine. Ich weiß es nicht. Man stellt Gott keine Fragen.«

Sie schaute auf ihre Zehen und wackelte damit. Der Strand war überzogen mit ihren Fußspuren – Kreise und Linien – wie eine riesige Seite mit den Notizen des Monsieurs, die auf dem Sand ausgebreitet war. Sie legte den Kopf schief. »Der Onkel wird es wissen.«

Ich stemmte mich hoch. »Du wirst schon sehen, dass er mir zustimmt – Gott keine Fragen zu stellen.«

Francine runzelte die Stirn. »Aber …«

Jetzt war es an mir, sie finster anzuschauen. »Wie du aussiehst!« Ich klopfte ihr den Sand von den Röcken.

Sie ließ die Muscheln aus der Hand fallen. »Ist der Onkel auch dein Onkel?«

»Natürlich nicht!«

Sie hielt noch eine Feder fest. »*Plume*«, sagte sie und reichte sie mir.

»*Plume?*« Ich suchte die Dünen ab auf der Suche nach der, die wir herabgekommen waren, und nahm Francine an die Hand. »Es wird Zeit, dass wir zurückgehen.«

»*P-lume.*« Das Wort hüpfte aus ihr heraus, während sie sich abmühte, mit mir Schritt zu halten.

Je näher wir den Dünen kamen, desto unsicherer war ich mir, über welche wir gekommen waren. Sie sahen alle gleich aus. Nichts, woran man sie unterscheiden konnte.

Wir gingen auf und ab, ich kletterte auf eine Düne nach der anderen auf der Suche nach unserem Pfad, bis mir die Beine weh taten. Meine Hände stachen, nachdem ich mich an Gras festgehalten hatte, um nicht wieder nach unten zu rutschen. Es half alles nichts. Unser Pfad war irgendwo in einem Gewirr aus Pfaden verschwunden. Die einzige Stelle, die ich wiedererkannte, ein weißer Fleck in der Ferne, waren die Bleichfelder. Das Haus war nicht weit davon entfernt, fiel mir ein. Von dort würde ich nach Hause finden.

Die Bleichfelder waren so eigenartig wie beim ersten Mal, als ich sie gesehen hatte. Aus der Entfernung sah der Boden aus, als wäre er mit Wolken bepflanzt – aber die Gegend hatte nichts Wolkenartiges an sich. Als wir näher kamen, füllte sich die Luft wieder mit dem ekelerregenden Gestank. Ich legte mir eine Hand über Mund und Nase und atmete möglichst wenig ein. Francine verbarg ihren Kopf in meinem Rock.

Wir kamen an mehreren Gruppen von Frauen vorbei, über Holztröge gebeugt, die alle randvoll mit einer wie saure Milch riechenden Substanz gefüllt waren. Ein paar Frauen rührten darin, andere zogen Stoffbahnen aus den Trögen und reichten die durchnässten Bündel an ein paar Mädchen, von denen manche nicht viel älter waren als Francine. Diese erbärmliche

Tätigkeit wurde in knöcheltiefen Milchpfützen verrichtet, die an den Rändern grün waren, wo der Boden damit durchtränkt war. Die Mädchen trugen den Stoff zu einem Rad, an dem er ausgewrungen wurde. Ein Mann breitete den Stoff über niedrige Podeste und Rahmen, und Frauen mit Wasserkannen gingen daran auf und ab, benetzten ihn oder tränkten ihn noch weiter mit der ekligen Mischung, ich wusste es nicht. Stoff wurde in verschiedenen Stadien des Prozesses ausgelegt, an denen seine Verwandlung von Grau in strahlendes Weiß abzulesen war. Eine Frau schaute auf und sah uns näher kommen. Ich nickte und ging weiter. Francine bedeutete ich, neben mir zu bleiben.

»Hier, Kleine«, rief sie Francine zu. Sie legte ihre Handflächen zusammen und schöpfte eine Handvoll Flüssigkeit heraus. »Hast du Durst?«

Francine schüttelte den Kopf. Die Frau lachte und ließ die Flüssigkeit durch ihre Finger laufen. »Schade. Die macht das beste Leinen, nur für die saubersten, hellsten Hälse.«

Sie richtete ihre Aufmerksamkeit auf mich. »Hier kommen nicht viele Leute entlang. Hast du dich verlaufen?«

Ich schüttelte den Kopf und erlaubte mir nur einen flüchtigen Blick auf sie. »Ich weiß, wo ich bin, danke.«

»Mein Onkel ist Franzose! Wir wohnen bei ihm. Er weiß alles«, sagte Francine in einem Atemzug. So viel hatte sie noch niemandem gesagt, außer dem Monsieur und mir, seitdem wir Leiden verlassen hatten. »Und ich habe einen Hund, und ich …«

Ich zwickte sie in die Schulter. Sie entwand sich mir und rieb die Stelle, in die ich gekniffen hatte.

Die Frau wischte sich die Hände an der Schürze ab. »Ist ein französischer Onkel nicht etwas sehr Nobles? Das Nobelste, von dem ich je gehört habe.« Ihr Blick heftete sich auf meine Taille.

Ich streckte meine Hand nach Francine aus. »Francine, komm jetzt.«

»*Francine*? – Na, das ist auch ein nobler Name. Ich habe dich noch nicht in der Kirche gesehen. Ein kleines Mädchen wie du wäre mir bestimmt aufgefallen, besonders eins mit einem französischen Onkel. Aber da ihr euren Weg ja kennt …« Die Frau nickte bedächtig und tauchte große graue Stoffteile in die Milch. Sie zog und drückte das Material, als würde sie einen Brotteig kneten.

»Ist das deine Kleine?«

Ich zog Francine an mich.

»Dachte ich mir doch. Aber du bist nicht französisch, oder? Du siehst nicht so aus. Klingst auch nicht so. Ziemlich rätselhaft, finde ich. Ich kenne nicht viele Familien mit holländischen Schwestern und französischen Brüdern. Eigentlich keine einzige, wenn ich es mir recht überlege.«

Ich nahm Francine am Arm, um nach Hause zu gehen. Beim Geruch des Stoffs wurde mir übel.

Die Frau starrte uns weiter an. Sie fuhr sich mit der Zunge über die Zähne. »Ich wette, du fragst dich, wie wir das machen, etwas Weißes aus so etwas Ekligem … Weißt du, was ich denke, wenn ich sehe, wie du mit deinem kleinen Mädchen spazieren gehst, das Haar lose, wenn alle anderen hier schwer arbeiten, um grauen Stoff weiß zu bekommen? Zu fein, um eine Magd zu sein, nicht fein genug, um die Ehefrau zu sein, das denke ich. Was bist du dann, wenn du weder das eine noch das andere bist?«

»Also bitte!«, sagte ich.

»Ha! Dachte ich es mir doch. Ich habe einen Blick für so was.«

»Ich bin eine Mutter. Sie ist mein Kind!«

»Mama«, heulte Francine und versuchte, sich aus meinem Griff zu befreien. »Mama!«

»Mutter?« Die Frau schnaubte. »Verschone mich. Es gibt Häuser für Mütter wie dich …«, sie deutete mit dem Kopf auf Francine, »… und für Kinder wie das. Ich arbeite vielleicht hier in dem Dreck, aber ich bin sauberer, als du es je sein wirst. Fräulein.«

Ich zog Francine hinter mir her. »Komm weiter«, sagte ich.

Sobald wir außer Sichtweite waren, kniete ich mich vor sie, damit wir in Augenhöhe waren. Ich packte sie an den Schultern und schüttelte sie.

»Du darfst nicht mit Leuten sprechen oder ihnen deinen Namen nennen, hast du mich verstanden, Francine? Niemals!«

Tränen traten ihr in die Augen. Ich schüttelte sie noch einmal. »Weißt du, was dann passiert? Weißt du das? Der Monsieur wird uns fortschicken. Willst du das? Ja?«

»Nein, Mama.«

»Und wenn das passiert, was dann? Wohin gehen wir?«

Tränen rannen ihr über die Wangen.

»Sag es mir!«, schrie ich. Mit einem Ruck legte sie beide Hände auf die Ohren.

Ich setzte mich auf den Boden. Als Francine zu mir kam, schob ich sie fort, aber dann zog ich sie fest an mich und klammerte mich an sie. »Es tut mir leid, verzeih. Verzeih mir, verzeih mir.«

So blieben wir, bis ich aufhörte zu weinen, und dann noch eine Weile. Ich bündelte meine Haare und steckte sie unter meine Haube. Ich fummelte an dem Band herum. Meine Hände zitterten, und ich konnte es nicht festziehen.

Wir standen auf. Francine nahm meine Hand. Schweigend gingen wir weiter, bis wir an eine Windmühle kamen, die Wasser aus einem Graben zog. Ich blieb stehen und sah den sich drehenden Flügeln zu. Jedes Mal wenn ein Flügel über meinem Kopf durch die Luft schnitt, zuckte ich zusammen.

»Mama? Ist Onkel dein Bruder?«

»Ich will kein Wort mehr hören, Francine.«

Sand jagte über den Pfad, getrieben von einem auffrischenden Wind. Er hatte einen Rand des Weges vollständig leergefegt und die Wurzeln eines Baumes freigelegt. Ein Stück Zaun hatte seinen Halt verloren und stand kurz davor umzukippen.

In dieser Gegend hatte nichts einen festen Untergrund. Alles wurde so gezeigt, wie es war.

Als wir zurückkehrten, stand die Sonne bereits tief, unsere Schatten liefen uns voraus, als wollten sie unbedingt vor uns an der Tür sein. Ein Pferd und eine Kutsche standen vor dem Haus, daneben waren mehrere Holzkisten aufeinandergestapelt. Das konnte nur eins bedeuten: *Monsieur saure Zitrone* war wieder da. Francine pflückte eine Handvoll Margeriten und lief los. Ich schloss die Augen und riss mich zusammen. Als ich bis zwanzig gezählt hatte, folgte ich ihr. Blasen entstanden zwischen meinen Zehen, wo der Sand die Haut wund gerieben hatte.

Der Monsieur trat mit dem Limousin aus dem Haus und klopfte ihm auf den Rücken. »Sieh mal, wer hier ist!«

Der Limousin zollte dem Monsieur mit einer knappen Verbeugung seine Anerkennung und fuhr dann mit seinen Ausführungen fort. »Mersenne geht es gut, er ist besorgter um Ihre Gesundheit als um seine eigene.«

»Onkel?« Francine zupfte den Monsieur am Mantel.

»Er wollte alles wissen – *alles über alles* –, woran Sie gerade arbeiten …«

»Onkel?« Sie hielt ihm die Blumen hin.

Der Monsieur ging in die Hocke und nahm sie entgegen. *»Pour moi? Merci.«* Er reichte mir die Blumen. »Ist Limousins Zimmer hergerichtet?«

»Das steht noch aus, Monsieur.«

»Bitte. Wenn du so freundlich wärst.«

Kein Wort für mich. Kein Kommentar zu unserer Verspätung. Ich ging mit meinen Anweisungen ins Haus, drapierte die Margeriten in ein Glas Wasser und stellte sie im Zimmer des Monsieurs auf die Fensterbank. Francine tappte hinter mir her, ihre nackten Füße patschten auf dem Holzboden, mit jedem Schritt gegen ihre Müdigkeit aufbegehrend.

»Ich habe Hunger, Mama.«

»Später, Francine.« Ich ging in das Zimmer des Limousin. Ich schlug die Decke auf dem Bett zurück und strich das Laken glatt. Noch immer hing ein leichter Hauch von Reneris Parfüm in der Luft.

Francine zerknüllte den Saum ihres Kleides in den Händen. »Durst, Mama.«

Ich hörte Schritte auf der Treppe, eine Truhe schlug gegen die Wand.

»Runter, Francine. Sofort.«

Sie verdrehte den Fuß und schüttelte den Kopf.

»Auf der Stelle!«

Der Limousin kam rückwärts in das Zimmer und zog seine Truhe zwischen seine Beine. Im Nu war Francine an ihm vorbei und die Treppe hinuntergehuscht. Er schob die Truhe in eine Ecke und setzte sich auf das Bett. Er klopfte auf die Matratze und legte sich hin, Staub von seinen Schuhen zeichnete sich auf der Decke ab.

»Du siehst gut aus, Helena. Und das Kind sagt *Onkel* zu ihm. Wie *gentil*.«

»Der Monsieur wollte es so.«

»Sie sieht ihm immer ähnlicher, das stimmt. Sieht jeden Tag weniger holländisch aus.« Er rieb sich die Hände an seiner Hose ab. »Allem Anschein nach gehört sie schließlich doch zu ihm.«

»Aber er ist …« Ich wusste, sobald ich es aussprach, dass er etwas anderes meinte.

Er schloss die Augen und verschränkte die Arme vor der Brust. »Es ist immer so angenehm, dich zu sehen, Helena.«

»Der Monsieur freut sich, dass du wieder da bist«, erwiderte ich, ging hinaus und schloss die Tür hinter mir.

Als ich mich umdrehte, um nach unten zu gehen, trat der Monsieur aus seinem Zimmer. »Aale«, sagte er im Vorbeigehen, »liefern die perfekte Analogie für Wasser.«

Echo

»MERSENNE HAT ES falsch verstanden«, sagte er, ließ den Brief, den er gelesen hatte, in seinen Schoß sinken und zwickte sich in den Nasenrücken. »Warum muss ich immer alles zweimal erklären?«

Ich schaute vom Bild eines Zahnrads auf, das ich gerade skizzierte – mein dritter Versuch. Er hatte mich nicht darum gebeten, aber wenn ich jedes Mal auf ein Wort von ihm wartete, würde nichts erledigt. Seine Zeichnungen von Zahnrädern sahen platt gedrückt aus. Meine ersten beiden waren genauso geworden, bis mir klar wurde, dass ich es falsch sah. Ich musste seitlich darauf schauen, aus einem Winkel. Ich zeichnete stattdessen ein Oval, machte die Zähne vorn größer und die hinteren ganz klein.

»Nicht schlecht« sagte er, als ich das Blatt umdrehte und ihm zeigte.

»Ich bin noch nicht fertig.« Ich wusste, dass es jetzt schon besser war als seine Versuche.

Er war wieder auf den Beinen, schritt auf und ab und schlug dabei Mersennes Brief an seinen Schenkel. Es war unmöglich zu arbeiten, wenn er so war. Er nahm ein Buch in die Hand und wog es. »Warum ist es schwer?« Er ließ es mit einem dumpfen Knall auf den Tisch fallen und holte den Besen aus der Zimmerecke. Er hielt ihn vor sich, zuerst in der Mitte, dann an einem Ende. »Warum scheint er schwerer zu sein, wenn ich ihn so halte? Es ist derselbe Besen.«

Er stellte ihn wieder in die Ecke, dann trat er ans Fenster. Er strich mit der Hand über die Fensterbank und betrachtete dann den Staub, den er aufgewirbelt hatte. »Was kann Staub, dieses Chaos, uns über Luft sagen, über eine feine Materie?« Er rieb sich die Hände sauber. »Ich möchte wissen, ob Mersenne jemals auch nur ein Wort von dem begreift, was ich schreibe.«

Staub? Besen? Bücher? Wenn er so war, gab es nichts zu sagen. Nichts, was ich sagen sollte.

Er ging wieder an seinen Arbeitsplatz. Auf dem Tisch stapelten sich ungeöffnete Briefe und halb geschriebene Antworten.

»Allein drei Briefe von Mersenne sind zu beantworten.« Er nahm sie, ließ sie fallen und sank auf seinen Stuhl, beugte sich vor und legte den Kopf auf den Tisch. Er stützte sich auf und breitete die Arme aus, Briefe und Schreibfedern fielen zu beiden Seiten herunter. Er hörte erst auf, als alles auf dem Boden lag.

»Monsieur!«, schrie ich und sprang auf.

Das Tintenfass kippte um, und auf dem Boden bildete sich eine schwarze Pfütze. Er hatte Francine schon gescholten, weil sie weniger verschüttet hatte.

Er schaute mich an und die Tinte, als versuchte er nachzuvollziehen, wie sie dorthin gekommen war.

»Holen Sie Wasser, Monsieur!«, sagte ich mit erhobener Stimme, nur um ihn in Bewegung zu setzen.

Erschrocken starrte ich auf die Tinte. Der Fleck würde nie vom Holz abgehen. Er beachtete weder mich noch die Tinte, die er vergeudet hatte.

»Das reicht nicht«, rief ich, als er mit einem kleinen Glas Wasser und einem Tuch zurückkam, und stürmte in die Küche, um einen Eimer zu holen. Er kam hinter mir her, aber ich war schon auf dem Rückweg.

Ich nahm das Tuch, kniete mich auf den Boden und begann zu scheuern. »Oh, sehen Sie sich das nur an«, sagte ich, als ich das Tuch im Eimer ausspülte. »Das geht nie raus.«

»Lass es sein«, sagte er. Er hockte sich neben mich und sammelte Papiere auf, ohne sie zu sortieren, schüttelte Tintentropfen ab.

»Es sein lassen?« Ich schrubbte den Boden noch heftiger. Dadurch wurde der Fleck nur noch größer, und auch meine Hände färbten sich schwarz. Ich wusste nicht, warum, aber in dem Augenblick hätte ich am liebsten geweint.

»Kleinliches Getue von Halbgescheiten und Speichelleckern«, murmelte er, während er seine Papiere ordnete. »Es war dumm, auf Französisch zu veröffentlichen.«

»Es reicht, Monsieur.«

»Ich muss es übersetzen, dann wird es gelesen.«

Ich schlug mit der Hand auf den Boden. »Genug, Monsieur! Es reicht.«

Meine Schultern sackten nach vorn. »Es ist gelesen worden. Sie haben die Antworten, die es beweisen. Die rauben Ihnen Ihre Zeit. Sie verbringen Ihre ganze Zeit damit, die Briefe, die der Limousin holt, zu beantworten. Fragen, Beschwerden, Fragen, Beschwerden … Eine Übersetzung würde nur noch mehr hervorrufen.«

»Aber das Werk wird nicht verstanden. Wenn es übersetzt würde …«

Würde er jemals zuhören? Ich nahm einen Stoß Papiere, drückte sie ihm in die Hand und stützte mich ab, um aufzustehen. »Statt diese Antworten zu schreiben und immer dasselbe zu erklären, zuerst dem einen, dann dem anderen, sollten Sie etwas verfassen, womit Sie deutlich machen, was Sie meinen – klar.«

»Eine neue Arbeit?«

»Ja.«

Ich sah ihm an, wie dieser Gedanke in ihm rumorte. »Was wollen Sie sonst machen? Tagelang nur Antworten schreiben? Unterrichten – wie Reneri?« Dabei zuckte er zusammen. Ich zeigte auf die Briefe auf dem Tisch. Ich hatte genug davon. Er hatte keine Zeit mehr für Francine. »Ich glaube, Sie verschwenden Ihre Zeit. Und …«, fügte ich hinzu, nachdem ich seine Aufmerksamkeit hatte, nachdem er sich mir zugewandt hatte und zuhörte, »… diesmal sollten Sie Ihren Namen daraufsetzen. Dann gibt es keinen Zweifel.«

Ich warf das Tuch in den Eimer und ging hinaus. Ich glaubte, zu viel gesagt zu haben, aber er rief hinter mir her: »Du hast recht. Ich sollte mehr auf dich hören.«

Ja, stimmt, dachte ich, als ich das Wasser vor die Tür kippte. Ich trocknete mir die Hände an der Schürze ab und wurde mir dann erst bewusst, was ich getan hatte. Ich betrachtete die Handabdrücke, die jetzt darauf zu sehen waren, weil ich mir gedankenlos die Hände abgewischt hatte. Meine Schürze war ruiniert.

Reneri kam wieder zu Besuch. Er hatte den Sommer über gelehrt und war nicht ein Mal am Tag draußen gewesen. Ich freute mich, ihn zu sehen, war aber erschüttert, dass er noch dünner geworden war.

»Erzähl mir alles, alles, was du weißt, ich möchte alles hören«, sagte der Monsieur, der nur die Nachrichten aus Utrecht hören wollte. »Lass keine Einzelheit aus!«

An einem Abend gingen wir nach dem Essen in den Garten, um den Sonnenuntergang zu beobachten. Der Monsieur und Reneri nahmen Stühle mit. Ich setzte mich auf einen Stein an der Seite, den Rücken an einen Baum gelehnt. Der Limousin kam heraus und stellte sich so weit von mir weg, dass er sich nicht mit mir unterhalten musste, jedoch nahe genug am Monsieur, falls er gebraucht wurde.

Sie drehten sich zu Francine, die den Garten heraufgelaufen kam.

»Hier«, sagte der Monsieur, »beobachte das.« Er rief ihr zu: »Francine, *écoutes*!«, klatschte in die Hände und hielt sich dann eine hohle Hand ans Ohr. »Hörst du das?«

Sie blieb stehen und hüpfte dann auf und ab. »Arn-cor!«

»Encore, petite fille?« Er klatschte noch einmal, und diesmal kam ein schwacher Laut zurück. »Du musst schnell sein, um es zu fangen!«

Und schon schoss sie wieder in den unteren Bereich des Gartens, in dem das Unkraut hoch aufgeschossen war und ins hohe Gras vordrang. Sie kam wieder zurück, die Hände verschränkt, Grassamen in den Haaren.

»Ich hab's, ich hab's!«

Er beugte sich vor, um hineinzulauschen, als sie die Hände einen Spaltbreit öffnete. Aber dann machte er ein langes Gesicht und schüttelte den Kopf. »Es ist entwischt, glaube ich.« Er klatschte noch einmal, und sie jagte wieder mit weit schwingenden Röcken hinterher.

Der Monsieur wandte sich an den Limousin. »Hast du es gehört, das Echo? Das hohe Gras, die Bäume darüber – direkt von da.«

»Verstehe«, erwiderte der Limousin freudlos. Er war wie der graue Rand der Nacht, der den Tag wegschubste.

Reneri legte die Hände zusammen und schaute in den Himmel. Der Monsieur beugte sich vor und pflückte einen Grashalm, den er zwischen den Händen rollte.

»Also, was hältst du von dem Garten, den ich angelegt habe?«

Reneri betrachtete ihn eine Weile nachdenklich, bevor er antwortete. »Ich glaube, ich muss dir nicht sagen, wie glücklich du bist, René.«

»Siehst du, wie ich zum Gärtner geworden bin?« Er pflückte

noch einen Grashalm, untersuchte ihn eine Weile und warf ihn dann fort.

»Wirklich, René. Das habe ich nicht vorausgesehen.« Reneri lehnte sich zurück. *»De toekomst is een boek met zeven sloten.«*

Der Monsieur antwortete nicht.

Wir waren zum Sonnenuntergang herausgekommen, aber der war vorbei. Die Dämmerung lag bereits über uns, das Blau über den Bäumen wurde immer dunkler. Motten stiegen aus den Gräsern auf wie Geister von Schmetterlingen. Ich schloss die Augen. *De toekomst is een boek met zeven sloten* – die Zukunft ist ein Buch mit sieben Siegeln. Wer wusste, was die Zukunft uns bringen würde?

Reneri und der Monsieur unterhielten sich nur noch leise, und irgendwo hinter ihnen ertönte Francines Lachen in der Ferne. Tauben gurrten und ließen sich auf ihren Schlafplätzen nieder.

Hast du weiter nachgedacht …

wenn sie älter ist …

Angelegenheiten, über die wir beim letzten Mal gesprochen haben …

bestimmt nicht, aber ich bin vorbereitet …

… Liebe, wenn es das ist …

Voetius …

Ich hatte nie die Absicht …

Als ich die Augen aufschlug, war es dunkel. Sie hatten geredet, der Monsieur und Reneri. Ich schüttelte den Kopf. Ihre Wörter waren verschwunden. Der Garten war leer. Ich war allein.

Am nächsten Morgen wurde ich vom Geräusch der Hühner im Garten geweckt. Zuerst dachte ich, ein Fuchs hätte sie gefangen. Es war kurz nach dem Morgengrauen, die Sonne ein schwacher rosa Schimmer im Osten. Da, ganz unten im Garten, konnte ich gerade den Limousin mit aufgekrempelten Hemdsärmeln erkennen. Etwas Silbernes blitzte auf, dann noch einmal – graues Licht auf einer Klinge. Er hatte eine Sense und schnitt das Gras mit weit ausholenden Gesten. Vor und zurück, vor und zurück ging er. Bis alles gemäht war.

Als Francine sah, was er gemacht hatte, kam sie hereingerannt und warf sich in meine Arme.

»Es ist weg«, jammerte sie. »Ich kann es nicht finden.«

»Was ist verschwunden, Liebes?«

»Mein Echo! Es ist weg. Ich hasse ihn!«

»Der Limousin sagt, im hohen Gras hausen Spinnereien«, sagte der Monsieur später. »Wir müssen es kurz halten. Das ist zu unserem eigenen Besten.«

Unten am Apfelbaum, wo das Gras am längsten gewesen war, fand ich die drei Tulpenzwiebeln, die in dem Jahr zum ersten Mal geblüht hatten, ausgegraben.

»Monsieur Grat«, sagte der Limousin, als ich ihn zur Rede stellte. »Das ist das Problem mit Hunden, fürchte ich.«

Später fand ich sie im Schatten des Apfelbaums. Der Tag war heiß, die Hitze drang tief in die Erde ein, als hätte die Sonne sich dort verankert. Francine benutzte seinen Arm als Kissen und schlief. Ich holte Papier, Feder und Tinte, legte das Blatt Papier auf die Rückseite eines Küchenbretts und begann zu skizzieren. Er sah mir dabei zu und bewegte sich erst, als ich fertig war. Dann nahm er eine Feder aus dem Gras und fuhr damit sacht über Francines Arm. Sie zuckte und kicherte im Schlaf, wurde allmählich wach. Als sie sah, was er machte, packte sie die Feder und befreite sich aus seinen Armen.

»Jetzt gehört sie mir!«, rief sie über die Schulter und lief ins Haus.

Er trat hinter mich, legte seine Hände auf meine Schultern

und schaute sich an, was ich gezeichnet hatte. »Sehr gut. Wann hast du zeichnen gelernt?«

»Als Sie nicht hingeschaut haben«, erwiderte ich. Ich wusste nicht, warum diese Worte so einen Aufstand in mir auslösten, aber meine gute Laune schlug plötzlich um. Ich tauchte meine Feder in die Tinte, erwischte zu viel, meine Finger waren damit überzogen. Ich ließ die Feder in das Fass fallen und legte die Hände in meinem Schoß übereinander.

Seine Hände waren schwer. Ich rückte von ihm ab, doch er ließ sie liegen, wo sie waren.

»Wissen Sie, was ich glaube, Monsieur?«

Er richtete sich auf, noch immer hinter mir, nur hingen seine Hände jetzt an seinen Seiten herab.

»Was glaubst du, Helena?« Das Gewicht seiner Hände war jetzt eine Müdigkeit in seiner Stimme.

Wenn Sie so nah sind, gerate ich ins Taumeln.

»Ich glaube, Sie wären lieber in Utrecht.«

Sand

SOMNOLENZ – JENE TAGE, an denen es plötzlich so heiß war, Wolken, die sich so hoch auftürmten, dass ich glaubte, sie würden aus dem Himmel herabstürzen. Wenn ich das Wort langsam aussprach, erinnerte es mich an das Geräusch, das eine Murmel macht, wenn man sie langsam in einer Schale herumrollt.

Wir waren seit fast zwei Jahren in Santpoort. Der Limousin brachte immer weniger Briefe als Reaktion auf den *Discours.* Ich fügte *Trägheit, Apathie* und *Lethargie* zur Wörterliste in meinem Kopf hinzu. Mir gefiel, wenn der Monsieur sie auf Französisch sagte, das fühlte sich an, als rollte er die Wörter an meiner Wirbelsäule herunter. Ich gab Francine alte Schreibfedern, mit denen sie spielen konnte. Sie kannte ein paar Wörter aus der Bibel, und wenn sie die mit ihrem Finger herauspickte, kreischte sie vor Vergnügen.

Der Monsieur verbrachte mehr Zeit mit ihr. Am späten Vormittag rief er sie zu sich ins vordere Zimmer und zeigte ihr, woran er gearbeitet hatte. Kaninchen ersetzten die Aale auf dem Tisch. Der Limousin hob die Schwänze für Francine auf, aber die Füße wollte sie nicht haben. Der Monsieur sprach immer mehr Französisch mit ihr. Eines Tages traf ich sie mit Kreide an, wie sie in Zickzacklinien Zahlen auf den Boden schrieb. Durch ihre Sieben war ein Strich gezogen, so wie bei seiner.

Sie zeigte auf eine Zahl in der Mitte ihrer Reihe. »*Neuf*«, sagte sie und unterstrich sie.

Sie bastelten Papierdrachen und ließen sie auf der höchsten Düne fliegen, die sie fanden, und fingen den Wind, der dort am schnellsten wehte. Ihre Abenteuer fanden zu mir, wenn Schlafenszeit war. Sie war meiner Armbeuge entwachsen. Sie zappelte und trat, schnitt die Luft mit den Händen durch und verband Französisch und Holländisch zu einer ihr eigenen Sprache.

»Mama«, sagte sie, »mir gefällt es hier mit dem Onkel.«

Der Monsieur schickte den Limousin noch immer jeden Monat für drei oder vier Tage fort. Er kam zurück mit Briefen, Neuigkeiten und zunehmend mit Klatsch.

Eines Abends wollte ich ihnen etwas Warmes zu trinken bringen, wurde aber aufgehalten, weil ich zuerst in der Küche Feuer machen musste. Es war spät. Vielleicht hatten sie es vergessen. Als ich zurückkam, stand die Tür zum vorderen Zimmer einen Spaltbreit offen, und sie unterhielten sich.

»Es gibt wieder Gerüchte in Utrecht, Monsieur.«

»Worum geht es jetzt?«

»Um ein Kind.« Er räusperte sich. »Verzeihen Sie … das Kind *eines französischen Lügners.*«

Ich trat näher und drückte mich an die Wand. Ich sah den Monsieur durch den Türspalt. Er saß, der Limousin stand daneben.

»Wer ist es diesmal? Dieser Idiot Voetius? Revius?«

»Ihnen ist klar, was passiert, wenn das rauskommt? Alles, worauf Sie hingearbeitet haben …«

Der Monsieur schüttelte den Kopf. »Ich werde es leugnen.«

»Das Kind … das Kind ist nur ein Teil. Ein Problem ist auch sie, Helena. Das müssen Sie doch sehen?«

Der Monsieur fuhr zurück und sank auf seinem Stuhl zusammen. »Ich habe mir die größte Mühe gegeben.«

»Das stimmt, ja, ich weiß«, sagte der Limousin mit besänftigender, tröstender Stimme. »Sie haben getan, was Sie konnten, und noch mehr. Manche wären überrascht, dass Sie so viel getan haben, sie würden es als einen Beweis für Zuneigung auslegen. Manche könnten sogar so weit gehen, von Schuld zu sprechen – und da liegt die Schwierigkeit, denn es erfordert Erklärung. Manches entzieht sich Ihrer Kontrolle. In Haarlem geht das Gerücht um …«

»In Haarlem?«

Der Limousin nickte. »Unter den Leinenbleichern.«

Der Monsieur entließ die Bemerkung mit einer wegwerfenden Geste. »Das betrifft mich nicht.«

»Aber es zeigt, Monsieur, wie leicht Gerüchte kursieren. Und wenn sie bis zu Voetius vordringen, dessen ich mir ziemlich sicher bin, wenn alles so weitergeht, was dann? Wollen Sie meine ehrliche Meinung hören, Monsieur?«

Ich wusste nicht, wer Voetius war, doch der Limousin war ein Blutegel. Er hatte sich an dem Monsieur festgesaugt und wollte nicht wieder loslassen.

»Wenn das, was du sagst, stimmt, falls Voetius herausfindet …«

»Gerüchte, Gerüchte, Monsieur. Die haben es an sich, dass sie zur Wahrheit werden. Natürlich ist sie nicht die erste Magd, die ein Kind bekommt, und wird nicht die letzte sein. Aber ihr Alter, Monsieur. Dann die unterschiedlichen Konfessionen, Ihr Stand …«

»Das bedaure ich auf jeden Fall.«

Ich legte die Hand vor den Mund. Schuld? Bedauern? Schämte er sich? Meinetwegen … wegen Francine? Alles, was ich über uns zu wissen glaubte, geriet aus den Fugen – ein Faden, zurück an den Anfang verfolgt, eine Geschichte, auf das erste Wort reduziert. Er sagte, er wolle uns. Er könne es keinen Monat ohne mich aushalten. Mir fielen die Briefe ein, die ich gefunden hatte. Er hatte von Liebe geschrieben.

Ich lehnte den Kopf an die Wand und schloss die Augen. Wörter. Wörter, die er nie abgeschickt hatte, Wörter, die ich nicht sehen sollte. Wörter waren das, was er gut konnte. Er konnte der Welt jedes beliebige Gesicht zeigen. Liebe? Das Wort verstopfte mir die Kehle.

»Das Kind könnte von jedem sein.«

»Sie ist eindeutig mein Kind! Hast du keine Augen im Kopf?«

»Verzeihen Sie, Monsieur. Ja, sie ist Ihre Tochter, ganz klar. Aber Sie sind sich selbst gegenüber verpflichtet und Ihrer Arbeit. Wollen Sie die aufs Spiel setzen? *Il y a parfois des petits accidents,* ein oder zwei Kinder mit einem hübschen jungen Ding. Bei Königen und Prinzen, könnte man schon fast sagen, ist es normal … aber Sie sind nicht abgesichert wie Könige. Das hier würde man gegen Sie verwenden. Die Geier in Utrecht wären entzückt, Sie zu Fall zu bringen.«

»Die werden mich nie billigen.«

»Aber Missbilligung ist eine andere Sache, Monsieur, eine ganz andere. Bedenken Sie, wie sie davon zehren würden.«

»Verdammt! Ich habe nie ein Keuschheitsgelübde abgelegt! Wie weit muss ich denn gehen, um das alles loszuwerden? Ins Meer? Ich dachte, wenigstens hier, an diesem gottverlassenen Ort, bliebe ich davon verschont.«

Der Limousin schüttelte den Kopf. »Ihnen ist das Problem doch klar, Monsieur?«

»Ja. Ja.«

»Das Risiko für Ihre Arbeit, sehen Sie das?«

»Ja doch.«

»Es kann so nicht weitergehen.« Dabei klang seine Stimme voller Hoffnung.

»Wo? Wo, wenn nicht hier?«

Der Limousin schwieg eine Weile. »Frankreich, Monsieur – wenigstens eine Zeitlang.« Er legte dem Monsieur eine Hand auf die Schulter, als wollte er ihn in seinem Kummer trösten. »Sie haben es versucht …«

»Und Francine? Ich habe eine Verpflichtung.«

Eine Verpflichtung? Dann fielen mir die Worte des Limousin wieder ein – *schließlich gehört sie doch zu ihm* –, und ich begriff. Der Monsieur hatte mich, seine Schande, in Deventer versteckt und versteckte mich noch immer. Jetzt redete er davon, fortzugehen und Francine mitzunehmen. Sie stattdessen zu verbergen. Alles, was ihm wichtig war – er selbst, seine Arbeit. Sein Ruf.

Ich konnte kein weiteres Wort mehr mit anhören.

Später, als er zu mir kam, wandte ich mich von ihm ab.

Er berührte meinen Ellbogen. »Helena, was ist?«

Ich schüttelte seine Hand ab.

»Helena?« Er wollte mir die Wange streicheln.

Ich wich zurück. Meine Wut verlieh mir einen düsteren Glanz. »Ich bin nicht Ihre Magd, Monsieur.«

Er war ein wenig verblüfft. »Nein, Helena, natürlich nicht.«

Monsieur? Warum redete ich ihn immer noch so an? Warum ließ er es zu? Hatte er keinen Namen? Wollte er nicht, dass ich den aussprach? Ich kehrte ihm den Rücken zu. Sollte er die Fensterläden doch selbst schließen.

Ich ging in den Garten. Im Dunkeln konnte ich kaum den Pfad erkennen, der am Gemüsebeet entlangführte. Es war kalt, doch das störte mich nicht.

»Ich werde Ihnen sagen, was ein Garten braucht, Monsieur«, rief ich zum Haus zurück. Ich riss mehrere Handvoll Lavendel von einem Busch und warf ihn in die Luft. »Er braucht Zuwendung, Monsieur. Er braucht Pflege. Er braucht Liebe.«

Ich ging hinüber zu den Karotten und zog daran, brach das Kraut ab. »Keine Tinte, Monsieur. Nein. Keine Wörter. Keine

Gedanken, kein Denken. Liebe!« Ich riss eine Reihe Bohnen aus und warf sie über meine Schulter.

Ich sah, wie er herauskam. Ich holte aus und trat gegen einen Salat, der auseinanderfiel.

»*Qu'est-ce que tu fais?* Helena? Was ist passiert?«

»Lernen, Monsieur! Wissen! Das ist passiert.«

»Helena, bitte. Komm rein.«

»Ein Garten braucht Liebe, verstehen Sie? Liebe!«

Ich wirbelte herum, zog an allem, was mir in die Hände fiel – Bohnen, Zwiebeln, Minze, Nesseln, Löwenzahn – und schleuderte es ihm entgegen. »Er braucht Kraft, Monsieur! Und jemanden mit einem liebevollen Herzen, der sich darum kümmert! Und Mühe! Er braucht Arbeit, Monsieur, wussten Sie das nicht?«

Er duckte sich unter dem Beschuss.

»Sie glauben, Sie wissen alles!«

»Helena, bitte …«

»Gehen Sie!«, rief ich. Die Schnittwunden an meinen Fingern brannten. Und als er einen Schritt auf mich zukam, schrie ich: »Lassen Sie mich in Ruhe! *Laissez-moi!*«

Graben

ICH GING, WOHIN ich wollte, wann ich wollte. Ich nahm Francine mit. Ich sagte weder, wohin wir gingen, noch, wann wir wieder da wären.

Ich mied den Pfad zu den Bleichfeldern und ging stattdessen am Polder entlang Richtung Santpoort. Der Weg führte an einem Bauernhof vorbei, wo Kinder draußen spielten. Als Francine die Böschung hinunterlief, um hallo zu sagen, hielt ich sie nicht auf. Ich ging weiter. Sie konnte mich einholen oder warten, bis ich zurückkam. Vom Deich aus konnte ich in alle Richtungen schauen. Santpoort, Haarlem, und in weiter Ferne Amsterdam. Wenn ich nach Süden blickte, war dort meine Kindheit. Im Norden mein Leben bei Mr. Sergeant, im Osten Deventer und Frau Anholts. Und ich stand hier im Westen. Wohin ich auch schaute, es brachte mich an die Stelle zurück, an der ich stand. Sollte ich meine Taschen mit Steinen füllen und ins Wasser gehen?

»Hey, hey!«

Ich drehte mich um. Ein junger Mann lief auf mich zu, er hatte Francine an der Hand.

»Oh!«, sagte ich, als mir klar wurde, wie weit ich gegangen war. »Tut mir wirklich leid.«

Francine machte sich von ihm los und rannte die letzten paar Meter. »Du hast mich allein gelassen!«, rief sie.

»Mein Schatz …« Ich nahm sie in den Arm und küsste ihr Haar, ihre Wangen waren feucht vom Weinen.

Der Mann hustete. »Na ja, sie ist ja wieder bei Ihnen.«

Ich schaute zu ihm auf. »Vielen Dank.«

»Na ja«, sagte er und wurde rot, »ich geh dann mal wieder.«

Er rührte sich nicht vom Fleck.

»Es ist ein schöner Tag«, sagte er. »Ich habe Sie schon einmal gesehen.« Er verschränkte die Arme, löste sie dann aber wieder, als wüsste er nicht, was er damit anfangen sollte. Alles an ihm war kantig, unbeholfen.

»Ich glaube nicht.« Ich war nicht in der Stimmung zu plaudern.

»Wir haben Honig zu verkaufen, wissen Sie. Es ist der beste überhaupt. Sie könnten welchen haben, wenn Sie wollen.«

Sein Kinn war stoppelig, seine Haare zerzaust – bei Kerzenlicht mit einem Messer geschnitten. Er hatte Sommersprossen, hatte sein Leben lang den Sommer draußen in der Sonne verbracht.

»Danke.« Ich straffte Francines Schultern und zwickte sie sanft in die Nase, um ihr ein Lächeln zu entlocken.

»Ich mag Honig«, sagte sie.

Beim nächsten Mal, als wir an dem Bauernhof vorbeikamen, wartete er. Beim übernächsten Mal hatte er einen Topf Honig in der Hand. Beim vierten Mal ging er mit uns und zeigte uns, wo die Blaubeeren wuchsen. Danach blieb Francine auf dem Hof, und ich ließ mich von ihm küssen. Sein Kuss überraschte mich nicht. Er begann nicht weich oder wurde noch weicher, öffnete mich nicht. Sein Kuss drückte sich an mich, so flach wie eine Handfläche. Vielleicht wollte ich es nicht, vielleicht hatte ich in mir keinen Platz dafür. Er stieß mich nicht ab, aber er war nicht der Monsieur. Er erinnerte mich an die nassen Tierfelle in Leiden – schlaffe weiße Fahnen der Kapitulation.

Er fragte nie nach Francine. Er legte eine Hand auf meine Brust, überrascht, dass sie eine hohle Form bilden konnte.

Er widerte mich nicht an, aber ich mochte seinen Mund nicht oder wie er mir einen Kuss auf den Mund drückte. Ich wandte mich von ihm ab, wenn er auf mir war, damit sein Atem an meinen Hals oder in das Gras unter uns ging. Ich ließ Francine auf dem Hof, und sie spielte im Heu, brach sich einen Zahn ab, als sie von einem Baum stürzte. Wir beide gingen auf unsere eigene Weise derangiert nach Hause, lädiert, gebissen, beschmutzt.

»Wo wart ihr?«, fragte der Monsieur. Er packte mich am Arm und hielt mich fest.

»Nirgendwo«, erwiderte ich.

Er ließ nicht los.

»Sie tun mir weh.«

»Du sagst mir jetzt, wo ihr wart.«

»Nirgendwo!« Ich riss mich los.

Ich wollte ihn. Und gleichzeitig verabscheute ich alles an ihm.

»Wie heißt du?«, fragte ich.

»Daan«, antwortete er.

»Daan.« Ebenso gut hätte er Graben sagen können.

»Ich finde dich sehr hübsch, Helena.« Er tätschelte meine Hand wie einen Hund, bei jeder Berührung schrumpfte ich. »Ich glaube, du wärst hier glücklich.«

In seiner Stimme lag Hoffnung. Ich war die erste Frau, die er geküsst hatte.

»Ja«, sagte ich. »Mag sein.« Aber ich wollte krank sein.

Ich betrachtete Daan, seine staubige Haut, den Dreck unter seinen Fingernägeln, seine hellen Wimpern. Mehr konnte ich nicht tun, innen gab es nichts auszupacken. Alles, was er war, lag sichtbar an der Oberfläche – *so bin ich*. Er streckte die Hand nach mir aus. Er brauchte mich, und das reichte. Ich band mein Mieder auf, streifte den Baumwollstoff von meinen

Schultern, damit meine Brüste nackt waren. Ich wandte mich ihm zu, führte seinen Mund an meine Brustwarzen, und als er saugte, schrie ich auf. Aber ich wollte ihn nicht küssen. Er biss mir stattdessen in die Schulter. Als er fertig war, stieß ich ihn von mir, knöpfte mein Mieder wieder zu, kam taumelnd auf die Beine und ging zum Bauernhof zurück, um Francine zu holen. »Halt!«, rief er hinter mir her. »Bleib stehen!«

Ich drehte mich nicht um. Blieb nicht stehen. Sobald ich Francine wieder hatte, gingen wir, ohne zu sprechen, ohne zwischendurch eine Rast einzulegen.

Ich traf den Monsieur in seinem Zimmer an. Er sollte es wissen. Ich wollte, dass er es sah.

Ich stellte mich vor ihn. Mein Kinn bebte.

»Oh«, sagte er, als er meinen Zustand wahrnahm. »Helena …«

Die Liebe in seiner Stimme zerbrach mich beinahe.

Ich trat zurück. Trat zurück, bis mein Rücken gegen die Wand prallte.

»Ich will dich, Helena …« Er ergriff meine Hände und hielt sie hoch über mich. Aber ich war stärker als er. Ich trug den Torf, ich grub den Garten um, ich hob die nassen Laken aus dem Bottich in die Wringmaschine.

»Nein.« Ich zog meine Arme herunter, wobei ich unter der Anstrengung zitterte. »Das wollen Sie nicht.«

Der Limousin teilte mir mit, Reneri sei gestorben. An dem Tag brach der Monsieur nach Utrecht auf.

»Gelehrtenkrankheit«, fuhr er fort. »So ein kurzes Leben. Sechsundvierzig. Nicht viel älter als der Monsieur.«

Ein Wort davon war schlimmer als das andere. Nicht, dass es ihm Spaß machte, es mir zu sagen, aber er beobachtete mich genau. Sein Blick huschte über meine Augen, und er schnippte mit Finger und Daumennagel. Er wirkte eigenartig aufgewühlt, als würde Reneris Tod ihn irgendwie zum Leben bringen. »Für den Monsieur ist es furchtbar, sie waren wie Brüder.«

»Ja, das konnte ich sehen. Armer Reneri. Gott sei seiner Seele gnädig.«

»Also sind wir beide hier allein, bis der Monsieur zurückkommt. Ich trage die Verantwortung für dich, solange er fort ist. Und für das Mädchen.«

»Ihr Name ist Francine. Und ich kann für mich selbst sorgen.«

»Daran zweifle ich nicht. Ganz und gar nicht.«

Sein Tonfall war kalt, wie so oft, wenn der Monsieur nicht in der Nähe war. Aber ich hatte die Nase voll. »Warum kannst du mich nicht leiden, Limousin?«

Er tat vollkommen überrascht, riss die Augen weit auf, als wäre es die lächerlichste Frage, die man ihm je gestellt hatte. »Ich habe nichts gegen dich, Helena.«

»Ich habe dich gehört … mit dem Monsieur.«

»Ach das. Anscheinend haben die Wände Ohren.«

Eine Weile schwieg er, hatte es nicht eilig, mehr zu sagen. Er trommelte mit den Fingern auf den Tisch. »Ich habe bisweilen in großer Gefahr geschwebt. Ich habe weit weg von hier an der Kriegsfront gestanden, habe große Entfernungen zurückgelegt und schreckliche Grausamkeiten erlebt. Das Leben verschwindet an solchen Orten. Es gibt Momente, in denen du dir nichts anderes wünschst – einfach zu verschwinden und nie wieder solches Leid sehen zu müssen. Und hier sind wir, in dieser gesegneten Zuflucht … und du machst dir Sorgen, ob ich dich mag? Weißt du, was dort mit Menschen passiert? Hast du eine Ahnung, was ihnen angetan wird? Ja?« Er schüttelte den Kopf. »Ich weiß nicht, was du gehört hast. Du wirst deine eigenen Schlüsse ziehen. Es gibt Männer, die den Monsieur zerbrechen wollen. Ihn nicht nur der Lächerlichkeit preisgeben, obwohl das schon schlimm genug ist.

Nein, sie würden ihn nach draußen zerren, Steine auf seinen Körper stapeln, bis er Buße tut oder zerbricht, und sie hätten ihre Freude daran, es würde ihnen nichts ausmachen, wenn er stürbe. Ich glaube, er sollte fertig mit dir sein, und das habe ich gesagt. Er ist anderer Meinung. Bevor du kamst, war ich da. Ich habe gesehen, wie das Leben aus den Tieren weicht, die er aufschneidet. Habe beobachtet, wie sie sich gewehrt haben, selbst als ihnen der Tod sicher war. Ich habe Blut von seinem Tisch gewischt. Und nach dem Tod? Nichts. Wir leben, wir sterben. *C'est tout. Rien de plus.*«

Ich fand seine Worte gottlos. Ich hatte seinen Platz neben dem Monsieur eingenommen, und er war eifersüchtig.

»Sein Werk wird uns überdauern. Mersenne, Huygens … die kennen seinen Wert. Du? Was bist du? Kaum mehr als nichts.«

»Das findet der Monsieur nicht.« Dann musste ich mich korrigieren. »Was Francine betrifft.«

Er lächelte schwach, wirkte aber noch immer traurig. »Helena, Helena … wir alle wissen am Ende, wo wir hingehören.«

Ich ging nicht mehr hinaus. Ich blieb bei Francine. Ich malte Buchstaben, die sie nachzeichnen konnte, und schrieb ihren Namen auf, damit sie ihn kopierte. Der Monsieur kam aus Utrecht zurück, aber die Tür zu seinem Zimmer blieb verschlossen. Das Haus versank in Schweigen, selbst Francine flüsterte nur noch. Es war schlimmer als zu der Zeit, als Beeckman in Amsterdam zu Besuch gewesen war. Diesmal war kein Buch zurückzugeben. Kein Geschrei auf der Treppe. Er machte die Tür vor mir zu und hielt sie verschlossen.

»Es geht das Gerücht von einem Fremden um«, sagte der Limousin. »Ein Mann wurde gesehen, der Häuser beobachtet und mehr als einmal verjagt wurde. Klingt nach einem Spion. Wir können nicht vorsichtig genug sein.«

Eine oder zwei Wochen später fiel mir eine Bewegung im Garten auf. Mein Herz stockte, und ich erstarrte. Der Unbekannte war hinter einen Busch neben dem Apfelbaum gehuscht. Die Zweige bewegten sich, dann richtete sich ein Mann mit hellen Haaren auf und schoss hinter den Apfelbaum – Daan! Er spähte um den Stamm und versteckte sich wieder dahinter.

Ich nahm meinen Schal und eilte hinaus. Daan kam wie ein aufgescheuchtes Kaninchen hervor, als er mich sah.

»Helena!«

Ich streckte die Arme aus, um ihn von mir abzuhalten, als er auf mich zutaumelte. Er schaute auf meine Hände, dann auf mich und begriff nichts. Ich trat zurück, während er näher kam.

»Woher wusstest du, dass ich hier bin?« Ich warf einen Blick über die Schulter.

»Nein, das wusste ich nicht«, erwiderte er und kam weiter auf mich zu. »Ich war an jedem Haus und habe nach dir gesucht. Wo warst du? Warum bist du nicht mehr gekommen?«

»Du musst gehen. Geh weg. Sofort.«

Er schüttelte den Kopf und ging auf das Haus zu. »Ich gehe erst, wenn ich losgeworden bin, was ich zu sagen habe.«

»Nein! Nicht.«

Der Monsieur trat aus dem Haus. »Helena? Was geht hier vor?« Er schaute auf Daan, auf die Blumen, die er in der Hand hielt. »Wer ist das?«

Bevor ich etwas erwidern konnte, trat Daan vor und streckte die freie Hand aus.

»Mein Name ist Daan.«

»Daan?«

»Ja. Nun, ich wohne auf einem Bauernhof, etwa eine Meile von hier entfernt. Ich bin der Älteste, und der Hof wird mir gehören.« Er warf sich in die Brust.

Dann wurde mir klar – Daan stellte sich als Freier vor. Hielt er den Monsieur für meinen Vater?

»Soso«, sagte der Monsieur. »Sie haben also Land oder die Aussicht darauf. Ist es das, was Sie mir sagen wollen?«

»Ja!«, erwiderte Daan strahlend, wirkte aber noch immer unsicher. Sein Kinn sackte nach unten, als er den Monsieur betrachtete. Er hielt mir die Blumen hin.

Zögernd nahm ich sie entgegen. »Daan verkauft Honig«, sagte ich.

Der Monsieur warf mir einen finsteren Blick zu.

»Und mir macht auch das kleine Mädchen nichts«, sagte Daan, trat vor und wollte meine Hand nehmen.

Der Monsieur spannte sich an. »Das ist bemerkenswert großzügig von Ihnen.«

Daan verbeugte sich ein wenig, deutlich zufrieden, wie gut die Unterhaltung seiner Meinung nach lief.

»Daan, danke. Sie haben mir viel zu bedenken gegeben. Ich wusste nicht, dass Helena einen Verehrer hat.«

»Nicht?« Seine Schultern sackten nach vorn. Er schaute mich an, dann den Monsieur. Ich wollte nur noch fortlaufen, blieb aber wie angewurzelt stehen.

»Kommen Sie herein, Daan, ich möchte Ihnen zeigen, wo wir wohnen, damit Sie uns ein bisschen besser kennenlernen.« Er hakte sich bei Daan unter und führte ihn ins Haus. Er ließ ihn am Küchentisch Platz nehmen.

»Etwas zu trinken für Daan, Helena, meinst du nicht? Vielleicht etwas von unserem Kognak.« Er ging, um den Kognak selbst zu holen.

»Nein, nein. Ich trinke nicht.«

Der Monsieur stellte ein Glas vor ihn und schenkte ihm großzügig ein. »Trinken Sie«, sagte er. »Es wird Ihnen guttun. Er kommt aus Frankreich. Der beste.«

Daan trank einen Schluck, verzog das Gesicht und hatte

Mühe beim Schlucken. Er schaute sich um und nahm seine Umgebung zum ersten Mal richtig wahr – abgebrochene Schreibfedern in einem Glas, Vogelschädel auf dem Kaminsims, Tintenflecken auf dem Tisch, an dem wir aßen. Mitten in dem Durcheinander Porträts, die ich von Francine und dem Monsieur gezeichnet hatte.

Der Monsieur folgte Daans Blick. Er schüttelte den Kopf und lachte, dann beugte er sich vor. »Verblüffend, finden Sie nicht? Die Ähnlichkeit?«

Sprachloses Erstaunen machte sich auf Daans Gesicht breit, als ihm klar wurde, was der Monsieur meinte. Er stand auf, wobei er eine Schüssel vom Tisch stieß. »Herr im Himmel …« Er entriss mir die Blumen und warf sie zu Boden. Er schenkte mir noch einen letzten verzweifelten Blick, drehte sich dann um und floh.

Ich kniete mich hin und hob die Tonscherben auf, sammelte die Stücke in meiner Schürze. Blütenblätter waren wie Konfetti zwischen den Bruchstücken verstreut.

»Sie sind grausam«, sagte ich.

»Was sollte ich denn tun? Dich einem Idioten schenken?«

»Ich bin nicht Ihr Eigentum, das Sie verschenken können, Monsieur.«

»Richtig. Es steht dir frei zu gehen. Werde die Frau eines Landarbeiters, suche dir irgendeinen Idioten aus, wenn du das willst. Francine bleibt bei mir.«

Als ich zehn Tage später das nächste Mal spazieren ging, saß Daan wie üblich auf dem Tor zum Hof. Ich war allein. Der Monsieur ließ Francine nicht nach draußen, nicht einmal, um im Garten zu spielen.

»Wartest du jeden Tag hier, Daan?«, fragte ich. Der Wind hatte mir die losen Haarsträhnen, die unter meiner Haube hervorlugten, ins Gesicht geweht.

Er zuckte mit den Schultern.

»Du solltest nicht auf mich warten.«

»Ich habe nicht gewartet«, erwiderte er und fügte dann rasch hinzu: »Ich dachte, du hättest etwas für mich übrig.«

Etwas für ihn übrig? Ich lachte. »Daan, warum bist du hier?«

»Liegt es am Bauernhof? Das Land ist gut, ich habe es dir gesagt.«

Ich setzte meinen Weg fort. Er sprang vom Tor herab und holte mich ein.

»Wohin gehst du? Bleib stehen!« Er packte mich am Arm und zog mich zur Seite. Mein Fußgelenk verdrehte sich, ein scharfer, brennender Schmerz zuckte durch mein Bein, als ich stürzte.

»Habt ihr gelacht, ihr beide? Dummer Daan, habt ihr das gesagt?« Er spie die Worte förmlich aus. »Du bist der letzte Dreck.«

Ich versuchte aufzustehen, doch er hielt mich noch immer gepackt. Er drückte mich zu Boden. Dann kniete er vor mir.

»Nein, Daan …« Ich rückte von ihm ab, aber er war stärker als ich und zog mich zurück. Er stieß seine Faust in meinen Bauch und raubte mir den Atem. »Daan, nein …«, keuchte ich.

»Ich hasse dich!« Er stieß noch einmal zu. »Wer will schon eine Hure zur Frau haben?«

Meine Rippen würden brechen. Er wollte mich brechen.

»Du bist Dreck. Abschaum.«

Er hob einen Steinbrocken. »Abschaum«, wiederholte er. »Abschaum.«

Ich legte den Kopf zurück und rang nach Luft, dann schlug er zu, und der Himmel fiel auf mich hernieder, purpurrot und schwarz.

Ruß

Wo ist mein Mädchen, das Mädchen mit dem schwarzen Haar? Meine Kleine? Mein Liebling? Und mein Liebster, wo bist du, der Mann, den ich liebe? Lasst euch von mir zeichnen. Ich werde unsere Tage malen und ein schönes Buch daraus machen. Im Winter, wenn Blumen unter dem Schnee versteckte Versprechen sind, werde ich einen Faden spinnen, um dir einen Mantel zu machen, den ich mit Pelz säumen werde. Ich werde unseren Garten mit Apfel-, Kirsch- und Quittenbäumen bepflanzen. Ich werde dir süße Erdbeeren bringen. Wo ist sie, die Kleine vom Strand, mit Muscheln in ihren Taschen und Haaren wie Seetang? Male mir eine Rose, male mir einen Stängel, male mir eine Schneeflocke, die du vom Himmel aufgefangen hast, und ich werde dir eine Kerze bringen, Liebes. Ich werde dir meinen Kuss in der Nacht bringen.

Ich bin Wasser. Ich bin Schlamm. Ich bin Stein. Ich zersplittere. Ich sinke. Ich zerbreche. Matsch füllt meine Taschen, meinen Mund, meine Augen. Papier, Lappen, Wörter, Krähen. Ich verfaule und verrotte. Meine Knochen sind spröde, gebrochen. Ich bin Stöcke – Zündholz für das Feuer, Ruß im Rauch. Ich bin die schwarze, brennende Kehle des Schornsteins. Jeder Atemzug erstickt mich, die Luft, die ich ausstoße, ist Gift.

AMERSFOORT 1640

Uhr

DAS KLEINE HAUS stand an der Langegracht. Die Kanäle hier waren schmaler, die Straßen ruhiger – breit genug, dass Paare Arm in Arm nebeneinanderher gehen und die Kinder vorauslaufen konnten. Es erinnerte mich an Amsterdam, doch ein so kleines Amsterdam, das man zusammenfalten und in eine Tasche stecken konnte.

Francine kletterte aus der Kutsche. Als ich nach ihr ausstieg, flammte Schmerz in meiner Seite auf. Der Kutscher wollte mich stützen, doch ich schüttelte seine Hilfe ab. Ich schloss die Augen und wartete, bis der Schmerz nachließ.

Bevor wir die Chance hatten, an die Tür zu klopfen, schwang sie auf, und ein vertrautes Gesicht erschien – Frau Anholts. »Helena!«, sagte sie mit der Fröhlichkeit eines Menschen, der den ganzen Tag gewartet hat. »Schön, dich zu sehen. Und Francine! Wie groß du bist! Wie alt bist du jetzt?«

»Ich bin ganz fast fünf!«

»Ganz fast fünf! Tja, das ist das beste Alter überhaupt. Bis du sechs wirst – dann wirst du dich wundern, warum so viel Theater gemacht wurde, als du fünf warst.«

Francine grinste und ergriff meine Hand.

Frau Anholts kam die Treppe herunter, nahm meinen Korb und hakte sich bei mir unter. Obwohl ihr Lächeln nicht nachließ, sah ich, wie sie mich sorgenvoll betrachtete.

»Ich soll auf dich aufpassen. Ich habe Anweisungen vom Monsieur. Er war sehr nachdrücklich. Nenn es eine

Regelung, wenn du willst. Komm rein, bitte. Hier entlang. Schau …«

Sie machte die Tür zu einem Tagesraum auf, ihr Geschnatter ging ihr voraus, als sie eintrat. Der Raum war neu möbliert worden. Jeder Stuhl hatte ein Polster, auf dem Boden lag ein Teppich mit buntem Muster. Am Fenster stand ein Tisch, auf dem Bücher, Papier und ein Tintenfass waren.

»Siehst du, ich sagte doch, ich hatte Anweisungen!« Sie drehte sich im Raum um, zeigte auf ein Bild an der Wand, eine Vase auf dem Kaminsims, Klöppelarbeit, die sie angefangen hatte.

Ich nahm eine Schreibfeder vom Tisch. Sie war ziemlich glatt – wer sie auch hergestellt hatte, verstand etwas davon. Das Mark war zurückgedrückt, *kein Gedanke sollte verzögert werden oder stolpern*. Die Spitze war sauber. Noch waren keine Wörter aus ihr gekommen. Ich schloss die Augen und öffnete sie wieder. Er war da. Selbst hier. Daan.

Ich legte die Feder zurück auf den Tisch.

Frau Anholts ging um den Teppichrand herum. Sie wirkte unsicher. »Das macht man heutzutage, habe ich gehört.«

Ich ging an die Feuerstelle, an einen mit Delfter Fliesen gekachelten Ofen. Auf jeder war ein dahineilendes Boot abgebildet. Ich drehte mich um und warf einen Blick durch den Raum. Er war zwar klein, aber lichtdurchflutet. Glücklich, fröhlich, hell, und mitten darin Frau Anholts. Die Hände zu beiden Seiten ausgestreckt, wartete sie darauf, dass ich etwas sagte, auf ein paar Worte des Dankes, irgendetwas.

»Limousin hat keinen Zutritt«, sagte sie als Antwort auf eine Frage, die ich nicht gestellt hatte. »Wer will schon so einen Miesepeter im Haus haben. Wenn er sich benimmt, darf er vielleicht zu Besuch kommen.«

Ich wählte den Stuhl, der am weitesten vom Fenster entfernt stand, und setzte mich. Sollte Frau Anholts ruhig reden.

Eine warme Brise wehte durch das offene Fenster und brachte Geräusche der Straße mit – das Klappern der Hufe eines sich nähernden Pferdes. Ich lauschte, bis es sich entfernte, und alles, was Frau Anholts gesagt hatte, verhallte ebenfalls.

Zielstrebig kam sie zu dem Stuhl neben mir, klopfte auf das Polster, verschränkte die Arme und ließ sich darauf nieder. Sie schien zufrieden. »Und wie geht es dem Monsieur?«

Ich schaute zum Fenster hinüber, wollte, dass es geschlossen wurde, drehte mich um, als Francine mit Monsieur Grat ins Zimmer kam. Sie führte ihn am Ohr, eine Angewohnheit, die sie beibehalten hatte, seitdem der Monsieur den Hund vom Markt in Santpoort mitgebracht hatte.

»Mama?« Sie berührte meinen Ärmel mit den Fingern. Sie zog nicht mehr daran, kletterte auch nicht mehr auf meinen Schoß. Sie war in jeder Hinsicht vorsichtig. Das war nicht die Art eines Kindes. »Kann Monsieur Grat in meinem Zimmer schlafen?«

Der Hund ließ den Kopf hängen und betrachtete mich mit sorgenvollem Blick.

»Bitte, Mama.« Sie drehte den Fuß auf dem Boden.

In dem Augenblick überfiel mich eine solche Sehnsucht nach ihr, dass ich sie umarmte, doch als ich ihren Widerstand spürte, ließ ich abrupt los, als hätte ich sie verbrannt oder umgekehrt. Sie taumelte und blieb stehen, unsicher, ob sie zu mir kommen sollte oder nicht.

»Such dein Zimmer, Francine«, sagte Frau Anholts, die wieder auf den Beinen war und Francine hinausscheuchte. »Eine Treppe und noch eine Treppe hoch. Los. Auf geht's.«

»Sie ist ihm wie aus dem Gesicht geschnitten«, sagte sie, als sie wieder hereinkam, sich setzte und die Hände sittsam in den Schoß legte. Sie blinzelte heftig, als hätte sie Mühe, einen Gedanken in ihrem Kopf zu fassen.

»Du brauchst Zeit, Helena. Wir werden jeden Tag ein wenig

spazieren gehen. Der Monsieur hat einen Lehrer für Francine, damit wird sie beschäftigt sein. Er hat dieses Haus gut ausgesucht. Die Kutsche kann unter dem überwölbten Gang anhalten. Niemand wird etwas erfahren. Du musst dich nicht grämen. Du musst wieder zu Kräften kommen, und genau das wirst du auch.«

Ich sah die langen Wochen vor mir – eine Stoffbahn, die ich nach Belieben mit einem Muster zu versehen hatte. Aber ich wollte weder spazieren gehen noch reden oder zeichnen. Ich wollte weder das Pferd auf der Straße noch den Teppich auf dem Boden oder die Polster auf den Stühlen. Ich wollte die Augen schließen, wollte, dass er verschwunden war.

»Wann will er denn kommen?«

Ich schaute zur Seite, dann zu Boden und schüttelte den Kopf.

Ich lernte jedes Geräusch in dem Haus kennen, war wach, wenn ich hätte schlafen sollen. Lauschte, lauschte, lauschte. Ich wusste, welchem Klopfen an der Tür ich trauen konnte: Francines Lehrer, der Fischhändler, der zweimal in der Woche vorbeikam. Ich wusste, wer die Treppe heraufkam, welches Fenster geöffnet worden war, kannte den langsamen Trott des armen, ausgelaugten Ponys des Torfverkäufers.

Wenn wir spazieren gingen, musste ich meine Ohren vor allem verschließen – vor dem Lärm, der von allen Seiten auf mich eindrang. Ich ging so schnell wie möglich, damit ich wieder zurückkonnte, Frau Anholts neben mir brauchte zwei Schritte, wenn ich einen machte, und war außer Atem.

»Helena?« Vor einem Baum hielt sie mich abrupt an. Ich war mit gesenktem Kopf gegangen und wäre direkt gegen den Stamm geprallt, hätte sie mich nicht daran gehindert. Rasch trat ich zur Seite und setzte meinen Weg fort.

Wochen vergingen. Dann traf er eines Morgens aus Leiden ein, seine kleine Truhe unten an der Treppe, wo der Kutscher sie abgestellt hatte. Der Limousin war nicht mitgekommen. Er musste sie selbst tragen.

Er ging hinüber an den Tisch. Alles war noch da, unberührt seit meiner Ankunft. Er nahm ein leeres Blatt Papier in die Hand, drehte es und legte es wieder hin. Er blieb eine Weile dort stehen, das Blatt auf dem Tisch, die Hand darauf.

Es gibt Momente, in denen alles klar wird. Wenn man zum Beispiel in eine Kerzenflamme starrt und erkennt, dass die Farben immer dort waren, nur darauf gewartet haben, gesehen zu werden, hätte man nur vorher schon richtig hingeschaut. Mir fiel die Kerze ein, die er mir an dem Abend in Amsterdam gezeigt hatte. Was sah er, als er mich anschaute? Wie genau hatte er hingesehen?

»Möchtest du das hier nicht?«

Seine Frage überrumpelte mich. Er hatte seine Aufmerksamkeit wieder auf das Papier gerichtet und runzelte die Stirn.

Ich hatte hier nichts zu tun. Nichts. Und war nicht einmal dazu fähig.

»Du musst reden, Helena.«

Dann kam der Tag zurück, angekündigt durch Gelächter und das Geräusch von tappenden Pfoten auf dem Boden. Francine und Monsieur Grat polterten zur Tür herein.

»Onkel!«, schrie sie und rannte durch das Zimmer.

Sein Lachen wurde abgeschnitten, als sie ihre Arme um seine Taille schlang. Er küsste sie auf den Scheitel und schob den Hund mit dem Ellbogen beiseite, damit er sich setzte. »Pscht! Hast du ihm das Tanzen beigebracht?«

»Komm mit.« Sie nahm ihn an der Hand und zog ihn zur Tür.

Er ging hinaus, schaute dann aber noch einmal herein. »Ich

trage meine Truhe nach oben und bin gleich wieder da. Dann werden wir ess–«

Francine hatte wohl erneut an ihm gezerrt, denn er verschwand mit einem Ruck, und danach hörte ich nur noch trippelnde Schritte und auf der Treppe das Geräusch eines Kindes, das gekitzelt wird.

Als Daan mit mir fertig war, rollte er mich die Böschung hinunter. Er hatte mich ins Wasser befördern wollen, doch mein Bein verfing sich unter mir und hielt mich am Ufer fest. Der Limousin fand mich und trug mich nach Hause; dann ging er wieder hinaus und machte sich auf die Suche nach Daan.

Der Monsieur wies den Arzt an, dass Stiche die Wunden in meinem Gesicht zusammenziehen würden. Mein Bein und meine Hüfte waren gebrochen. Ich wurde verbunden und bekam den guten Kognak des Monsieurs zu trinken. Er blieb an meinem Bett. Und so war es auch in den folgenden Wochen. Er schrieb weiter und las laut vor, was er geschrieben hatte.

»Wörter, nichts als Wörter«, sagte er. »Ich habe schon drei Wochen gebraucht, darauf nicht zu antworten.« Er räusperte sich. *»An Mersenne, 25. Dezember 1639. Ich nehme Bezug auf Ihren Brief vom 4. Dezember und danke Ihnen für den Rat, den Sie mir zu meiner Abhandlung über Metaphysik gegeben haben …* Mersenne und seine Ratschläge! Ich will ans Ende springen … *Auf jeden Fall mangelt es mir nicht an Büchern, wie Sie meinen; ich habe hier eine Summa des heiligen Thomas und eine Bibel, die ich aus Frankreich mitgebracht habe …«*

Er hörte auf zu lesen. »Warte einen Augenblick, ich muss dir etwas zeigen.« Er ging hinaus und kam mit einem in grünen Samt eingeschlagenen Buch zurück. Der Stoff war vom Alter abgewetzt, hielt aber noch. Seine Bibel.

So eine Bibel hatte ich noch nie gesehen. Sie war älter als alle, in denen ich gelesen hatte, und mit üppigen Gravuren versehen, mit einem in den Einband geprägten Familienwappen. Aber das war nichts im Vergleich zu dem, was drinnen war. Ich legte die Hand vor den Mund, als ich das Buch aufschlug, und wagte kaum, es zu berühren. Bilder! Manche mit Farbe getönt! Die Seiten waren mit Gold umrandet, das zu einem matten Schimmer verblichen war. Er zeigte mir eine Liste von Namen mit Geburtsdaten. Er fuhr mit dem Finger daran entlang und hielt inne, als er seinen Namen fand.

»Da bin ich«, sagte er und trat ein wenig beiseite, damit ich besser sehen konnte.

Die Handschrift war nicht leicht zu lesen, doch ich konnte seinen Namen erkennen sowie das Geburtsdatum: 31. März 1596.

Als er sah, wie ich die Stirn runzelte, lachte er. »Sogar ich war einmal ein Kleinkind. Bevor ich ein schwarzes Schaf wurde, ein schwarzes Schaf mit weißem Haar!«

Und auch ich lachte. Doch das löste Husten aus, und als ich hustete, drang Blut in meine Kehle. Es rann über mein Nachthemd auf die Bettdecke. Die Bibel fiel zu Boden.

Bis zum Frühling wurde ich nicht wieder bewegt.

Irgendwann in jenen Tagen zwischen Winter und Frühling verheilten die Knochen, die Daan mir gebrochen hatte.

Ich lebte.

»So!«, sagte der Monsieur, als er wieder ins Zimmer kam. Er rieb sich die Hände. »Zeige mir die Küche, und ich koche.«

Frau Anholts hatte ihre Kupferpfannen aus Deventer mitgebracht. Auch gut. Der Monsieur schaffte es, die meisten zu benutzen, um ein kompliziertes Gericht zu machen, zu dem mehrere getrennt gekochte Gemüse in unterschiedlichen Soßen gehörten.

Wir aßen gemeinsam zu viert, dann brachte Frau Anholts Francine nach oben ins Bett.

»Sechs *Meditationen*, ein kurzes Werk, nur ein paar Seiten. Es sollte in einem Jahr veröffentlicht sein.«

Er erzählte mir über seine Fortschritte beim Schreiben, hatte während der gesamten Mahlzeit darüber gesprochen. Er ging zu einem Brief über, den er Mersenne schrieb. »Es ist ziemlich falsch zu glauben, dass wir uns am besten an das erinnern, was wir gemacht haben, als wir jung waren. Ich habe das meiste vergessen von …«

»Ich bin froh, dass Sie hier sind.« Die Wörter kamen heraus wie ein erster Atemzug an der Wasseroberfläche.

Er schaute von dem Apfel auf, den er gerade schälte. Er sah mich an, als hätte ich vorgeschlagen, eigenhändig einen Brief an Mersenne zu schreiben. Dann ergriff er meine Hand und drückte sie sanft.

»Und ich bin froh, hier zu sein, Helena.«

Dann redeten wir. Schweigen trat ein, wenn die Wörter nicht kamen, aber wir blieben so lange am Tisch sitzen, bis selbst dieser bereits längere Tag an Licht verlor und wir eine Kerze brauchten, um zum Bett zu finden.

Wir gingen in mein Zimmer. Er schloss die Fensterläden und zündete die Kerzen auf der Kommode an. Jede Flamme erhellte Teile des Raums – seine Bücher auf dem Tisch, seinen Mantel über einer Stuhllehne und seine Truhe am Fußende des Bettes. Ich sah seine Uhr auf dem Kaminsims. Er hatte das Zimmer in Beschlag genommen.

»Morgen früh zeige ich dir, wie die Uhr funktioniert.« Er trat hinter mich und strich mit den Händen über meine Schultern. »Ich habe beschlossen, sie hier aufzubewahren. Du musst sie aufziehen, wenn ich nicht da bin.«

»Komm, ich helfe dir«, sagte er, als ich mich auszuziehen begann. Er stand vor mir und band mein Mieder auf. Er streifte die Ärmel von meinen Armen, öffnete den Rock an meiner Taille. Er legte die Fingerkuppen auf die Narben an meinem

Bauch, und als ich nackt war, wollte er mir das Nachthemd anlegen.

Ich schüttelte den Kopf. Dann entkleidete er sich, und als er nackt war, legten wir uns zusammen hin und schauderten ein wenig, bis die Luft zwischen uns warm wurde. Ich nahm seine Hand und verschränkte meine Finger mit seinen. Er schmiegte sich an meine Schulter, und ich spürte, wie er langsam einschlief.

Lange lauschte ich der Uhr. Mir war nie klar gewesen, wie leicht jeder Augenblick verging, wie erpicht der nächste darauf war zu kommen.

Frankreich

DIE SOMMERTAGE BRANNTEN heiß, dann zogen von Norden her Regenschauer auf, und die Temperaturen sanken. An einem Tag noch hatten wir alle Fenster weit aufgerissen, am nächsten brauchten wir schon ein Feuer im Kamin.

»Das ist kein Wetter für mich«, sagte Frau Anholts und wedelte sich mit einem Tuch Luft zu.

Francine mochte es auch nicht. In ihrem Zimmer sei es muffig, beklagte sie sich. Sie schlief schlecht und stapfte dann herum, auf Krawall gebürstet. Die Laune des Monsieurs war nicht viel besser – seine *Meditationen* brachten das Gegenteil dessen hervor, was das Buch vorschlug. Er trat Monsieur Grat, schlug die Türen zu, warf einen Stapel Papier aus dem Fenster in den Hof. Und dann war der Entwurf im Juli fertig, und die Tage verliefen wieder in normalen Bahnen.

Er schickte den Entwurf nach Utrecht, um nach Widerspruch zu suchen, bevor er veröffentlicht wurde, anders als der arme kleine *Discours*. Der Ärger, den das Buch verursachte. Ich war mir sicher, dass er deshalb in Leiden blieb. Ich wusste, er hätte Utrecht vorgezogen, doch gegen ihn – gegen den *Discours* – waren erneut Beschwerden laut geworden. Alles, was er tat, erzeugte anscheinend einen Sog, der die Beine unter ihm wegzureißen drohte.

»Pedanten, Narren, Pseudo-Theologen! Sogenannte Experten! – Rüpel wohl eher. Sie reden mit Überzeugung, aber nur Idioten glauben, sie seien gebildet. Keine Bange, ich steche nicht ins Wespennest«, sagte er augenzwinkernd. »Das können die ganz gut selbst.«

Seine Besuche unterlagen keinem Muster. Er blieb ein paar Tage, er blieb eine Woche. Bei seiner Launenhaftigkeit reichte es auch. Manchmal war ich sogar erleichtert, wenn er wieder fort war. Er sprach davon, am Ende des Sommers nach Frankreich zu fahren, doch beim nächsten Mal, als er es erwähnte, sagte er, dass er doch nicht hinfahren werde.

Die Tage blieben heiß. Das Denken fiel schwer, man kam nicht zur Ruhe. Gedanken verbrannten so schnell wie der frühe Morgendunst. Er schrieb eine neue Abhandlung über Gezeiten, und auch in ihm selbst gab es anscheinend Ebbe und Flut, als könnte er sich nicht entscheiden, was er als Nächstes tun sollte.

»Ich habe eine Tante«, sagte er eines Abends nach dem Essen, als Francine schon im Bett lag. Er war während der Mahlzeit ungewöhnlich still gewesen und meinem Blick ausgewichen. Wir hatten uns noch nicht vom Tisch erhoben, und ein Großteil seiner Portion blieb unverzehrt.

Ich wollte schon anmerken, dass es nicht der Rede wert sei, eine Tante zu haben, selbst für ihn, einen Mann, der allem Anschein nach gar keine Familie hatte. Aber ich sah ihm an, dass es falsch wäre, ihn zu necken – er hatte etwas zu sagen.

»Ich glaube, Francine ist alt genug …« Er fuhr mit dem Finger in Kreisen über das Tischtuch, als jagte er damit einen Gedanken.

»Monsieur?«

»Ich habe dir versprochen, dass sie unterrichtet wird. Bald wird sie fünf. Sie ist ein aufgewecktes Kind.«

»Sie hat zweimal in der Woche den Lehrer.«

»Und ich glaube, es gibt keinen Hinderungsgrund zu lernen – für ein Mädchen.« Er fuhr fort, Kreise zu ziehen. Ich wollte seine Hand schon festhalten und ihn dazu bringen, mir zu erzählen, was ihn quälte. »Habe ich dir von Anna Maria von Schürmann erzählt? Vollkommen von Voetius verdorben, aber ziemlich brillant.«

»Francine, Monsieur?« Ich versuchte, ihn wieder dorthin zu bekommen, wo er angefangen hatte.

Dennoch jagte er das, woran er dachte, im Kreis herum. »Ein Lehrer, ein- oder zweimal die Woche? Das reicht kaum, glaube ich.«

Fand er, dass es der Mühe nicht wert war? Sollte der Unterricht nicht fortgeführt werden? »Aber sie macht sich doch so gut!«

Er nickte. »Was können wir jedoch von der Welt erfahren, wenn wir nur in einem Zimmer leben?«

Oh. Da wurde mir klar, wie klein dieser Raum für ihn sein musste. Wie klein dieses Haus in seinen Augen war. Und Amersfoort. Nun, dachte ich, und streckte dabei das Kinn ein wenig vor, mit Gottes Hilfe und Führung mussten wir nicht weit gehen, um zu wissen, was richtig und was falsch war.

Doch der Gedanke ließ mich nicht aufrechter sitzen. Ich war nicht größer, weil ich ihn gedacht hatte.

Dann schaute er mich an. »Ich habe eine Entscheidung getroffen. Im Herbst wird Francine nach Frankreich gehen. Sie wird bei meiner Tante wohnen, Madame du Tronchet. Dort wird sie unterrichtet. Diesmal in angemessener Form.«

»Frankreich?« Hatte ich richtig gehört?

»In der Tat. Frankreich.«

Mir war, als hätte er seine Wörter auf einer Trommel geschlagen: *Bumm! – Bumm! – Bumm!*

Ich schob meinen Teller von mir.

»Wann?«

»Im Oktober oder kurz darauf.«

Oktober? Ich zählte die Wochen – eine Handvoll – und sah

sie bereits verflogen, verbraucht, verschwunden. Ich suchte in seinen Augen nach einer Spur des Zweifels, aber er hielt meinem Blick stand. Kein Wimpernschlag. Er hatte sich entschieden. Oktober.

»Ich habe es eine Weile erwogen. Der Limousin hat mich darin bestätigt.«

»Der Limousin?« Ich schlug mit der Hand auf den Tisch, Wut katapultierte mich über alle Grenzen hinaus, hinter denen ich mein Leben lang gestanden hatte, die unsichtbaren Trennlinien, die sagten: *Du weißt, wo du hingehörst.*

»Sie haben sich durch den Limousin lenken lassen?« Ich war aufgestanden, ohne es zu merken. Mir fiel das Gespräch zwischen den beiden ein, das ich in Santfoort gehört hatte, die Zwietracht, die der Limousin zu säen versucht hatte.

»Helena, Helena …«

Helena, Helena? – Ich sah, wie er dabei versteifte. Oh, er mochte sich ja den Anschein geben zuzuhören, aber am Ende würde ich in meine Schranken verwiesen. Er hatte sich überhaupt nicht verändert.

Er streckte die Hand nach mir aus, aber ich zog mich zurück. »Nein!«

Dann war es, als wäre das Meer über die Dünen gekommen und spülte um unsere Füße. *Können Sie schwimmen, Monsieur? Ja?* Ich hatte mich vom Tisch entfernt und schritt auf und ab. Ich sprach ihn nicht einmal mehr an. »Der Limousin! Er ist eine Natter! Eine glitschige Natter, glitschig!«

Er lehnte sich auf seinem Stuhl zurück und verschränkte die Hände hinter dem Kopf. »Eine Natter?«

»Ja. Eine Natter.«

Er begann zu lächeln. »Meinst du, ich brauche eine Natter, die mich berät? Dass ich nicht allein denken kann?«

Ich beachtete ihn nicht. »Sie wollen sie mir wegnehmen. Und sie verstecken, damit niemand es erfährt.«

»Bist du fertig?«

»Und ich? Soll ich auch fortgeschickt werden? Hat der Limousin das auch für Sie entschieden? Wohin als Nächstes? Gehen Ihnen nicht langsam die Orte aus, an die Sie mich schicken können?«

Er hielt eine Hand hoch, um mir Einhalt zu gebieten, und ließ sie dort, bis ich verstummte. »Das hast du falsch verstanden, glaube ich. Warum solltest du fortgehen, wenn du es nicht willst? Natürlich könnten wir hier weitermachen wie bisher. Und was das Verstecken betrifft … Francine wird als mein Mündel nach Frankreich gehen. Sie wird nicht – könnte nicht – als meine Nichte gehen. Wie denn auch?«

Er schwieg eine Weile, sein Lächeln war verschwunden. »Ich habe es ihnen gesagt. Meine Familie weiß es.«

Papier

DAS ALLES WÜRDE ich Betje in einem Brief erzählen und dann abwarten, was sie dazu sagte. Aber das Papier war nicht mehr auf dem Tisch. Auch die Tinte nicht. Und keine Schreibfeder. Fassungslos starrte ich auf die Tischplatte und blinzelte. Ich blinzelte noch einmal. Als könnte Blinzeln alles wieder herbringen! Ich zog die Schublade auf, falls das Papier dort verstaut worden war, förderte aber nur Kieselsteine und Muscheln zutage. Kein Fetzen Papier.

»Frau Anholts? Frau Anholts?«

Ich fand sie in der Küche, wo sie Zimtschnecken machte.

»Das Papier, mein Papier«, sagte ich, mich korrigierend, »wissen Sie, wo es ist?«

»Papier?« Sie fuhr fort, den Teig zu kneten, fügte noch eine Handvoll Mehl hinzu. »Welches Papier?«

Ihr Hals war rosa angelaufen.

Was glaubte sie denn, welches Papier ich meinte? Im Haus gab es kein anderes Papier als das des Monsieurs, und das hielt er in seiner Truhe unter Verschluss. Meine Stimmung vom Abend zuvor kochte wieder hoch, der Streit, den ich mit dem Monsieur hatte, fachte sie noch immer an. Ich musste meine Stimme beherrschen, als ich das Wort wieder ergriff. »Mein Papier, das im vorderen Zimmer. Es hat immer auf dem Tisch gelegen. Jetzt ist es nicht mehr da.«

Sie kratzte sich im Nacken, mehlige Fingerspuren ließen das Rosa nur noch dunkler aussehen.

»Ah«, sagte sie, dann fiel es ihr anscheinend ganz plötzlich ein. »Das hat Francine.«

»Francine?«

»Sie braucht es.«

»Mein Papier?«

»Ja.«

»Und Sie haben es zugelassen?«

»Es war nicht angerührt worden …«

Hatte sich denn alles gegen mich verschworen? Konnte ich kein Blatt Papier haben, wenn ich es brauchte? Dachte niemand daran, mich zuerst zu fragen – nach Papier, Madame du Tronchet, Frankreich – nach allem?

»Und wo ist es jetzt?«

»In ihrem Zimmer, nehme ich an.«

»In ihrem Zimmer, nehmen Sie an?« Ich gab mir die größte Mühe, nicht zu brüllen.

Sie schaute von ihrer Tätigkeit auf und brachte ein behutsames Lächeln zustande.

»Brauchst du welches?«

»Wenn noch etwas übrig ist!« Rasch wirbelte ich herum und ging hinaus, bevor ich die Gelegenheit hatte, noch Schlimmeres von mir zu geben.

Francine war mit ihrem Lehrer beschäftigt, und ich konnte sie nicht stören, wütend, wie ich war. Ich ging die Treppe hinauf, dann noch eine, zwei Stufen auf einmal nehmend, in ihr Zimmer. Weder auf dem Regal noch auf ihrer Kommode noch in der Schublade, in der ihre Kleidung lag, war Papier. Ich schlug die Bettdecke zurück und rechnete schon fast damit, dass es im Bett verstreut oder unter dem Kissen zerknüllt war, aber bis auf eine kleine Vertiefung in der Matratze an der Stelle, an der sie gelegen hatte, fand ich nichts.

Ich setzte mich auf das Bett und dachte mir weitere Argumente für später aus, wenn ich wieder nach unten ging. Dann sah ich sie, eine Schachtel hinter der Tür. Darauf stand ein Paar ihrer Schuhe.

Eine Schachtel. Ich wusste nicht, was ich erwartete, als ich sie öffnete. Es zerfetzt vorzufinden, zu einem Ball zerknüllt, beschrieben, verbraucht?

Als ich das Papier heraushob, sah ich, dass mehrere Blätter Schnitte aufwiesen. Mein Papier, dachte ich mit schwerem Herzen und schämte mich sogleich. Ich fächerte sie auf, wobei kleine Papierstücke zu Boden flogen – eins, zwei, drei, vier –, vier Papierschneeflocken. Ich hielt sie ans Fenster, und im Licht waren sie wie Spitze.

Ich richtete meine Aufmerksamkeit auf die Seiten darunter und fand noch mehr, die mit Buchstaben bedeckt waren, mit denen Francine immer wieder ihr Alphabet geübt hatte. Zwischen den Buchstaben, die ich selbst als Kind gelernt hatte, dem Alphabet, das ich ihr in Santpoort beigebracht hatte, waren Buchstaben, die ich nur den Monsieur hatte schreiben sehen: das c mit dem Schwänzchen und andere, die einfach nur überrascht aussahen:

à è ç é

Auf einem anderen Blatt hatte sie ihren Namen abgeschrieben, immer wieder, untereinander, das Wort schien zum Ende der Seite immer weiter auseinanderzugleiten:

FRANCINE
FRANCINE
FRAN CINE
FRA N CINE

Und auf einem dritten Blatt entdeckte ich eine Liste:

mama
franseen
chiens
poolay
frnscene
belle
monsur grat
Francene
daykart
deycart
descarte
de scartes
francine Des cartes

Ganz unten in der Schachtel war noch Papier übrig, das sie nicht angerührt hatte. Ich legte alles zurück, schob die Schachtel neben die Tür und stellte ihre Schuhe darauf.

Sie hatte das Papier nicht entwendet, hatte mich aber auch nicht gefragt.

Was sie geschrieben hatte – es war nicht versteckt, aber sie hatte es mir auch nicht gezeigt.

Ihr Papier, nicht meins – Teil von ihr, abgeteilt von mir.

Francine Descartes.

Ich betrachtete die Schachtel. Ich brauchte den Limousin nicht, der es mir sagte. Ich wusste, wo ich hingehörte.

Schatten

»VIENS, FRANCINE.« DER Monsieur streckte ihr die Hand hin, wirbelte sie in einer halben Umdrehung herum, hob sie auf den Tisch, damit sie auf dem Rand hockte und ihre Beine herabbaumelten. Er kramte in seiner Tasche und holte etwas heraus, das auf den ersten Blick wie ein flacher, ovaler Kieselstein aussah. Er passte perfekt in seine Handfläche. So einen Kiesel hatte ich noch nie gesehen – er war golden und silbern und sehr fein geprägt, und das eine Ende war an einer langen Goldkette befestigt. Er streckte ihn von sich, damit wir ihn sehen konnten. Auf jeder Seite, um die sich seine Finger krümmten, sah man die eingravierten Umrisse einer Frau. Beide trugen Röcke, die jedoch so zart waren, dass ihre Beine von der Hüfte bis zu den nackten, gewölbten Füßen durchschimmerten. Und dann fiel mir auf, dass keine von beiden noch etwas anderes trug. Ich schaute ihn an und dann die Frauen in seiner Hand. Ihn, sie.

»Das ist ein Nocturlabium, eine Sternuhr. Schaut euch das an …« Er berührte einen kleinen Haken, und der Deckel sprang auf.

»Oh!« Francine fuhr überrascht zurück.

Er lächelte. »Möchtest du sie in die Hand nehmen?«

Sie schüttelte den Kopf, beugte sich zugleich aber ein wenig vor.

»Nicht?«

Ihr Kopfschütteln war nicht mehr ganz so energisch.

»Hier.« Er hob ihre Hände und führte sie aneinander, so dass eine Höhlung entstand, in die er das Nocturlabium steckte. Sie schaute es an, dann wieder auf ihn, ohne sich zu rühren, die Arme ungeschickt von sich gestreckt. Vielleicht wusste sie noch, dass sie einmal Schelte bekommen hatte, weil sie seine Uhr angefasst hatte.

»Was macht man damit?«, fragte sie.

»Es zeigt die Zeit an. Es hat eine Sonnenuhr für den Tag und kann nachts die Sterne lesen. Siehst du, wie klein es ist? So klein, dass ich es in der Tasche tragen kann. Daher weiß ich, wie spät es ist, wo ich auch bin. Unglaublich. Das wüsste ich nicht ohne meine Uhr, nicht wahr?« Er ahmte nach, wie er seine Uhr herumtrug und umständlich aus einer Tasche zog.

Sie kicherte.

Er nahm das Nocturlabium wieder an sich und zeigte auf den Ring, mit dem es eingefasst war. »Siehst du den? Der wird für das Datum verwendet. Daran können wir den Tag im Monat ablesen. Und hier, innerhalb des Deckels, ein *Table*, siehst du – Längengrad: *Lyons, Marseille, Grenoble*.«

Er hob innen einen Silberring an, legte eine Nadel in der Mitte frei und drehte sie ins Licht. »Das Licht ist heute nicht so gut … nein, bei dem Licht geht es nicht.« Francine reckte den Hals. Von unserem Standpunkt aus konnten wir nichts sehen.

Er führte es an seine Augen und spähte durch ein winziges Loch, das oben hindurchgebohrt war, nicht größer als ein Nadelstich.

»Dann, in der Nacht, wenn wir hier hindurchschauen und den Polarstern finden und den Anzeiger so drehen – *voilà!* –, dann wissen wir auch, wie spät es ist.«

»Aber dann schlafen wir doch! Im Bett! Schlafen!« Francine stampfte mit dem Fuß auf, nicht gelangweilt, aber allmählich verlor sie die Geduld mit ihm.

Er klappte den Deckel wieder zu und verschloss den Schatten darin. Er hielt es mir hin.

Es war schwerer, als ich erwartet hatte. Ich drehte es herum. Auf der Unterseite war *À Monsieur René Descartes* eingraviert.

»Ein Geschenk, Monsieur?«

»Ja«, antwortete er, rieb Zeigefinger und Daumen aneinander, mit den Gedanken woanders.

Ich schnippte an dem Haken, um es zu öffnen, und betrachtete die Nadel in der Mitte. Ich konnte nicht sagen, wie spät es war, aber die Sonne hatte sich bereits weiterbewegt, obwohl der Tag trübe war. Ich wollte nicht daran erinnert werden, an verstreichende Zeit, an ihr Fortgehen.

Und dann wäre sie nicht mehr da.

»Hier«, sagte ich und legte das Nocturlabium wieder in seine Hände.

Die Truhe, die er aus Leiden mitgebracht hatte, enthielt keine Kleidung. Neben Papier bewahrte er seine Briefe dort auf, Briefe, die er bekommen hatte, und die Abschrift eines jeden Briefes, den er verschickte. Auch meine Briefe befanden sich darin. Er hielt die Truhe verschlossen, der Schlüssel lag in der Schublade. Er machte keinerlei Anstalten, ihn vor mir zu verstecken.

Von allen Orten, an denen ich gelebt hatte, war mir Amersfoort am liebsten, entschied ich. Wie Frau Anholts gesagt hatte, wurde ich von Tag zu Tag kräftiger. Nach einem weiteren harten Winter brannte die Sommersonne gnadenlos herab. Frau Anholts mochte das nicht, sie fand, die Kanäle seien abgestanden und die Luft schlecht. Im August beschloss sie, nach Deventer zurückzukehren.

»Dir geht es so gut, dass du allein sein kannst, Helena«, sagte sie. »Ich brauche die Ijssel, die Brise, die sie mit sich bringt. In dieser Stadt hier ist nicht genug Luft.«

Nachdem sie fort war, setzte ich meine Spaziergänge fort, jetzt mit Francine. Wir gingen jeden Tag, manchmal die ganze Langegracht entlang. Als Ende August die Blätter fielen, trieben sie auf dem Wasser dahin, und der Kanal sah aus wie ein goldenes Band, das sich durch die Stadt wand. Meine Gedanken wandten sich den bevorstehenden Wochen und Francines Aufbruch zu. Ich sah sie an einem Schreibtisch. Sie würde Französisch lernen, das wusste ich, und auch eine neue Sprache, eine ohne Wörter, eine Sprache, die nur aus Zahlen und Formen bestand – Geometrie. Würde sie die Sterne am Himmel bestaunen? Und die Dunkelheit dazwischen? Wem würde sie gleichen? Mir? Ihm? Würde sie sich erinnern oder würde sie vergessen?

»Ich gehe nach Frankreich«, sagte sie zu mir, als sie zu Bett ging.

»Ja«, sagte ich, steckte die Bettdecke um sie herum fest, ihre bleichen Arme an den Seiten, um sie für die Nacht dort zu verankern. Mein kleiner Ausrutscher, ins Bett gesteckt.

»Kannst du nicht mitkommen, Mama?«

Ich wandte mich ab, damit sie mir die Qual nicht ansah, und bemühte mich um eine muntere Stimme. »Ich muss hierbleiben und auf Monsieur Grat aufpassen.«

»Monsieur Grat kann auch mitkommen!«

»Schhh.« Ich küsste ihre Stirn. »Monsieur Grat braucht Boote auf dem Kanal, die er anbellen kann.«

»Ich möchte, dass du mitkommst, Mama.«

»Oh, Francine, Schätzchen.« Ich wusste nicht, was ich sagen sollte. »Du musst mir alles darüber erzählen, wenn du wieder zurückkommst, ja? Versprochen?«

Sie nickte und drehte den Kopf zur Seite, kuschelte sich unter die Decke. »*Bonne nuit*«, flüsterte sie in das Kissen, als probierte sie das Zubettgehen weit weg von hier aus.

»*Bonne nuit*«, rief ich ihr von der Tür aus zu, die ich halb offen ließ. Ich ging in mein Zimmer und setzte mich ans Fenster. Dort blieb ich sitzen, bis die Kerze zu einem Stummel herabgebrannt war und die Schatten die Nacht durchdrungen hatten.

Fieber

»WIR MACHEN EINEN Spaziergang.« Ich hielt Francine eine einladende Hand hin.

Sie und der Hund standen auf der Treppe vor dem Haus. Sie hatte ihm beigebracht, sich zu setzen, obwohl er nach dem, was sie mir von seinen neuen Tricks gezeigt hatte, anscheinend immer noch am besten stehen und bellen konnte.

»Du kannst nicht alleine hierbleiben.«

Sie hüpfte von einem Fuß auf den anderen. »Doch. Monsieur Grat ist bei mir.«

»Ein kurzer Spaziergang, Francine, mehr nicht.«

Sie hörte auf zu hüpfen. »Ich will nicht.«

Ich sah bereits die Veränderung in ihr. Sie war ein wenig größer, ihre Haare – obwohl ich sie gebürstet hatte – schienen hinten höher gesteckt. Ich mochte unsere Spaziergänge, uns blieben nur noch wenige, bis sie fortging. Ich wartete einen Augenblick, ob sie es sich anders überlegen würde, aber sie schüttelte Monsieur Grats Ohren zwischen den Händen und tat, als wäre ich nicht vorhanden. Ich hätte nie gedacht, dass ich einmal auf einen Hund eifersüchtig wäre. Langsam ließ ich den Arm wieder sinken.

»Ich bin nicht lange fort«, sagte ich und zeigte in die Richtung, die ich einschlagen würde. »Ich gehe da entlang und komme von der anderen Seite wieder, in einem Kreis. Du darfst nicht an den Kanal. Bleib, wo du bist. Rühr dich nicht vom Fleck.«

Sie riss die Augen weit auf und grinste, ebenso überrascht wie ich, dass ich nachgegeben hatte. Ich war zu wütend auf sie, um ihr Lächeln zu erwidern.

Ich ging, so schnell ich konnte, und war außer Atem, als ich zurückkam. Meine Hüfte tat weh, meine Laune war nicht besser als vor meinem Aufbruch. Francine sprang auf, als sie mich sah, als wäre ich einen Monat fort gewesen.

»Mama!« Sie breitete die Arme aus, verfing sich aber in ihrem Saum, als sie die Stufen herunterkam, stolperte und landete mit einem Aufprall zu meinen Füßen. Bis auf ein paar Kratzer war sie nicht verletzt, das konnte ich sehen, sie heulte jedoch, als hätte sie sich etwas gebrochen.

»Ich habe dich immer wieder vor diesen Stufen gewarnt«, schimpfte ich mit ihr, leckte an meinem Daumen und rieb damit über eine Schnittwunde an ihrer Hand.

Sie packte meine Röcke, um ihre Tränen abzuwischen.

Schmerz flammte in meiner Hüfte auf. Ich musste mich setzen. Ich schüttelte sie ab und scheuchte sie ins Haus. »Um Himmels willen, Kind, geh mir aus den Füßen!«

Bevor sie fortging, gab es noch so viel zu tun. Ich wusste, sie waren betucht, aber ich wollte Francine gut gekleidet auf den Weg bringen. Ich nähte Kleider und Röcke, deren Saum man auslassen konnte, um sie länger zu machen, wenn sie heranwuchs. Ich dachte an die Menschen, die am Rand von Herrn Veldmans Karte zu sehen waren, wusste aber nicht mehr, was Franzosen trugen. Der Monsieur war in Leiden, daher konnte ich ihn nicht fragen. Sollte ich ein Band hinzufügen oder nicht?

Francine stand auf einem Stuhl, während ich den Saum eines neuen Rockes feststeckte. Sie knibbelte an der Kruste auf ihrer Hand.

»Hör auf!«, sagte ich, als ich es sah. »Du darfst deine guten Manieren nicht vergessen.«

»Ja.«

»Ja, was?«

»Ja, Mama.«

»Gut.« Ich drehte sie ein Stück herum und steckte weiter ab.

»Und du musst fragen, wenn du etwas haben willst. Immer«, sagte ich und dachte an das Papier in ihrem Zimmer.

»Ja.«

Ich verzweifelte. »Ja, was, Francine?«

Ich tätschelte sie, um ihr zu zeigen, dass ich fertig war und sie den Rock ausziehen sollte, damit ich ihn nähen konnte.

»Ja, danke«, sagte sie, sprang vom Stuhl und hüpfte davon, war mit dem Hund schon aus der Tür, bevor ich sie anhalten konnte.

»Francine«, rief ich ihr nach, »komm mit dem Rock zurück!«

Am Abend kam sie zu mir. Sie rieb sich den Kopf. »Mama, es juckt so.«

Ich legte meine Handarbeit ab und brachte Francine wieder nach oben. Sie war schon zum dritten Mal heruntergekommen, und es war spät. Sie wirkte müde, graue Schatten lagen unter ihren Augen.

»Du musst schlafen. Das kannst du nicht, wenn du dauernd aufstehst.« Ich steckte sie ins Bett und strich ihr die Haare aus der Stirn. »Machst du dir Sorgen? Liegt es daran?«

»Nein«, sagte sie.

»Gut. Das ist auch nicht nötig.«

Sie schluckte und machte ein langes Gesicht.

»Ich lasse Monsieur Grat bei dir, aber du musst im Bett bleiben, Francine. Wenn ich höre, dass ihr Unfug treibt …«

»Nein, Mama.« Sie zog die Bettdecke ans Kinn.

Ich öffnete das Fenster in ihrem Zimmer, doch die Luft draußen war auch nicht kühler. Frau Anholts hatte recht, hier stimmte etwas nicht mit der Luft.

»Schlaf jetzt.«

Dann, in der Nacht, ein Gespenst. Ich setzte mich auf, plötzlich hellwach.

Francine? Monsieur Grat neben ihr leckte an ihrem Fußgelenk. Sie schwankte, kurz davor umzufallen.

»Ich habe Gänsehaut, Mama.«

»Francine? Schätzchen? Francine!« Ich sprang aus dem Bett und zog sie in die Arme. Ihre Augen gingen mit flatternden Lidern auf, dann wieder zu. Sie war weder wach, noch schlief sie. Am ganzen Körper war sie feucht und klamm, als wäre sie draußen im Regen gewesen. Ich legte meine Hand auf ihre Stirn und spürte die Hitze. Rasch hob ich sie auf und trug sie zum Bett hinüber, schloss das Fenster, machte Feuer im Ofen und warf Torf darauf. Hitze musste mit Hitze ausgetrieben werden.

Ich zündete die Kerzen an, damit ich etwas sehen konnte. Selbst bei der Beleuchtung war zu erkennen, wie rot sie war. Ich hob ihr Nachthemd an. Sie war übersät mit unzähligen roten Flecken – am Bauch, am Hals, an den Armen.

Was sollte ich machen? Was?

Ich hatte noch nie erlebt, dass sich der Zustand eines Menschen so rapide verschlechterte. Thomas, Mutter, der Limousin, der Monsieur – sie hatten Erkältungen gehabt, Schnittwunden, ein Geschwür, ein fauler Zahn. Daan hatte sich große Mühe gegeben, mich zu zerbrechen, doch selbst meine Knochen waren mit der Zeit verheilt. Was immer in Francine stecken mochte, war unter ihre Haut gekrochen und saß dort fest. Ich konnte nicht sehen, wie es jemals wieder herauskommen sollte. Ich hatte nichts, womit ich ihr helfen konnte, nichts, was es aufhalten würde.

Am Morgen ließ ich den Arzt kommen, um ihn nach seiner Meinung zu fragen. Er steckte ihr einen Finger in den Mund und schaute sich ihre Zunge an – sie war über Nacht angeschwollen und rot geworden. Er berührte den Ausschlag und zeigte mir die leicht erhabenen Flecken. Mit einem Ruck zog ich meine Finger weg. Ihre Haut war rau wie die eines Aals.

»Ein sicheres Zeichen. Scarlatina. Scharlach«, sagte er.

Scharlach? Dann fiel mir geflüstert und schemenhaft ein, was ich längst vergessen hatte – Kinder, mit denen ich aufwuchs, waren daran gestorben, und Kinder, die sich erholten und überlebten: Isaak, taub; Griet, blind.

Er holte ein Messer aus seiner Tasche, ein Messer mit einer dünnen Klinge, wie es der Monsieur in Santpoort benutzt hatte. Ich sah ein rosa Fleischstück zucken – das winzige Herz eines Aals –, und ein Schauer durchlief mich.

»Nein!«

»Aber das Blut ist schlecht, es muss heraus.« Er hielt das Messer hoch und untersuchte die Schneide, dann rieb er es an seinem Ärmel ab.

»Bitte nicht.« Ich hielt ihn jetzt am Arm fest.

»Damit besteht die beste Chance auf Heilung.« Er schaute auf meine Hand an seinem Arm und wartete darauf, dass ich losließ. »Das habe ich schon oft gemacht. Kinder empfinden den Schmerz nicht so wie wir.«

»Sie ist zu klein …« Ein Aal ohne Blut starb. Wenn man einem Kaninchen das Blut nahm, starb es auch. Ich hatte es gesehen.

Er entzog sich meinem Griff, trat ans Bett und schob den Daumen fest über die Innenseite ihres Arms. Als er an die Hand kam, stupste er an die Handfläche. »Wann ist sie geboren?«

»Im Juli.«

»Nein, nein. Zwillinge? Krebs? Löwe?«

Ich hörte die Ungeduld in seiner Stimme. »Krebs.«

»Dann ist es ziemlich sinnlos, das Blut aus ihrem Arm zu nehmen.« Er zog ihr Nachthemd ein Stück herunter, legte ihre

Schulter frei und tastete nach ihrem Schlüsselbein. »Ein bisschen kniffliger, aber … a-ha, da haben wir sie.« Er beugte sich über sie. »Ein kleiner Schnitt, das ist schon alles.«

Als er mit seinem Messer zudrückte, warf sich Francine auf dem Bett hin und her. »Mama!«, kreischte sie. Ihr Atem kam stoßweise. Ich ergriff ihre Hand und hielt sie fest. Ich wusste nicht, wohin ich schauen sollte – auf das Grauen, das zwischen seinen Fingern hervorquoll, oder in ihre Augen, die so schwarz waren wie der Fleck, der in die Laken sickerte. Was hatte ich zugelassen? »Meine Kleine, verzeih. Es tut mir so leid.«

»Wenn du nicht stark bist, wie soll sie es dann sein?«, schimpfte er und dämpfte ihre Schreie mit einer Hand. Er drückte sie mit seinem Gewicht hinunter, um sie still zu halten. Ihr Blut kam rasch. Ich zählte bis zwanzig. Ich zählte bis dreißig. Noch immer ließ er es laufen. Wann reichte es, wann war genug geflossen?

»Das war's. Gut«, sagte er und beobachtete sie, während sie sich immer weniger zur Wehr setzte. Dann kehrte seine Dringlichkeit zurück. »Ein Tuch, los. Herrgott, Frau, schnell.« Er presste, zunächst mit einer Hand, dann mit beiden und versuchte, das Blut zu stillen. Er wühlte herum, riss mir ein Tuch aus den Händen, formte eine Kugel daraus und drückte es auf die Wunde. »Noch eins! Schnell!«

Ein Tuch nach dem anderen landete auf dem Boden. Bis er fertig war, lagen mehrere dort verstreut. Dann wischte er seine Hände sauber und tupfte sich den Schweiß von der Stirn.

»Siehst du, wie ruhig sie geworden ist? Du hattest keinen Grund, mich in Zweifel zu ziehen.«

Nachdem er alles aufgeräumt hatte, nahm er in der Küche ein Glas Kognak zu sich.

»Ihr Vater, wo ist er?«

»In Leiden.«

»Lass ihn herkommen. Das rate ich …«

»Aber die Behandlung?«

Er warf mir einen Blick zu und nahm einen tiefen Schluck. Er hielt ihn im Mund, bevor er schluckte. »Leider kommt es vor, dass die Wirkung nicht anhält. Das erleben wir meist bei Kindern, den gebrechlichen, geistig schwachen.« Er fummelte in einer Tasche herum, holte ein Stück Papier heraus und reichte es mir.

Saartje & Töchter – Amersfoort
Totenwache
Trauernde
Hersteller von Leichentüchern

»Die können helfen.«

Ich schaute von dem Zettel zu ihm auf. Obwohl ich jedes einzelne dieser elenden Wörter begriff, die dort standen, waren sie für jemand anderen bestimmt, nicht für Francine. Ich schüttelte den Kopf.

Er nahm noch einen Schluck und trank sein Glas leer. »Sie können bei Vorbereitungen und Ähnlichem helfen. Falls notwendig.«

»Nein«, sagte ich.

Er nahm meine Hand und schloss sie um das Papier, damit ich es festhielt. »Wenn ich in ein bis zwei Tagen höre, dass du es ins Feuer geworfen und verbrannt hast, wäre ich überglücklich. Behalte es. Verbrenne es. Ich will es nicht zurück.«

Nachdem er gegangen war, schlief sie. Sie sah friedlich aus, allein ihre roten Wangen waren ein Zeichen dafür, was in ihr wütete. Ich saß neben dem Bett und nähte. Ich machte eine Brühe, war voller Hoffnung und brachte ihr eine ganze Tasse.

Francine weigerte sich zu essen, als die Brühe heiß war, aber auch später, als sie kalt war.

Sie hatte nichts in sich. Hatte den ganzen Tag nichts gegessen.

»Du musst essen. Francine … iss!«

Sie schob meine Hand fort, der Löffel fiel polternd zu Boden.

Schläft sie? Wird sie aufwachen? Sollte ich sie wecken?

Ich würde diesen Rock säumen. Sie würde ihn brauchen. Aber dann warf ich ihn von mir. Vor lauter Tränen konnte ich nichts mehr sehen.

Sie musste trinken. Aber ich hatte Mühe, ihren Kopf anzuheben und gleichzeitig die Tasse schräg zu halten. Sie wollte nichts. Das Wasser rann über ihre Wange. Ich löffelte Wasser in ihren Mund, doch sie drohte zu ersticken. Ich tröpfelte Wasser aus einem Tuch. Sie wandte den Kopf ab.

Sie wollte nicht. Sie wollte es nicht zu sich nehmen.

Sie erbrach sich. Sie schauderte. Sie weinte.

Aus ihrem Ausschlag wurden offene Wunden.

Ich machte mich auf die Suche nach dem Buch. Seinem Buch. In der Truhe befand sich eine nicht gebundene Abschrift. Er wusste, was einen Körper zum Funktionieren brachte, wie das Blut sich bewegte, wusste über Aale und Kaninchen Bescheid. Er konnte kaltes Blut aufwärmen, damit ein Herz wieder zu schlagen begann. Ich holte den Schlüssel aus der Schublade und öffnete die Truhe. Da war es:

**ABHANDLUNG ÜBER DIE METHODE
DES RICHTIGEN VERNUNFTGEBRAUCHS
UND DER WISSENSCHAFTLICHEN
WAHRHEITSFORSCHUNG**

Ich schlug die Einleitung auf, meine Blicke sprangen zwischen Wörtern herum, überflogen dann ganze Zeilen. Ich blätterte eine Seite um, dann noch eine und ließ Seiten zu Boden fallen, die ich nicht brauchte. *Verschiedene Betrachtungen in betreff der Wissenschaften, Die Regeln der vom Autor gesuchten Methode, Regeln der Sittenlehre, Dasein Gottes und der menschlichen Seele als Grundlage der Methaphysik.* Dann sah ich es: *V. Ordnung der vom Autor untersuchten physikalischen Probleme (insbesondere Erklärung der Bewegung des Herzens und einiger anderer zur Medizin gehöriger schwieriger Punkte).* Zur Medizin gehörige schwierige Punkte? Das musste es sein.

Ich musste mich beim Lesen bremsen und durfte in meiner Eile nicht zu viel auslassen. Er beschrieb ein Herz, seitenlange Beschreibung. Ich kannte seine Arbeit, sah sie förmlich vor mir. Ich hatte das Blut von seinem Tisch gewischt, die Überreste der Tiere in die Pfanne gekratzt. Ich las alles. Nichts über *andere zur Medizin gehörige schwierige Punkte* stand dort. Das Kapitel endete mit *Unterschied zwischen Mensch und Tier. Unsere Seele ist ihrem geistigen Wesen nach vollkommen unabhängig vom Körper und also der Notwendigkeit nicht unterworfen, mit ihm zu sterben …* Ich schaute auf die nächste Seite: Punkt VI. Nein, Monsieur! Ich blätterte eine Seite zurück. Das konnte doch nicht alles sein, was er geschrieben hatte? *Alles, was er wusste?*

Francine wimmerte.

Ich ging die restlichen Seiten bündelweise durch. *Das Licht, Sonne und Sterne, Planeten und Kometen, Dioptrik, Meteore, Medizin …* nein, nein, nein! Ich warf das Buch hin und beugte mich vor, den Kopf in die Hände gestützt. Nichts von dem, was er geschrieben hatte, könnte helfen.

Was es auch war, worauf ich zueilte, es lief ebenso schnell davon.

Wo war er? Wann würde er kommen?

Er traf an dem Abend ein, sah die Papiere, die ich zu Boden geworfen hatte, und ließ sie dort liegen. In der Nacht unterhielten wir uns im Flüsterton. Wir schliefen beide nicht.

Am Morgen schickte er mich in ein anderes Zimmer, ich sollte mich ausruhen. »Ich bleibe bei ihr. Ich werde dich wecken, falls …« Aber er konnte es nicht aussprechen. Ich auch nicht. Die Wörter waren uns abhandengekommen.

Ich konnte einfach nicht glauben, dass sie im Sterben lag, dass sie sterben würde. Obwohl sich ihr Zustand verschlechtert hatte, dachte ich, das passiert eben, sie wird durchkommen. Schon ganz bald wird sie einen Schluck Milch trinken, dann schlafen und dann gesund werden.

Als ich zurückkam, erzählte das Gesicht des Monsieurs eine andere Geschichte, gab preis, was ich zu leugnen versuchte. Er war aschfahl und sah abgespannt aus. Aber schlimmer noch, er wirkte verloren.

Wir hielten uns fest umschlungen, brauchten die Kraft des anderen, um aufrecht zu stehen. Beim letzten Mal, als er bei uns gewesen war, hatte sie sich zwischen uns gezwängt, ihr Gesicht in meinen Bauch gedrückt. Ich konnte sie noch immer spüren, wie sie dort gestanden hatte, die Erinnerung wand sich wie ein Wurm zwischen uns.

»Weißt du noch, die Schwalben in Amsterdam? *Un, deux, trois.* Wie der Wind den Regen bringt, so auch die Schwalben. Schwalben? Ich habe meine Zeit vergeudet! Ich will keine mehr sehen! Oh, ich kann *Vögel* verstehen, aber ein Fieber – *ein gewöhnliches Fieber?*« Er trat einen Schritt zurück und legte die Finger an seine Schläfen. »*Mon Dieu,* ist das hier meine Strafe?«

Strafe? Ich schlug die Hände vor die Augen, als ein Schluchzen in mir aufstieg. Wie sollte ich weiterleben, wenn sie starb? Herr, sei gnädig. Herr, sei gnädig. Verschone sie, ich flehe dich an.

Am Nachmittag wurde Francine wach.

»Mama …«

»Ich bin hier, mein Schatz.« Ich streichelte ihr die Wange. »Soll ich dir eine Geschichte erzählen?«

Sie nickte matt.

»Es war einmal vor langer Zeit«, begann ich, und Tränen rannen mir über das Gesicht, »ein kleines Mädchen. Es war so glücklich, und seine Mama liebte es von ganzem Herzen …«

Mir war, als lächelte sie. Ich glaubte, ihre Finger hoben sich in meiner Hand, bevor sie die Augen schloss.

Ich legte meinen Kopf auf das Bett, während sie schlief, und die restlichen Stunden vergingen, das Licht, das da war, verschwand. Die Nacht kam. Der Tag fiel ins Schloss.

Asche

UND SIEHE, DA *kam der Obersten einer von der Schule, mit Namen Jairus, und da er ihn sah, fiel er ihm zu Füßen und bat ihn sehr und sprach: Meine Tochter ist in den letzten Zügen; du wollest kommen und deine Hand auf sie legen, dass sie gesund werde und lebe.*

Francines Brust hob sich – ein kleiner Atemzug, aber nicht genug für ein Kind. Ich verschränkte meine Finger mit ihren und zwang mein Leben in das ihre. Ich hielt die Luft an, bis mir alles weh tat, bis mein Körper darauf bestand, dass ich atmete.

Saartje schlich mit kleinen Schritten durch den Raum. Sie verhängte den Spiegel, deckte die Uhr zu, legte ein Tuch über die Wasserschüssel. Sobald jede glänzende Oberfläche bedeckt war, klappte sie die Fensterläden nach innen und verriegelte mit einer einzigen scharfen Drehung das Fenster, um das Licht auszusperren. Sie zündete die Kerzen an. Die dünnen Flammen flackerten. Unsere Schatten kauerten an der Wand.

Da er noch also redete, kamen etliche vom Gesinde des Obersten der Schule und sprachen: Deine Tochter ist gestorben; was bemühest du weiter den Meister?

Saartje legte ihre Finger auf Francines Handgelenk. Wie zärtlich ihre Berührung war. Ich wusste, was es zu bedeuten hatte, wonach sie suchte.

Sie schaute auf, sah mich an und schüttelte den Kopf. »Es tut mir leid.«

Als der Monsieur das hörte, sank sein Kopf auf das Bett. Seine Schultern bebten, er weinte.

Mein Blick wanderte von Saartje zu Francine. Mein süßes Mädchen. »Nein … das kann nicht sein.« Ich umschlang ihre Finger, doch ich wusste schon, dass die Wärme in ihrer Hand meine war.

Saartje schubste ihre Töchter Margarieta, Isabella und Rachel hintereinander nach vorn. Die Jüngste, Rachel, kam zuerst. Sie faltete die Hände und strauchelte, als sie zum Bett ging. Isabella war die Nächste. Sie war älter – alt genug, um zu wissen, dass der Tod Löcher in den Boden reißen kann, dass er ebenso Kinder aus der Wiege wie Betagte aus ihren Betten stiehlt. Sie warf einen Blick auf Francine, wandte sich dann ab, drückte ihr Gesicht in Saartjes Ärmel, doch Saartje schob sie vor, die Hände auf ihren Schultern. Isabellas Kinn zitterte, während sie betete. Dann trat die Älteste, Margarieta, vor. Ihr Rücken war gerade aufgerichtet. Sie schaute auf Francine, ohne mit der Wimper zu zucken, und legte einen Rosmarinzweig auf das Kissen.

Ich küsste Francines Hand, dann ihre Finger, einen nach dem anderen. Sie schmeckten nach meinen Tränen.

Und dann kam er in das Haus des Obersten der Schule und sah das Getümmel und die da sehr weinten und heulten. Was tummelt und weinet ihr? Das Kind ist nicht gestorben, sondern es schläft.

Die Heilige Schrift wirbelte in meinem Kopf herum, und ich schloss die Augen, damit ich die Wahrheit direkt vor mir nicht sah. *Sie schläft nicht.*

Saartje berührte meine Schulter. »Wir müssen sie waschen und ankleiden. Das machen wir jetzt. Monsieur …« Sie drehte sich zu ihm um und verbeugte sich, ein Zeichen, dass er den Raum verlassen sollte.

Ich verkrampfte meine Hände, meine Nägel bohrten sich in meine Handflächen. Ich legte den Kopf zurück, und als ich wieder nach vorn schwankte, zwängte sich ein Laut aus meinem tiefsten Innern heraus. Alles, was war, alles, was hätte sein können: ihre Geburt, ihr Leben, ihr Tod – alles fiel zusammen und kam in einem langen, leisen Aufstöhnen hervor.

Saartje schlug die Bettdecke zurück. Sie zog die Kissen fort und drehte Francine auf die Seite, um das Laken unter ihr zu glätten. Sie knöpfte das verschmutzte Nachthemd auf, wrang ein Tuch aus und wusch sie. Saartje war an den Tod gewöhnt und arbeitete rasch, ohne dabei nachlässig zu sein. »So«, sagte sie und tippte auf Francines Wange, auf den Ausschlag, der sie bedeckte, als wollte sie die Kleine trösten.

Ich betrachtete die Beule an ihrem Knie, die sie sich beim Sturz von der Treppe zugezogen hatte; eine kleine Beule, nicht größer als mein Daumen, eine kleine graue Beule, die nie verheilen würde. Ich hatte sie von mir gestoßen, hatte sie verscheucht, ohne ihr einen Kuss zu geben.

Saartje schüttelte ein Leinenkleid aus und legte es neben Francine. Es war nicht für ein Kind gedacht und reichte über ihre Füße hinaus. Ich nahm das schreckliche Gewicht ihres Kopfes zwischen meine hohlen Hände, wie ich es gemacht hatte, als sie noch ein Säugling war. Ihre Haare, noch immer feucht, fielen zwischen meine Finger. Fünf Jahre seit ihrer Geburt waren sie gewachsen, dunkel, lockig – nicht hell und glatt wie meine. *Francine,* Tochter Frankreichs; seine und meine; Norden und Süden in ihr vereint. Sie mochte zwar in Deventer zur Welt gekommen sein, aber sie hätte in Frankreich gelebt. Sie hätte in Frankreich gelebt und wäre dort unterrichtet worden. Paris, Châtellerault, Poitiers – er hatte die Vorhänge geteilt, damit wir etwas sehen konnten. Sie würde nicht gehen. Frankreich würde sie nicht kennenlernen. Die Vorhänge waren zugezogen und fest verschlossen.

Saartje und ich zogen jeweils einen Ärmel über Francines Arme, die weder mithalfen noch sich sträubten. Sie protestierte nicht dagegen, dieses eigenartige, schlecht sitzende Gewand tragen zu müssen. Ich wollte, dass sie sich wehrte und schrie, trat und biss und kämpfte, bis sie dieses vermaledeite Kleidungsstück wieder abgelegt hatte. Ich zog Strümpfe über ihre Füße, knotete die Bänder an jedem Fußgelenk fest. Saartje kämmte ihr die Haare und steckte die Locken unter eine Baumwollhaube. Als wir fertig waren, legte Saartje sie so sanft auf das Bett, als befürchtete sie, Francine zu wecken. Ich faltete ihre Hände und legte meinen Finger auf ihre Lippen. Ihr Plappern, ihre Lieder, ihr Gelächter, ihre Wutanfälle – alles fort. Nur Schweigen, wo Geräusche sein sollten.

Saartje legte das Tuch in die Schüssel und reichte sie Isabella. »Hier, und nimm Rachel mit. Du kannst Monsieur Descartes sagen, dass wir fertig sind.« Sie gab ihrer jüngsten Tochter, die hinten im Schatten stand, ein Zeichen.

Als der Monsieur wieder hereinkam, drehte sie sich zu ihm um und verneigte sich. »Ich werde für sie beten. Für Sie alle.« Dann nahm sie ihr Gebetbuch und verließ uns.

Der Monsieur und ich setzten uns jeweils auf eine Seite des Bettes. Er schlug die Bibel auf, konnte aber nicht sprechen. Ich schloss die Augen und begann das Gebet für ihn, das uns wie ein Faden verband, ein Faden, der die Erde zum Himmel hin weben würde, Elend zur Hoffnung, Qual zum Frieden. Ich wollte das glauben. Doch mein geliebtes Kind war tot. Gott hatte es so gewollt.

Wahrheit

WIR BEERDIGTEN SIE noch in derselben Woche. An dem Abend lag ich auf ihrem Bett. Ich schlief nicht.

»Ich habe Arbeit, die ich fertigstellen muss, Helena, in Leiden«, sagte der Monsieur am nächsten Morgen. Seine Augen waren gerötet. Auch von ihm hatte sich der Schlaf ferngehalten.

Ich stand vor ihm, als er es sagte. Keine Trennlinie zwischen uns, aber auch nichts, was uns einander näher bringen würde.

Die Welt wartet nicht, dachte ich. *Nicht auf mich. Nicht auf ihn.* Sie würde sich drehen, ob wir es wollten oder nicht – mit oder ohne uns. Sie scherte sich nicht darum. Sie brauchte kein Kind, keine Frau, keinen Mann. Und was war das anderes, dachte ich, als eine gottlose Welt? Die nicht einmal Gottes leitende Hand brauchte.

Als er sich abwandte, um zu gehen, hielt ich ihn am Arm fest. Ich brauchte eine Weile, um zu sagen, was ich sagen musste, denn die Worte mussten aus sehr großer Tiefe nach oben treiben. »Haben Sie sich geschämt, Monsieur? Für mich, für sie?«

Nie zuvor hatte ich seine Augen so traurig gesehen. Er schüttelte den Kopf. »Oh, Helena, nein. Niemals.«

Ich schaute zu Boden.

»Glaubst du das denn?«

Ich stand einfach da. Ich hatte weder ein Ja noch ein Nein in mir.

»Helena, bitte …« Er zitterte, als er es sagte. Er legte die Hände auf meine Schultern, packte mich zu fest. »Helena.«

»Kommen Sie zurück?«

»Ja. Ja, natürlich.«

Ich schaute ihn an und sah, dass er es ernst meinte. »Aber warum?«

»Warum?«

»Wir hatten ein Kind, Monsieur. Jetzt nicht mehr.«

Ich schloss die Augen. Meine nächsten Worte kamen aus noch größerer Tiefe.

»Was wollen Sie, Monsieur?«

»*Dich*, Helena.«

Ich lachte – ein kleiner Laut, der sich nicht zurückhalten ließ.

»Ich kann nicht heiraten, du weißt, es geht nicht …«

»Heiraten? Das habe ich nie von Ihnen verlangt. Sie ist von uns gegangen, Monsieur. Warum sollte ich Sie je heiraten wollen?«

Da standen wir nun und schauten uns an, als wären wir uns gerade erst begegnet. Und ich dachte: *Was jetzt, Monsieur?* Was ist geblieben? Wer sind wir jetzt, da sie nicht mehr da ist? Hat sie mehr aus uns gemacht, als wir waren, mehr, als wir sein konnten? War auch etwas von uns mit ihr gegangen? Und ich betrachtete ihren Verlust als ein Loch, das kein Meer füllen konnte, ein Loch, in das sich das Meer ewig ergießen würde.

Ich nahm seine Hände von meinen Schultern und hielt meine vor mich, damit er nicht wieder zupackte. Auf der Welt gab es alle möglichen Arten von Abschieden, hatte ich gelernt. Das hier war wieder einer.

»Gehen Sie, Monsieur. Kommen Sie nur wieder, wenn Sie sicher sind. Kommen Sie zu mir zurück, weil Sie wollen, weil Sie müssen, Monsieur. Weil Sie nicht anders können.«

Nachdem er zu seiner Kutsche gegangen war, begab ich

mich nach oben und legte mich auf Francines Bett. Ich sah ihn nicht fortfahren.

An dem Abend ging ich in das Zimmer, das unser Zimmer gewesen war, an die Schublade, in der er den Schlüssel für seine Truhe aufhob.

Die Briefe waren gebündelt. Das größte Bündel enthielt die Korrespondenz mit Mersenne. Ich ließ sie unbeachtet, genau wie die Briefe von Huygens und Beeckman. Dann fand ich die, nach denen ich suchte. Die Briefe, die ich ihm geschrieben hatte, und seine Briefe an mich. Ich löste das Band nicht, sondern verschloss die Truhe wieder und ging hinunter. Die Delfter Kacheln schimmerten im Mondlicht, die blaue Farbe war jetzt zu Grau verblasst. All die fröhlichen kleinen Boote, die segelten, ohne jemals ihr Ziel zu erreichen. Das Leben war nicht so – es schob uns, schob uns, ob wir wollten oder nicht.

Die Asche glühte auf, als das Papier zu qualmen begann. Ich hob die Ränder mit dem Schürhaken an, damit es Feuer fing. Mein Gesicht glühte in der Hitze. Ich sah zu, wie die Flammen abstarben und das Papier zu Asche wurde, an den Rändern rot aufleuchtete, bevor es schwarz wurde.

Alles, was ich je geschrieben hatte. Ich konnte es nicht ertragen, dass die Wörter lebten, wenn sie nicht lebte.

Ruß im Schornstein.

Dann waren sie verschwunden, genau wie meine Tochter.

EPILOG

Egmond aan den Hoef

Regentropfen

ICH HEIRATETE. EINEN Witwer, dem Rat meiner Mutter folgend.

Jan.

Ich weiß nicht, was von meiner Geschichte erzählt wurde, doch der Monsieur gab Jan eine Summe, mit der das Dach repariert wurde, Geld, um ein Grundstück zu kaufen, und noch Geld zusätzlich. Ich hatte ein Zimmer, einen Tisch am Fenster, wo das Licht am besten war. Papier und Tinte nach Bedarf. Jan fragte nie nach dem Bild, das ich von Francine und dem Monsieur hatte, bat mich auch nie, es abzuhängen. Es beunruhigte ihn nicht, dass der Monsieur in der Nähe lebte oder dass ich meine Zeit mit Zeichnen verbrachte.

Ich hatte mein eigenes Zimmer.

Ich zählte die Tage nicht mehr.

Obwohl ich humpelte, schaffte ich es, über den Sand zu laufen.

Ich fand ihn an der verabredeten Stelle, unten am Ufer, zwischen den Dünen. Man musste sich hier auskennen, in diesen Dünen, sonst konnte man sich leicht verlaufen. Es war nicht schwer, sich unauffindbar zu verstecken.

Die letzten Schritte rannte ich auf ihn zu. Obwohl der Sand an meinen Füßen zerrte, konnte er mich nicht aufhalten.

»Monsieur!«, rief ich, und er drehte sich um. Da lag sein Mund auf meinem, er bedeckte mein Gesicht und meinen Hals mit Küssen.

Ich ging auf die Knie und öffnete seine Hose. Dann kniete er sich nieder und zog an dem Verschluss meines Mieders. Wir lagen zusammen, als wären wir gefällt worden.

Ich hatte seine Liebe, und am Ende des Jahres einen Sohn. Meinen schönen Jungen. Mein süßes Kind. Seine Haare krausten sich an den Ohren, seine Augen waren dunkel wie die Haare.

Fünf Jahre später

Ich sah, wie die Kutsche aus der Ferne näher kam und meine Vergangenheit mitbrachte.

Der Mann, der ausstieg, war jetzt ein alter Mann, sein schütteres Haar schlohweiß. Die Hand, die den Gehstock hielt, war an den Knöcheln geschwollen. Als er aufschaute, waren seine Augen feucht, wie es in dem Alter zuweilen vorkommt. Aber dieser Mann hatte geweint. Er faltete ein Taschentuch in seine Tasche und verbeugte sich dann steif. »Frau van Wel«, sagte er, als er sich aufrichtete.

»Limousin«, schalt ich ihn freundlich, »das ist doch nicht nötig.«

Wir gaben uns weder die Hand, noch umarmten wir uns. Vielleicht machte es die sonderbare Familie, die wir einst waren, überflüssig. Ich führte ihn hinein und nahm ihm seinen Mantel ab. Er behielt seinen Gehstock in der Hand und wählte einen Stuhl nah am Kamin. Er setzte sich und streckte das Knie aus.

»Ich gehe nicht auseinander, sondern ziehe mich zusammen.«

»Justinus, bring unserem Gast bitte Wein.«

Der Limousin nahm das Glas, das Justinus ihm anbot. »Hier«, sagte er und packte Justinus beim Ellbogen, »komm ins

Licht, wo ich dich sehen kann.« Er kniff die Augen zusammen und hustete. »Oh, jetzt sehe ich, ja.«

Er schloss die Augen, und seine Lider flatterten, als etwas längst Vergessenes dort auftauchte. »Ich kannte den Monsieur, als er noch ein kleiner Junge war. Älter als Justinus, aber jung genug, jung genug …« Ein Lächeln umspielte seine Lippen. Er ließ Justinus' Ellbogen los. »Du bist genauso hübsch. Bist du gut zu deiner Mutter?«

Justinus nickte so heftig, dass ein wenig Wein aus dem Krug schwappte.

»Fein!«, sagte der Limousin. »Und wie alt bist du jetzt?«

»Fünf!«

»Genauso alt wie ich!« Als er sah, wie Justinus die Augen aufriss, sank er lachend auf seinem Stuhl zurück.

»Raus jetzt mit dir! Geh spielen.«

Wir schauten Justinus nach.

»Und der Monsieur? Hat er den Jungen gekannt?«

»Ja.«

»Aber dein Mann?« Er schaute sich um und rutschte auf seinem Stuhl hin und her.

Ich hörte die Überraschung in seiner Stimme; die Verlegenheit, in die ihn seine eigene Frage gebracht hatte. Ich dachte an die Fragen, die man mir gestellt hatte, an die Männer, die gefragt hatten. Da kam es auf eine mehr oder weniger nicht an.

»Wir hatten eine Regelung getroffen. Eine letzte. Jan wusste es.«

Er trank einen Schluck Wein, sein Atem ging schwerer. »Der Monsieur hat mir wenig erzählt. Und als er nach Schweden gegangen war, hatte ich gar nichts mehr von ihm.«

Wir saßen eine Weile in unsere eigenen Gedanken versunken da.

Der Limousin bekreuzigte sich. »*Möge er in Frieden ruhen, durch Gottes unendliche Gnade …*«

»*Amen.*« Dabei legte ich die Hände aneinander. Ich musste blinzeln, sonst hätte ich geweint. Wie konnte ein kleines Wort so weh tun?

»Wer hat es dir gesagt?«

»Frau Anholts. Der Monsieur hatte Anweisungen für sie hinterlassen.«

»Ja, verstehe. Sonst wäre ich gekommen. Damit du es weißt.«

So deutlich hatte er noch nie anerkannt, was zwischen dem Monsieur und mir gewesen war.

»Ich habe das kleine Mädchen sehr gemocht.«

Ich nickte. Wäre es nach ihm gegangen, hätte es Francine gar nicht gegeben. Vielleicht wusste er, was ich dachte. »Verzeih mir«, sagte er. Sein Kinn zitterte. Seine Augen hatten ihren Schutz verloren. Ich konnte direkt in ihn hineinschauen, in seine Seele.

Ich richtete mich auf. »Ich weiß, was er dir bedeutet hat, Limousin.«

»Schweden – was für ein Land. So kalt. Kein Franzose sollte gezwungen werden, dorthin zu gehen. Er hat sein eigenes Todesurteil unterschrieben – aber er hat nie auf mich gehört, wie du weißt.«

»Was wirst du jetzt tun?«

Er lachte kurz auf und zuckte mit den Schultern. »Wer will schon einen alten Limousin haben?«

»Es gibt andere Herren – viele noch in Amsterdam. Als sie hier war, hat Frau Anholts liebevoll von dir gesprochen.«

Er lächelte freundlich über meine Neckerei, schüttelte jedoch den Kopf. »Frau Anholts will mich nicht haben. Nein. Ich werde wieder nach Frankreich gehen. Hühner halten, Aale züchten …«

Da mussten wir lachen. Hühner und Aale? Wir wussten beide, dass er es nie machen würde. Jetzt, nachdem er ein wenig aufgewärmt war, schaute er sich um, erblickte die Zeichnungen über dem Kaminsims, die Skizzen auf dem Tisch neben ihm, die kleine Staffelei am Fenster.

»Deine Arbeit?«

»Ja, Limousin. Heutzutage möchte jeder eine Kleinigkeit haben. Es lohnt sich.« Mr. Sergeant fiel mir ein. Hatte er schon jedem Amsterdamer ein Buch verkauft? Ich stellte mir gern vor, dass er in einem neuen Haus an der Herengracht wohnte.

Der Limousin betrachtete mit zusammengekniffenen Augen eine Tintenskizze, die ich von Blumen in einer Vase gemacht hatte. Ich nahm eine Schreibfeder vom Tisch und zog sie zwischen meinen Fingern hindurch, um die Feder zu glätten. Ich drehte sie, um sie zu zentrieren – eine Angewohnheit, von der ich nicht lassen konnte.

»Die gefällt mir«, sagte er und lehnte sich zurück. Dann fiel ihm anscheinend ein, warum er gekommen war. »Ich habe etwas für dich.« Er öffnete seinen abgenutzten Ranzen, denselben, den er vor vielen Jahren in Amsterdam schon hatte. »Hier. Ein letzter Brief.« Er hielt ihn einen Augenblick in der Hand, bevor er ihn mir gab. »Und das hier«, sagte er und reichte mir einen kleinen Gegenstand, der in weißes Leinen eingewickelt war. Eine Notiz war mit einem Band daran befestigt.

Ich sah zu, wie die Kutsche des Limousin das Fleet überquerte, und dann war er verschwunden – der Limousin, der *conduit* des Monsieurs, der Verwalter seiner Angelegenheiten, kein Diener mehr. Er irrte sich, es war kein Brief, zumindest nicht das, was ich vom Monsieur gekannt hatte, seine gewohnten Briefe. Mehrere kleine Seiten waren darin gefaltet – Seiten, die er mit einem Titel versehen hatte: *Liebe, Leidenschaft, Verlangen*. Skizzen waren auch dabei, die schlafende Francine im Garten in Santpoort; eine weitere, von der ich nicht mehr wusste, dass ich sie gezeichnet hatte, wie sie den Arm um Monsieur Grats Hals schlingt; auch seine Arbeit – die Schneeflocken in Amsterdam. In der Mitte, eingeschlagen in einen grünen Samtfetzen, sein goldener Ring, den er nur benutzte, um seine Briefe zu versiegeln.

Ich drehte den kleinen ovalen Gegenstand in meiner Hand – das Tuch, in das er gewickelt war, stammte von einem Hemd des Monsieurs. Vom Gewicht her wusste ich, was es war. Das Nocturlabium des Monsieurs. Ich schlug die Notiz auf. *Für Justinus* stand dort.

Ich schaute auf, als Regen gegen das Fenster platschte. Ich hatte ihn am Morgen in der Luft gespürt und beobachtete nun, wie er in gekrümmten Bahnen über die Scheibe rann.

Ich streckte den Arm nach Justinus aus und zog ihn an mich. »Hier, komm und sieh dir das an.«

Man konnte die Welt in einem Regentropfen sehen. Man musste nur hinschauen.

Monsieur. Mijn liefde. Dessen bin ich mir sicher.

Anmerkungen zur Geschichte

Helena Jans stand einmal vor Westermarkt 6 in Amsterdam und fragte sich, was sie darin wohl erwartete und wie ihr Arbeitgeber wäre. Das Haus steht noch immer, und eine Tafel weist auf seinen berühmtesten Bewohner hin: *René Descartes, der im Jahr 1634 hier logierte.* Aber Descartes hat dort nicht allein gewohnt. Das Haus gehörte einem englischen Buchhändler, Thomas Sergeant – und Helena war dessen Magd.

Geschichten über Frauen beschäftigen sich zwangsläufig mit Abwesenheit, mit großen, klaffenden Lücken im Archiv. Was wissen wir? Im Juli 1635 brachte Helena eine Tochter zur Welt, Francine. Wir wissen, dass Descartes der Vater war, da er eine entsprechende Notiz hinterlassen hat. Wir wissen, dass Francine am 28. Juli 1635 in Deventer getauft wurde. Die Taufurkunde, so schlicht sie ist, beinhaltet die Namen der Eltern und des Kindes. *Reyner Jochems* (Reyner – die holländische Form fur René; Jochems, abgeleitet von John, dem Namen von Descartes' Vater), *Helena Jans* und *FransIntge* (eine holländische Form von Francine). Das Archiv sagt uns nicht, ob Helena von Descartes nach Deventer geschickt wurde, aber er kannte die Stadt und hatte dort zuvor bei seinem Freund Reneri gewohnt. Aller Wahrscheinlichkeit nach kam Francine dort zur Welt, da die Taufe kurz nach der Geburt folgte. Im Jahr 1635 ist Descartes in Utrecht. Es ist durchaus vorstellbar, dass er nach Deventer reiste.

Zwei weitere Dokumente beziehen sich auf Helena, beide

von Notaren in Leiden geschrieben. Das erste vom Mai 1644 ist eine Notiz über ihre Eheschließung mit Jan van Wel. Dafür versah Descartes sie mit einer beträchtlichen Mitgift, 1000 Gulden nimmt man an. Im Juni 1644 (nachdem Helena geheiratet hat) taucht ihr Name erneut auf, diesmal ganz oben auf einem Bestandsverzeichnis, das Schmuckstücke und andere Gegenstände von Helena auflistet, die in Descartes' Haus waren.

Descartes versuchte, seine Vaterschaft zu verheimlichen. Doch Helena teilte nicht das Schicksal vieler anderer schwangerer lediger Frauen, die häufig fortgejagt wurden. Wir wissen, dass Helena und Descartes miteinander korrespondiert haben. 1637 lässt Descartes ihr über einen Dritten einen Brief zukommen, in dem er Helena einlädt, in ein Haus in der Nähe von Santpoort zu ihm zu ziehen *und ihre Tochter mitzubringen.* Wir wissen nicht, ob Helena zugestimmt hat. Aber eine Anekdote über Descartes in seinem Garten in Santpoort ist überliefert, nach der er in die Hände geklatscht hat, um für ein kleines Kind ein Echo zu erzeugen, hinter dem es herjagen sollte. 1640 trifft er Vorkehrungen, dass seine »Nichte« sich bei seiner Tante, Madame du Tronchet, in Frankreich aufhalten und dort unterrichtet werden soll. Dieses kleine Mädchen war Francine. Aber Francine hat es nie bis Frankreich geschafft. Sie starb im September 1640 plötzlich an Scharlach, im Alter von fünf Jahren. Descartes kannte *keinen größeren Schmerz.*

Bekanntlich hat keiner der Briefe überlebt, die Descartes und Helena sich schrieben. Für eine Frau von Helenas gesellschaftlicher Stellung war es äußerst ungewöhnlich, dass sie schreiben konnte. Ich habe mich gefragt, wie sie schreiben gelernt hat, warum? Diese Frage stand im Mittelpunkt des Romans und war ausschlaggebend für die Erschaffung von Helenas Herkunft und Charakter.

Helena kannte Descartes mindestens zehn Jahre, auf jeden

Fall in einer für ihn ausschlaggebenden Zeit, bevor er sein erstes Werk veröffentlichte. Descartes schrieb über Kerzen, Schneeflocken, Schwalben, Aale, Salz, menschliche Empfindlichkeit und vieles andere – im Roman sehen wir das alles mit Helenas Augen, als Teil ihres Alltags, sowie ihr Bemühen um Bildung und ein tieferes Verständnis der Welt.

Dieser Roman ist erfunden. Es ist nicht bekannt, ob Justinus Descartes' Sohn war. Doch dass Descartes und Helena in Briefkontakt blieben und noch Jahre nach Francines Tod nicht weit voneinander entfernt wohnten, legt eine komplexe Beziehung nahe, die ihnen beiden wichtig war.

Wenn der Roman dazu beitragen kann, Helenas Geschichte zu erzählen, ermöglicht er uns auch, Descartes zu überdenken. Wenn wir Descartes vielleicht mit Helenas Augen sehen, haben wir jemanden vor uns, der weniger vertraut ist und vielschichtiger, als wir zunächst glaubten. Er wird oft als schrecklicher Einzelgänger beschrieben. Dessen bin ich mir nicht so sicher.

Dank

Besonderer Dank geht an Siobhan Costello und Anni Domingo – Schriftstellerinnen und Freundinnen, die mir durchweg Rückmeldung und Ermutigung haben zukommen lassen. Danke auch an Louise Doughty für ihre uneingeschränkte Unterstützung und an Dr. Erik-Jan Bos, der meine Fragen über Descartes beantwortet und einen frühen Entwurf gelesen hat.

Danke an Thiemo Wind, Enny de Bruijn, Robin Buning, Angestellte des Archivs von Deventer, und Jos Hof, Fremdenführer und Historiker in Egmond aan den Hoef, die mich großzügig an ihrer Recherche und Fachkenntnis teilhaben ließen. Danke auch an Elaine Bishop, Katharine McMahon, Judith Murray, Sarah Savitt, Rebecca Swift und alle anderen netten Leute im Writers' Centre in Norwich. Das Förderprogramm vom Writers' Centre Norwich gab mir die Gelegenheit, aus einer zunächst vagen Vorstellung dieses Buch zu entwickeln, und unterstützte mich in den Anfangsstadien des Schreibens.

Danke an Cressida Downing, die für den Gin sorgte, den wir brauchten, für die gute Laune, die langen Spaziergänge, und die zwischendurch immer einen guten Rat für mich hatte.

Danke an meinen Mann, für seine Liebe und Unterstützung. Danke an meine liebe Tochter Saskia, der dieses Buch gewidmet ist, die mich ermahnt, dass das Leben auch jenseits der Schriftstellerei existiert.

Meiner hervorragenden Agentin, Veronique Baxter, und Alice Howe bei David Higham Associates – danke, danke, danke! Dank an meine deutsche Lektorin Monika Boese, an die Übersetzerin Marion Balkenhol und allen bei den Ullstein Buchverlagen, dass sie mein Buch mit solcher Sorgfalt und Aufmerksamkeit veröffentlichen.

Dieser Roman wurde durch ein Stipendium des Arts Council England, Grants for the Arts, unterstützt, wofür ich zutiefst dankbar bin.

All diese wunderbaren Menschen haben ihren Teil dazu beigetragen, das Buch Wirklichkeit werden zu lassen, das Sie in Händen halten – am Ende war mein Anteil daran nur, die Geschichte zu erzählen.